泰戈尔自画像

泰戈尔（1861—1941），印度诗人、文学家、艺术家和社会活动家，1913年，以其创作“充满了为全人类所理解的真正的人性”而获得诺贝尔文学奖。泰戈尔六十三岁开始绘画，此前也从未受过正规的绘画训练。他说：“我的绘画不需要制定任何艺术的教条，只要简单地描绘出内心世界就心满意足。”“我的画就是线条的韵律，是诗化的线条。”

贵妇半身像（不透明水彩画）

在彩色画布的背景间
诗人看见了
蕴涵在冷酷心胸中的
一幅怜悯的画面。

（泰戈尔画、诗　董友忱 译）

侨居外国的女人（钢笔和不透明水彩画）

我或许不晓得艺术沙龙里都有什么，
可你是长期侨居在国外的女人；
你出现在沉思的画布上，披露姓名，
我也许认识你，也许不认识。

（泰戈尔画、诗　董友忱 译）

身着纱丽的擎灯女子（钢笔、毛笔、芦苇秆、不透明水彩画）

你变黑暗为光明，
赋予萎靡以朝气；
牺牲的祭火中，
奢侈的垃圾化为青烟。

（泰戈尔画、诗　白开元 译）

印度夫妇的侧面像（钢笔和不透明水彩画）

将每天诸多的得与失
统统抛弃，真实的形象
就会突然显示。
无人知道它从黑暗突然
奔向光明——将飘向何地。

（泰戈尔画、诗　董友忱 译）

三人像（钢笔和不透明墨水画）

长期以来种种事件所引发的人们心中之苦痛，
以黑白之线在四周编制的大网已经形成。
无数有趣的历史事件纷纷坠入这个巨网，
我不明白为何世界分为显像和不显像两种。

（泰戈尔画、诗　董友忱 译）

河边的少女（蚀刻画）

她独自一人置身于无限的虚空，
凝视远方奥秘的是无语的眼睛。

（泰戈尔画、诗　董友忱 译）

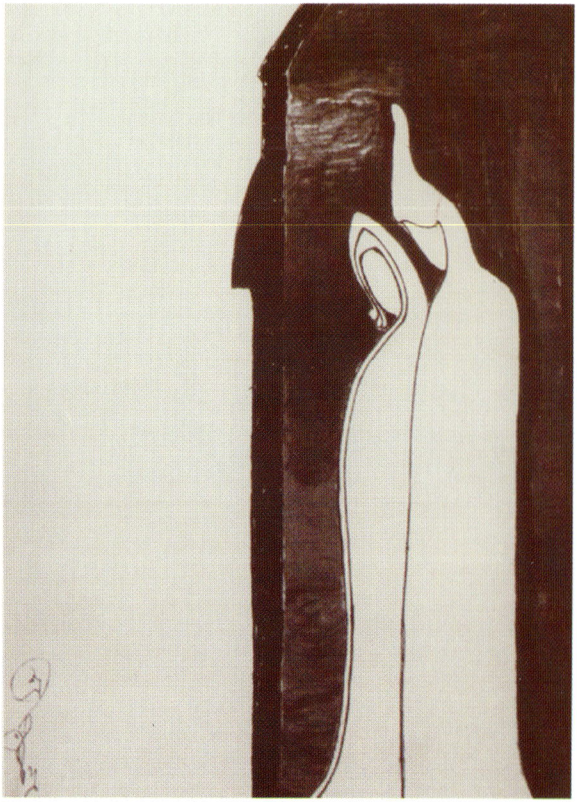

一对恋人（钢笔和不透明墨水画）

在打破沉寂的内心里
两颗心灵紧紧地融为一体。
一点点暗示她用线条
默默地表示；
她还有些许负担，
也被带入笔耕的画面里。

（泰戈尔画、诗　董友忱 译）

大鸟（不透明墨水和招贴画色彩）

当黑色落入无限的洁白中，
被局限于创作园地，
白洁就通过这种黑色的
形象重新获得自己。

（泰戈尔画、诗　董友忱 译）

骆驼图（钢笔和不透明水彩画）

他不认识自己，他处于被束缚中，
不完整的意识连结着心灵的颤动。
愚昧而无语的动物在哭泣，
日日夜夜伴随着
这种苦痛。

（泰戈尔画、诗　董友忱 译）

神鸟图（不透明水彩画）

你是神话中的一只鸟，
画面上留下你的窝巢。
你神秘地进入我的梦中，
任何语言都不需要。

（泰戈尔画、诗　董友忱 译）

野兽对峙图（不透明水彩画）

被忘却的时代身居洞穴之中，
人们闲暇时在岩壁的角落里
毫无需要地将其绘制成图形，
我在自己的内心里已经
找到这种图形。

（泰戈尔画、诗　董友忱 译）

两尊石像（不透明水彩画）

在被忘却历史的无声而寂寞的大地边缘，
过去时代被囚禁的语言都置身于岩石锁链间。

（泰戈尔画、诗　董友忱 译）

野外风景（钢笔和不透明水彩画）

多少形象的线条
汇聚在思想的画室，
何时才能以图画的形式
被编织到绘画艺术的大网里。

（泰戈尔画、诗　董友忱 译）

骑鳄（钢笔和不透明墨水画）

庞大而凶暴的肉食动物出现在远古浑浊的地球上。

这种令人疑惑的特殊的生命形象属于黑夜的创造。

体型较小的人类带来了思想之光。造物主的疑虑顿消。

（泰戈尔画、诗　董友忱 译）

风景画（不透明水彩画）

在道路、树林和山岭间
行走的时候都可以瞧见，
在被忘却的画布背景上
留下一些回忆的画线。

（泰戈尔画、诗　董友忱 译）

# 泰戈尔散文诗全集

[印度] 泰戈尔 著　冰心 郑振铎 等译

北京燕山出版社
BEIJING YANSHAN PRESS

天下
诗典

# 目录

CONTENTS

# 译 序

泰戈尔(1861—1941)主要是以诗人闻名于世。他八岁习诗至十六岁《帕努辛赫诗抄》问世,是他诗歌创作的模仿习作阶段,这些作品正如泰戈尔自己所说的“除了心灵的自我夸张外,对外界没有任何认识”,是“自我陶醉的幻想”。二十岁发表的诗集《暮歌》标志着他诗歌创作的正式开始。从《暮歌》起,泰戈尔挣脱了“旧有的诗规”,找到了表现自己艺术个性的手段。从那时直至逝世,泰戈尔共发表了五十多部诗集,两千多首诗歌。他几乎涉足了诗歌所有的体裁和形式。

泰戈尔的整个诗歌创作分成三个时期,即一八八〇年至一九〇〇年清新的早期,一九〇一年至一九一四年复杂的中期,一九一五至一九四一年深沉的晚期。

无疑,刚刚摆脱模仿阶段的处女作《暮歌》以及稍后的《晨歌》不可能承担起直接反映生活的重任,它们只不过反映了泰戈尔个人的几声悲叹和甜蜜的幻想。一八八四年的诗集《画与歌》和一八八六年的诗集《刚与柔》才离开了自我表现的小天地,转向外部世界和社会人生。特别是在一八九〇年至一九〇〇年这十年间的农村生活,使他直接而广泛地接触了民众。这段生活实践,确立了他创作的民主主义和人道主义思想。这十年间,他写了自己最优秀的八部诗集。诗集《心中的向往》里有爱情诗、自然诗、哲理诗、宗教诗和现实生活诗。这也是泰戈尔整个诗歌创作的五个方面。一八九五年发表的《缤纷集》被认为是他诗歌创作中最优秀的一部诗集。闪耀着现实主义光辉的著名故事诗《两亩地》收入此集中。一八九六年创作的《收获集》里大部分诗都是短小的,大多是十四行诗,它的内容或是在帕德玛河畔所见所闻的下层社会的日常生活，或是片刻的悔恨和往昔的追忆。一八九九年发表了传统风格的格言和寓言诗《微思集》，一九〇〇年发表了可感触到诗人内心情绪波动的《梦幻集》以及完全口语化的、撷取瞬间情愫的《刹那集》。这些诗集都是用孟加拉语写成的，后来出版的英文诗集如《园丁集》、《飞鸟集》、《游思集》等大都选自这些诗集。

从一九〇一年至一九一四年是他诗歌创作的复杂时期，主要诗集有《儿童集》（大部分收入英文版的《新月集》）、《回忆》和几部宗教抒情诗集：《祭品》、《吉檀迦利》、《渡》、《歌的花环》、《颂歌》等。英文版的《吉檀迦利》主要选自上述孟加拉文版诗集。这时期泰戈尔诗作的内容，一是歌颂纯真的儿童和祖国；一是颂神，讴歌天人合一的思想。

一九一五年至一九四一年，泰戈尔共发表了三十四部诗集，一九一六年发表的《飞鸟集》揭开了这时期创作的序幕，他的诗歌创作又回到现实生活。这期间诗歌创作内容主要有两大类，一是政治抒情诗，揭露法西斯罪行，声援各国人民斗争；二是对自己的一生进行剖析和总结。

泰戈尔的创作坚持形式上革新，但他走上自由诗或散文诗的道路是漫长的，直到晚年，他才完全采用自由诗形式——尽管他在创作中期把自己的诗翻译成英语，蜚声世界文坛，已经尝试了散文诗的创作愉悦。

泰戈尔散文诗可分成两大部分。第一部分是英语散文诗的八部诗集：《吉檀迦利》、《园丁集》、《新月集》、《采果集》、《飞鸟集》、《情人的礼物》、《渡》、《游思集》。第二部分是五部孟加拉语散文诗集：《随想集》、《再次集》、《最后的星期集》、《叶盘集》和《墨绿斋集》。

应该说，影响中国诗歌或中国读者的主要是这些散文诗，泰戈尔也是以散文诗集《吉檀迦利》获诺贝尔文学奖的。作为一个作家，泰戈尔同时又是一个多才多艺的艺术大师，除诗歌外，他还创作了十二部中长篇小说、一百多篇短篇小说、二十八部戏剧，以及各种论文。这些作品数量惊人，形式丰富多彩，不仅对印度现代文学产生了巨大的影响，而且丰富了世界文学，成为人类文化艺术宝库中的一份珍贵遗产。

**倪培耕**

# 吉檀迦利

## 1

你已经使我永生,这样做是你的欢乐。这脆薄的杯儿,你不断地把它倒空,又不断地以新生命来充满。

这小小的苇笛,你携带着它逾山越谷,从笛管里吹出永新的音乐。

在你双手的不朽的安抚下,我的小小的心,消融在无边快乐之中,发出不可言说的词调。

你的无穷的赐予只倾入我小小的手里。时代过去了,你还在倾注,而我的手里还有余量待充满。

## 2

当你命令我歌唱的时候,我的心似乎要因着骄傲而炸裂,我仰望着你的脸,眼泪涌上我的眶里。

我生命中一切的凝涩与矛盾融化成一片甜柔的谐音——我的赞颂像一只欢乐的鸟,振翼飞越海洋。

我知道你欢喜我的歌唱。我知道只因为我是个歌者,才能走到你的面前。

我用我的歌曲的远伸的翅梢,触到了你的双脚,那是我从来不敢想望触到的。

在歌唱中的陶醉,我忘了自己,你本是我的主人,我却称你为朋友。

3

我不知道你怎样的唱,我的主人!我总在惊奇地静听。

你的音乐的光辉照亮了世界。你的音乐的气息透彻诸天。你的音乐的圣泉冲过一切阻挡的岩石,向前奔涌。

我的心渴望和你合唱,而挣扎不出一点声音。我想说话,但是言语不成歌曲,我叫不出来。呵,你使我的心变成了你的音乐的漫天大网中的俘虏,我的主人!

4

我生命的生命,我要保持我的躯体永远纯洁,因为我知道你的生命的摩抚,接触着我的四肢。

我要永远从我的思想中屏除虚伪,因为我知道你就是那在我心中燃起理智之火的真理。

我要从我心中驱走一切的丑恶,使我的爱开花,因为我知道你在我的心宫深处安设了座位。

我要努力在我的行为上表现你,因为我知道是你的威力,给我力量来行动。

5

请容我懈怠一会儿,来坐在你的身旁。我手边的工作等一下子再去完成。

不在你的面前,我的心就不知道什么是安逸和休息,我的工作变成了无边的劳役海中的无尽的劳役。

今天,炎暑来到我的窗前,轻嘘微语;群蜂在花树的宫廷中尽情弹唱。

这正是应该静坐的时光,和你相对,在这静寂和无边的闲暇里唱出生命的献歌。

## 6

摘下这朵花来,拿了去罢,不要迟延!我怕它会萎谢了,掉在尘土里。

它也许配不上你的花冠,但请你采折它,以你手采折的痛苦来给它光宠。我怕在我警觉之先,日光已逝,供献的时间过了。

虽然它颜色不深,香气很淡,请仍用这花来礼拜,趁着还有时间,就采折罢。

## 7

我的歌曲把她妆饰卸掉。她没有了衣饰的骄奢。妆饰会成为我们合一之玷:它们会横阻在我们之间,它们丁当的声音会掩没了你的细语。

我的诗人的虚荣心,在你的容光中羞死。呵,诗圣,我已经拜倒在你的脚前。只让我的生命简单正直像一枝苇笛,让你来吹出音乐。

## 8

那穿起王子的衣袍和挂起珠宝项链的孩子,在游戏中他失去了一切的快乐;他的衣服绊着他的步履。

为怕衣饰的破裂和污损,他不敢走进世界,甚至于不敢挪动。

母亲,这是毫无好处的,如你华美的约束,使人和大地健康的尘土隔断,把人进入日常生活的盛大集会的权利剥夺去了。

## 9

呵,傻子,想把自己背在肩上!呵,乞人,来到你自己门口求乞!

把你的负担卸在那双能担当一切的手中罢,永远不要惋惜地回顾。

你的欲望的气息,会立刻把它接触到的灯火吹灭。它是不圣洁的——不要从它不洁的手中接受礼物。只领受神圣的爱所赋予的东西。

## 10

这是你的脚凳,你在最贫最贱最失所的人群中歇足。

我想向你鞠躬,我的敬礼不能达到你歇足地方的深处——那最贫最贱最失所的人群中。

你穿着破敝的衣服,在最贫最贱最失所的人群中行走,骄傲永远不能走近这个地方。

你和那最没有朋友的最贫最贱最失所的人们作伴,我的心永远找不到那个地方。

## 11

把礼赞和数珠撇在一边罢!你在门窗紧闭幽暗孤寂的殿角里,向谁礼拜呢?睁开眼你看,上帝不在你的面前!

你是在锄着枯地的农夫那里,在敲石的造路工人那里。太阳下,阴雨里,他和他们同在,衣袍上蒙着尘土。脱掉你的圣袍,甚至像他一样地下到泥土里去罢!

超脱吗?从哪里找超脱呢?我们的主已经高高兴兴地把创造的锁链戴起:他和我们大家永远联系在一起。

从静坐里走出来罢，丢开供养的香花！你的衣服污损了又何妨呢？去迎接他，在劳动里，流汗里，和他站在一起罢。

## 12

我旅行的时间很长，旅途也是很长的。

天刚破晓，我就驱车起行，穿遍广漠的世界，在许多星球之上，留下辙痕。

离你最近的地方，路途最远，最简单的音调，需要最艰苦的练习。

旅客要在每个生人门口敲叩，才能敲到自己的家门，人要在外面到处漂流，最后才能走到最深的内殿。

我的眼睛向空阔处四望，最后才合上眼说："你原来在这里！"

这句问话和呼唤"呵，在哪儿呢？"融化在千股的泪泉里，和你保证的回答"我在这里！"的洪流，一同泛滥了全世界。

## 13

我要唱的歌，直到今天还没有唱出。

每天我总在乐器上调理弦索。

时间还没有到来，歌词也未曾填好：只有愿望的痛苦在我心中。

花蕊还未开放；只有风从旁叹息走过。

我没有看见过他的脸，也没有听见过他的声音：我只听见他轻蹑的足音，从我房前路上走过。

悠长的一天消磨在为他在地上铺设座位；但是灯火还未点上，我不能请他进来。

我生活在和他相会的希望中，但这相会的日子还没有来到。

## 14

我的欲望很多，我的哭泣也很可怜，但你永远用坚决的拒绝来拯救我，这刚强的慈悲已经紧密地交织在我的生命里。

你使我一天一天地更配领受你自动的简单伟大的赐予——这天空和光明，这躯体和生命与心灵——把我从极欲的危险中拯救了出来。

有时候我懈怠地捱延，有时候我急忙警觉寻找我的路向；但是你却忍心地躲藏起来。

你不断地拒绝我，从软弱动摇的欲望的危险中拯救了我，使我一天一天地更配得你完全地接纳。

## 15

我来为你唱歌。在你的厅堂中，我坐在屋角。

在你的世界中我无事可做；我无用的生命只能放出无目的的歌声。

在你黑暗的殿中，夜半敲起默祷的钟声的时候，命令我罢，我的主人，来站在你面前歌唱。

当金琴在晨光中调好的时候，宠赐我罢，命令我来到你的面前。

## 16

我接到这世界节日的请柬，我的生命受了祝福。我的眼睛看见了美丽的景象，我的耳朵也听见了醉人的音乐。

在这宴会中，我的任务是奏乐，我也尽力演奏了。

现在，我问，那时间终于来到了吗，我可以进去瞻仰你的容颜，并献上我静默的敬礼吗？

## 17

我只在等候着爱，要最终把我交在他手里。这是我迟误的原因，我对这延误负咎。

他们要用法律和规章，来紧紧地约束我；但是我总是躲着他们，因为我只等候着爱，要最终把我交在他手里。

人们责备我，说我不理会人；我也知道他们的责备是有道理的。

市集已过，忙人的工作都已完毕。叫我不应的人都已含怒回去。我只等候着爱，要最终把我交在他手里。

## 18

云霾堆积，黑暗渐深。呵，爱，你为什么让我独在门外等候？

在中午工作最忙的时候，我和大家在一起，但在这黑暗寂寞的日子，我只企望着你。

若是你不容我见面，若是你完全把我抛弃，我真不知将如何度过这悠长的雨天。

我不住地凝望遥远的阴空，我的心和不宁的风一同彷徨悲叹。

## 19

若是你不说话，我就含忍着，以你的沉默来填满我的心。我要沉静地等候，像黑夜在星光中无眠，忍耐地低首。

清晨一定会来，黑暗也要消隐，你的声音将划破天空从金泉中下注。

那时你的话语，要在我的每一鸟巢中生翼发声，你的音乐，要在我林丛繁花中盛开怒放。

## 20

莲花开放的那天，唉，我不自觉地在心魂飘荡。我的花篮空着，花儿我也没有去理睬。

不时地有一段的幽愁来袭击我,我从梦中惊起,觉得南风里有一阵奇香的芳踪。

这迷茫的温馨,使我想望得心痛,我觉得这仿佛是夏天渴望的气息,寻求圆满。

我那时不晓得它离我是那么近,而且是我的,这完美的温馨,还是在我自己心灵的深处开放。

## 21

我必须撑出我的船去。时光都在岸边捱延消磨了——不堪的我呵!

春天把花开过就告别了。如今落红遍地,我却等待而又留连。

潮声渐喧,河岸的荫滩上黄叶飘落。

你凝望着的是何等的空虚!你不觉得有一阵惊喜和对岸遥远的歌声从天空中一同飘来吗?

## 22

在七月淫雨的浓阴中,你用秘密的脚步行走,夜一般的轻悄,躲过一切的守望的人。

今天,清晨闭上眼,不理连连呼喊的狂啸的东风,一张厚厚的纱幕遮住永远清醒的碧空。

林野住了歌声,家家闭户。在这冷寂的街上,你是孤独的行人。呵,我唯一的朋友,我最爱的人,我的家门是开着的——不要梦一般地走过罢。

## 23

在这暴风雨的夜晚你还在外面作爱的旅行吗,我的朋友?天空像失望者在哀号。

我今夜无眠。我不断地开门向黑暗中瞭望,我的朋友!

我什么都看不见。我不知道你要走哪一条路!

是从墨黑的河岸上,是从远远的愁惨的树林边,是穿过昏暗迂回的曲径,你摸索着来到我这里吗,我的朋友?

## 24

假如一天已经过去了,鸟儿也不歌唱,假如风也吹倦了,那就让黑暗的厚幕把我盖上罢,如同你在黄昏时节用睡眠的衾被裹上大地,又轻柔地将睡莲的花瓣合上。

旅客的行程未达,粮袋已空,衣裳破裂污损,而又筋疲力尽,你解除了他的羞涩与困窘,使他的生命像花朵一样在仁慈的夜幕下苏醒。

## 25

在这困倦的夜里,让我帖服地把自己交给睡眠,把信赖托付给你。

让我不去勉强我的萎靡的精神,来准备一个对你敷衍的礼拜。

是你拉上夜幕盖上白日的倦眼,使这眼神在醒觉的清新喜悦中,更新了起来。

## 26

他来坐在我的身边,而我没有醒起。多么可恨的睡眠,唉,不幸的我呵!

他在静夜中来到;手里拿着琴,我的梦魂和他的音乐起了共鸣。

唉,为什么每夜就这样地虚度了?呵,他的气息接触了我的睡眠,为什么我总看不见他的面?

## 27

灯火,灯火在哪里呢?用熊熊的渴望之火把它点上罢!

灯在这里,却没有一丝火焰,——这是你的命运吗,我的心呵!你还不如死了好!

悲哀在你门上敲着,她传话说你的主醒着呢,他叫你在夜的黑暗中奔赴爱的约会。

云雾遮满天空,雨也不停地下。我不知道我心里有什么在动荡,——我不懂得它的意义。

一霎的电光,在我的视线上抛下一道更深的黑暗,我的心摸索着寻找那夜的音乐对我呼唤的径路。

灯火,灯火在哪里呢?用熊熊的渴望之火把它点上罢!雷声在响,狂风怒吼着穿过天空。夜像黑岩一般的黑。不要让时间在黑暗中度过罢。用你的生命把爱的灯点上罢。

## 28

罗网是坚韧的,但是要撕破它的时候我又心痛。

我只要自由,为希望自由我却觉得羞愧。

我确知那无价之宝是在你那里,而且你是我最好的朋友,但我却舍不得清除我满屋的俗物。

我身上披的是尘灰与死亡之衣;我恨它,却又热爱地把它抱紧。

我的债负很多,我的失败很大,我的耻辱秘密而又深重;但当我来求福的时候,我又战栗,唯恐我的祈求得了允诺。

## 29

被我用我的名字囚禁起来的那个人,在监牢中哭泣。我每天不停地筑着围墙；当这道围墙高起接天的时候，我的真我便被高墙的黑影遮断不见了。

我以这道高墙自豪，我用沙土把它抹严，唯恐在这名字上还留着一丝罅隙，我煞费了苦心，我也看不见了真我。

## 30

我独自去赴幽会。是谁在暗寂中跟着我呢？

我走开躲他，但是我逃不掉。

他昂首阔步，使地上尘土飞扬；我说出的每一个字里，都掺杂着他的喊叫。

他就是我的小我，我的主，他恬不知耻；但和他一同到你门前，我却感到羞愧。

## 31

“囚人，告诉我，谁把你捆起来的？”

“是我的主人，”囚人说。“我以为我的财富与权力胜过世界上一切的人，我把我的国王的钱财聚敛在自己的宝库里。我昏困不过，睡在我主的床上，一觉醒来，我发现我在自己的宝库里做了囚人。”

“囚人，告诉我，是谁铸的这条坚牢的锁链？”

“是我，”囚人说，“是我自己用心铸造的。我以为我的无敌的权力会征服世界，使我有无碍的自由。我日夜用烈火重锤打造了这条铁链。等到工作完成，铁链坚牢完善，我发现这铁链把我捆住了。”

## 32

尘世上那些爱我的人，用尽方法拉住我。你的爱就不是那样，你的爱比他们的伟大得多，你让我自由。

他们从不敢离开我,恐怕我把他们忘掉。但是你,日子一天一天地过去,你还没有露面。

若是我不在祈祷中呼唤你,若是我不把你放在心上,你爱我的爱情仍在等待着我的爱。

## 33

白天的时候,他们来到我的房子里说:“我们只占用最小的一间屋子。”

他们说:“我们要帮忙你礼拜你的上帝,而且只谦恭地领受我们应得的一份恩典”;他们就在屋角安静谦柔地坐下。

但是在黑夜里,我发现他们强暴地冲进我的圣堂,贪婪地攫取了神坛上的祭品。

## 34

只要我一息尚存,我就称你为我的一切。

只要我一诚不灭,我就感觉到你在我的四围,任何事情,我都来请教你,任何时候都把我的爱献上给你。

只要我一息尚存,我就永不把你藏匿起来。

只要把我和你的旨意锁在一起的脚镣,还留着一小段,你的意旨就在我的生命中实现——这脚镣就是你的爱。

## 35

在那里,心是无畏的,头也抬得高昂;

在那里,智识是自由的;

在那里,世界还没有被狭小的家国的墙隔成片段;

在那里,话是从真理的深处说出;

在那里，不懈的努力向着“完美”伸臂；

在那里，理智的清泉没有沉没在积习的荒漠之中；

在那里，心灵是受你的指引，走向那不断放宽的思想与行为——进入那自由的天国，我的父呵，让我的国家觉醒起来罢。

## 36

这是我对你的祈求，我的主——请你铲除，铲除我心里贫乏的根源。

赐给我力量使我能轻闲地承受欢乐与忧伤。

赐给我力量使我的爱在服务中得到果实。

赐给我力量使我永不抛弃穷人也永不向淫威屈膝。

赐给我力量使我的心灵超越于日常琐事之上。

再赐给我力量使我满怀爱意地把我的力量服从你意志的指挥。

## 37

我以为我的精力已竭，旅程已终——前路已绝，储粮已尽，退隐在静默鸿蒙中的时间已经到来。

但是我发现你的意志在我身上不知有终点。旧的言语刚在舌尖上死去，新的音乐又从心上迸来；旧辙方迷，新的田野又在面前奇妙地展开。

## 38

我需要你，只需要你——让我的心不停地重述这句话。日夜引诱我的种种欲念，都是透顶的诈伪与空虚。

就像黑夜隐藏在祈求光明的朦胧里，在我潜意识的深处也响出呼声——我需要你，只需要你。

正如风暴用全力来冲击平静，却寻求终止于平静，我的反抗冲击着你的爱，而它的呼声也还是——我需要你，只需要你。

## 39

在我的心坚硬焦躁的时候，请洒我以慈霖。

当生命失去恩宠的时候，请赐我以欢歌。

当烦杂的工作在四周喧闹，使我和外界隔绝的时候，我的宁静的主，请带着你的和平与安息来临。

当我乞丐似的心，蹲闭在屋角的时候，我的国王，请你以王者的威仪破户而入。

当欲念以诱惑与尘埃来迷蒙我的心眼的时候，呵，圣者，你是清醒的，请你和你的雷电一同降临。

## 40

在我干枯的心上，好多天没有受到雨水的滋润了，我的上帝。天边是可怕的赤裸——没有一片轻云的遮盖，没有一丝远雨的凉意。

如果你愿意，请降下你的死黑的盛怒的风雨，以闪电震慑诸天罢。

但是请你召回，我的主，召回这弥漫沉默的炎热罢，它是沉重尖锐而又残忍，用可怕的绝望焚灼人心。

让慈云低垂下降，像在父亲发怒的时候，母亲的含泪的眼光。

## 41

我的情人，你站在大家背后，藏在何处的阴影中呢？在尘土飞扬的道上，他们把你推开走过，没有理睬你。在乏倦的时间，我摆开礼品来等候你，过路的人把我的香花一朵一朵地拿去，我的花篮几乎空了。

清晨,中午都过去了。暮色中,我倦眼蒙眬。回家的人们瞟着我微笑,使我满心羞惭。我像女丐一般地坐着,拉起裙儿盖上脸,当他们问我要什么的时候,我垂目没有答应。

呵,真的,我怎能告诉他们说我是在等候你,而且你也应许说你一定会来。我又怎能抱愧地说我的妆奁就是贫穷。呵,我在我心的微隐处紧抱着这一段骄荣。

我坐在草地上凝望天空,梦想着你来临时候那忽然炫耀的豪华——万彩交辉,车辇上金旗飞扬,在道旁众目睽睽之下,你从车座下降,把我从尘埃中扶起坐在你的旁边,这褴褛的丐女,含羞带喜,像蔓藤在暑风中颤摇。

但是时间流过了,还听不见你的车辇的轮声。许多仪仗队伍都在光彩喧闹中走过了。你只要静默地站在他们背后吗?我只能哭泣着等待,把我的心折磨在空虚的伫望之中吗?

## 42

在清晓的密语中,我们约定了同去泛舟,世界上没有一个人知道我们这无目的无终止的遨游。

在无边的海洋上,在你静听的微笑中,我的歌唱抑扬成调,像海波一般的自由,不受字句的束缚。

时间还没有到吗?你还有工作要做吗?看罢,暮色已经笼罩海岸,苍茫里海鸟已群飞归巢。

谁知道什么时候可以解开链索,这只船会像落日的余光,消融在黑夜之中呢?

## 43

那天我没有准备好来等候你,我的国王,你就像一个素不相识的平凡的人，自动地进到我的心里，在我生命的许多流逝的时光中，盖上了永生的印记。

今天我偶然照见了你的签印，我发现它们和我遗忘了的日常哀乐的回忆，杂乱地散掷在尘埃里。

你不曾鄙夷地避开我童年时代在尘土中的游戏，我在游戏室里所听见的足音，和在群星中的回响是相同的。

## 44

阴晴无定，夏至雨来的时节，在路旁等候瞭望，是我的快乐。

从不可知的天空带信来的使者们，向我致意又向前赶路。我衷心欢畅，吹过的风带着清香。

从早到晚我在门前坐地，我知道我一看见你，那快乐的时光便要突然来到。

这时我自歌自笑。这时空气里也充满着应许的芬芳。

## 45

你没有听见他静悄的脚步吗？他正在走来，走来，一直不停地走来。

每一个时间，每一个年代，每日每夜，他总在走来，走来，一直不停地走来。

在许多不同的心情里，我唱过许多歌曲，但在这些歌调里，我总在宣告说："他正在走来，走来，一直不停地走来。"

四月芬芳的晴天里，他从林径中走来，走来，一直不停地走来。

七月阴暗的雨夜中，他坐着隆隆的云辇，前来，前来，一直不停地前来。

愁闷相继之中，是他的脚步踏在我的心上，是他的双脚的黄金般的接触，使我的快乐发出光辉。

## 46

我不知道从久远的什么时候，你就一直走近来迎接我。

你的太阳和星辰永不能把你藏起使我看不见你。

在许多清晨和傍晚，我曾听见你的足音，你的使者曾秘密地到我心里来召唤。

我不知道为什么今天我的生活完全激动了，一种狂欢的感觉穿过了我的心。

这就像结束工作的时间已到，我感觉到在空气中有你光降的微馨。

## 47

夜已将尽，等他又落了空。我怕在清晨我正在倦睡的时候，他忽然来到我的门前。呵，朋友们，给他开着门罢——不要拦阻他。

若是他的脚步声没有把我惊醒，请不要叫醒我。我不愿意小鸟嘈杂的合唱，和庆祝晨光的狂欢的风声，把我从睡梦中吵醒。即使我的主突然来到我的门前，也让我无扰地睡着。

呵，我的睡眠，宝贵的睡眠，只等着他的摩触来消散。呵，我的合着的眼，只在他微笑的光中才开睫，当他像从洞黑的睡眠里浮现的梦一般地站立在我面前。

让他作为最初的光明和形象，来呈现在我的眼前。让他的眼光成为我觉醒的灵魂最初的欢跃。

让我自我的返回成为向他立地的皈依。

## 48

清晨的静海，漾起鸟语的微波；路旁的繁花，争妍斗艳；在我们匆忙赶路无心理睬的时候，云隙中散射出灿烂的金光。

我们不唱欢歌，也不嬉游；我们也不到村集上去交易；我们一语不发，也不微笑；我们不在路上留连。时间流逝，我们也加速了脚步。

太阳升到中天，鸽子在凉阴中叫唤。枯叶在正午的炎风中飞舞。牧童在榕树下做他的倦梦，我在水边卧下，在草地上展布我困乏的四肢。

我的同伴们嘲笑我；他们抬头疾走；他们不回顾也不休息；他们消失在远远的碧霭之中。他们穿过许多山林，经过生疏遥远的地方。长途上的英雄队伍呵，光荣是属于你们的！讥笑和责备要促我起立，但我却没有反应。我甘心没落在乐受的耻辱的深处——在模糊的快乐阴影之中。

阳光织成的绿阴的幽静，慢慢地笼罩着我的心。我忘记了旅行的目的，我无抵抗地把我的心灵交给阴影与歌曲的迷宫。

最后，我从沉睡中睁开眼，我看见你站在我身旁，我的睡眠沐浴在你的微笑之中。我从前是如何地惧怕，怕这道路的遥远困难，到你面前的努力是多么艰苦呵！

## 49

你从宝座上下来，站在我草舍门前。

我正在屋角独唱，歌声被你听到了。你下来站在我草舍门前。

在你的广厅里有许多名家，一天到晚都有歌曲在唱。但是这初学的简单的音乐，却得到了你的赏识。一支忧郁的小调，和世界的伟大音乐融合了，你还带了花朵作为奖赏，下了宝座停留在我的草舍门前。

## 50

我在村路上沿门求乞的时候，你的金辇像一个华丽的梦从远处出现,我在猜想这位万王之王是谁!

我的希望高升,我觉得我苦难的日子将要告终,我站着等候你自动的施与,等待那散掷在尘埃里的财宝。

车辇在我站立的地方停住了。你看到我,微笑着下车。我觉得我的运气到底来了。忽然你伸出右手来说:“你有什么给我呢?”

呵,这开的是什么样的帝王的玩笑,向一个乞丐伸手求乞!我糊涂了,犹疑地站着,然后从我的口袋里慢慢地拿出一粒最小的玉米献上给你。

但是我一惊不小,当我在晚上把口袋倒在地上的时候,在我乞讨来的粗劣东西之中,我发现了一粒金子。我痛哭了,恨我没有慷慨地将我所有都献给你。

## 51

夜深了。我们一天的工作都已做完。我们以为投宿的客人都已来到,村里家家都已闭户了。只有几个人说,国王是要来的。我们笑着说:“不会的,这是不可能的事!”

仿佛门上有敲叩的声音。我们说那不过是风。我们熄灯就寝。只有几个人说:“这是使者!”我们笑了说:“不是,这一定是风!”

在死沉沉的夜里传来一个声音。朦胧中我们以为是远远的雷响。墙摇地动,我们在睡眠里受了惊扰。只有几个人说:“这是车轮的声音。”我们昏困地嘟哝着说:“不是,这一定是雷响!”

鼓声响起的时候天还没亮。有声音喊着说;“醒来罢!别耽误了!”我们拿手按住心口,吓得发抖。只有几个人说:“看哪,这是国王的旗子!”我们爬起来站着叫:“没有时间再耽误了!”

国王已经来了——但是灯火在哪里呢,花环在哪里呢?给他预备的宝座在哪里呢?呵,丢脸,呵,太丢脸了!客厅在哪里,陈设又在哪里呢?有几个人说了:“叫也无用了!用空手来迎接他罢,带他到你的空房里去罢!”

开起门来,吹起法螺罢!在深夜中国王降临到我黑暗凄凉的房子里了。空中雷声怒吼。黑暗和闪电一同颤抖。拿出你的破席铺在院子里罢。我们的国王在可怖之夜与暴风雨一同突然来到了。

## 52

我想我应当向你请求——可是我又不敢——你那挂在颈上的玫瑰花环。这样我等到早上,想在你离开的时候,从你床上找到些碎片。我像乞丐一样破晓就来寻找,只为着一两片散落的花瓣。

呵,我呵,我找到了什么呢?你留下了什么爱的表记呢?那不是花朵,不是香料,也不是一瓶香水。那是你的一把巨剑,火焰般放光,雷霆般沉重。清晨的微光从窗外射到床上。晨鸟叽叽喳喳着问:"女人,你得到了什么呢?"不,这不是花朵,不是香料,也不是一瓶香水——这是你的可畏的宝剑。

我坐着猜想,你这是什么礼物呢。我没有地方去藏放它。我不好意思佩带它;我是这样的柔弱,当我抱它在怀里的时候,它就把我压痛了。但是我要把这光宠铭记在心,你的礼物,这痛苦的负担。

从今起在这世界上我将没有畏惧,在我的一切奋斗中你将得到胜利。你留下死亡和我作伴,我将以我的生命给他加冕。我带着你的宝剑来斩断我的羁勒,在世界上我将没有畏惧。

从今起我要抛弃一切琐碎的装饰。我心灵的主,我不再在一隅等待哭泣,也不再畏怯娇羞。你已把你的宝剑给我佩带。我不再要玩偶的装饰品了!

## 53

你的手镯真是美丽,镶着星辰,精巧地嵌着五光十色的珠宝。但是依我看来你的宝剑是更美的,那弯弯的闪光像毗湿奴的神鸟展开的翅翼,完美地平悬在落日怒发的红光里。

它颤抖着像生命受死亡的最后一击时，在痛苦的昏迷中的最后反应；它炫耀着像将烬的世情的纯焰，最后猛烈的一闪。

你的手镯真是美丽，镶着星辰般的珠宝；但是你的宝剑，呵，雷霆的主，是铸得绝顶美丽，看到想到都是可畏的。

## 54

我不向你求什么；我不向你耳中陈述我的名字。当你离开的时候我静默地站着。我独立在树影横斜的井旁，女人们已顶着褐色的瓦罐盛满了水回家了。她们叫我说："和我们一块来罢，都快到中午了。"但我仍在慵倦地留连，沉入恍惚的默想之中。

你走来时我没有听到你的足音。你含愁的眼望着我；你低语的时候声音是倦乏的——"呵，我是一个干渴的旅客。"我从幻梦中惊起，把我罐里的水倒在你掬着的手掌里。树叶在头上萧萧地响着；杜鹃在幽暗处歌唱，曲径里传来胶树的花香。

当你问到我的名字的时候，我羞得悄立无言。真的，我替你做了什么，值得你的忆念？但是我幸能给你饮水止渴的这段回忆，将温馨地贴抱在我的心上。天已不早，鸟儿唱着倦歌，楝树叶子在头上沙沙作响，我坐着反覆地想了又想。

## 55

乏倦压在你的心上，你眼中尚有睡意。

你没有得到消息说荆棘丛中花朵正在盛开吗？醒来罢，呵，醒来！不要让光阴虚度了！

在石径的尽头，在幽静无人的田野里，我的朋友在独坐着。不要欺骗他罢。醒来，呵，醒来罢！

即使正午的骄阳使天空喘息摇颤——即使灼热的沙地展布开它干渴的巾衣——

在你心的深处难道没有快乐吗？你的每一个足音，不会使道路的琴弦迸出痛苦的柔音吗？

## 56

只因你的快乐是这样地充满了我的心。只因你曾这样地俯就我。呵，你这诸天之王，假如没有我，你还爱谁呢？

你使我做了你这一切财富的共享者。在我心里你的欢乐不住地遨游。在我生命中你的意志永远实现。

因此，你这万王之王曾把自己修饰了来赢取我的心。因此你的爱也消融在你情人的爱里，在那里，你又以我俩完全合一的形象显现。

## 57

光明，我的光明，充满世界的光明，吻着眼目的光明，甜沁心腑的光明！

呵，我的宝贝，光明在我生命的一角跳舞；我的宝贝，光明在勾拨我爱的心弦；天开了，大风狂奔，笑声响彻大地。

蝴蝶在光明海上展开翅帆。百合与茉莉在光波的浪花上翻涌。

我的宝贝，光明在每朵云彩上散映成金，它洒下无量的珠宝。

我的宝贝，快乐在树叶间伸展，欢喜无边。天河的堤岸淹没了，欢乐的洪水在四散奔流。

## 58

让一切欢乐的歌调都融和在我最后的歌中——那使大地草海欢呼摇动的快乐，那使生和死两个孪生弟兄，在广大的世界上跳舞的快乐，那和暴风雨一同卷来，用笑声震撼惊醒一切的生命的快乐，那含泪默坐在盛开的痛苦的红莲上的快乐，那不知所谓，把一切所有抛掷于尘埃中的快乐。

## 59

是的，我知道，这只是你的爱，呵，我心爱的人——这在树叶上跳舞的金光，这些驶过天空的闲云，这使我头额清爽的吹过的凉风。

清晨的光辉涌进我的眼睛——这是你传给我心的消息。你的脸容下俯，你的眼睛下望着我的眼睛，我的心接触到了你的双足。

## 60

孩子们在无边的世界的海滨聚会。头上是静止的无垠的天空，不宁的海波奔腾喧闹。在无边的世界的海滨，孩子们欢呼跳跃地聚会着。

他们用沙子盖起房屋，用空贝壳来游戏。他们把枯叶编成小船，微笑着把它们漂浮在深远的海上。孩子在世界的海滨做着游戏。

他们不会凫水，他们也不会撒网。采珠的人潜水寻珠，商人们奔波航行，孩子们收集了石子却又把它们丢弃了。他们不搜求宝藏，他们也不会撒网。

大海涌起了喧笑，海岸闪烁着苍白的微笑。致人死命的波涛，像一个母亲在摇着婴儿的摇篮一样，对孩子们唱着无意义的谣歌。大海在同孩子们游戏，海岸闪烁着苍白的微笑。

孩子们在无边的世界的海滨聚会。风暴在无路的天空中飘游，船舶在无轨的海上破碎，死亡在猖狂，孩子们却在游戏。在无边的世界的海滨，孩子们盛大地聚会着。

## 61

这掠过婴儿眼上的睡眠——有谁知道它是从哪里来的吗？是

的，有谣传说它住在林荫中，萤火朦胧照着的仙村里，那里挂着两颗甜柔迷人的花蕊。它从那里来吻着婴儿的眼睛。

在婴儿睡梦中唇上闪现的微笑——有谁知道它是从哪里生出来的吗？是的，有谣传说一线新月的微光，触到了消散的秋云的边缘，微笑就在被朝雾洗净的晨梦中，第一次生出来了——这就是那婴儿睡梦中唇上闪现的微笑。

在婴儿的四肢上，花朵般地喷发的甜柔清新的生气，有谁知道它是在哪里藏了这么许久吗？是的，当母亲还是一个少女，它就在温柔安静的爱的神秘中，充塞在她的心里了——这就是那婴儿四肢上喷发的甜柔新鲜的生气。

## 62

当我送你彩色玩具的时候，我的孩子，我了解为什么云中水上会幻弄出这许多颜色，为什么花朵都用颜色染起——当我送你彩色玩具的时候，我的孩子。

当我唱歌使你跳舞的时候，我彻底地知道为什么树叶上响出音乐，为什么波浪把它们的合唱送进静听的大地的心头——当我唱歌使你跳舞的时候。

当我把糖果递到你贪婪的手中的时候，我懂得为什么花心里有蜜，为什么水果里隐藏着甜汁——当我把糖果递到你贪婪的手中的时候。

当我吻你的脸使你微笑的时候，我的宝贝，我的确了解晨光从天空流下时，是怎样的高兴，暑天的凉风吹到我身上的是怎样的愉快——当我吻你的脸使你微笑的时候。

## 63

你使不相识的朋友认识了我。你在别人家里给我准备了座位。

你缩短了距离，你把生人变成弟兄。

在我必须离开故居的时候，我心里不安；我忘了是旧人迁入新居，而且你也住在那里。

通过生和死，今生或来世，无论你带领我到哪里，都是你，仍是你，我的无穷生命中的唯一伴侣，永远用欢乐的系练，把我的心和陌生的人联系在一起。

人一认识了你，世上就没有陌生的人，也没有了紧闭的门户。呵，请允许我的祈求，使我在与众生游戏之中，永不失去和你单独接触的福祉。

## 64

在荒凉的河岸上，深草丛中，我问她："姑娘，你用披纱遮着灯，要到哪里去呢？我的房子黑暗寂寞——把你的灯借给我罢！"她抬起乌黑的眼睛，从暮色中看了我一会。"我到河边来，"她说，"要在太阳西下的时候，把我的灯漂浮到水上去。"我独立在深草中看着她的灯的微弱的火光，无用地在潮水上飘流。

在薄暮的寂静中，我问她："你的灯火都已点上了——那么你拿着这灯到哪里去呢？我的房子黑暗寂寞——把你的灯借给我罢。"她抬起乌黑的眼睛望着我的脸，站着沉吟了一会。最后她说："我来是要把我的灯献给上天。"我站着看她的灯，在天空中无用地燃点着。

在无月的夜半朦胧之中，我问她："姑娘，你作什么把灯抱在心前呢？我的房子黑暗寂寞——把你的灯借给我罢。"她站住沉思了一会，在黑暗中注视着我的脸。她说："我是带着我的灯，来参加灯节的。"我站着看着她的灯，无用地消失在众光之中。

## 65

我的上帝，从我满溢的生命之杯中，你要饮什么样的圣酒呢？

通过我的眼睛，来观看你自己的创造物，站在我的耳门上，来静听你自己的永恒的谐音，我的诗人，这是你的快乐吗？

你的世界在我的心灵里织上字句，你的快乐又给它们加上音乐。你把自己在梦中交给了我，又通过我来感觉你自己的完满的甜柔。

## 66

那在神光离合之中，潜藏在我生命深处的她；那在晨光中永远不肯揭开面纱的她，我的上帝，我要用最后的一首歌把她包裹起来，作为我给你的最后的献礼。

无数求爱的话，都已说过，但还没有赢得她的心；劝诱向她伸出渴望的臂，也是枉然。

我把她深藏在心里，到处漫游，我生命的荣枯围绕着她起落。

她统治着我的思想、行动和睡梦，她却自己独居索处。

许多的人叩我的门来访问她，都失望地回去。

在这世界上从没有人和她面对过，她孤守着静待你的赏识。

## 67

你是天空，你也是窝巢。

呵，美丽的你，在窝巢里就是你的爱，用颜色、声音和香气来围拥住灵魂。

在那里，清晨来了，右手提着金筐，带着美的花环，静静地替大地加冕。

在那里，黄昏来了，越过无人畜牧的荒林，穿过车马绝迹的小径，在她的金瓶里带着安静的西方海上和平的凉飙。

但是在那里，纯白的光辉，统治着伸展着的为灵魂翱翔的无际的天空。在那里无昼无夜，无形无色，而且永远，永远无有言说。

## 68

你的阳光射到我的地上,整天地伸臂站在我门前,把我的眼泪、叹息和歌曲变成的云彩,带回放在你的足边。

你喜爱地将这云带缠围在你的星胸之上,绕成无数的形式和褶纹,还染上变幻无穷的色彩。

它是那样的轻柔,那样的飘扬、温软、含泪而黯淡,因此你就爱惜它,呵,你这庄严无瑕者。这就是为什么它能够以它可怜的阴影遮掩你的可畏的白光。

## 69

就是这股生命的泉水,日夜流穿我的血管,也流穿过世界,又应节地跳舞。

就是这同一的生命,从大地的尘土里快乐地伸放出无数片的芳草,迸发出繁花密叶的波纹。

就是这同一的生命,在潮汐里摇动着生和死的大海的摇篮。

我觉得我的四肢因受着生命世界的爱抚而光荣。我的骄傲,是因为时代的脉搏,此刻在我血液中跳动。

## 70

这欢欣的音律不能使你欢欣吗?不能使你回旋激荡,消失碎裂在这可怖的快乐旋转之中吗?

万物急剧地前奔,它们不停留也不回顾,任何力量都不能挽住它们,它们急遽地前奔。

季候应和着这急速不宁的音乐,跳舞着来了又去——颜色、声音、香味在这充溢的快乐里,汇注成奔流无尽的瀑泉,时时刻刻地在散溅、退落而死亡。

## 71

我应当自己发扬光大、四周放射、投映彩影于你的光辉之中——这便是你的幻境。

你在你自身里立起隔栏，用无数不同的音调来呼唤你的分身。你这分身已在我体内成形。

高亢的歌声响彻诸天，在多彩的眼泪与微笑，震惊与希望中回应着；波起复落，梦破又圆。在我里面是你自身的破灭。

你卷起的那重帘幕，是用书和夜的画笔，绘出了无数的花样。幕后的你的座位，是用奇妙神秘的曲线织成。抛弃了一切无聊的笔直的线条。

你我组成的伟丽的行列，布满了天空。因着你我的歌音，太空都在震颤，一切时代都在你我捉迷藏中度过了。

## 72

就是他，那最深奥的，用他深隐的摩触使我清醒。

就是他把神符放在我的眼上，又快乐地在我心弦上弹弄出种种哀乐的调子。

就是他用金、银、青、绿的灵幻的色丝，织起幻境的披纱，他的脚趾从衣褶中外露。在他的摩触之下，我忘却了自己。

日来年往，就是他永远以种种名字，种种姿态，种种的深悲和极乐，来打动我的心。

## 73

在断念屏欲之中，我不需要拯救。在万千欢愉的约束里我感到了自由的拥抱。

你不断地在我的瓦罐里满满地斟上不同颜色不同芬芳的新酒。

我的世界,将以你的火焰点上他的万盏不同的明灯,安放在你庙宇的坛前。

不,我永不会关上我感觉的门户。视、听、触的快乐会含带着你的快乐。

是的,我的一切幻想会燃烧成快乐的光明,我的一切愿望将结成爱的果实。

## 74

白日已过,暗影笼罩大地。是我到河边汲水的时候了。

晚空凭着水的凄音流露着切望。呵,它呼唤我出到暮色中来。荒径上断绝人行,风起了,波浪在河里翻腾。

我不知道是否应该回家去。我不知道我会遇见什么人。浅滩的小舟上有个不相识的人正弹着琵琶。

## 75

你赐给我们世人的礼物,满足了我们一切的需要,可是它们又毫未减少地返回到你那里。

河水有它每天的工作,匆忙地穿过田野和村庄;但它的不绝的水流,又曲折地回来洗你的双脚。

花朵以芬芳熏香了空气;但它最终的任务,是把自己献上给你。

对你供献不会使世界困穷。

人们从诗人的字句里,选取自己心爱的意义:但是诗句的最终意义是指向着你。

## 76

过了一天又是一天，呵，我生命的主，我能够和你对面站立吗？呵，全世界的主，我能合掌和你对面站立吗？

在广阔的天空下，严静之中，我能够带着虔恭的心，和你对面站立吗？

在你的劳碌的世界里，喧腾着劳作和奋斗，在营营扰扰的人群中，我能和你对面站立吗？

当我已做完了今生的工作，呵，万王之王，我能够独自悄立在你的面前吗？

## 77

我知道你是我的上帝，却远立在一边——我不知道你是属于我的，就走近你。我知道你是我的父亲，就在你脚前俯伏——我没有像和朋友握手那样地紧握你的手。

我没有在你降临的地方，站立等候，把你抱在胸前，当你做同道，把你占有。

你是我弟兄的弟兄，但是我不理他们，不把我赚得的和他们平分，我以为这样做，才能和你分享我的一切。

在快乐和苦痛里，我都没有站在人类的一边，我以为这样做，才能和你站在一起。

我畏缩着不肯舍生，因此我没有跳入生命的伟大的海洋里。

## 78

当鸿蒙初辟，繁星第一次射出灿烂的光辉，众神在天上集会，唱着“呵，完美的画图，完全的快乐！”

有一位神忽然叫起来了——“光链里仿佛断了一环,一颗星星走失了。”

他们金琴的弦子猛然折断了,他们的歌声停止了,他们惊惶地叫着——“对了,那颗走失的星星是最美的,她是诸天的光荣!”

从那天起,他们不住地寻找她,众口相传地说,因为她丢了,世界失去了一种快乐。

只在严静的夜里,众星微笑着互相低语说——“寻找是无用的,无缺的完美正笼盖着一切!”

## 79

假如我今生无分遇到你,就让我永远感到恨不相逢——让我念念不忘,让我在醒时梦中都怀带着这悲哀的苦痛。

当我的日子在世界的闹市中度过,我的双手满捧着每日的赢利的时候,让我永远觉得我是一无所获——让我念念不忘,让我在醒时梦中都带着这悲哀的苦痛。

当我坐在路边,疲乏喘息,当我在尘土中铺设卧具,让我永远记着前面还有悠悠的长路——让我念念不忘,让我在醒时梦中都怀带着这悲哀的苦痛。

当我的屋子装饰好了,箫笛吹起,欢笑声喧的时候,让我永远觉得我还没有请你光临——让我念念不忘,让我在醒时梦中都怀带着这悲哀的苦痛。

## 80

我像一片秋天的残云,无主地在空中飘荡,呵,我的永远光耀的太阳!你的摩触远没有蒸化了我的水气,使我与你的光明合一,因此我计算着和你分离的悠长的年月。

假如这是你的愿望,假如这是你的游戏,就请把我这流逝的空虚染上颜色，镀上金辉，让它在狂风中飘浮，舒卷成种种的奇观。

而且假如你愿意在夜晚结束了这场游戏，我就在黑暗中，或在灿白晨光的微笑中，在净化的清凉中，溶化消失。

## 81

在许多闲散的日子，我悼惜着虚度了的光阴。但是光阴并没有虚度，我的主。你掌握了我生命里寸寸的光阴。

你潜藏在万物的心里，培育着种子发芽，蓓蕾绽红，花落结实。

我困乏了，在闲榻上睡眠，想象一切工作都已停歇。早晨醒来，我发现我的园里，却开遍了异蕊奇花。

## 82

你手里的光阴是无限的，我的主。你的分秒是无法计算的。

夜去明来，时代像花开花落。你晓得怎样来等待。

你的世纪，一个接着一个，来完成一朵小小的野花。

我们的光阴不能浪费，因为没有时间，我们必须争取机缘。我们太穷苦了，决不可迟到。

因此，在我把时间让给每一个性急的，向我索要时间的人，我的时间就虚度了，最后你的神坛上就没有一点祭品。

一天过去，我赶忙前来，怕你的门已经关闭；但是我发现时间还有充裕。

## 83

圣母呵，我要把我悲哀的眼泪穿成珠链，挂在你的颈上。

星星把光明做成足镯，来装扮你的双足，但是我的珠链要挂在你的胸前。

名利自你而来,也全凭你的予取。但这悲哀却完全是我自己的,当我把它当作祭品献给你的时候,你就以你的恩慈来酬谢我。

## 84

离愁弥漫世界,在无际的天空中生出无数的情境。

就是这离愁整夜地悄望星辰,在七月阴雨之中,萧萧的树籁变成抒情的诗歌。

就是这笼压弥漫的痛苦,加深而成为爱、欲,而成为人间的苦乐;就是它永远通过诗人的心灵,融化流涌而成为诗歌。

## 85

当战士们从他们主公的明堂里刚走出来,他们的武力藏在哪里呢?他们的甲胄和干戈藏在哪里呢?

他们显得无助、可怜,当他们从他们主公的明堂走出的那一天,如雨的箭矢向着他们飞射。

当战士们整队走回他们主公的明堂里的时候,他们的武力藏在哪里呢?

他们放下了刀剑和弓矢;和平在他们的额上放光,当他们整队走回他们主公的明堂的那一天,他们把他们生命的果实留在后面了。

## 86

死亡,你的仆人,来到我的门前。他渡过不可知的海洋临到我家,来传达你的召令。

夜色沉黑,我心中畏惧——但是我要端起灯来,开起门来,鞠躬欢迎他。因为站在我门前的是你的使者。

我要含泪地合掌礼拜他。我要把我心中的财产,放在他脚前,来礼拜他。

他的使命完成了就要回去，在我的晨光中留下了阴影；在我萧条的家里，只剩下孤独的我，作为最后献你的祭品。

## 87

在无望的希望中，我在房里的每一个角落找她；我找不到她。

我的房子很小，一旦丢了东西就永远找不回来。

但是你的房子是无边无际的，我的主，为着找她，我来到了你的门前。

我站在你薄暮金色的天穹下，向你抬起渴望的眼。

我来到了永恒的边涯，在这里万物不灭——无论是希望，是幸福，或是从泪眼中望见的人面。

呵，把我空虚的生命浸到这海洋里罢，跳进这最深的完满里罢。让我在宇宙的完整里，感觉一次那失去的温馨的接触罢。

## 88

破庙里的神呵！七弦琴的断线不再弹唱赞美你的诗歌。晚钟也不再宣告礼拜你的时间。你周围的空气是寂静的。

流荡的春风来到你荒凉的居所。它带来了香花的消息——就是那素来供养你的香花，现在却无人来呈献了。

你的礼拜者，那些漂泊的惯旅，永远在企望那还未得到的恩典。黄昏来到，灯光明灭于尘影之中，他困乏地带着饥饿的心回到这破庙里来。

许多佳节都在静默中来到，破庙的神呵。许多礼拜之夜，也在无火无灯中度过了。

精巧的艺术家，造了许多新的神像，当他们的末日来到了，便被抛入遗忘的圣河里。

只有破庙的神遗留在无人礼拜的，不死的冷淡之中。

## 89

我不再高谈阔论了——这是我主的意旨。从那时起我轻声细语。我心里的话要用歌曲低唱出来。

人们急急忙忙地到国王的市场上去，买卖的人都在那里。但在工作正忙的正午，我就早早地离开。

那就让花朵在我的园中开放，虽然花时未到；让蜜蜂在中午奏起他们慵懒的嗡哼。

我曾把充分的时间，用在理欲交战里，但如今是我暇日游侣的雅兴，把我的心拉到他那里去；我也不知道这忽然的召唤，会引到什么突出的奇景。

## 90

当死神来叩你门的时候，你将以什么贡献他呢？

呵，我要在我客人面前，摆上我的满斟的生命之杯——我决不让他空手回去。

我一切的秋日和夏夜的丰美的收获，我匆促的生命中的一切获得和收藏，在我临终，死神来叩我的门的时候，我都要摆在他的面前。

## 91

呵，你这生命最后的完成，死亡，我的死亡，来对我低语罢！

我天天地在守望着你；为你，我忍受着生命中的苦乐。

我的一切存在，一切所有，一切希望，和一切的爱，总在深深的秘密中向你奔流。你的眼睛向我最后一盼，我的生命就永远是你的。

花环已为新郎编好。婚礼行过，新娘就要离家，在静夜里和她的主人独对了。

## 92

我知道这日子将要来到,当我眼中的人世渐渐消失,生命默默地向我道别,把最后的帘幕拉过我的眼前。

但是星辰将在夜中守望,晨曦仍旧升起,时间像海波的汹涌,激荡着欢乐与哀伤。

当我想到我的时间的终点,时间的隔栏便破裂了,在死的光明中,我看见了你的世界和这世界里弃置的珍宝。最低的座位是极其珍奇的,最小的生物也是世间少有的。

我追求而未得到和我已经得到的东西——让它们过去罢。只让我真正地据有了那些我所轻视和忽略的东西。

## 93

我已经请了假。弟兄们,祝我一路平安罢! 我向你们大家鞠了躬就启程了。

我把我门上的钥匙交还——我把房子的所有权都放弃了。我只请求你们最后的几句好话。

我们做过很久的邻居,但是我接受的多,给与的少。现在天已破晓,我黑暗屋角的灯光已灭。召命已来,我就准备启行了。

## 94

在我动身的时光,祝我一路福星罢,我的朋友们! 天空里晨光辉煌,我的前途是美丽的。

不要问我带些什么到那边去。我只带着空空的手和企望的心。

我要戴上我婚礼的花冠。我穿的不是红褐色的行装,虽然间关险阻，我心里也没有惧怕。

旅途尽处，晚星将生，从王宫的门口将弹出黄昏的凄乐。

## 95

当我刚跨过此生的门槛的时候，我并没有发觉。

是什么力量使我在这无边的神秘中开放，像一朵嫩蕊，中夜在森林里开花！

早起我看到光明，我立时觉得在这世界里我不是一个生人，那不可思议，不可名状的，已以我自己母亲的形象，把我抱在怀里。

就是这样，在死亡里，这同一的不可知者又要以我熟识的面目出现。因为我爱今生，我知道我也会一样地爱死亡。

当母亲从婴儿口中拿开右乳的时候，他就啼哭，但他立刻又从左乳得到了安慰。

## 96

当我走的时候，让这个作我的别话罢，就是说我所看过的是卓绝无比的。

我曾尝过在光明海上开放的莲花里的隐蜜，因此我受了祝福——让这个做我的别话罢。

在这形象万千的游戏室里，我已经游玩过，在这里我已经瞥见了那无形象的他。

我浑身上下因着那无从接触的他的摩抚而喜颤；假如死亡在这里来临，就让它来好了——让这个作我的别话罢。

## 97

当我是同你做游戏的时候，我从来没有问过你是谁。我不懂得羞怯和惧怕，我的生活是热闹的。

清晨你就来把我唤醒，像我自己的伙伴一样，带着我跑过林野。

那些日子，我从来不想去了解你对我唱的歌曲的意义。我只随声附和，我的心应节跳舞。

现在，游戏的时光已过，这突然来到我眼前的情景是什么呢？世界低下眼来看着你的双脚，和它的肃静的众星一同敬畏地站着。

## 98

我要以胜利品，我的失败的花环，来装饰你。逃避不受征服，是我永远做不到的。

我准知道我的骄傲会碰壁，我的生命将因着极端的痛苦而炸裂，我的空虚的心将像一枝空苇呜咽出哀音，顽石也融成眼泪。

我准知道莲花的百瓣不会永远闭合，深藏的花蜜定将显露。

从碧空将有一只眼睛向我凝视，在默默地召唤我。我将空无所有，绝对的空无所有，我将从你脚下领受绝对的死亡。

## 99

当我放下舵盘，我知道你来接收的时候到了。当做的事立刻要做了。挣扎是无用的。

那就把手拿开，静默地承认失败罢，我的心呵，要想到能在你的岗位上默坐，还算是幸运的。

我的几盏灯都被一阵阵的微风吹灭了，为想把它们重新点起，我屡屡地把其他的事情都忘却了。

这次我要聪明一点，把我的席子铺在地上，在暗中等候；什么时候你高兴，我的主，悄悄地走来坐下罢。

## 100

我跳进形象海洋的深处,希望能得到那无形象的完美的珍珠。

我不再以我的旧船去走遍海港,我乐于弄潮的日子早已过去了。

现在我渴望死于不死之中。

我要拿起我的生命的弦琴,进入无底深渊旁边,那座涌出无调的乐音的广厅。

我要调拨我的琴弦,和永恒的乐音合拍,当它呜咽出最后的声音时,就把我静默的琴儿放在静默的脚边。

## 101

我这一生永远以诗歌来寻求你。它们领我从这门走到那门,我和它们一同摸索,寻求着,接触着我的世界。

我所学过的功课,都是诗歌教给我的;它们把捷径指示给我,它们把我心里地平线上的许多星辰,带到我的眼前。

它们整天地带领我走向苦痛和快乐的神秘之国,最后,在我旅程终点的黄昏,它们要把我带到了哪一座宫殿的门首呢?

## 102

我在人前夸说我认得你。在我的作品中,他们看到了你的画像。他们走来问:“他是谁?”我不知道怎么回答。我说:“真的,我说不出来。”他们斥责我,轻蔑地走开了。你却坐在那里微笑。

我把你的事迹编成不朽的诗歌。秘密从我心中涌出。他们走来问我:“把所有的意思都告诉我们罢。”我不知道怎样回答。我说:“呵,谁知道那是什么意思!”他们哂笑了,鄙夷之极地走开。你却坐在那里微笑。

## 103

在我向你合十膜拜之中，我的上帝，让我一切的感知都舒展在你的脚下，接触这个世界。

像七月的湿云，带着未落的雨点沉沉下垂，在我向你合十膜拜之中，让我的全副心灵在你的门前俯伏。

让我所有的诗歌，聚集起不同的调子，在我向你合十膜拜之中，成为一股洪流，倾注入静寂的大海。

像一群思乡的鹤鸟，日夜飞向他们的山巢，在我向你合十膜拜之中，让我全部的生命，启程回到它永久的家乡。

冰心　译

# 园丁集

## 1

仆　人

请对您的仆人开恩吧，我的女王！

女　王

集会已经开过，我的仆人们都走了。你为什么来得这么晚呢？

仆　人

您同别人谈过以后，就是我的时间了。
我来问有什么剩余的工作，好让您最末的一个仆人去做。

女　王

在这么晚的时间你还想做什么呢？

仆　人

让我做您花园里的园丁吧。

女　王

这是什么傻想头呢?

仆　人

我要搁下别的工作。

我把我的剑矛扔在尘土里。不要差遣我去遥远的宫廷;

不要命令我做新的征讨。只求您让我做花园里的园丁。

女　王

你的职责是什么呢?

仆　人

为您闲散的日子服务。

我要保持您晨兴散步的草径清爽新鲜,您每一移步将有甘于就死的繁花以赞颂来欢迎您的双足。

我将在七叶树的枝间推送您的秋千;向晚的月亮将挣扎着从叶隙里吻您的衣裙。

我将在您床边的灯盏里添满香油,我将用檀香和番红花膏在您脚垫上涂画上美妙的花样。

女　王

你要什么酬报呢？

仆　人

只要您允许我像握着嫩柔的菡萏一般地握住您的小拳，把花串套上您的纤腕；允许我用无忧花的红汁来染您的脚底，以亲吻来拂去那偶然留在那里的尘埃。

女　王

你的祈求被接受了，我的仆人，你将是我花园里的园丁。

## 2

“呵，诗人，夜晚渐临；你的头发已经变白。

“在你孤寂的沉思中听到了来生的消息么？”

“是夜晚了。”诗人说，“夜虽已晚，我还在静听，因为也许有人会从村中呼唤。

“我看守着，是否有年轻的飘游的心聚在一起，两对渴望的眼睛切求有音乐来打破他们的沉默，并替他们说话。

“如果我坐在生命的岸边默想着死亡和来世，又有谁来编写他们的热情的诗歌呢？

“早现的晚星消隐了。

“火葬灰中的红光在沉静的河边慢慢地熄灭下去。

“残月的微光下，胡狼从空宅的庭院里齐声嗥叫。

“假如有游子们离了家，到这里来守夜，低头静听黑暗的微语，有谁把生命的秘密向他耳边低诉呢，如果我关起门户，企图摆脱世俗的牵缠？

“我的头发变白是一件小事。

“我是永远和这村里最年轻的人一样年轻，最年老的人一样年老。

“有的人发出甜柔单纯的微笑，有的人眼里含着狡狯的闪光。

“有的人在白天流涌着眼泪，有的人的眼泪却隐藏在幽暗里。

“他们都需要我，我没有时间去冥想来生。

“我和每一个人都是同年的，我的头发变白了又该怎样呢？”

## 3

早晨我把网撒在海里。

我从沉黑的深渊拉出奇形奇美的东西——有些微笑般地发亮，有些眼泪般地闪光，有的晕红得像新娘的双颊。

当我携带着这一天的担负回到家里的时候，我爱正坐在园里悠闲地扯着花叶。

我沉吟了一会，就把我捞得的一切放在她的脚前，沉默地站着。

她瞥了一眼说：“这是些什么怪东西？我不知道这些东西有什么用处！”

我羞愧得低了头，心想：“我并没有为这些东西去奋斗，也不是从市场里买来的；这不是一些配送给她的礼物。”

整夜的工夫我把这些东西一件一件地丢到街上。

早晨行路的人来了；他们把这些拾起带到远方去了。

## 4

我真烦，为什么他们把我的房子盖在通向市镇的路边呢？

他们把满载的船只拴在我的树上。

他们任意地来去游逛。

我坐着看着他们，光阴都消磨了。

我不能回绝他们。这样我的日子便过去了。

日日夜夜他们的足音在我门前震荡。

我徒然地叫道："我不认识你们。"

有些人是我的手指所认识的，有些人是我的鼻官所认识的，我脉管中的血液似乎认得他们，有些人是我的魂梦所认识的。

我不能回绝他们。我呼唤他们说："谁愿意到我房子里来就请来吧。对了，来吧。"

清晨，庙里的钟声敲起。

他们提着筐子来了。

他们的脚像玫瑰般红。熹微的晨光照在他们脸上。

我不能回绝他们。我呼唤他们说："到我园里来采花吧。到这里来吧。"

中午，锣声在庙殿门前敲起。

我不知道他们为什么放下工作在我篱畔流连。

他们发上的花朵已经褪色枯萎了；他们横笛里的音调也显得乏倦。

我不能回绝他们。我呼唤他们说："我的树荫下是凉爽的。来吧，朋友们。"

夜里蟋蟀在林中唧唧地叫。

是谁慢慢地来到我的门前轻轻地敲叩？

我模糊地看到他的脸，他一句话也没说，四周是天空的静默。

我不能回绝我的沉默的客人。我从黑暗中望着他的脸，梦幻的时间过去了。

## 5

我心绪不宁。我渴望着遥远的事物。

我的灵魂在极想中走出，要去摸触幽暗的远处的边缘。

呵，“伟大的来生”，呵，你笛声的高亢的呼唤！

我忘却了，我总是忘却了，我没有奋飞的翅翼，我永远在这地点系住。

我切望而又清醒，我是一个异乡的异客。

你的气息向我低语出一个不可能的希望。

我的心懂得你的语言，就像它懂得自己的语言一样。

呵，“遥远的寻求”，呵，你笛声的高亢的呼唤！

我忘却了，我总是忘却了，我不认得路，我也没有生翼的马。

我心绪不宁，我是自己心中的流浪者。

在疲倦时光的日霭中，你广大的幻象在天空的蔚蓝中显现！

呵，“最远的尽头”，呵，你笛声的高亢的呼唤！

我忘却了，我总是忘却了，在我独居的房子里，所有的门户都是紧闭的！

## 6

驯养的鸟在笼里，自由的鸟在林中。

时间到了，他们相会，这是命中注定的。

自由的鸟说：“呵，我爱，让我们飞到林中去吧。”

笼中的鸟低声说：“到这里来吧，让我俩都住在笼里。”

自由的鸟说：“在栅栏中间，哪有展翅的余地呢？”

“可怜呵，”笼中的鸟说，“在天空中我不晓得到哪里去栖息。”

自由的鸟叫唤说:“我的宝贝,唱起林野之歌吧。”

笼中的鸟说:“坐在我旁边吧,我要教你说学者的语言。”

自由的鸟叫唤说:“不,不!歌曲是不能传授的。”

笼中的鸟说:“可怜的我呵,我不会唱林野之歌。”

他们的爱情因渴望而更加热烈,但是他们永不能比翼双飞。

他们隔栏相望,而他们相知的愿望是虚空的。

他们在依恋中振翼,唱说:“靠近些吧,我爱!”

自由的鸟叫唤说:“这是做不到的,我怕这笼子的紧闭的门。”

笼里的鸟低声说:“我的翅翼是无力的,而且已经死去了。”

## 7

呵,母亲,年轻的王子要从我们门前走过,——今天早晨我哪有心思干活呢?

教给我怎样挽发;告诉我应该穿哪件衣裳。

你为什么惊讶地望着我呢,母亲?

我深知他不会仰视我的窗户;我知道一刹那间他就要走出我的视线以外;只有那残曳的笛声将从远处向我呜咽。

但是那年轻的王子将从我们门前走过,这时节我要穿上我最好的衣裳。

呵,母亲,年轻的王子已经从我们门前走过了,从他的车辇里射出朝日的金光。

我从脸上掠开面纱,我从颈上扯下红玉的颈环,扔在他走来的路上。

你为什么惊讶地望着我呢,母亲?

我深知他没有拾起我的颈环;我知道它在他的轮下碾碎了,在尘土上留下了红斑，没有人晓得我的礼物是什么样子，也不知道是谁给的。

但是那年轻的王子曾经从我们门前走过，我也曾经把我胸前的珍宝丢在他走来的路上了。

## 8

当我床前的灯熄灭了，我和晨鸟一同醒起。

我在散发上戴上新鲜的花串，坐在洞开的窗前。

那年轻的行人在玫瑰色的朝霭中从大路上来了。

珠链在他的颈上，阳光在他的冠上。他停在我的门前，用切望的呼声问我："她在哪里呢？"

因为深深害羞，我不好意思说出："她就是我，年轻的行人，她就是我。"

黄昏来到，还未上灯。

我心绪不宁地编着头发。

在落日的光辉中年轻的行人驾着车辇来了。

他的驾车的马，嘴里喷着白沫，他的衣袍上蒙着尘土。

他在我的门前下车，用疲乏的声音问："她在哪里呢？"

因为深深害羞，我不好意思说出："她就是我，愁倦的行人，她就是我。"

一个四月的夜晚。我的屋里点着灯。

南风温柔地吹来。多言的鹦鹉在笼里睡着了。

我的衷衣和孔雀颈毛一样地华彩，我的披纱和嫩草一样地碧青。

我坐在窗前地上看望着冷落的街道。

在沉黑的夜中我不住地低吟着："她就是我，失望的行人，她就是我。"

## 9

当我在夜里独赴幽会的时候,鸟儿不叫,风儿不吹,街道两旁的房屋沉默地站立着。

是我自己的脚镯越走越响使我羞怯。

当我站在凉台上倾听他的足音,树叶不摇,河水静止,像熟睡的哨兵膝上的刀剑。

是我自己的心在狂跳——我不知道怎样使它宁静。

当我爱人来了,坐在我身旁,当我的身躯震颤,我的眼睫下垂,夜更深了,风吹灯灭,云片在繁星上曳过轻纱。

是我自己胸前的珍宝放出光明。我不知道怎样把它遮起。

## 10

放下你的工作吧,我的新娘。听,客人来了。

你听见没有,他在轻轻地摇动那拴门的链子?

小心不要让你的脚镯响出声音,在迎接他的时候你的脚步不要太急。

放下你的工作吧,新娘,客人在晚上来了。

不,这不是一阵阴风,新娘,不要惊惶。

这是四月夜中的满月,院里的影子是暗淡的,头上的天空是明亮的。

把轻纱遮上脸,若是你觉得需要;提着灯到门前去,若是你害怕。

不,这不是一阵阴风,新娘,不要惊惶。

若是你害羞就不必和他说话,你迎接他的时候只须站在门边。

他若问你话,若是你愿意这样做,你就沉默地低眸。

不要让你的手镯作响,当你提着灯,带他进来的时候。

不必同他说话,如果你害羞。

你的工作还没有做完么,新娘？听,客人来了。

你还没有把牛棚里的灯点起来么？

你还没有把晚祷的供筐准备好么？

你还没有在发缝中涂上鲜红的吉祥点,你还没有理过晚妆么？

呵,新娘,你没有听见,客人来了么？

放下你的工作吧！

## 11

你就这样地来吧;不要在梳妆上挨延了。

即使你的辫发松散,即使你的发缝没有分直,即使你衷衣的丝带没有系好,都不要管它。

你就这样地来吧;不要在梳妆上挨延了。

来吧,用快步踏过草坪。

即使露水粘掉了你脚上的红粉,即使你踝上的铃串褪松,即使你链上的珠儿脱落,都不要管它。

来吧,用快步踏过草坪吧。

你没看见云雾遮住天空么？

鹤群从远远的河岸飞起,狂风吹过常青的灌木。

惊牛奔向村里的栅棚。

你没看见云雾遮住天空么？

你徒然点上晚妆的灯火——它颤摇着在风中熄灭了。

谁能看出你眼睫上没有涂上乌烟？因为你的眼睛比雨云还黑。
你徒然点上晚妆的灯火——它熄灭了。

你就这样地来吧，不要在梳妆上挨延了。
即使花环没有穿好，谁管它呢；即使手镯没有扣上，让它去吧。
天空被阴云塞满了——时间已晚。
你就这样地来吧；不要在梳妆上挨延了。

## 12

若是你要忙着把水瓶灌满，来吧，到我的湖上来吧。
湖水将回绕在你的脚边，潺潺地说出它的秘密。
沙滩上有了欲来的雨云的阴影，云雾低垂在丛树的绿线上，像你眉上的浓发。
我深深地熟悉你脚步的韵律，它在我心中敲击。
来吧，到我的湖上来吧，如果你必须把水瓶灌满。

如果你想懒散闲坐，让你的水瓶漂浮在水面，来吧，到我的湖上来吧。
草坡碧绿，野花多得数不清。
你的思想将从你乌黑的眼眸中飞出，像鸟儿飞出窝巢。
你的披纱将褪落到脚上。
来吧，如果你要闲坐，到我的湖上来吧。

如果你想撇下嬉游跳进水里，来吧，到我的湖上来吧。
把你的蔚蓝的丝巾留在岸上；蔚蓝的水将没过你，盖住你。
水波将蹑足来吻你的颈项，在你耳边低语。
来吧，如果你想跳进水里，到我的湖上来吧。

如果你想发狂而投入死亡，来吧，到我的湖上来吧。

它是清凉的，深到无底。
它沉黑得像无梦的睡眠。
在它的深处黑夜就是白天，歌曲就是静默。
来吧，如果你想投入死亡，到我的湖上来吧。

## 13

我一无所求，只站在林边树后。
倦意还逗留在黎明的眼上，露润在空气里。
湿草的懒味悬垂在地面的薄雾中。
在榕树下你用乳油般柔嫩的手挤着牛奶。
我沉静地站立着。

我没有说出一个字。那是藏起的鸟儿在密叶中歌唱。
芒果树在村径上撒着繁花，蜜蜂一只一只地嗡嗡飞来。
池塘边湿婆天的庙门开了，朝拜者开始诵经。
你把罐儿放在膝上挤着牛奶。
我提着空桶站立着。

我没有走近你。
天空和庙里的锣声一同醒起。
街尘在驱走的牛蹄下飞扬。
把汩汩发响的水瓶搂在腰上，女人们从河边走来。
你的钏镯丁当，乳沫溢出罐沿。
晨光渐逝而我没有走近你。

## 14

我在路边行走，也不知道为什么，时已过午，竹枝在风中簌簌作响。

横斜的影子伸臂拖住流光的双足。
布谷鸟都唱倦了。
我在路边行走,也不知道为什么。

低垂的树荫盖住水边的茅屋。
有人正忙着工作,她的钏镯在一角放出音乐。
我在茅屋前面站着,我不知道为什么。

曲径穿过一片芥菜田地和几层芒果树林。
它经过村庙和渡头的市集。
我在这茅屋面前停住了,我不知道为什么。

好几年前,三月风吹的一天,春天倦慵地低语,芒果花落在地上。
浪花跳起掠过立在渡头阶沿上的铜瓶。
我想着三月风吹的这一天,我不知道为什么。

阴影更深,牛群归栏。
冷落的牧场上日色苍白,村人在河边待渡。
我缓步回去,我不知道为什么。

## 15

我像麝鹿一样在林荫中奔走,为着自己的香气而发狂。

夜晚是五月正中的夜晚,清风是南国的清风。

我迷了路,我游荡着,我寻求那得不到的东西,我得到我所没有寻求的东西。

我自己的愿望的形象从我心中走出,跳起舞来。

这闪光的形象飞掠过去。

我想把它紧紧捉住，它躲开了又引着我飞走下去。

我寻求那得不到的东西，我得到我所没有寻求的东西。

## 16

手握着手，眼恋着眼；这样开始了我们的心的纪录。

这是三月的月明之夜；空气里有凤仙花的芬芳；我的横笛抛在地上，你的花串也没有编成。

你我之间的爱像歌曲一样地单纯。

你橙黄色的面纱使我眼睛陶醉。

你给我编的茉莉花环使我心震颤，像是受了赞扬。

这是一个又予又留、又隐又现的游戏；有些微笑，有些娇羞，也有些甜柔的无用的抵拦。

你我之间的爱像歌曲一样的单纯。

没有现在以外的神秘；不强求那做不到的事情；没有魅惑后面的阴影；没有黑暗深处的探索。

你我之间的爱像歌曲一样的单纯。

我们没有走出一切语言之外进入永远的沉默；我们没有向空举手寻求希望以外的东西。

我们付与，我们取得，这就够了。

我们没有把喜乐压成微尘来榨取痛苦之酒。

你我之间的爱像歌曲一样的单纯。

## 17

黄鸟在自己的树上歌唱，使我的心喜舞。

我们两人住在一个村子里，这是我们的一份快乐。
她心爱的一对小羊，到我园树的荫下吃草。
它们若走进我的麦地，我就把它们抱在臂里。
我们的村子名叫康遮那，人们管我们的小河叫安遮那。
我的名字村人都知道，她的名字是软遮那。

我们中间只隔着一块田地。
在我们树里做窝的蜜蜂，飞到他们林中去采蜜。
从他们渡头街上流来的落花，飘到我们洗澡的池塘里。
一筐一筐的红花干从他们地里送到我们的市集上。
我们村子名叫康遮那，人们管我们的小河叫安遮那。
我的名字村人都知道，她的名字是软遮那。

到她家去的那条曲巷，春天充满了芒果的花香。
他们亚麻子收成的时候，我们地里的苎麻正在开放。
在他们房上微笑的星辰，送给我们以同样的闪亮。
在他们水槽里满溢的雨水，也使我们的迦昙树林喜乐。
我们村子名叫康遮那，人们管我们的小河叫安遮那。
我的名字村人都知道，她的名字是软遮那。

## 18

当这两个姊妹出去打水的时候，她们来到这地点，她们微笑了。

她们一定觉察到，每次她们出来打水的时候，那个站在树后的人儿。

姊妹俩相互耳语，当她们走过这地点的时候。

她们一定猜到了，每逢她们出来打水的时候，那个人站在树后的秘密。

她们的水瓶忽然倾倒，水倒出来了，当她们走到这地点的时候。

她们一定发觉，每逢她们出来打水的时候，那个站在树后的人的心正在跳着。

姊妹俩相互瞥了一眼又微笑了，当她们来到这地点的时候。

她们飞快的脚步里带着笑声，使这个每逢她们出来打水的时候站在树后的人儿心魂撩乱了。

## 19

你腰间搂着灌满的水瓶，在河边路上行走。

你为什么急遽地回头，从飘扬的面纱里偷偷地看我？

这个从黑暗中向我送来的闪视，像凉风在粼粼的微波上掠过，一阵震颤直到阴荫的岸边。

它向我飞来，像夜中的小鸟急遽地穿过无灯的屋子的两边洞开的窗户，又在黑夜中消失了。

你像一颗隐在山后的星星，我是路上的行人。

但是你为什么站了一会，从面纱中瞥视我的脸，当你腰间搂着灌满的水瓶在河边路上行走的时候？

## 20

他天天来了又走了。

去吧，把我头上的花朵送去给他吧，我的朋友。

假如他问赠花的人是谁，我请你不要把我的名字告诉他——因为他来了又要走的。

他坐在树下的地上。

用繁花密叶给他敷设一个座位吧，我的朋友。

他的眼神是忧郁的，它把忧郁带到我的心中。

他没有说出他的心事；他只是来了又走了。

## 21

他为什么特地来到我的门前，这年轻的游子，当天色黎明的时候？

每次我进出经过他的身旁，我的眼睛总被他的面庞所吸引。

我不知道我是应该同他说话还是保持沉默。他为什么特地到我门前来呢？

七月的阴夜是黑沉的；秋日的天空是浅蓝的，南风把春天吹得骀荡不宁。

他每次用新调编着新歌。

我放下活计眼里充满雾水。他为什么特地到我门前来呢？

## 22

当她用急步走过我的身旁，她的裙缘触到了我。

从一颗心的无名小岛上忽然吹来了一阵春天的温馨。

一霎飞触的撩乱扫拂过我，立刻又消失了，像扯落了的花瓣在和风中飘扬。

它落在我的心上，像她的身躯的叹息和她心灵的低语。

## 23

你为什么悠闲地坐在那里，把镯子玩得丁当作响呢？

把你的水瓶灌满了吧。是你应当回家的时候了。

你为什么悠闲地拨弄着水玩。偷偷地瞥视路上的行人呢?
灌满你的水瓶回家去吧。

早晨的时间过去了——沉黑的水不住地流逝。
波浪相互低语嬉笑闲玩着。

流荡的云片聚集在远野高地的天边。
它们留连着悠闲地看着你的脸微笑着。
灌满你的水瓶回家去吧。

## 24

不要把你心的秘密藏起,我的朋友!

对我说吧,秘密地对我一个人说吧,

你这个笑得这样温柔、说得这样轻软的人,我的心将听着你的语言,不是我的耳朵。

夜深沉,庭宁静,鸟巢也被睡眠笼罩着。

从踌躇的眼泪里,从沉吟的微笑里,从甜柔的羞怯和痛苦里,把你心的秘密告诉我吧!

## 25

"到我们这里来吧,青年人,老实告诉我们,为什么你眼里带着疯癫?"

"我不知道我喝了什么野罂粟花酒,使我的眼带着疯癫。"

"呵,多难为情!"

"好吧,有的人聪明有的人愚拙,有的人细心有的人马虎。有的眼睛会笑,有的眼睛会哭——我的眼睛是带着疯癫的。"

“青年人,你为什么这样凝立在树影下呢?”

“我的脚被我沉重的心压得疲倦了,我就在树影下凝立着。”

“呵,多难为情!”

“好吧,有人一直行进,有人到处流连,有的人是自由的,有的人是锁住的——我的脚被我沉重的心压得疲倦了。”

## 26

“从你慷慨的手里所赋予的,我都接受。我别无所求。”

“是了,是了,我懂得你,谦卑的乞丐,你是乞求一个人的一切所有。”

“若是你给我一朵残花,我也要把它戴在心上。”

“若是那花上有刺呢?”

“我就忍受着。”

“是了,是了,我懂得你,谦卑的乞丐,你是乞求一个人的一切所有。”

“如果你只在我脸上瞥来一次爱怜的眼光,就会使我的生命直到死后还是甜蜜的。”

“假如那只是残酷的眼色呢?”

“我要让它永远穿刺我的心。”

“是了,是了,我懂得你,谦卑的乞丐,你是乞求一个人的一切所有。”

## 27

“即使爱只给你带来了哀愁,也信任它。不要把你的心关起。”

“呵,不,我的朋友,你的话语太隐晦了,我不懂得。”

“心是应该和一滴眼泪、一首诗歌一起送给人的，我爱。”

“呵，不，我的朋友，你的话语太隐晦了，我不懂得。”

“喜乐像露珠一样地脆弱，它在欢笑中死去。哀愁却是坚强而耐久。让含愁的爱在你眼中醒起吧。”

“呵，不，我的朋友，你的话语太隐晦了，我不懂得。”

“荷花在日中开放，丢掉了自己的一切所有。在永生的冬雾里，它将不再含苞。”

“呵，不，我的朋友，你的话语太隐晦了，我不懂得。”

## 28

你的疑问的眼光是含愁的。它要追探了解我的意思，好像月亮探测大海。

我已经把我生命的终始，全部暴露在你的眼前，没有任何隐秘和保留。因此你不认识我。

假如它是一块宝石，我就能把它碎成千百颗粒，串成项链挂在你的颈上。

假如它是一朵花，圆圆小小香香的，我就能从枝上采来戴在你的发上。

但是它是一颗心，我的爱人。何处是它的边和底？

你不知道这个王国的边极，但你仍是这王国的女王。

假如它是片刻的欢娱，它将在喜笑中开花，你立刻就会看到、懂得了。

假如它是一阵痛苦，它将融化成晶莹眼泪，不着一字地反映出它最深的秘密。

但是它是爱，我的爱人。

它的欢乐和痛苦是无边的，它的需求和财富是无尽的。

它和你亲近得像你的生命一样，但是你永远不能完全了解它。

## 29

对我说吧，我爱！用言语告诉我你唱的是什么。

夜是深黑的，星星消失在云里，风在叶丛中叹息。

我将披散我的头发，我的青蓝的披风将像黑夜一样地紧裹着我。我将把我的头紧抱在胸前：在甜柔的寂寞中在你心头低诉。我将闭目静听。我不会看望你的脸。

等到你的话说完了，我们将沉默凝坐。只有丛树在黑暗中微语。

夜将发白。天光将晓。我们将望望彼此的眼睛，然后各走各的路。

对我说话吧，我爱！用言语告诉我你唱的是什么。

## 30

你是一朵夜云，在我梦幻中的天空浮泛。

我永远用爱恋的渴想来描画你。

你是我一个人的，我一个人的，我无尽的梦幻中的居住者！

你的双脚被我心切望的热光染得绯红，我的落日之歌的搜集者！

我的痛苦之酒使你的唇儿苦甜。

你是我一个人的，我一个人的，我寂寥的梦幻中的居住者！

我用热情的浓影染黑了你的眼睛；我的凝视深处的祟魂！

我捉住了你，缠住了你，我爱，在我音乐的罗网里。

你是我一个人的，我一个人的，我永生的梦幻中的居住者！

## 31

我的心，这只野鸟，在你的双眼中找到了天空。

它们是清晓的摇篮，它们是星辰的王国。

我的诗歌在它们的深处消失。

只让我在这天空中高飞，翱翔在静寂的无限空间里。

只让我冲破它的云层，在它的阳光中展翅吧。

## 32

告诉我，这一切是否都是真的。我的情人，告诉我，这是否真的。

当这一对眼睛闪出电光，你胸中的浓云发出风暴的回答。

我的唇儿，是真像觉醒的初恋的蓓蕾那样香甜么？

消失了的五月的回忆仍旧流连在我的肢体上么？

那大地，像一张琴，真因着我双足的踏触而颤成诗歌么？

那么当我来时，从夜的眼睛里真的落下露珠，晨光也真因为围绕我的身躯而感到喜悦么？

是真的么，是真的么，你的爱贯穿许多时代、许多世界来寻找我么？

当你最后找到了我，你天长地久的渴望，在我的温柔的话里，在我的眼睛嘴唇和飘扬的头发里，找到了完全的宁静么？

那么“无限”的神秘是真的写在我小小的额上么？

告诉我，我的情人，这一切是否都是真的。

## 33

我爱你，我的爱人。请饶恕我的爱。

像一只迷路的鸟，我被捉住了。

当我的心抖战的时候，它丢了围纱，变成赤裸。用怜悯遮住它吧。爱人，请饶恕我的爱。

如果你不能爱我，爱人，请饶恕我的痛苦。

不要远远地斜视我。

我将偷偷地回到我的角落里去，在黑暗中坐地。

我将用双手掩起我赤裸的羞惭。

回过脸去吧，我的爱人，请饶恕我的痛苦。

如果你爱我，爱人，请饶恕我的欢乐。

当我的心被快乐的洪水卷走的时候，不要笑我的汹涌的退却。

当我坐在宝座上，用我暴虐的爱来统治你的时候，当我像女神一样向你施恩的时候，饶恕我的骄傲吧，爱人，也饶恕我的欢乐。

## 34

不要不辞而别，我爱。

我看望了一夜，现在我脸上睡意重重。

只恐我在睡中把你丢失了。

不要不辞而别，我爱。

我惊起伸出双手去摸触你，我问自己说：

“这是一个梦么？”

但愿我能用我的心系住你的双足，紧抱在胸前！

不要不辞而别，我爱。

## 35

只恐我太容易地认得你，你对我耍花招。

你用欢笑的闪光使我目盲来掩盖你的眼泪。
我知道,我知道你的妙计,
你从来不说出你所要说的话。

只恐我不珍爱你,你千方百计地闪避我。
只恐我把你和大家混在一起,你独自站在一边。
我知道,我知道你的妙计,
你从来不走你所要走的路。
你的要求比别人都多,因此你才静默。
你用嬉笑的无心来回避我的赠与。
我知道,我知道你的妙计,
你从来不肯接受你想接受的东西。

## 36

他低声说:"我爱,抬起眼睛吧。"
我严厉地责骂他说:"走!"但是他不动。
他站在我面前拉住我的双手。我说:"躲开我!"但是他没有走。

他把脸靠近我的耳边。我瞪他一眼说:"不要脸!"但是他没有动。

他的嘴唇触到我的腮颊。我震颤了,说:"你太大胆了!"但是他不怕丑。

他把一朵花插在我发上。我说:"这也没有用处!"但是他站着不动。

他取下我颈上的花环就走开了。我哭了,问我的心说:"他为什么不回来呢?"

## 37

“你愿意把你的鲜花的花环挂在我的颈上么，佳人？”

“但是你要晓得，我编的那个花环，是为大家的，为那些偶然瞥见的人，住在未开发的大地上的人，住在诗人歌曲里的人。

现在来请求我的心作为答赠已经太晚了。

曾有一个时候，我的生命像一朵蓓蕾，它所有的芬芳都储藏在花心里。

现在它已远远地喷溢四散。

谁晓得有什么魅力，可以把它们收集关闭起来呢？

我的心不容我只给一个人，它是要给与许多人的。”

## 38

我爱，从前有一天，你的诗人把一首伟大史诗投进他心里。

呵，我不小心，它打到你的丁当的脚镯上而引起悲愁。

它裂成诗歌的碎片散洒在你的脚边。

我满载的一切古代战争的货物，都被笑浪所颠簸，被眼泪浸透而下沉。

你必须使这损失成为我的收获，我爱。

如果我的死后不朽的荣名的希望都破灭了，那就在生前使我不朽吧。

我将不为这损失伤心，也不责怪你。

## 39

整个早晨我想编一个花环，但是花儿滑掉了。

你坐在一旁偷偷地从侦伺的眼角看着我。

问这一对沉黑的恶作剧的眼睛，这是谁的错。

我想唱一支歌，但是唱不出来。

一个暗笑在你唇上颤动；你问它我失败的缘由。

让你微笑的唇儿发一个誓，说我的歌声怎样地消失在沉默里，像一只在荷花里沉醉的蜜蜂。

夜晚了，是花瓣合起的时候了。

容许我坐在你的旁边，容许我的唇儿做那在沉默中、在星辰的微光中能做的工作吧。

## 40

一个怀疑的微笑在你眼中闪烁，当我来向你告别的时候。

我这样做的次数太多了，你想我很快又会回来。

告诉你实话，我自己心里也有同样的怀疑。

因为春天年年回来；满月道过别又来访问，花儿每年回来在枝上红晕着脸，很可能我向你告别只为的要再回到你的身边。

但是把这幻象保留一会吧，不要冷酷粗率地把它赶走。

当我说我要永远离开你的时候，就当作真话来接受它，让泪雾暂时加深你眼边的黑影。

当我再来的时候，随便你怎样地狡笑吧。

## 41

我想对你说出我要说的最深的话语，我不敢，我怕你哂笑。

因此我嘲笑自己，把我的秘密在玩笑中打碎。

我把我的痛苦说得轻松，因为怕你会这样做。

我想对你说出我要说的最真的话语，我不敢，我怕你不信。

因此我弄真成假，说出和我的真心相反的话。

我把我的痛苦说得可笑，因为我怕你会这样做。

我想用最宝贵的名词来形容你，我不敢，我怕得不到相当的酬报。

因此我给你安上苛刻的名字，而夸示我的硬骨。

我伤害你，因为怕你永远不知道我的痛苦。

我渴望静默地坐在你的身旁，我不敢，怕我的心会跳到我的唇上。

因此我轻松地说东道西，把我的心藏在语言的后面。

我粗暴地对待我的痛苦，因为我怕你会这样做。

我渴望从你身边走开，我不敢，怕你看出我的懦怯。

因此我随随便便地昂着头走到你的面前。

从你眼里频频掷来的刺激，使我的痛苦永远新鲜。

## 42

呵，疯狂的、头号的醉汉；

如果你踢开门户在大众面前装疯；

如果你在一夜倒空囊橐，对慎重轻蔑地弹着指头；

如果你走着奇怪的道路，和无益的东西游戏；

不理会韵律和理性；

如果你在风暴前扯起船帆，你把船舵折成两半，

那么我就要跟随你，伙伴，喝得烂醉走向堕落灭亡。

我在稳重聪明的街坊中间虚度了日日夜夜。

过多的知识使我白了头发，过多的观察使我眼力模糊。
多年来我积攒了许多零碎的东西：
把这些东西摔碎，在上面跳舞，把它们散掷到风中去吧。
因为我知道喝得烂醉而堕落灭亡，是最高的智慧。

让一切歪曲的顾虑消亡吧，让我无望地迷失了路途。
让一阵旋风吹来，把我连船锚一齐卷走。
世界上住着高尚的人，劳动的人，有用又聪明。
有的人很从容地走在前头，有的人庄重地走在后面。
让他们快乐繁荣吧，让我傻呆地无用吧。
因为我知道喝得烂醉而堕落灭亡，是一切工作的结局。

我此刻誓将一切的要求，让给正人君子。
我抛弃我学识的自豪和是非的判断。
我打碎记忆的瓶壶，挥洒最后的眼泪。
以红果酒的泡沫来洗澡，使我欢笑发出光辉。
我暂且撕裂温恭和认真的标志。
我将发誓作一个无用的人，喝得烂醉而堕落灭亡下去。

## 43

不，我的朋友，我永不会做一个苦行者，随便你怎么说。

我将永不做一个苦行者，假如她不和我一同受戒。

这是我坚定的决心，如果我找不到一个荫凉的住处和一个忏悔的伴侣，我将永远不会变成一个苦行者。

不，我的朋友，我将永不离开我的炉火与家庭，去退隐到深林里面，

如果在林荫中没有欢笑的回响；如果没有郁金色的衣裙在风中飘扬；

如果它的幽静不因有轻柔的微语而加深。

我将永不会做一个苦行者。

## 44

尊敬的长者,饶恕这一对罪人吧。

今天春风猖狂地吹起旋舞,把尘土和枯叶都扫走了,你的功课也随着一起丢掉了。

师父,不要说生命是虚空的。

因为我们和死亡订下一次和约,在一段温馨的时间中,我俩变成不朽。

即使是国王的军队凶猛地前来追捕,我们将忧愁地摇头说,弟兄们,你们扰乱了我们了。如果你们必须做这个吵闹的游戏,到别处去敲击你们的武器吧。因为我们刚在这片刻飞逝的时光中变成不朽。

如果亲切的人们来把我们围起,我们将恭敬地向他们鞠躬说,这个荣幸使我们惭愧。在我们居住的无限天空之中,没有多少隙地。因为在春天繁花盛开,蜜蜂的忙碌的翅翼也彼此摩挤。只住着我们两个仙人的小天堂,是狭小得太可笑了。

## 45

对那些定要离开的客人们,求神帮他们快走,并且扫掉他们所有的足迹。

把舒服的、单纯的、亲近的微笑着一起抱在你的怀里。

今天是幻影的节日,他们不知道自己的死期。

让你的笑声只作为无意义的欢乐,像浪花上的闪光。

让你的生命像露珠在叶尖一样,在时间的边缘上轻轻跳舞。

在你的琴弦上弹出无定的暂时的音调吧。

## 46

你离开我自己走了。

我想我将为你忧伤，还将用金色的诗歌铸成你孤寂的形象，供养在我的心里。

但是，我的运气多坏，时间是短促的。

青春一年一年地消逝；春日是暂时的；柔弱的花朵无意义地凋谢，聪明人警告我说，生命只是一颗荷叶上的露珠。

我可以不管这些，只凝望着背弃我的那个人么？

这会是无益的，愚蠢的，因为时间是太短暂了。

那么，来吧，我的雨夜的脚步声；微笑吧，我的金色的秋天；来吧，无虑无忧的四月，散掷着你的亲吻。

你来吧，还有你，也有你！

我的情人们，你知道我们都是凡人。为一个取回她的心的人而心碎，是件聪明的事情么？因为时间是短暂的。

坐在屋角凝思，把我的世界中的你们都写在韵律里，是甜柔的。

把自己的忧伤抱紧，决不受人安慰，是英勇的。

但是一个新的面庞，在我门外偷窥，抬起眼来看我的眼睛。

我只能拭去眼泪，更改我歌曲的腔调。

因为时间是短暂的。

## 47

如果你要这样，我就停了歌唱。

如果它使你心震颤，我就把眼光从你脸上挪开。

如果使你在行走时忽然惊跃，我就躲开另走别路。

如果在你编串花环时，使你烦乱，我就避开你寂寞的花园。

如果我使水花飞溅，我就不在你的河边划船。

## 48

把我从你甜柔的枷束中放出来吧，我爱，不要再斟上亲吻的酒。

香烟的浓雾窒塞了我的心。

开起门来，让晨光进入吧！

我消失在你里面，包缠在你爱抚的折痕之中。

把我从你的诱惑中放出来吧，把男子气概交还我，好让我把得到自由的心贡献给你。

## 49

我握住她的手把她抱紧在胸前。

我想以她的爱娇来填满我的怀抱，用亲吻来偷劫她的甜笑，用我的眼睛来吸饮她的深黑的一瞥。

呵，但是，它在哪里呢？谁能从天空滤出蔚蓝呢？

我想去把握美；它躲开我，只有躯体留在我的手里。

失望而困乏地，我回来了。

躯体哪能触到那只有精神才能触到的花朵呢？

## 50

爱，我的心日夜想望和你相见——那像吞灭一切的死亡一样的会见。

像一阵风暴把我卷走；把我的一切都拿去；劈开我的睡眠抢走我

的梦。剥夺了我的世界。

在这毁灭里，在精神的全部赤露里，让我们在美中合一吧。

我的空想是可怜的！除了在你里面，哪有这合一的希望呢，我的神？

## 51

那么唱完最后一支歌就让我们走吧。

当这夜过完就把这夜忘掉。

我想把谁紧抱在臂里呢？梦是永不会被捉住的。

我渴望的双手把“空虚”紧压在我心上，压碎了我的胸膛。

## 52

灯为什么熄了呢？

我用斗篷遮住它怕它被风吹灭，因此灯熄了。

花为什么谢了呢？

我的热恋的爱把它紧压在我的心上，因此花谢了。

泉为什么干了呢？

我筑起一道堤把它拦起给我使用，因此泉干了。

琴弦为什么断了呢？

我强弹一个它力不能胜的音节，因此琴弦断了。

## 53

为什么盯着我使我羞愧呢？

我不是来乞求的。
只为要消磨时光,我才来站在你院边的篱外。
为什么盯着我使我羞愧呢?

我没有从你园里采走一朵玫瑰,没有摘下一颗果子。
我谦卑地在任何生客都可站立的路边棚下,找个荫蔽。
我没有采走一朵玫瑰。

是的,我的脚疲乏了,骤雨又落了下来。
风在摇曳的竹林中呼叫。
云阵像败退似的跑过天空。
我的脚疲乏了。

我不知道你怎样看待我,或是你在门口等什么人。
闪电昏眩了你看望的目光。
我怎能知道你会看到站在黑暗中的我呢?
我不知道你怎样看待我。

白日过尽,雨势暂停。
我离开你园畔的树荫和草地上的座位。
日光已暗;关上你的门户吧;我走我的路。
白日过尽了。

## 54

市集已过,你在夜晚急急地提着篮子要到哪里去呢?
他们都挑着担子回家去了;月亮从树隙中下窥。
唤船的回声从深黑的水上传到远处野鸭睡眠的泽沼。
在市集已过的时候,你提着篮子急忙地要到哪里去呢?

睡眠把她的手指按在大地的双眼上。

鸦巢已静,竹叶的微语也已沉默。

劳动的人们从田间归来,把席子展铺在院子里。

在市集已过的时候,你提着篮子急忙地要到哪里去呢?

## 55

正午的时候你走了。

烈日当空。

当你走的时候,我已做完了工作,坐在凉台上。

不定的风吹来,含带着许多远野的香气。

鸽子在树荫中不停地叫唤,一只蜜蜂在我屋里飞着,嗡出许多远野的消息。

村庄在午热中入睡了。路上无人。

树叶的声音时起时息。

我凝望天空,把一个我知道的人的名字织在蔚蓝里,当村庄在午热中入睡的时候。

我忘记把头发编起。困倦的风在我颊上和它嬉戏。

河水在荫岸下平静地流着。

懒散的白云动也不动。

我忘了编起我的头发。

正午的时候你走了。

路上尘土灼热,田野在喘息。

鸽子在密叶中呼唤。

我独坐在凉台上,当你走的时候。

## 56

我是妇女中为平庸的日常家务而忙碌的一个。

你为什么把我挑选出来,把我从日常生活的凉荫中带出来?

没有表现出来的爱是神圣的。它像宝石般在隐藏的心的朦胧里放光。在奇异的日光中,它显得可怜地晦暗。

呵,你打碎我心的盖子,把我颤栗的爱情拖到空旷的地方,把那阴暗的藏我心巢的一角永远破坏了。

别的女人和从前一样。

没有一个人窥探到自己的最深处,她们不知道自己的秘密。

她们轻快地微笑,哭泣,谈话,工作。她们每天到庙里去,点上她们的灯,还到河中取水。

我希望能从无遮拦的颤羞中把我的爱情救出,但是你掉头不顾。

是的,你的前途是远大的,但是你把我的归路切断了,让我在世界的无睫毛的眼睛日夜瞪视之下赤裸着。

## 57

我采了你的花,呵,世界!

我把它压在胸前,花刺伤了我。

日光渐暗,我发现花儿凋谢了,痛苦却存留着。

许多有香有色的花又将来到你这里,呵,世界!

但是我采花的时代过去了,黑夜悠悠,我没有了玫瑰,只有痛苦存留着。

## 58

有一天早晨，一个盲女来献给我一串盖在荷叶下的花环。

我把它挂在颈上，泪水涌上我的眼睛。

我吻了它，说："你和花朵一样地盲目。"

"你自己不知道你的礼物是多么美丽。"

## 59

呵，女人，你不但是神的，而且是人的手工艺品；他们永远从心里用美来打扮你。

诗人用比喻的金线替你织网，画家们给你的身形以永新的不朽。

海献上珍珠，矿献上金子，夏日的花园献上花朵来装扮你，覆盖你，使你更加美妙。

人类心中的愿望，在你的青春上洒上光荣。

你一半是女人，一半是梦。

## 60

在生命奔腾怒吼的中流，呵，石头雕成的"美"，你冷静无言，独自超绝地站立着。

"伟大的时间"依恋地坐在你脚边低语说：

"说话吧，对我说话吧，我爱，说话吧，我的新娘！"

但是你的话被石头关住了，呵，"不动的美！"

## 61

安静吧，我的心，让别离的时间甜柔吧。

让它不是个死亡,而是圆满。

让爱恋融入记忆,痛苦融入诗歌吧。

让穿越天空的飞翔在巢上敛翼中终止。

让你双手的最后的接触,像夜中的花朵一样温柔。

站住一会吧,呵,“美丽的结局”,用沉默说出最后的话语吧。

我向你鞠躬,举起我的灯来照亮你的归途。

## 62

在梦境的朦胧小路上,我去寻找我前生的爱。

她的房子是在冷静的街尾。

在晚风中,她爱养的孔雀在架上昏睡,鸽子在自己的角落里沉默着。

她把灯放在门边,站在我面前。

她抬起一双大眼望着我的脸,无言地问道:“你好么,我的朋友?”

我想回答,但是我们的语言迷失而又忘却了。

我想来想去,怎么也想不起我们叫什么名字。

眼泪在她眼中闪光,她向我伸出右手。我握住她的手静默地站着。

我们的灯在晚风中颤摇着熄灭了。

## 63

行路人,你必须走么?

夜是静寂的,黑暗在树林上昏睡。

我们的凉台上灯火辉煌,繁花鲜美,青春的眼睛还清醒着。

你离开的时间到了么?

行路人,你必须走么?

我们不曾用恳求的手臂来抱住你的双足。

你的门开着。你的立在门外的马，也已上了鞍鞯。

如果我们想拦住你的去路，也只是用我们的歌曲。

如果我们曾想挽留你，也只用我们的眼睛。

行路人，我们没有希望留住你，我们只有眼泪。

在你眼里发光的是什么样的不灭之火？

在你血管中奔流的是什么样的不宁的热力？

从黑暗中有什么召唤在引动你？

你从天上的星星中，念到什么可怕的咒语，就是黑夜沉默而异样地走进你心中时带来的那个密封的秘密的消息？

如果你不喜欢那热闹的集会，如果你需要安静，困乏的心呵，我们就吹灭灯火，停止琴声。

我们将在风叶声中静坐在黑暗里，倦乏的月亮将在你窗上洒上苍白的光辉。

呵，行路上，是什么不眠的精灵从中夜的心中和你接触了呢？

## 64

我在大路灼热的尘土上消磨了一天。

现在，在晚凉中我敲着一座小庙的门。这庙已经荒废倒塌了。

一棵愁苦的菩提树，从破墙的裂缝里伸展出饥饿的爪根。

从前曾有过路人到这里来洗疲乏的脚。

他们在新月的微光中在院里摊开席子，坐着谈论异地的风光。

早起他们精神恢复了，鸟声使他们欢悦，友爱的花儿在道边向他们点首。

但是当我来的时候没有灯在等待我。

只有残留的灯烟熏的黑迹，像盲人的眼睛，从墙上瞪视着我。

萤虫在涸池边的草里闪烁，竹影在荒芜的小径上摇曳。

我在一天之末做了没有主人的客人。

在我面前的是漫漫的长夜，我疲倦了。

## 65

又是你呼唤我么？

夜来到了，困乏像爱的恳求用双臂围抱住我。

你叫我了么？

我已把整天的工夫给了你，残忍的主妇，你还定要掠夺我的夜晚么？

万事都有个终结，黑暗的静寂是个人独有的。

你的声音定要穿透黑暗来刺击我么？

难道你门前的夜晚没有音乐和睡眠么？

难道那翅翼不响的星辰，从来不攀登你的不仁之塔的上空么？

难道你园中的花朵，永不在绵软的死亡中堕地么？

你定要叫我么，你这不安静的人？

那就让爱的愁眼，徒然地因着盼望而流泪。

让灯盏在空屋里点着。

让渡船载那些困乏的工人回家。

我把梦想丢下，来奔赴你的召唤。

## 66

一个流浪的疯子在寻找点金石。他褐黄的头发乱蓬蓬地蒙着尘土,身体瘦得像个影子。他双唇紧闭,就像他的紧闭的心门。他的烧红的眼睛就像萤火虫的灯亮在寻找他的爱侣。

无边的海在他面前怒吼。

喧哗的波浪,在不停地谈论那隐藏的珠宝,嘲笑那不懂得它们的意思的愚人。

也许现在他不再有希望了,但是他不肯休息,因为寻求变成他的生命——

就像海洋永远向天伸臂要求不可得到的东西——

就像星辰绕着圈走,却要寻找一个永不能到达的目标——

在那寂寞的海边,那头发垢乱的疯子,也仍旧徘徊着寻找点金石。

有一天,一个村童走上来问:“告诉我,你腰上的那条金链是从哪里来的呢?”

疯子吓了一跳——那条本来是铁的链子真的变成金的了;这不是一场梦,但是他不知道是什么时候变成的。

他狂乱地敲着自己的前额——什么时候,呵,什么时候在他的不知不觉之中得到成功了呢?

拾起小石去碰碰那条链子,然后不看看变化与否,又把它扔掉,这已成了习惯;就是这样,这疯子找到了又失掉了那块点金石。

太阳西沉,天空灿金。

疯子沿着自己的脚印走回,去寻找他失去的珍宝。他气力尽消,身体弯曲,他的心像连根拔起的树一样,萎垂在尘土里了。

## 67

虽然夜晚缓步走来，让一切歌声停歇；
虽然你的伙伴都去休息而你也倦乏了；
虽然恐怖在黑暗中弥漫，天空的脸也被面纱遮起；
但是，鸟儿，我的鸟儿，听我的话，不要垂翅吧。

这不是林中树叶的阴影，这是大海涨溢，像一条深黑的龙蛇。
这不是盛开的茉莉花的跳舞，这是闪光的水沫。
呵，何处是阳光下的绿岸，何处是你的窝巢？
鸟儿，呵，我的鸟儿，听我的话，不要垂翅吧。

长夜躺在你的路边，黎明在朦胧的山后睡眠。
星辰屏息地数着时间，柔弱的月儿在夜中浮泛。
鸟儿，呵，我的鸟儿，听我的话，不要垂翅吧。

对于你，这里没有希望，没有恐怖。
这里没有消息，没有低语，没有呼唤。
这里没有家，没有休息的床。
这里只有你自己的一双翅翼和无路的天空。
鸟儿，呵，我的鸟儿，听我的话，不要垂翅吧。

## 68

没有人永远活着，兄弟，没有东西可以经久。把这紧记在心及时行乐吧。

我们的生命不是那个旧的负担，我们的道路不是那条长的旅程。

一个单独的诗人，不必去唱一支旧歌。

花儿萎谢;但是戴花的人不必永远悲伤。

弟兄,把这个紧记在心及时行乐吧。

必须有一段完全的停歇,好把“圆满”编进音乐。

生命向它的黄昏下落,为了沉浸于金影之中。

必须从游戏中把“爱”招回,去饮忧伤之酒,再去生于泪天。

弟兄,把这紧记在心及时行乐吧。

我们忙去采花,怕被过路的风偷走。

去夺取稍纵即逝的接吻,使我们血液奔流双目发光。

我们的生命是热切的,愿望是强烈的,因为时间在敲着离别之钟。

弟兄,把这紧记在心及时行乐吧。

我们没有时间去把握一件事物,揉碎它又把它丢在地上。

时间急速地走过,把梦幻藏在裙底。

我们的生命是短促的,只有几天恋爱的工夫。

若是为工作和劳役,生命就变得无尽的漫长。

弟兄,把这紧记在心及时行乐吧。

美对我们是甜柔的,因为她和我们生命的快速调子应节舞蹈。

知识对我们是宝贵的,因为我们永不会有时间去完成它。

一切都在永生的天上做完。但是大地的幻象的花朵,却被死亡保持得永远新鲜。

弟兄,把这紧记在心及时行乐吧。

## 69

我要追逐金鹿。

你也许会讪笑,我的朋友,但是我追求那逃避我的幻象。

我翻山越谷,我游遍许多无名的土地,因为我要追逐金鹿。

你到市场采买,满载着回家,但不知从何时何地一阵无家之风吹到我身上。

我心中无牵无挂;我把一切所有都撇在后面。

我翻山越谷,我游遍许多无名的土地——因为我在追逐金鹿。

## 70

我记得在童年时代,有一天我在水沟里漂一只纸船。

那是七月的一个阴湿的天,我独自快乐地嬉戏。

我在沟里漂一只纸船。

忽然间阴云密布,狂风怒号,大雨倾注。

浑水像小河般流溢,把我的船冲没了。

我心里难过地想:这风暴是故意来破坏我的快乐的,它的一切恶意都是对着我的。

今天,七月的阴天是漫长的,我在默忆我生命中以我为失败者的一切游戏。

我抱怨命运,因为它屡次戏弄了我,当我忽然忆起我的沉在沟里的纸船的时候。

## 71

白日未尽,河岸上的市集未散。

我只恐我的时间浪掷了,我的最后一文钱也丢掉了。

但是,没有,我的兄弟,我还有些剩余。命运并没有把我的一切都骗走。

买卖做完了。

两边的手续费都收过了，该是我回家的时候了。

但是，看门的，你要你的辛苦钱么?

别怕，我还有点剩余。命运并没有把我的一切都骗走。

风声宣布着风暴的威胁，西方低垂的云影预报着恶兆。

静默的河水在等候着狂风。

我怕被黑夜赶上，急忙过河。

呵，船夫，你要收费!

是的，兄弟，我还有些剩余。命运并没有把我的一切都骗走。

路边树下坐着一个乞丐。可怜呵，他含着羞怯的希望看着我的脸!

他以为我富足地携带着一天的利润。

是的，兄弟，我还有点剩余。命运并没有把我的一切都骗走。

夜色愈深，路上静寂。萤火在草间闪烁。

谁以悄悄的蹑步在跟着我?

呵，我知道，你想掠夺我的一切获得。我必不使你失望!

因为我还有些剩余。命运并没有把我的一切都骗走。

夜半到家。我两手空空。

你带着切望的眼睛，在门前等我，无眠而静默。

像一只羞怯的鸟，你满怀热爱地飞到我胸前。

哎，哎，我的神，我还有许多剩余。命运并没有把我的一切都骗走。

## 72

用了几天的苦工，我盖起一座庙宇。这庙里没有门窗，墙壁是用层石厚厚地垒起的。

我忘掉一切，我躲避大千世界，我神注目夺地凝视着我安放在龛里的偶像。

里面永远是黑夜，以香油的灯盏来照明。

不断的香烟，把我的心缭绕在沉重的螺旋里。

我彻夜不眠，用扭曲混乱的线条在墙上刻画出一些奇异的图形——生翼的马，人面的花。四肢像蛇的女人。

我不在任何地方留下一线之路，使鸟的歌声，叶的细语，或村镇的喧嚣得以进入。

在沉黑的仰顶上，唯一的声音是我礼赞的回响。

我的心思变得强烈而镇定，像一个尖尖的火焰。我的感官在狂欢中昏晕。

我不知时间如何度过，直到巨雷震劈了这座庙宇，一阵剧痛刺穿我的心。

灯火显得苍白而羞愧；墙上的刻画像是被锁住的梦，无意义地瞪视着，仿佛要躲藏起来。

我看着龛上的偶像，我看见它微笑了，和神的活生生的接触，它活了起来。被我囚禁的黑夜，展起翅来飞逝了。

## 73

无量的财富不是你的，我的耐心的微黑的尘土母亲。

你操劳着来填满你孩子们的嘴，但是粮食是很少的。

你给我们的欢乐礼物，永远不是完全的。

你给你孩子们做的玩具，是不牢的。

你不能满足我们的一切渴望，但是我能为此就背弃你么？

你的含着痛苦阴影的微笑，对我的眼睛是甜柔的。

你的永不满足的爱，对我的心是亲切的。

从你的胸乳里，你是以生命而不是以不朽来哺育我们，因此你的眼睛永远是警醒的。

你累年积代地用颜色和诗歌来工作，但是你的天堂还没有盖起，仅有天堂的愁苦的意味。

你的美的创造上蒙着泪雾。

我将把我的诗歌倾注入你无言的心里，把我的爱倾注入你的爱中。

我将用劳动来礼拜你。

我看见过你的温慈的面庞，我爱你的悲哀的尘土，大地母亲。

## 74

在世界的谒见堂里，一根朴素的草叶，和阳光与夜半的星辰坐在同一条毡褥上。

我的诗歌，也这样地和云彩与森林的音乐，在世界的心中平分席次。

但是，你这富有的人，你的财富，在太阳的喜悦的金光和沉思的月亮的柔光这种单纯的光彩里，却占不了一份。

包罗万象的天空的祝福，没有洒在它的上面。

等到死亡出现的时候，它就苍白枯萎，碎成尘土了。

## 75

夜半，那个自称的苦行人宣告说：

“弃家求神的时候到了。呵，谁把我牵住在妄想里这么久呢？”

神低声说：“是我。”但是这个人的耳朵是塞住的。

他的妻子和吃奶的孩子一同躺着，安静地睡在床的那边。

这个人说：“什么人把我骗了这么久呢？”

声音又说：“是神。”但是他听不见。

婴儿在梦中哭了，挨向他的母亲。

神命令说："别走，傻子，不要离开你的家。"但是他还是听不见。

神叹息又委屈地说："为什么我的仆人要把我丢下，而到处去找我呢？"

## 76

庙前的集会正在进行。从一早起就下雨，这一天快过尽了。

比一切群众的欢乐还光辉的，是一个花一文钱买到一个棕叶哨子的小女孩的光辉的微笑。

哨子的尖脆欢乐的声音，在一切笑语喧哗之上飘浮。

无尽的人流挤在一起，路上泥泞，河水在涨，雨在不停地下着，田地都没在水里。

比一切群众的烦恼更深的，是一个小男孩的烦恼——他连买那根带颜色的小棍的一文钱都没有。

他苦闷的眼睛望着那间小店，使得这整个人类的集会变成可悲悯的。

## 77

西乡来的工人和他的妻子正忙着替砖窑挖土。

他们的小女儿到河边的渡头上；她无休无息地擦洗锅盘。

她的小弟弟，光着头，赤裸着黧黑的涂满泥土的身躯，跟着她，听她的话，在高高的河岸上耐心地等着她。

她顶着满瓶的水，平稳地走回家去，左手提着发亮的铜壶，右手拉着那个孩子——她是妈妈的小丫头，繁重的家务使她变得严肃了。

有一天我看见那赤裸的孩子伸着腿坐着。

他姐姐坐在水里，用一把土在转来转去地擦洗一把水壶。

一只毛茸茸的小羊，在河岸上吃草。

它走近这孩子身边,忽然大叫了一声,孩子吓得哭喊起来。

他姐姐放下水壶跑上岸来。

她一只手抱起弟弟,一只手抱起小羊,把她的爱抚分成两半,人类和动物的后代在慈爱的联结中合一了。

## 78

在五月天里,闷热的正午仿佛无尽地悠长。干地在灼热中渴得张着口。

当我听到河边有个声音叫道:“来吧,我的宝贝!”

我合上书开窗外视。

我看见一只皮毛上尽是泥土的大水牛,眼光沉着地站在河边;一个小伙子站在没膝的水里,在叫它去洗澡。

我高兴而微笑了,我心里感到一阵甜柔的接触。

## 79

我常常思索,人和动物之间没有语言,他们心中互相认识的界线在哪里。

在远古创世的清晨,通过哪一条太初乐园的单纯的小径,他们的心曾彼此访问过。

他们的亲属关系早被忘却,他们不变的足印的符号并没有消灭。

可是忽然在些无言的音乐中,那模糊的记忆清醒起来,动物用温柔的信任注视着人的脸,人也用嬉笑的感情下望着它的眼睛。

好像两个朋友戴着面具相逢,在伪装下彼此模糊地互认着。

## 80

用一转的秋波,你能从诗人的琴弦上夺去一切诗歌的财富,美妙的女人！

但是你不愿听他们的赞扬，因此我来颂赞你。

你能使世界上最骄傲的头在你脚前俯伏。

但是你愿意崇拜的是你所爱的没有名望的人们，因此我崇拜你。

你的完美的双臂的接触，能在帝王荣光上加上光荣。

但你却用你的手臂去扫除尘土，使你微贱的家庭整洁，因此我心中充满了钦敬。

## 81

你为什么这样低声地对我耳语，呵，"死亡"，我的"死亡"？

当花儿晚谢，牛儿归棚，你偷偷地走到我身边，说出我不了解的话语。

难道你必须用昏沉的微语和冰冷的接吻来向我求爱，来赢得我心么，呵，"死亡"，我的"死亡"？

我们的婚礼不会有铺张的仪式么？

在你褐黄的卷发上不系上花串么？

在你前面没有举旗的人么？你也没有通红的火炬，使黑夜像着火一样的明亮么，呵，"死亡"，我的"死亡"？

你吹着法螺来吧，在无眠之夜来吧。

给我穿上红衣，紧握我的手把我娶走吧。

让你的驾着急躁嘶叫的马的车辇，准备好等在我门前吧。

揭开我的面纱骄傲地看我的脸吧，呵，"死亡"，我的"死亡"。

## 82

我们今夜要做"死亡"的游戏，我的新娘和我。

夜是深黑的，空中的云霾是翻腾的，波涛在海里咆哮。

我们离开梦的床榻，推门出去，我的新娘和我。

我们坐在秋千上，狂风从后面猛烈地推送我们。

我的新娘吓得又惊又喜，她颤抖着紧靠在我的胸前。

许多日子我温存伏侍她。

我替她铺一个花床，我关上门不让强烈的光射在她眼上。

我轻轻地吻她的嘴唇，软软地在她耳边低语，直到她困倦得半入昏睡。

她消失在模糊的无边甜柔的云雾之中。

我摩抚她，她没有反应；我的歌唱也不能把她唤醒。

今夜，风暴的召唤从旷野来到。

我的新娘颤抖着站起，她牵着我的手走了出来。

她的头发在风中飞扬，她的面纱飘动，她的花环在胸前窸窸作响。

死亡的推送把她摇晃活了。

我们面面相看，心心相印，我的新娘和我。

## 83

她住在玉米地边的山畔，靠近那股嬉笑着流经古树的庄严的阴影的清泉。女人们提罐到这里装水，过客们在这里谈话休息。她每天随着潺潺的泉韵工作幻想。

有一天，一个陌生人从云中的山上下来；他的头发像醉蛇一样的纷乱。我们惊奇地问："你是谁?"他不回答，只坐在喧闹的水边，沉默地望着她的茅屋。我们吓得心跳。到了夜里，我们都回家去了。

第二天早晨，女人们到杉树下的泉边取水，她们发现她茅屋的门开着，但是，她的声音没有了，她微笑的脸哪里去了呢?

空罐立在地上，她屋角的灯，油尽火灭了。没有人晓得在黎明以前她跑到哪里去了——那个陌生人也不见了。

到了五月，阳光渐强，冰雪化尽，我们坐在泉边哭泣。我们心里想："她去的地方有泉水么，在这炎热焦渴的天气中，她能到哪里去取水呢？"我们惶恐地对问："在我们住的山外还有地方么？"

夏天的夜里，微风从南方吹来；我坐在她的空屋里，没有点上的灯仍在那里立着。忽然间那座山峰，像帘幕拉开一样从我眼前消失了。"呵，那是她来了。你好么，我的孩子？你快乐么？在无遮的天空下，你有个荫凉的地方么？可怜呵，我们的泉水不在这里供你解渴。"

"那边还是那个天空，"她说，"只是不受屏山的遮隔，——也还是那股流泉长成江河，——也还是那片土地伸广变成平原。""一切都有了，"我叹息说，"只有我们不在。"她含愁地笑着说："你们是在我的心里。"我醒起听见泉流潺潺，杉树的叶子在夜中沙沙地响着。

## 84

黄绿的稻田上掠过秋云的阴影，后面是狂追的太阳。

蜜蜂被光明所陶醉，忘了吸蜜，只痴呆地飞翔嗡唱。

河里岛上的鸭群，无缘无故地欢乐地吵闹。

我们都不回家吧，兄弟们，今天早晨我们都不去工作。

让我们以狂风暴雨之势占领青天，让我们飞奔着抢夺空间吧。

笑声飘浮在空气上，像洪水上的泡沫。

弟兄们，让我们把清晨浪费在无用的歌曲上面吧。

## 85

你是什么人，读者，百年后读着我的诗？

我不能从春天的财富里送你一朵花，天边的云彩里送你一片金影。

开起门来四望吧。

从你的群花盛开的园子里，采取百年前消逝了的花儿的芬芳记忆。

在你心的欢乐里，愿你感到一个春晨吟唱的活的欢乐，把它快乐的声音，传过一百年的时间。

冰心　译

# 新月集

## 家　庭

我独自在横跨过田地的路上走着，夕阳像一个守财奴似的，正藏起它的最后的金子。

白昼更加深沉地没入黑暗之中，那已经收割了的孤寂的田地，默默地躺在那里。

天空里突然升起了一个男孩子的尖锐的歌声。他穿过看不见的黑暗，留下他的歌声的辙痕跨过黄昏的静谧。

他的乡村的家坐落在荒凉的边上，在甘蔗田的后面，躲藏在香蕉树，瘦长的槟榔树，椰子树和深绿色的贾克果树的阴影里。

我在星光下独自走着的路上停留了一会，我看见黑沉沉的大地展开在我的面前，用她的手臂拥抱着无量数的家庭，在那些家庭里有着摇篮和床铺，母亲们的心和夜晚的灯，还有年轻轻的生命，他们满心欢乐，却浑然不知这样的欢乐对于世界的价值。

## 孩童之道

只要孩子愿意，他此刻便可飞上天去。

他所以不离开我们，并不是没有缘故。

他爱把他的头倚在妈妈的胸间，他即使是一刻不见她，也是不行的。

孩子知道各式各样的聪明话，虽然世间的人很少懂得这些话的意义。

他所以永不想说，并不是没有缘故。

他所要做的一件事，就是要学习从妈妈的嘴唇里说出来的话。那就是他所以看来这样天真的缘故。

孩子有成堆的黄金与珠子，但他到这个世界上来，却像一个乞丐。

他所以这样假装了来，并不是没有缘故。

这个可爱的小小的裸着身体的乞丐，所以假装着完全无助的样子，便是想要乞求妈妈的爱的财富。

孩子在纤小的新月的世界里，是一切束缚都没有的。

他所以放弃了他的自由，并不是没有缘故。

他知道有无穷的快乐藏在妈妈的心的小小一隅里，被妈妈亲爱的手臂所拥抱，其甜美远胜过自由。

孩子永不知道如何哭泣。他所住的是完全的乐土。

他所以要流泪，并不是没有缘故。

虽然他用了可爱的脸儿上的微笑，引逗得他妈妈的热切的心向着他，然而他的因为细故而发的小小的哭声，却编成了怜与爱的双重约束的带子。

## 不被注意的花饰

啊，谁给那件小外衫染上颜色的，我的孩子，谁使你的温软的肢体穿上那件红的小外衫的？

你在早晨就跑出来到天井里玩儿，你，跑着就像摇摇欲跌似的。

但是谁给那件小外衫染上颜色的，我的孩子？

什么事叫你大笑起来的，我的小小的命芽儿？

妈妈站在门边，微笑地望着你。

她拍着她的双手，她的手镯丁当地响着，你手里拿着你的竹竿儿在跳舞，活像一个小小的牧童。

但是什么事叫你大笑起来的，我的小小的命芽儿？

喔，乞丐，你双手攀搂住妈妈的头颈，要乞讨些什么？

喔，贪得无厌的心，要我把整个世界从天上摘下来，像摘一个果子似的，把它放在你的一双小小的玫瑰色的手掌上么？

喔，乞丐，你要乞讨些什么？

风高兴地带走了你踝铃的丁当。

太阳微笑着，望着你的打扮。

当你睡在你妈妈的臂弯里时，天空在上面望着你，而早晨蹑手蹑脚地走到你的床跟前，吻着你的双眼。

风高兴地带走了你踝铃的丁当。

仙乡里的梦婆飞过朦胧的天空，向你飞来。

在你妈妈的心头上，那世界母亲，正和你坐在一块儿。

他，向星星奏乐的人，正拿着他的横笛，站在你的窗边。

仙乡里的梦婆飞过朦胧的天空，向你飞来。

## 偷睡眠者

谁从孩子的眼里把睡眠偷了去呢？我一定要知道。

妈妈把她的水罐挟在腰间，走到近村汲水去了。

这是正午的时候，孩子们游戏的时间已经过去了；池中的鸭子沉默无声。

牧童躺在榕树的荫下睡着了。

白鹤庄重而安静地立在檬果树边的泥泽里。

就在这个时候,偷睡眠者跑来从孩子的两眼里捉住睡眠,便飞去了。

当妈妈回来时,她看见孩子四肢着地地在屋里爬着。

谁从孩子的眼里把睡眠偷了去呢?我一定要知道。我一定要找到她,把她锁起来。

我一定要向那个黑洞里张望,在这个洞里,有一道小泉从圆的和有皱纹的石上滴下来。

我一定要到醉花①林中的沉寂的树影里搜寻,在这林中,鸽子在它们住的地方咕咕地叫着,仙女的脚环在繁星满天的静夜里丁当地响着。

我要在黄昏时,向静静的萧萧的竹林里窥望,在这林中,萤火虫闪闪地耗费它们的光明,只要遇见一个人,我便要问他:“谁能告诉我偷睡眠者住在什么地方?”

谁从孩子的眼里把睡眠偷了去呢?我一定要知道。

只要我能捉住她,怕不会给她一顿好教训!

我要闯入她的巢穴,看她把所有偷来的睡眠藏在什么地方。

我要把它都夺来,带回家去。

我要把她的双翼缚得紧紧的,把她放在河边,然后叫她拿一根芦苇在灯心草和睡莲间钓鱼为戏。

黄昏,街上已经收了市,村里的孩子们都坐在妈妈的膝上时,夜鸟便会讥笑地在她耳边说:

“你现在还想偷谁的睡眠呢?”

---

① 醉花(bakula):学名 Mimusops Elengi。印度传说美女口中吐出香液,此花始开。

# 开　始

“我是从哪儿来的,你,在哪儿把我捡起来的?”孩子问他的妈妈说。

她把孩子紧紧地搂在胸前,半哭半笑地答道——

“你曾被我当作心愿藏在我的心里,我的宝贝。

“你曾存在于我孩童时代玩的泥娃娃身上;每天早晨我用泥土塑造我的神像,那时我反覆地塑了又捏碎了的就是你。

“你曾和我们的家庭守护神一同受到祀奉,我崇拜家神时也就崇拜了你。

“你曾活在我所有的希望和爱情里,活在我的生命里,我母亲的生命里。

“在主宰着我们家庭的不死的精灵的膝上,你已经被抚育了好多代了。

“当我做女孩子的时候,我的心的花瓣儿张开,你就像一股花香似地散发出来。

“你的软软的温柔,在我青春的肢体上开花了,像太阳出来之前的天空上的一片曙光。

“上天的第一宠儿,晨曦的孪生兄弟,你从世界的生命的溪流浮泛而下,终于停泊在我的心头。

“当我凝视你的脸蛋儿的时候,神秘之感淹没了我;你这属于一切人的,竟成了我的。

“为了怕失掉你,我把你紧紧地搂在胸前。是什么魔术把这世界的宝贝引到我这双纤小的手臂里来呢?”

# 孩子的世界

我愿我能在我孩子自己的世界的中心,占一角清净地。

我知道有星星同他说话，天空也在他面前垂下，用它傻傻的云朵和彩虹来娱悦他。

那些大家以为他是哑巴的人，那些看去像是永不会走动的人，都带了他们的故事，捧了满装着五颜六色的玩具的盘子，匍匐地来到他的窗前。

我愿我能在横过孩子心中的道路上游行，解脱了一切的束缚；

在那儿，使者奉了无所谓的使命奔走于无史的诸王的王国间；

在那儿，理智以她的法律造为纸鸢而飞放，真理也使事实从桎梏中自由了。

## 责 备

为什么你眼里有了眼泪，我的孩子？

他们真是可怕，常常无谓地责备你！

你写字时墨水玷污了你的手和脸——这就是他们所以骂你龌龊的缘故么？

呵，呸！他们也敢因为圆圆的月儿用墨水涂了脸，便骂它龌龊么？

他们总要为了每一件小事去责备你，我的孩子。他们总是无谓地寻人错处。

你游戏时扯破了你的衣服——这就是他们所以说你不整洁的缘故么？

呵，呸！秋之晨从它的破碎的云衣中露出微笑，那末，他们要叫它什么呢？

他们对你说什么话，尽管可以不去理睬他，我的孩子。

他们把你做错的事长长地记了一笔账。

谁都知道你是十分喜欢糖果的——这就是他们所以称你做贪婪的缘故么？

呵，呸！我们是喜欢你的，那末，他们要叫我们什么呢？

## 审判官

你想说他什么尽管说罢，但是我知道我孩子的短处。

我爱他并不因为他好，只是因为他是我的小小的孩子。

你如果把他的好处与坏处两两相权一下，恐怕你就会知道他是如何的可爱罢？

当我必须责罚他的时候，他更成为我的生命的一部分了。

当我使他眼泪流出时，我的心也和他同哭了。

只有我才有权去骂他，去责罚他，因为只有热爱人的才可以惩戒人。

## 玩　具

孩子，你真是快活呀，一早晨坐在泥土里，耍着折下来的小树枝儿。

我微笑地看你在那里耍着那根折下来的小树枝儿。

我正忙着算账，一小时一小时在那里加叠数字。

也许你在看我，想道："这种好没趣的游戏，竟把你的一早晨的好时间浪费掉了！"

孩子，我忘了聚精会神玩耍树枝与泥饼的方法了。

我寻求贵重的玩具，收集金块与银块。

你呢，无论找到什么便去做你的快乐的游戏，我呢，却把我的时间与力气都浪费在那些我永不能得到的东西上。

我在我的脆薄的独木船里挣扎着要航过欲望之海，竟忘了我也是在那里做游戏了。

## 天文家

我不过说:“当傍晚圆圆的满月挂在昙花的枝头时,有人能去捉住它么?”

哥哥却对我笑道:“孩子呀,你真是我所见到的顶顶傻的孩子。月亮离我们这样远,谁能去捉住它呢?”

我说:“哥哥,你真傻!当妈妈向窗外探望,微笑着往下看我们游戏时,你也能说她远么?”

哥哥还是说:“你这个傻孩子!但是,孩子,你到哪里去找一个大得能逮住月亮的网呢?”

我说:“你自然可以用双手去捉住它呀。”

但是哥哥还是笑着说:“你真是我所见到的顶顶傻的孩子!如果月亮走近了,你便知道它是多么大了。”

我说:“哥哥,你们学校里所教的,真是没有用呀!当妈妈低下脸儿跟我们亲嘴时,她的脸看来也是很大的么?”

但是哥哥还是说:“你真是一个傻孩子。”

## 云与波

妈妈,住在云端的人对我唤道——

“我们从醒的时候游戏到白日终止。”

“我们与黄金色的曙光游戏,我们与银白色的月亮游戏。”

我问道:“但是,我怎么能够上你那里去呢?”

他们答道:“你到地球的边上来,举手向天,就可以被接到云端里来了。”

“我妈妈在家里等我呢,”我说,“我怎么能离开她而来呢?”

于是他们微笑着浮游而去。

但是我知道一件比这个更好的游戏,妈妈。

我做云，你做月亮。

我用两只手遮盖你，我们的屋顶就是青碧的天空。

住在波浪上的人对我唤道——

"我们从早晨唱歌到晚上；我们前进又前进地旅行，也不知我们所经过的是什么地方。"

我问道："但是，我怎么能加入你们队伍里去呢？"

他们告诉我说："来到岸旁，站在那里，紧闭你的两眼，你就被带到波浪上来了。"

我说："傍晚的时候，我妈妈常要我在家里——我怎么能离开她而去呢！"

于是他们微笑着，跳舞着奔流过去。

但是我知道一件比这个更好的游戏。

我是波浪，你是陌生的岸。

我奔流而进，进，进，笑哈哈地撞碎在你的膝上。

世界上就没有一个人会知道我们俩在什么地方。

## 金色花

假如我变成了一朵金色花①，只是为了好玩，长在那棵树的高枝上，笑哈哈地在风中摇摆，又在新生的树叶上跳舞，妈妈，你会认识我么？

你要是叫道："孩子，你在哪里呀？"我暗暗地在那里匿笑，却一声儿不响。

我要悄悄地开放花瓣儿，看着你工作。

---

① 金色花(champa，亦作 Champak)：学名 Michelia Champaca，印度圣树，木兰花属植物，开金黄色碎花，译名亦作"瞻波伽"或"占博迦"。

当你沐浴后，湿发披在两肩，穿过金色花的林荫，走到你做祷告的小庭院时，你会嗅到这花的香气，却不知道这香气是从我身上来的。

当你吃过中饭，坐在窗前读《罗摩衍那》，那棵树的阴影落在你的头发与膝上时，我便要投我的小小的影子在你的书页上，正投在你所读的地方。

但是你会猜得出这就是你的小孩子的小影子么？

当你黄昏时拿了灯到牛棚里去，我便要突然地再落到地上来，又成了你的孩子，求你讲个故事给我听。

"你到哪里去了，你这坏孩子？"

"我不告诉你，妈妈。"这就是你同我那时所要说的话了。

## 仙人世界

如果人们知道了我的国王的宫殿在哪里，它就会消失在空气中的。

墙壁是白色的银，屋顶是耀眼的黄金。

皇后住在有七个庭院的宫苑里；她戴的一串珠宝，值得整整七个王国的全部财富。

不过，让我悄悄地告诉你，妈妈，我的国王的宫殿究竟在哪里。

它就在我们阳台的角上，在那栽着杜尔茜花的花盆放着的地方。

公主躺在远远的隔着七个不可逾越的重洋的那一岸沉睡着。

除了我自己，世界上便没有人能够找到她。

她臂上有镯子，她耳上挂着珍珠；她的头发拖到地板上。

当我用我的魔杖点触她的时候，她就会醒过来，而当她微笑时，珠玉将会从她唇边落下来。

不过，让我在你的耳朵边悄悄地告诉你，妈妈；她就住在我们阳台的角上，在那栽着杜尔茜花的花盆放着的地方。

当你要到河里洗澡的时候，你走上屋顶的那座阳台来罢。

我就坐在墙的阴影所聚会的一个角落里。

我只让小猫儿跟我在一起，因为它知道那故事里的理发匠住的地方。

不过，让我在你的耳朵边悄悄地告诉你，那故事里的理发匠到底住在哪里。

他住的地方，就在阳台的角上，在那栽着杜尔茜花的花盆放着的地方。

## 流放的地方

妈妈，天空上的光成了灰色了；我不知道是什么时候了。

我玩得怪没劲儿的，所以到你这里来了。这是星期六，是我们的休息日。

放下你的活计，妈妈；坐在靠窗的一边，告诉我童话里的特潘塔沙漠在什么地方？

雨的影子遮掩了整个白天。

凶猛的电光用它的爪子抓着天空。

当乌云在轰轰地响着，天打着雷的时候，我总爱心里带着恐惧爬伏到你的身上。

当大雨倾泻在竹叶子上好几个钟头，而我们的窗户为狂风震得格格发响的时候，我就爱独自和你坐在屋里，妈妈，听你讲童话里的特潘塔沙漠的故事。

它在哪里，妈妈，在哪一个海洋的岸上，在哪些个山峰的脚下，在哪一个国王的国土里？

田地上没有此疆彼壤的界石，也没有村人在黄昏时走回家的，或妇人在树林里捡拾枯枝而捆载到市场上去的道路。沙地上只有一小块一小块的黄色草地,只有一株树,就是那一对聪明的老鸟儿在那里做窝的,那个地方就是特潘塔沙漠。

我能够想象得到,就在这样一个乌云密布的日子,国王的年轻的儿子,怎样地独自骑着一匹灰色马,走过这个沙漠,去寻找那被囚禁在不可知的重洋之外的巨人宫里的公主。

当雨雾在遥远的天空下降,电光像一阵突然发作的痛楚的痉挛似地闪射的时候,他可记得他的不幸的母亲,为国王所弃,正在扫除牛棚,眼里流着眼泪,当他骑马走过童话里的特潘塔沙漠的时候?

看,妈妈,一天还没有完,天色就差不多黑了,那边村庄的路上没有什么旅客了。

牧童早就从牧场上回家了,人们都已从田地里回来,坐在他们草屋的檐下的草席上,眼望着阴沉的云块。

妈妈,我把我所有的书本都放在书架上了——不要叫我现在做功课。

当我长大了,大得像爸爸一样的时候,我将会学到必须学的东西的。

但是,今天你可得告诉我,妈妈,童话里的特潘塔沙漠在什么地方?

## 雨 天

乌云很快地集拢在森林的黝黑的边缘上。

孩子,不要出去呀!

湖边的一行棕树,向暝暗的天空撞着头;羽毛零乱的乌鸦,静悄悄地栖在罗望子的枝上,河的东岸正被乌沉沉的暝色所侵袭。

我们的牛系在篱上,高声鸣叫。

孩子,在这里等着,等我先把牛牵进牛棚里去。

许多人都挤在池水泛溢的田间,捉那从泛溢的池中逃出来的鱼儿;雨水成了小河,流过狭街,好像一个嬉笑的孩子从他妈妈那里跑开,故意要恼她一样。

听呀,有人在浅滩上喊船夫呢。

孩子,天色暝暗了,渡头的摆渡船已经停了。

天空好像是在滂沱的雨上快跑着;河里的水喧叫而且暴躁;妇人们早已拿着汲满了水的水罐,从恒河畔匆匆地回家了。

夜里用的灯,一定要预备好。

孩子,不要出去呀!

到市场去的大道已没有人走,到河边去的小路又很滑。风在竹林里咆哮着,挣扎着,好像一只落在网中的野兽。

## 纸　船

我每天把纸船一个个放在急流的溪中。

我用大黑字写我的名字和我住的村名在纸船上。

我希望住在异地的人会得到这纸船,知道我是谁。

我把园中长的秀利花载在我的小船上,希望这些黎明开的花能在夜里被平平安安地带到岸上。

我投我的纸船到水里,仰望天空,看见小朵的云正张着满鼓着风的白帆。

我不知道天上有我的什么游伴把这些船放下来同我的船比赛!

夜来了,我的脸埋在手臂里,梦见我的纸船在子夜的星光下缓缓地浮泛前去。

睡仙坐在船里,带着满载着梦的篮子。

## 水　手

船夫曼特胡的船只停泊在拉琪根琪码头。

这只船无用地装载着黄麻，无所事事地停泊在那里已经好久了。

只要他肯把他的船借给我，我就给它安装一百只桨，扬起五个或六个或七个布帆来。

我决不把它驾驶到愚蠢的市场上去。

我将航行遍仙人世界里的七个大海和十三条河道。

但是，妈妈，你不要躲在角落里为我哭泣。

我不会像罗摩犍陀罗①似的，到森林中去，一去十四年才回来。

我将成为故事中的王子，把我的船装满了我所喜欢的东西。

我将带我的朋友阿细和我作伴。我们要快快乐乐地航行于仙人世界里的七个大海和十三条河道。

我将在绝早的晨光里张帆航行。

中午，你正在池塘里洗澡的时候，我们将在一个陌生的国王的国土上了。

我们将经过特浦尼浅滩，把特潘塔沙漠抛落在我们的后边。

当我们回来的时候，天色快黑了，我将告诉你我们所见到的一切。

我将越过仙人世界里的七个大海和十三条河道。

## 对　岸

我渴想到河的对岸去，

① 罗摩犍陀罗：即罗摩。他是印度叙事诗《罗摩衍那》中的主角。为了尊重父亲的诺言和维持弟兄间的友爱，他抛弃了继承王位的权利，和妻子悉多在森林中被放逐了十四年。

在那边，好些船只一行儿系在竹竿上；

人们在早晨乘船渡过那边去，肩上扛着犁头，去耕耘他们的远处的田；

在那边，牧人使他们鸣叫着的牛游泳到河旁的牧场去；

黄昏的时候，他们都回家了，只留下豺狼在这满长着野草的岛上哀叫。

妈妈，如果你不在意，我长大的时候，要做这渡船的船夫。

据说有好些古怪的池塘藏在这个高岸之后。

雨过去了，一群一群的野鹭飞到那里去，茂盛的芦苇在岸边四围生长，水鸟在那里生蛋；

竹鸡带着跳舞的尾巴，将它们细小的足印印在洁净的软泥上；

黄昏的时候，长草顶着白花，邀月光在长草的波浪上浮游。

妈妈，如果你不在意，我长大的时候，要做这渡船的船夫。

我要自此岸至彼岸，渡过来，渡过去，所有村中正在那儿沐浴的男孩女孩，都要诧异地望着我。

太阳升到中天，早晨变为正午了，我将跑到你那里去，说道："妈妈，我饿了！"

一天完了，影子俯伏在树底下，我便要在黄昏中回家来。

我将永不同爸爸那样，离开你到城里去做事。

妈妈，如果你不在意，我长大的时候，要做这渡船的船夫。

## 花的学校

当雷云在天上轰响，六月的阵雨落下的时候，

润湿的东风走过荒野，在竹林中吹着口笛。

于是一群一群的花从无人知道的地方突然跑出来，在绿草上狂欢地跳着舞。

妈妈,我真的觉得那群花朵是在地下的学校里上学。

他们关了门做功课,如果他们想在散学以前出来游戏,他们的老师是要罚他们站壁角的。

雨一来,他们便放假了。

树枝在林中互相碰触着,绿叶在狂风里萧萧地响着,雷云拍着大手,花孩子们便在那时候穿了紫的、黄的、白的衣裳,冲了出来。

你可知道,妈妈,他们的家是在天上,在星星所住的地方。

你没有看见他们怎样地急着要到那儿去么?你不知道他们为什么那样急急忙忙么?

我自然能够猜得出他们是对谁扬起双臂来:他们也有他们的妈妈,就像我有我自己的妈妈一样。

## 商　人

妈妈,让我们想象,你待在家里,我到异邦去旅行。

再想象,我的船已经装得满满地在码头上等候启碇了。

现在,妈妈,好生想一想再告诉我,回来的时候我要带些什么给你。

妈妈,你要一堆一堆的黄金么?

在金河的两岸,田野里全是金色的稻实。

在林荫的路上,金色花也一朵一朵地落在地上。

我要为你把它们全都收拾起来,放在好几百个篮子里。

妈妈,你要秋天的雨点一般大的珍珠么?

我要渡海到珍珠岛的岸上去。

那个地方,在清晨的曙光里,珠子在草地的野花上颤动,珠子落在绿草上,珠子被汹狂的海浪一大把一大把地撒在沙滩上。

我的哥哥呢,我要送他一对有翼的马,会在云端飞翔的。爸爸呢,我要带一支有魔力的笔给他,他还没有觉得,笔就写出字来了。

你呢,妈妈,我一定要把那个值七个王国的首饰箱和珠宝送给你。

## 同　情

如果我只是一只小狗,而不是你的小孩,亲爱的妈妈,当我想吃你的盘里的东西时,你要向我说“不”么?

你要赶开我,对我说道:“滚开,你这淘气的小狗”么?

那末,走罢,妈妈,走罢!当你叫唤我的时候,我就永不到你那里去,也永不要你再喂我吃东西了。

如果我只是一只绿色的小鹦鹉,而不是你的小孩,亲爱的妈妈,你要把我紧紧地锁住,怕我飞走么?

你要对我摇你的手,说道:“怎样的一个不知感恩的贱鸟呀!整夜地尽在咬它的链子”么?

那末,走罢,妈妈,走罢!我要跑到树林里去;我就永不再让你抱我在你的臂里了。

## 职　业

早晨,钟敲十下的时候,我沿着我们的小巷到学校去。

每天我都遇见那个小贩,他叫道:“镯子呀,亮晶晶的镯子!”

他没有什么事情急着要做,他没有哪条街一定要走,他没有什么地方一定要去,他没有什么时间一定要回家。

我愿意我是一个小贩,在街上过日子,叫着:“镯子呀,亮晶晶的镯子!”

下午四点，我从学校里回家。

从一家门口，我看得见一个园丁在那里掘地。

他用他的锄子，要怎么掘，便怎么掘，他被尘土污了衣裳，如果他被太阳晒黑了或是身上被打湿了，都没有人骂他。

我愿意我是一个园丁，在花园里掘地。谁也不来阻止我。

天色刚黑，妈妈就送我上床。

从开着的窗口，我看得见更夫走来走去。

小巷又黑又冷清，路灯立在那里，像一个头上生着一只红眼睛的巨人。

更夫摇着他的提灯，跟他身边的影子一起走着，他一生一次都没有上床去过。

我愿意我是一个更夫，整夜在街上走，提了灯去追逐影子。

## 长　者

妈妈，你的孩子真傻！她是那末可笑地不懂得事！

她不知道路灯和星星的分别。

当我们玩着把小石子当食物的游戏时，她便以为它们真是吃的东西，竟想放进嘴里去。

当我翻开一本书，放在她面前，在她读 a，b，c 时，她却用手把书页撕了，无端快活地叫起来；你的孩子就是这样做功课的。

当我生气地对她摇头，骂她，说她顽皮时，她却哈哈大笑，以为很有趣。

谁都知道爸爸不在家，但是，如果我在游戏时高声叫一声“爸爸”，她便要高兴地四面张望，以为爸爸真是近在身边。

当我把洗衣人带来载衣服回去的驴子当作学生，并且警告她说，我是老师，她却无缘无故地乱叫起我哥哥来。

你的孩子要捉月亮。

她是这样的可笑；她把格尼许①唤作琪奴许。

妈妈，你的孩子真傻，她是那末可笑地不懂事！

## 小大人

我人很小，因为我是一个小孩子，到了我像爸爸一样年纪时，便要变大了。

我的先生要是走来说道："时候晚了，把你的石板，你的书拿来。"

我便要告诉他道："你不知道我已经同爸爸一样大了么？我决不再学什么功课了。"

我的老师便将惊异地说道："他读书不读书可以随便，因为他是大人了。"

我将自己穿了衣裳，走到人群拥挤的市场里去。

我的叔叔要是跑过来说道："你要迷路了，我的孩子，让我领着你罢。"

我便要回答道："你没有看见么，叔叔，我已经同爸爸一样大了？我决定要独自一个人到市场里去。"

叔叔便将说道："是的，他随便到哪里去都可以，因为他是大人了。"

当我正拿钱给我保姆时，妈妈便要从浴室中出来，因为我是知道怎样用我的钥匙去开银箱的。

妈妈要是说道："你在做什么呀，顽皮的孩子？"

我便要告诉她道："妈妈，你不知道我已经同爸爸一样大了么？

① 格尼许(Ganesh)：毁灭之神湿婆的儿子，象头人身。同时也是现代印度人最喜欢用来做名字的第一个字。

我必须拿钱给保姆。”

妈妈便将自言自语道:“他可以随便把钱给他所喜欢的人,因为他是大人了。”

当十月里放假的时候,爸爸将要回家,他会以为我还是一个小孩子,为我从城里带了小鞋子和小绸衫来。

我便要说道:“爸爸,把这些东西给哥哥罢,因为我已经同你一样大了。”

爸爸便将想了一想,说道:“他可以随便去买他自己穿的衣裳,因为他是大人了。”

## 十二点钟

妈妈,我真想现在不做功课了。我整个早晨都在念书呢。

你说,现在还不过是十二点钟。假定不会晚过十二点罢;难道你不能把不过是十二点钟想象成下午么?

我能够容容易易地想象:现在太阳已经到了那片稻田的边缘上了,老态龙钟的渔婆正在池边采撷香草作她的晚餐。

我闭上了眼就能够想到,马塔尔树下的阴影是更深黑了,池塘里的水看来黑得发亮。

假如十二点钟能够在黑夜里来到,为什么黑夜不能在十二点钟的时候来到呢?

## 著作家

你说爸爸写了许多书,但我却不懂得他所写的东西。

他整个黄昏读书给你听,但是你真懂得他的意思么?

妈妈,你给我们讲的故事,真是好听呀!我很奇怪,爸爸为什么不能写那样的书呢?

难道他从来没有从他自己的妈妈那里听见过巨人和神仙和公主的故事么?

还是已经完全忘记了?

他常常耽误了沐浴,你不得不走去叫他一百多次。

你总要等候着,把他的菜温着等他,但他忘了,还尽管写下去。

爸爸老是以著书为游戏。

如果我一走进爸爸房里去游戏,你就要走来叫道:“真是一个顽皮的孩子!”

如果我稍为出一点声音,你就要说:“你没有看见你爸爸正在工作么?”

老是写了又写,有什么趣味呢?

当我拿起爸爸的钢笔或铅笔,像他一模一样地在他的书上写着,a,b,c,d,e,f,g,h,i,——那时,你为什么跟我生气呢,妈妈?

爸爸写时,你却从来不说一句话。

当我爸爸耗费了那末一大堆纸时,妈妈,你似乎全不在乎。

但是,如果我只取了一张纸去做一只船,你却要说:“孩子,你真讨厌!”

你对于爸爸拿黑点子涂满了纸的两面,污损了许多许多张纸,你心里以为怎样呢?

## 恶邮差

你为什么坐在那边地板上不言不动的,告诉我呀,亲爱的妈妈?

雨从开着的窗口打进来了,把你身上全打湿了,你却不管。

你听见钟已打四下了么?正是哥哥从学校里回家的时候了。

到底发生了什么事,你的神色这样不对?

你今天没有接到爸爸的信么?

我看见邮差在他的袋里带了许多信来,几乎镇里的每个人都分送到了。

只有爸爸的信,他留起来给他自己看。我确信这个邮差是个坏人。

但是不要因此不乐呀,亲爱的妈妈。

明天是邻村市集的日子。你叫女仆去买些笔和纸来。

我自己会写爸爸所写的一切信;使你找不出一点错处来。

我要从 A 字一直写到 K 字。

但是,妈妈,你为什么笑呢?

你不相信我能写得同爸爸一样好!

但是我将用心画格子,把所有的字母都写得又大又美。

当我写好了时,你以为我也像爸爸那样傻,把它投入可怕的邮差的袋中么?

我立刻就自己送来给你,而且一个字母,一个字母地帮助你读。

我知道那邮差是不肯把真正的好信送给你的。

## 英　雄

妈妈,让我们想象我们正在旅行,经过一个陌生而危险的国土。

你坐在一顶轿子里,我骑着一匹红马,在你旁边跑着。

是黄昏的时候,太阳已经下山了。约拉地希的荒地疲乏而灰暗地展开在我们面前,大地是凄凉而荒芜的。

你害怕了,想道——"我不知道我们到了什么地方了。"

我对你说道:"妈妈,不要害怕。"

草地上刺蓬蓬地长着针尖似的草,一条狭而崎岖的小道通过这块草地。

在这片广大的地面上看不见一只牛;它们已经回到它们村里的

牛棚去了。

天色黑了下来,大地和天空都显得朦朦胧胧的,而我们不能说出我们正走向什么所在。

突然间,你叫我,悄悄地问我道:"靠近河岸的是什么火光呀?"

正在那个时候,一阵可怕的呐喊声爆发了,好些人影子向我们跑过来。

你蹲坐在你的轿子里,嘴里反覆地祷念着神的名字。

轿夫们,怕得发抖,躲藏在荆棘丛中。

我向你喊道:"不要害怕,妈妈,有我在这里。"

他们手里执着长棒,头发披散着,越走越近了。

我喊道:"要当心!你们这些坏蛋!再向前走一步,你们就要送命了。"

他们又发出一阵可怕的呐喊声,向前冲过来。

你抓住我的手,说道:"好孩子,看在上天面上,躲开他们罢。"

我说道:"妈妈,你瞧我的。"

于是我刺策着我的马匹,猛奔过去,我的剑和盾彼此碰着作响。

这一场战斗是那么激烈,妈妈,如果你从轿子里看得见的话,你一定会发冷战的。

他们之中,许多人逃走了,还有好些人被砍杀了。

我知道你那时独自坐在那里,心里正在想着,你的孩子这时候一定已经死了。

但是我跑到你的跟前,浑身溅满了鲜血,说道:"妈妈,现在战争已经结束了。"

你从轿子里走出来,吻着我,把我搂在你的心头,你自言自语地说道:

"如果我没有我的孩子护送我,我简直不知道怎么办才好。"

一千件无聊的事天天在发生,为什么这样一件事不能够偶然实现呢?

这很像一本书里的一个故事。

我的哥哥要说道："这是可能的事么？我老是在想，他是那么嫩弱呢！"

我们村里的人们都要惊讶地说道："这孩子正和他妈妈在一起，这不是很幸运么？"

## 告　别

是我走的时候了，妈妈；我走了。

当清寂的黎明，你在暗中伸出双臂，要抱你睡在床上的孩子时，我要说道："孩子不在那里呀！"——妈妈，我走了。

我要变成一股清风抚摸着你；我要变成水的涟漪，当你浴时，把你吻了又吻。

大风之夜，当雨点在树叶中淅沥时，你在床上，会听见我的微语，当电光从开着的窗口闪进你的屋里时，我的笑声也偕了它一同闪进了。

如果你醒着躺在床上，想你的孩子到深夜，我便要从星空向你唱道："睡呀！妈妈，睡呀。"

我要坐在各处游荡的月光上，偷偷地来到你的床上，乘你睡着时，躺在你的胸上。

我要变成一个梦儿，从你的眼皮的微缝中，钻到你睡眠的深处，当你醒来吃惊地四望时，我便如闪耀的萤火似地熠熠地向暗中飞去了。

当普耶节日①，邻舍家的孩子们来屋里游玩时，我便要融化在笛声里，整日价在你心头震荡。

亲爱的阿姨带了普耶礼②来，问道："我们的孩子在哪里，姊姊？"

---

① 普耶(Puja)：意为"祭神大典"，这里的"普耶节日"，是指印度十月间的"难近母祭日"。

② 普耶礼：就是指这个节日亲友相互馈送的礼物。

妈妈,你将要柔声地告诉她:“他呀,他现在是在我的瞳仁里,他现在是在我的身体里,在我的灵魂里。”

## 召　唤

她走的时候,夜间黑漆漆的,他们都睡了。

现在,夜间也是黑漆漆的,我唤她道:“回来,我的宝贝;世界都在沉睡;当星星互相凝视的时候,你来一会儿是没有人会知道的。”

她走的时候,树木正在萌芽,春光刚刚来到。

现在花已盛开,我唤道:“回来,我的宝贝。孩子们漫不经心地在游戏,把花聚在一块,又把它们散开。你如走来,拿一朵小花去,没有人会发觉的。”

常常在游戏的那些人,仍然还在那里游戏,生命总是如此地浪费。

我静听他们的空谈,便唤道:“回来,我的宝贝,妈妈的心里充满着爱,你如走来,仅仅从她那里接一个小小的吻,没有人会妒忌的。”

## 第一次的茉莉

呵,这些茉莉花,这些白的茉莉花!

我仿佛记得我第一次双手满捧着这些茉莉花,这些白的茉莉花的时候。

我喜爱那日光,那天空,那绿色的大地;

我听见那河水淙淙的流声,在黑漆的午夜里传过来;

秋天的夕阳,在荒原上大路转角处迎我;如新妇揭起她的面纱迎接她的爱人。

但我想起孩提时第一次捧在手里的白茉莉,心里充满着甜蜜的回忆。

我生平有过许多快活的日子,在节日宴会的晚上,我曾跟着说笑话的人大笑。

在灰暗的雨天的早晨,我吟哦过许多飘逸的诗篇。

我颈上戴过爱人手织的醉花的花圈,作为晚装。

但我想起孩提时第一次捧在手里的白茉莉,心里充满着甜蜜的回忆。

## 榕　树

喂,你站在池边的蓬头的榕树,你可会忘记了那小小的孩子,就像那在你的枝上筑巢又离开了你的鸟儿似的孩子?

你不记得是他怎样坐在窗内,诧异地望着你深入地下的纠缠的树根么?

妇人们常到池边,汲了满罐的水去,你的大黑影便在水面上摇动,好像睡着的人挣扎着要醒来似的。

日光在微波上跳舞,好像不停不息的小梭在织着金色的花毡。

两只鸭子挨着芦苇,在芦苇影子上游来游去,孩子静静地坐在那里想着。

他想做风,吹过你的萧萧的枝杈;想做你的影子,在水面上,随了日光而俱长;想做一只鸟儿,栖息在你的最高枝上;还想做那两只鸭,在芦苇与阴影中间游来游去。

## 祝　福

祝福这个小心灵,这个洁白的灵魂,他为我们的大地,赢得了天的接吻。

他爱日光,他爱见他妈妈的脸。

他没有学会厌恶尘土而渴求黄金。

紧抱他在你的心里，并且祝福他。

他已来到这个歧路百出的大地上了。

我不知道他怎么从群众中选出你来，来到你的门前抓住你的手问路。

他笑着，谈着，跟着你走，心里没有一点儿疑惑。

不要辜负他的信任，引导他到正路，并且祝福他。

把你的手按在他的头上，祈求着：底下的波涛虽然险恶，然而从上面来的风，会鼓起他的船帆，送他到和平的港口的。

不要在忙碌中把他忘了，让他来到你的心里，并且祝福他。

## 赠　品

我要送些东西给你，我的孩子，因为我们同是漂泊在世界的溪流中的。

我们的生命将被分开，我们的爱也将被忘记。

但我却没有那样傻，希望能用我的赠品来买你的心。

你的生命正是青春，你的道路也长着呢，你一口气饮尽了我们带给你的爱，便回身离开我们跑了。

你有你的游戏，有你的游伴。如果你没有时间同我们在一起，如果你想不到我们，那有什么害处呢？

我们呢，自然的，在老年时，会有许多闲暇的时间，去计算那过去的日子，把我们手里永久失了的东西，在心里爱抚着。

河流唱着歌很快地流去，冲破所有的堤防。但是山峰却留在那里，忆念着，满怀依依之情。

## 我的歌

我的孩子，我这一支歌将扬起它的乐声围绕你的身旁，好像那爱情的热恋的手臂一样。

我这一支歌将触着你的前额，好像那祝福的接吻一样。

当你只是一个人的时候，它将坐在你的身旁，在你耳边微语着；当你在人群中的时候，它将围住你，使你超然物外。

我的歌将成为你的梦的翼翅，它将把你的心移送到不可知的岸边。

当黑夜覆盖在你路上的时候，它又将成为那照临在你头上的忠实的星光。

我的歌又将坐在你眼睛的瞳仁里，将你的视线带入万物的心里。

当我的声音因死亡而沉寂时，我的歌仍将在你活泼泼的心中唱着。

## 孩子天使

他们喧哗争斗，他们怀疑失望，他们辩论而没有结果。

我的孩子，让你的生命到他们当中去，如一线镇定而纯洁之光，使他们愉悦而沉默。

他们的贪心和妒忌是残忍的；他们的话，好像暗藏的刀，渴欲饮血。

我的孩子，去，去站在他们愤懑的心中，把你的和善的眼光落在它们上面，好像那傍晚的宽宏大量的和平，覆盖着日间的骚扰一样。

我的孩子，让他们望着你的脸，因此能够知道一切事物的意义；让他们爱你，因此他们能够相爱。

来，坐在无垠的胸膛上，我的孩子。朝阳出来时，开放而且抬起你的心，像一朵盛开的花；夕阳落下时，低下你的头，默默地做完这一天的礼拜。

## 最后的买卖

早晨，我在石铺的路上走时，我叫道："谁来雇用我呀。"
皇帝坐着马车，手里拿着剑走来。
他拉着我的手，说道："我要用权力来雇用你。"
但是他的权力算不了什么，他坐着马车走了。

正午炎热的时候，家家户户的门都闭着。
我沿着屈曲的小巷走去。
一个老人带着一袋金钱走出来。
他斟酌了一下，说道："我要用金钱来雇用你。"
他一个一个地数着他的钱，但我却转身离去了。

黄昏了，花园的篱上满开着花。
美人走出来，说道："我要用微笑来雇用你。"
她的微笑黯淡了，化成泪容了，她孤寂地回身走进黑暗里去。

太阳照耀在沙地上，海波任性地浪花四溅。
一个小孩坐在那里玩贝壳。
他抬起头来，好像认识我似的，说道："我雇你不用什么东西。"
从此以后，在这个小孩的游戏中做成的买卖，使我成了一个自由的人。

郑振铎　译

# 采果集

## 1

请吩咐我，我就将采集我的果实，满筐满筐地送往你的庭院，尽管有的已经失落，有的还没有成熟。

因为这季节已丰富得不堪负载，而浓荫里正传来牧羊人哀伤的笛声。

请吩咐我，我就将在河上扬帆启碇。

三月的风躁动不安，它把滞缓的波浪吹得汩汩作响。

果园已经献出它的一切，在这黄昏的疲惫的时分，你的呼唤在夕阳余晖中从你那所岸边的屋里传来。

## 2

我的生命在年轻时像一朵花——一朵从它的丰富中放出一片或两片花瓣而从无失落之感的花，当和煦的春风来到它的门前恳求的时候。

如今当青春老去，我的生命像一个果实，它已经没有什么可以给予，只等待着把它自己和它充盈的甜蜜全部呈献。

## 4

我醒来，发现他的信与黎明俱在。

我不知道信里说的什么，因为我不识字。

我且让聪明人自去读他的书，我不想去麻烦他，因为谁知道他是否能看懂这信里说的话。

让我把信高高举到我的前额，把它紧紧贴在我的心头。

当夜阑人静，星星一颗颗闪现，我把信摊在我的膝头，静静地守着。

林中沙沙的树叶将高声地把信读给我听，潺潺的流水将喃喃念出这封信，而那智慧的七星将从天际把信唱给我听。

我无法找到我所寻求的，我也无法理解我所愿意知道的；但这封没有读过的信已经减轻了我的负担，而且把我的思绪化为歌曲。

## 5

一把尘土能掩去你的暗示，当我不懂得它的含义的时候。

如今我已较能解事，我悟出了它以前掩藏的全部意义。

它被绘成一片片花瓣；浪花以泡沫使它闪烁发光，群山把它高高举在山巅之上。

我以前把脸从你面前转开，因此我解错了那些信的含义，不知道它们到底是什么意思。

## 6

在铺设了道路的地方，我迷了路。

在浩渺的海上，在湛蓝的天空，没有一丝儿路的痕迹。

群鸟的翼翅，点点的星火，四季流转的繁花，掩没了路径。

于是我问我的心，是不是它的血液里自有智慧，能找到那看不见的道路。

## 7

唉，我不能留在这所屋子里，因为这个家已经不是我的家，因为那永恒的异乡人在呼唤，他正沿着大路走来。

他的脚步声叩着我的胸脯，使我痛苦！

风已停息，海在呻吟。

我撇下我所有的烦恼和疑虑，去跟踪那无家可归的波浪，因为那异乡人在呼唤，他正沿着大路走来。

## 8

准备出发吧，我的心！让那些必须滞留的人留下吧。

因为在清晨的天空中，已经在呼唤你的名字。

不用等谁了！

花蕾企求的是夜和露，而盛开的花朵却要求光的自由。

冲出你的护鞘，去吧，我的心！

## 9

当我留恋于我积聚的财富之中时，我觉得我仿佛是一条蛀虫，在黑暗中啃啮由它所滋生的果实。

我要离开这座腐朽的牢狱。

我不愿出没于这种腐朽的静止之中，因为我要去寻找永恒的青春;我抛却不与我的生命融为一体,也不似我的笑声一般轻盈的一切。

我在时间中奔驰,而你,哦,我的心,在你的四轮马车里,那行吟诗人载歌载舞。

## 10

你握住我的手,把我拉到你的身边,让我当着众人的面坐在高高的座位上,直到我变得战战兢兢,不能动弹也不能独自举步;每走一步我都疑虑重重,踌躇再三,唯恐踩上人们蔑视的荆棘。

我终于获得了解放!

打击来临了,侮辱的鼓声擂响了,我的座位坠落在尘埃之中。

我的道路已经在我的前面敞开。

我的双翼满怀着对天空的渴慕。

我要飞去与那夜半流逝的星星会合,投入那深邃的阴影里。

我恍如那暴风雨所追逐的夏云,它扔掉金冠,像利剑似的把霹雳挂在一串闪电的链环上。

我欣喜若狂,我在卑贱者行走的尘埃飞扬的小路上奔跑;我离你最后的欢迎更近了。

当婴儿离开了子宫,他便发现了母亲。

当我被撵出了你的家,离开了你,我就能自由地凝视你的面容。

## 11

我这串镶着珠宝的项链,它装点我只是为了嘲笑我。

当它挂在我的颈子上的时候,它擦伤我的肌肤;但当我使劲把它扯下来的时候,它又使我感到窒息。

它卡住了我的喉咙,阻塞了我的歌声。

倘若我能把它呈献在你手中,我的主人,我就会得救。

把它从我的颈子上取走吧,而用一只花环把我束在你的身边作为交换,因为颈上戴着这串珠光宝气的项链站在你的面前,使我感到羞愧。

## 12

山下远处,朱木拿河清澈而湍急地奔流;河上,堤岸皱眉蹙额地矗立着。

四周是林木森森、处处激流飞湍的群山。

锡克教的大师高文达坐在岩上诵经,这时他的门徒拉古纳斯夸耀自己的财富,走来向他鞠躬施礼,说道:"我给您带来了一份不成敬意的薄礼。"

说着,他在老师面前拿出了一对嵌着宝石的金手镯。

大师拿起一只手镯套在指上转动,手镯上镶嵌的钻石放出道道霞光。

突然间,那只手镯从他的指头滑出,滚下堤岸落入水中。

"哎呀!"拉古纳斯尖叫一声,便跳进流水。

老师目不转睛盯着他的经卷,河水卷住而且藏起它窃取的东西,继续奔流前去。

白昼消逝了,这时拉古纳斯精疲力竭,水淋淋地回到他的老师身边。

他喘息着说:"如果您告诉我手镯掉在哪儿,我还是能把它找回来的。"

老师抓起那剩下的一只手镯,把它扔进水中,说道:"就在那里。"

## 13

前进不息是为了每时每刻都能遇见你，

旅伴啊！

放声歌唱是为你的步履降临。

为你的呼吸所触及的人，他决不离开堤岸的庇护而随波逐流。

他一无畏惧迎着大风升起了船帆，在波涛汹涌的海上航行。

他敞开自己的大门，走向前去接受你的问候。

他决不停下步子计算他获得了多少东西，或者悲叹他失去了多少，他的心为他的征途擂起鼓声，因为在这次征途上他每一步都要与你并肩前进，

旅伴啊！

## 14

在这个世界里，我应得的最美好的一份将来自你的手中：这是你曾经许下的诺言。

因此你的光辉在我的泪珠中闪烁。

我怕别人来引导我，唯恐因此失去你，你在一条大路的角落正等着我做我的向导。

我任性地兀自走我自己的路，直到我的愚蠢的行为把你引诱到我的门前。

因为我曾蒙你允诺，在这世界上我应得的最美好的一份将来自你的手中。

## 15

我的主人,您的语言简单明了,可是那些谈起您的人,他们的语言却不是那样。

我懂得您的星星的话语,也懂得您的树林的静寂。

我知道我的心会像一朵花那样开放;也知道在一个隐秘的泉边,我的生命已经把自己充盈。

您的歌,像来自冷寂的雪原的飞鸟,飞到我的心里筑巢,等待那四月的温暖,而我却满足于期待那欢乐季节的来临。

## 16

他们熟识路途,他们循着那条陋巷去寻找你,可是我到处漂泊,直到夜色降临,因为我是愚昧无知的。

我受过的教育不足以使我畏惧隐没在黑暗中的你,所以我不知不觉地来到了你的门前。

聪明的人们斥骂我,命令我走开,因为我没有从陋巷里来。

我疑惑地转过身去,但是你紧紧拉住了我,于是他们的斥骂声一天高似一天。

## 18

不,不该由你来使花蕾绽放花朵。

你摇动花蕾,拍打花蕾;但要使它开花,不是你力所能及的。

你的触摸玷污了它,你把它的花瓣撕成碎片,撒落在尘土里。

但是既没有绚丽多彩的颜色,也没有芬芳馥郁的气息。

啊!不该由你来使花蕾绽放花朵。

能使花蕾开放的人,他做得非常简单。

他只消瞅它一眼,生命之液就流遍它的血脉。

他吹一口气,花朵就张开翅膀,在风中颤摇。

缤纷的色彩像内心的渴望一样涌现,馥郁的芳香沁出一缕甜蜜的秘密。

能使花蕾开放的人,他做得非常简单。

## 19

花匠苏达斯从他的水罐里抽出严冬残留的最后一朵莲花,走到宫殿门前,想把莲花卖给国王。

在宫门前,他遇见一个旅人对他说:“请问这朵最后的莲花值多少钱——我要把这朵莲花奉献给释迦。”

苏达斯说:“如果你付出一枚金马沙,莲花就归你。”

旅人给了他一枚金马沙。

这时,国王走出来,他想买这朵花,因为他正要去朝拜释迦,他想:“如果把这朵在冬天开放的花呈献在他的脚下,那将是一件多么美妙的事。”

当花匠说他已经收下了一枚金马沙的时候,国王给了他十枚金马沙,但是那个旅人愿意付出双倍的价钱。

花匠是个贪心人,看到他们为了释迦在哄抬价格,他想从释迦那里得到更大的好处。他弯身致礼说:“我不能出卖这朵花了。”

城墙外,在芒果树林静寂无声的浓荫里,苏达斯站在释迦面前,释迦的唇上停留着爱的静寂,眼睛闪耀着安谧,像露水洗过的秋天的晨星。

苏达斯凝视着他的脸,把莲花放在他的脚边,叩首尘埃。

释迦微笑着问道：“你想要什么，我的儿子？”

苏达斯叫道：“我只想碰一碰你的脚。”

## 20

让我做你的诗人吧，哦，夜，蒙纱的夜！

有些人在你的阴影里默默无语地静坐了多少年代；让我唱出他们的歌声。

把我载上你那无轮的马车吧：悄无声息地奔驰于四极八荒，你这深居时间宫殿里的帝后，你这黑黝黝的美人！

多少喜爱寻根究底的智者偷偷溜进你庭园，在你没有灯火的屋宇里转悠，寻找答案。

多少颗被那未知射出的喜悦的箭镞穿透的心，迸发出欢乐的赞歌，把黑暗震得摇摇欲坠。

那些长夜不眠的人，在星光中瞠目凝视他们突然发现的宝藏。

让我做他们的诗人，哦，夜，做你那深不可测的寂静的诗人。

## 21

总有一天我会遇见我内心的生命，会遇见那藏在我的生命中的喜悦，尽管流逝的岁月用它们无谓的尘埃扰乱我的道路。

我曾在它隐约的闪现中认识了它，它一阵阵的呼吸吹到我的身上，使我的思绪一时变得芳香动人。

总有一天我会遇见在我身外的喜悦，它滞留在光明的帷幕后面——而我就将站在充溢的寂寞之中，在那里世间万物一览无余，犹如它们被造物主看到的一样。

## 24

夜色深沉,你在我生命的沉默中酣睡。

醒来吧,哦,爱的痛苦,因为我不知道怎样打开这扇门,我只能在门外伫立。

时间在等待,星星在谛视,风已停息,寂静沉重地压在我的心头。

醒来吧,爱,醒来吧! 把我的空杯斟满,用一口歌唱的气息把这静寂的夜吹皱。

## 25

清晨的鸟儿在啭鸣。

当黎明犹未破晓,夜之龙用它又冷又黑的躯体把天空缠住的时候,他是从哪儿觅得这清晨的歌词的呢?

告诉我,清晨的鸟儿,他是怎样透过这天空和绿叶双重覆盖的夜幕,找到进入你梦境的道路,找到来自东方的使者的呢?

世界并不相信你,当你喊道:“太阳出来了,黑夜已经过去。”

哦,沉睡的人,醒来吧!

赤露你的额头,等待那第一线光明的赐福,满怀欣喜的信念和清晨的鸟儿一起歌唱吧。

## 26

我心中的乞丐举起瘦骨嶙峋的双手伸向无星的夜空,对着黑夜的耳朵喊出饥饿的声音。

他向失明的黑暗祈求,这失明的黑暗像一位堕落的神,躺倒在失去希望的凄凉的天国。

欲望的喊声绕着一道绝望的裂罅回旋，像一只哀鸣的鸟绕着空巢盘旋。

但是当清晨在东方的边缘抛下锚链的时候，我心中的乞丐欢跃着叫道：

“多亏聋聩的夜拒绝了我的祈求——它的钱箱里已经空无一物了。”

他喊道：“啊，生命，啊，光明，你是宝贵的！我终于认识了你，这种喜悦也是宝贵的！”

## 27

萨纳丹在恒河边正数着念珠祈祷，一个衣衫褴褛的婆罗门来到他的面前说：“救救我，我好苦啊！”

“我只有一只施舍碗了，”萨纳丹说，“我已经把我的东西都给光了。”

“可是大自在神托梦给我，”婆罗门说，“教我前来求你。”

萨纳丹忽然想起他曾在河堤边卵石堆里捡到一块无价的宝石，当时他想，有人也许需要它，便把它藏在沙里。

他给婆罗门指出了地点，婆罗门惊异地挖出了那块宝石。

婆罗门坐在地上，独自沉思，直到夕阳沉落在树林后面，放牛倌都赶着牛群回家了。

于是他站起来，缓步走到萨纳丹面前说道：“大师，有一种财富足以藐视世间一切财富，请给我一丁点儿那样的财富。”

说罢，他把那块珍贵的宝石扔进了河里。

## 28

一次又一次我伸出双手来到你的门前，要求你给我多些，更多些。

你给了又给，有时迟缓而稀少，有时突然而过量。

有些我保存下来，有些我任它掉落；有些沉甸甸地放在我的手上；有些我把它做成玩具，当我玩腻了又把它砸碎；直到你给我的礼物，打碎的和储存的，多得不可胜数，最后遮住了你，而我则因永无止息的期待而心劳日拙。

拿去吧，啊，拿去吧——现在已成为我的呼喊。

把这个乞丐碗里的东西全打碎吧；吹灭这盏讨厌的守夜人的灯吧，抓住我的双手，把我从你这堆还在日积月累的礼物中拉出来，引导我到你所在的空阔而赤露的无限中去吧。

## 29

你把我置于失败者之列。

我知道我不该取胜，也不能离开这场比赛。

我将跃入深渊，虽然结果只能沉向水底。

我将参加这场使我毁灭的比赛。

我将把我所有的一切孤注一掷，当我输去最后一分钱的时候，我将把我自己做赌注，这样我想，我将从我彻底的失败中赢得这场比赛。

## 30

一抹欢乐的微笑掠过天空，当你给我的心穿上破烂的衣衫送她上路去乞讨的时候。

她挨家挨户地乞讨,多少次当她的碗里快要盛满的时候,她就给人抢劫一空。

疲惫的一天过去,她举着她可怜的碗,来到你的宫殿门口,你走出来握着她的手,让她坐在你身旁的宝座上。

## 31

“你们中间有谁愿意行善赈济饥民?”希拉伐斯蒂城饥荒严重,释迦问他的信徒们。

银行家拉特纳卡耷拉着脑袋说:“我的全部财产远远不够赈济饥民。”

国王的军队司令贾伊斯说:“我乐意献出我生命的鲜血,我的家里没有足够的食物。”

达马帕耳广有良田,他叹了口气说:“旱魃已经把我的田亩都吮干啦,我不知道该怎样向国王交纳税赋呢。”

这时,乞丐的女儿苏普里雅站了起来。

她向大家弯身致礼,谦卑地说:“我愿意救济灾民。”

“啊!”他们惊呼道,“你打算怎样实现你的誓言呢?”

“我比你们谁都穷,”苏普里雅说,“这就是我的力量。在你们每一个人的家里,有我的钱箱和仓库。”

## 32

我不认识我的国王,所以当他宣称要向他交纳贡品的时候,我居然无礼地想躲起来，不偿还债务。

我逃逸，逃逸于白天的工作和夜里的梦。

但是他的要求每时每刻都在跟踪我。

这样我终于领悟原来他认识我，而且没有留下一块属于我的地方。

现在我愿意把我的一切奉献在他的脚下，而取得在他的王国里拥有我一席之地的权利。

## 33

当我想要给你塑造一个从我的生命中构想的形象，让世人膜拜的时候，我取来了我的尘土，我的欲望，我色彩缤纷的幻想和梦。

当我请求你用我的生命塑造一个你心中构想的形象，让你爱恋的时候，你取来了你的火和力量，真理，优美和安谧。

## 34

“陛下，”仆人向国王报告说，“圣徒纳罗塔姆不愿枉驾到您皇家的寺庙里去。

“他在大路边的树林下唱着赞美上帝的颂歌。寺庙里一个礼拜的人都没有啦。

“他们都围在他的身边，像蜜蜂围拥着白莲，却不顾那盛满了蜜的金缸。”

国王心里懊恼，他走到纳罗塔姆在草地上坐着的地方。

他问道：“父啊，为什么不到我盖着金顶的寺庙里去，却在外面坐在尘土里宣讲上帝的爱？”

“因为上帝不在你的寺庙里。”纳罗塔姆说。

国王皱起眉头说：“你不知道建筑这座艺术的奇迹花了两千万金币吗？也不知道曾经举行过隆重的仪式把它奉献给上帝吗？”

“是的，我都知道，”纳罗塔姆答道，“就在那年，你成千上万的百姓房子烧毁了，他们站在你的门前恳求帮助而一无所得。

“那时上帝说：‘这个可怜的人，他不能给他的兄弟们解决容身之所，却要给我建造庙殿！’

“于是他和那些无家可归的人一起留在路边的树林里。

“而在你那黄金的泡沫里，除了强烈的虚荣与骄傲以外，就一无所有。”

国王怒气冲冲地喝道：“离开我的国家。”

圣徒镇定自若地说：“是的，把我驱赶到你驱逐我的上帝的地方去吧。”

## 35

号角掉落在尘土里。

风已倦怠，光已熄灭。

啊，不祥的日子！

来吧，战士们，举起你们的旗帜，歌手们，你们也唱着战歌来吧！

来吧，行进的朝拜者，赶快奔赴你们的旅程！

号角在尘土中等着我们。

我带着晚祷的献礼走向寺庙，在一天劳累之后尘土满身，想寻找一个休息的地方：希望我的伤痛能治愈，长袍上的污渍能洗净，这时我发现你的号角掉落在尘土里。

现在不正是我应该点亮我的夜灯的时刻吗？

夜不是已经给星星唱过催眠曲了吗？

哦，你这血红的玫瑰，我的睡梦的罂粟却已黯淡失色，枯萎凋零！

我坚信我的漂泊流离的生活已经过去，我的债务已经全部清偿，当我蓦地瞥见你的号角委弃在尘土之中的时候。

请用你青春的咒语把我沉沉欲睡的心唤醒吧！

让我对生命怀有的喜悦像火焰般燃烧。

让那觉醒的利箭穿透黑夜的心，让一阵恐惧的震颤摇落那昏聩和无能吧。

我已经前来从尘土中捡起你的号角。

酣睡已不再属于我——我将穿越阵雨般的密箭而前进。

有些人将从他们的屋子里跑出来，来到我的身边——有些人将暗暗哭泣。

有些人将在床上辗转反侧，在噩梦中呻吟。

因为今夜你的号角就要吹响。

我曾向你要求和平，而得到的只是羞愧。

现在我站在你的面前——请为我披上甲胄！

让那忧患困苦的打击，把烈火扫进我的生命。

让我的心在痛苦中搏动，化作因你的胜利而擂响的鼓声。

我双手空空将一无所取，只为了拿起你的号角。

## 36

当他们在欢欣若狂中扬起尘土，玷污了你的袍服的时候，哦，美丽的神，我的心为之悲痛欲绝。

我向你呼喊，并且说："拿起你的惩罚的戒杖，审判他们。"

晨光照着他们因通宵狂欢而发红的眼睛，在洁白的百合花盛开的地方，闻到他们恶浊的气息，星星透过深邃的神圣的夜幕注视着他们狂饮欢宴——注视着那些扬起尘土玷污你的长袍的人，哦，美丽的神！

你的审判的座位设在花园里，在春天鸟声的啭鸣里，在浓荫的河岸边，那儿树林轻声细语与水波的汩汩声相应答。

哦，我的爱人，当他们沉溺于激情的时候，他们毫无怜悯。

他们在黑暗中潜行，想劫走你的珠宝饰物，装点他们自己的欲望。

当他们殴打你，使你痛苦的时候，也使我痛彻心扉，我向你呼喊说："拿起你的剑，哦，我的爱人，审判他们！"

啊，然而你的正义却是警觉的。

一位母亲的眼泪，洒落在他们的傲慢无礼上；一个爱人的不灭的信念，把他们反叛的利矛掩藏在它的伤口里。

你的审判包含在那长夜不眠的爱的无言的痛苦中，在那贞洁的羞赧中，在那凄凉的夜的泪珠中，在那宽恕的苍白的晨曦中。

哦，令人敬畏的神，在他们沉溺于肆无忌惮的贪婪的时刻，他们黉夜翻过你的大门，冲进你的宝库，劫走你的东西。

但是他们劫掠的赃物多得不可胜数，重得带不走也搬不动。

于是我向你呼喊说："饶恕他们，哦，令人敬畏的神！"

你的宽恕迸发为暴风雨，把他们打翻在地，把所有赃物都散落在尘土。

你的宽恕在那陨落的雷石中，在那阵雨般洒下的鲜血中，在那夕阳愠怒的残照中。

## 37

释迦的门徒乌帕古普塔酣睡在马图腊城墙边的尘土中。

家家户户灯都灭了，门都闭了，八月阴暗的天空掩去了群星。

那脚镯叮当，突然碰触到他的胸脯的是谁的双脚？

他遽然而醒，一个女人手里擎着灯，灯光照亮了他宽容的眼睛。

这是舞蹈女郎，头饰珠宝，披着浅蓝色的斗篷，沉醉在美酒般的青春之中。

她把灯儿凑近，打量那张年轻的脸，一张严肃而俊美的脸。

“原谅我，年轻的苦行者，”女人说，“请光临寒舍吧，这儿尘土满地，可不是你合适的床。”

苦行者回答说：“女人，走吧；时机成熟，我自会到你那儿去。”

猛然间，一道闪电，黑沉沉的夜露出了牙齿。

暴风雨从天边轰然而至，女人恐惧地战栗着。

……

路边树林的枝丫，因为花朵盛开而感到痛苦。

在春天和煦的空气中，从远处飘来欢快的长笛声。

人们都到林子里去了，去欢庆百花节去了。

中天的圆月凝眸注视着这座万籁俱寂的城市的阴影。

那个年轻的苦行者在空无一人的街上踯躅，头顶上，情思恹恹的杜鹃在芒果树的枝头倾吐它们失眠的哀怨。

乌帕古普塔穿过一道又一道城门，伫立在护城堤下。

在他的脚边，躺在城墙的阴影里，患着黑死病遍体伤痕斑斑，却被匆匆赶出城来的女人是谁？

苦行者在她身旁坐下来，扶起她的头放在膝上，用水润湿她的嘴唇，给她的身上涂香膏。

“你是谁？慈善的人？”女人问道。

“看望你的时间终于来临，于是我来了。”年轻的苦行者答道。

## 38

我们之间不仅是爱情的嬉戏，我的爱人。

那呼啸的暴风雨之夜，一次又一次地向我扑来，吹灭了我的灯：

于是暧昧的疑虑如乌云四合，从我的天空抹去了所有的星星。

河堤一次又一次地冲决，听任洪流卷走我的辛勤获得的成果，哀号和绝望把我的天空撕得粉碎。

如今我已领悟：在你的爱里自有痛苦的打击在，而绝非死亡的冷漠无情。

## 39

大墙坍圮，光明像神圣的笑声冲进来。

胜利，啊，光明！

黑夜的心已经被你刺穿了！

用你光芒闪烁的长剑把那纷乱纠结的疑虑和软弱的欲望劈成两半吧。

胜利！

来吧，你这不可调和的！

来吧，你这洁白无瑕而凛然不可侵犯的。

啊，光明，在火的行进中，你的鼓声咚咚，红色的火炬高高举起；在光芒迸射之下，死亡消失得无影无踪！

## 40

啊，火，我的兄弟，我为你歌唱胜利。

你是那敬畏的自由的鲜红的形象。

你在空中挥舞双臂，你用你迅疾的手指划过琴弦，你的舞曲是那么美丽动听。

当我生命的岁月已尽，大门也已打开的时候，你就将把束缚我手脚的羁绊全都烧成灰烬。

我的躯体将与你化为一体，我的心将卷入你狂烈的旋转之中，我的生命，那燃烧着的炽热，也将在刹那间闪烁发光，融入你的火焰。

## 41

船夫已出海夜航，渡越那波涛汹涌的大海。

船桅因狂风满帆而感到痛楚。

天空被夜的尖牙咬伤，坠落在笼罩着恐怖的海上。

波涛滚滚，浪峰扑向这罕见的黑暗，船夫正在海上，他要渡越这波涛汹涌的大海。

船夫出海了，我不知道他要去奔赴什么约会，他那骤然出现的白帆，惊动了黑夜。

我不知道他最后在哪儿登上岸滩，走向那点着灯火的静寂的庭院，找到正坐在地上等着的她。

他一叶扁舟，不管狂风暴雨也不管天昏地黑，究竟要寻求什么？

小舟满载着珍珠和宝石吗？

啊，不，船夫身边并无珍宝，他只是手里拿着一朵洁白的玫瑰花，嘴里唱着一支歌。

这是献给那点着灯在黑夜独自守望的她的。

她住在路边的茅屋里。

她的披散的长发在风中飞舞，掩去了她的眼睛。

暴风雨透过她的破敝的门扉呼啸而入，陶制的灯盏火光摇曳，在墙上投下幢幢黑影。

她从狂风的嚎叫声中，听见他在呼唤她的名字，她那不为人知的名字。

船夫出海已经很久了。

天色犹未破晓，他来敲门的时候还早。

不会有人敲起鼓声,也不会有谁知道。

但是光明必将普照这间茅屋,尘土必将受到祝福,心儿也必将欢悦。

当船夫来到岸边的时候,一切疑虑就将在寂静中消失。

## 42

在人世狭窄的溪流中,我紧紧守住这具生命的筏,我的躯体。当我抵达彼岸时,我将弃之而去。

此后又将如何呢?

我不知道彼岸是否有光明,那儿是否一样也有黑暗。

那未知者是永恒的自由:

他的爱是无情的。

他为了获取珍珠而打碎贝壳,珍珠在黑暗的牢狱里喑哑无言。

你为那逝去的岁月沉思和哭泣,可怜的心!

为那即将来临的日子欢欣吧!

时钟已经敲响了,哦,朝拜的人!

现在是你临歧抉择的时候了!

他的脸将再一次显现,你必将邂逅。

## 43

在释迦的遗骸之上,国王比姆比萨尔建造了一座圣庙:以洁白的大理石表达敬意。

每当黄昏时分,王室所有的新娘和公主都上圣庙去燃灯献花。

当王子成为国王以后,在位期间他血洗了父王的信念,用神圣的经卷点燃牺牲的爝火。

秋日将暮。

晚祷的时刻已近。

王后的侍女，虔诚信奉释迦的希里玛蒂，用圣水沐浴后，把一盏盏明灯和素白的鲜花放在金盘里，默默地抬起眼睛望着王后的脸。

王后惊恐地颤抖着说："蠢丫头，你不知道，不论谁上佛庙去奉献祭礼都要处以死刑吗？"

"这是国王的旨意。"

希里玛蒂深深一躬，便转身走出房门，来到王子的新娘阿米塔的面前站住。

一面抛光的镜子搁在新娘的膝头，她正对镜梳妆，把乌黑的长发编成辫子，在头发分路处点上一颗鲜红的吉祥痣。

当她看到这个年轻的侍女时，她两只手都哆嗦起来，她叫道："你想给我招来多大的灾祸？马上离开我。"

公主苏克拉坐在窗边，凑着夕阳的余晖正读着一部爱情小说。

当她看见捧着神圣的献礼的侍女来到她的门前，她吓了一跳。

书从她膝上掉落下来，她凑在希里玛蒂的耳边悄声说："你别去找死，大胆的丫头！"

希里玛蒂挨门逐户奔走。

她扬起了头，高声喊道："王室的妇女们，快来啊！"

"礼拜佛陀的时候到啦！"

有的迎面把她们的门砰地关上，有的斥骂她。

白昼的最后一抹余晖从王宫塔楼的青铜圆顶上消失了。

深沉的阴影降落在大街小巷的角落；市嚣已寂；大自在天神庙的锣声宣告晚祷的时刻已经来到。

秋天的夜空像湖水一般清澈深邃,繁星光辉颤摇,这时御花园的卫兵们从林间惊讶地瞥见佛庙前明灯高照。

他们拔剑奔去,喝道:“你是谁,蠢东西,你不怕死?”

“我是希里玛蒂,”一个柔美悦耳的声音回答,“佛陀的仆人。”

接着,她的心头迸出鲜血,染红了冰凉的大理石。

于是在星星静寂无声中,佛殿座前最后一盏祭灯熄灭了。

## 44

那站在你与我之间的日子,俛首向我们做最后的告别。

夜把面纱蒙上了她的脸,也掩去了那盏在我卧室里燃着的灯火。

你那沉默的仆人悄无声息地走来,为你铺上新娘的红毯,好让你在无言的静寂中,和我独自厮守在那里,直到黑夜逝去。

## 45

我的黑夜已在悲伤的床上逝去,我的双眼也已感到倦怠。我的沉重的心却还没有准备好去迎接那充满着喜悦的黎明。

给这赤裸的光明盖上一袭轻纱吧,把这耀眼的闪光和生命的舞蹈从我身边唤走吧。

让你那轻柔的黑暗的斗篷把我盖在它层层的皱褶里,也把我的痛苦暂时盖起来,别让它承受这世界的压力。

## 46

我能报答她所给予我一切的时刻已经过去。

她的夜已经找到了自己的早晨,而你也已经把她抱在你的怀里:因此我给你带来我以前想对她表示的感谢和我以前想赠给她的礼物。

为了我过去对她的一切伤害和冒犯,我来到你的面前请求宽恕。

我献给你我这朵朵爱情的鲜花,当年她曾等待花儿开放,而那时它们犹含苞未放。

## 47

我发现有几封我过去给她的信珍重地藏在她的匣子里——一块供她的记忆摩挲的小玩意。

她怀着一颗怯生生的心,想从时间的汹涌的流水中偷偷地藏下这些微不足道的东西,说:"这些只是属于我的!"

啊,如今没有一个人要求占有这些信了,不管谁能付出多么爱恋的关切照拂作为代价,但信件仍然留在这里。

的确,这世间自有爱情在,使她不致失去一切,变得一无所有,正像她这样的爱,痴情地保存了这些信一样。

## 48

把美和秩序给予我孤伶的生活吧,女人,恰似你在世时曾经把它们带进我的家一样。

扫去时间尘封的瓦砾,盛满空阒的瓶罐,把所有荒芜废弛的东西都修葺起来。

然后,打开神殿的幽深的门,点起蜡烛,让我们俩在那儿,在上帝面前默默相见。

## 49

当琴弦在调谐乐音的时候,我痛苦难忍,我的主人!

奏起你的乐曲吧,让我忘却痛苦,让我在美丽动听的乐声中感受你在那无情的岁月中萦绕在你心头的一切。

行将逝去的夜,在我门边流连不去,让她在阵阵歌声中告别吧。

把你的心伴随着从你的繁星中倾泻下来的曲调,倾注到我的生命的琴弦中来吧,我的主人。

## 50

在电光闪烁的一瞬间,我见到了你在我生命里的无限的创造——通过多少次死亡的世世代代的创造。

当我看到我的生命操在毫无意义的时刻的手中时,我为自己的卑贱而哭泣,——但当我看到我的生命操在你的手中时,我懂得生命无比宝贵,我决不能把生命虚掷于默默无闻。

## 51

我知道有一天,在暮色苍茫中,太阳将向我最后告别。

牧羊人将在榕树林下吹起笛子,羊群在河边的山坡上吃草,而我的生命将隐入黑暗。

这是我的祈求:在我离去之前,我想知道,为什么大地要召唤我到她的怀里去。

为什么她的静寂的夜要向我诉说星星,而她的白昼又把我的思绪吻成花朵。

在我离去之前,愿我能在我最后的副歌上缭绕迟留,使曲尽声绝;愿这盏灯儿点亮,让我能看见你的脸和那只编好的花环戴到你的头上。

## 52

这是什么音乐,它的节拍竟摇撼了世界?

当它落在生命的峰巅时,我们大声欢笑,而当它又回到黑暗中去时,我们恐惧地畏缩不前。

但是乐奏却始终如一,随着这永无穷尽的音乐的节奏,时而高昂,时而消寂。

你把你的珍宝藏在你的掌中,于是我们高呼我们给人抢了。

但是任你把手掌张开或握紧,得和失都是一样。

在你同自己玩耍的游戏中,你既是胜利者,又是失败者。

## 53

我曾用我的眼睛和四肢亲吻这个世界,我曾把它密密层层地裹在我的心里;我也曾用思念淹没它的白天和黑夜,直到这世界和我的生命成为一体——于是我爱我的生命,因为我爱这片与我交织在一起的天空的光明。

倘若离开这个世界与爱这个世界是一样真实——那么在生命的会见和别离中必然寓有一种深意。

倘若这种爱会在死亡中受骗,那么这种欺骗的虫豸就会蛀蚀万物,而星星也会枯萎,变得一片漆黑。

## 54

浮云对我说:“我要消失了。”夜说:“我要投入火红的黎明。”

痛苦说:“我要保持缄默,像他的足迹一样。”

“我要在充实之中死去,”我的生命对我说。

大地说:“我的光芒每一瞬息都亲吻着你的思想。”

“年光流逝,”爱情说,“但是我等着你。”

死亡说:“我要把你的生命的船划过大海去。”

## 55

诗人杜锡达斯,在恒河边人们焚化死者的荒地漫步深思。

他发现一个女人正坐在她亡夫尸体的脚边,她衣饰华丽,仿佛要去举行婚礼似的。

当她看见他的时候,她站起来向他弯身施礼,说道:“大师,您开开恩,准许我跟随我的丈夫到天国去吧。”

“为什么这么急,我的女儿?”杜锡达斯问,“天国是上帝创造,难道这人间不也是他的吗?”

“我不想望天国,”那女人说,“我要我的丈夫。”

杜锡达斯微笑着对她说:“回家去吧,我的孩子。不出这个月,你就会找到你的丈夫。”

女人满怀希望回去了。杜锡达斯每天去看望她,教给她崇高的思想,让她去思索,直到她的心充满了神圣的爱。

一月未尽,她的邻居们去看她,问道:“女人,你找到了你的丈夫没有?”

这个寡妇微笑着说:“我找到啦。”

他们渴切地问:“他在哪儿?”

“我的丈夫在我心里,和我合为一体了。”女人说。

# 56

你来到我的身边做片刻的停留,用创造的心中殊有的女性的神秘触摸我。

她永远以上帝自己的充盈的优美来报答上帝;她的本性永远是那么清新美丽而又青春洋溢;她在潺潺溪流中舞蹈,在晨光中歌唱;她以汹涌起伏的河川哺育干渴的大地;上帝,永恒的造物主在一阵无法遏制的喜悦中,在她的体内迸裂,并在爱的痛苦中泛滥溢流。

# 57

那长留在我心中的她是谁,那永远是这样孤零的女人?

我曾向她求爱,但我无法赢得她。

我曾给她戴上花环,讴歌赞美她。

一抹微笑在她脸上闪了一下,接着消失了。

“你不能使我快乐。”她叫道,这个悲伤的女人。

我给她买镶着珠宝的脚镯,用嵌着宝石的扇子给她打扇,我还在黄金制成的床架上为她铺设了卧床。

她的眼睛闪出一丝快活的微光,接着熄灭了。

“我不喜欢这些。”她喊道,这个悲伤的女人。

我让她坐上一辆凯旋的战车,走遍天涯海角。

被征服的心都拜倒在她的脚下,欢呼声响彻云霄。

她的眼睛射出骄傲的光芒,接着便在泪珠中黯淡了。

“征服不能使我欢乐。”她喊道,这个悲伤的女人。

我问她:“告诉我,你寻找谁?”

她只是说："我在等待那个我不知道他名字的人。"

日子一天天过去，她喊道："我不认识的爱人什么时候来临，并永将为我所熟识呢？"

## 58

你是发自黑暗的光，是从斗争的破裂的心上萌生的善。

你是向世界敞开的家，是召唤人们奔赴战场的爱。

你是当世间万物同归一失之时，而仍不失为一得的礼物，是从死亡之穴流出的生命。

你是陨落于凡俗的尘土之中的天国，你为我而设，为众人而设。

## 59

当前路迢迢使我厌倦，夏日炎炎使我干渴的时候；当幽灵般的黄昏阴影幢幢地笼罩着我的生命的时候，我的朋友，此时此刻我不仅渴望听到你的声音，而且渴望你的抚摸。

我的心由于沉重的负担而感到痛楚，因为它没有把它所有的财富给予你。

请从黑夜伸出你的手来，让我握住它，充满它，保有它；让我在绵延不绝的寂寞里，感觉到它的抚摸。

## 60

芬芳的气息在花蕾中叫喊："天哪，春天欢乐的日子过去啦，而我却是一个关在花瓣里的囚徒！"

别灰心丧气，胆小的东西！

你的镣铐自会迸裂，蓓蕾也会放出鲜花，而当你的生命圆满而凋谢时,即使那时,春光依然长在。

芬芳的气息在花蕾里又喘又跳,叫喊:“天啊,时间过去啦,可我还不知道要上哪儿去,也不知道要寻找什么!”

别灰心丧气,胆小的东西!

春风无意中已听到你的愿望,你的生存不得到满足,日子就不会终止。

黑暗是她的未来,因此芬芳的气息在绝望中哭喊:“天啊,这究竟是谁的过错,使我的生命如此庸碌无为?

“谁能告诉我,为什么我是这样?”

别灰心丧气,胆小的东西!

美妙的黎明近在咫尺,当你把自己的生命与整个生命融为一体,而且最终知道你生命的目的的时候。

## 61

她还是个孩子,我的主人。

她在你的宫殿里到处奔跑玩耍,而且也想把你变成玩具。

她的头发散落了,她的长袍漫不经心地在尘土里拖曳,她全不在意。

你给她说话,她却睡熟了,不回答你的话——你早晨给她的那朵花。也从她手里掉落在尘土。

当暴风雨来临,天空一片晦暝,她忐忑不眠,玩偶都丢在地上,她惊恐地紧贴着你。

她害怕她可能无法为你效劳。

但你微微含笑着观看她玩耍。

你微微含笑着观看她玩耍。

你知道她。

坐在尘土中的这个孩子，是你命定的新娘；她的游戏将会静止，并将深化为爱。

## 62

“哦，太阳，除了天空还有什么能容得下你的形象？”

“我梦见你，但我决不能想望为你效劳，”露珠哭泣说，“我太渺小，我载不动你，伟大的主人，我的生命全是泪珠。”

“我照亮无垠的天空，但我也能倾心于一滴小小的露珠，”太阳这样说，“我将化为星星之火而充盈你，这样你渺小的生命就将变成一颗大笑的光球。”

## 63

那种放纵无羁的爱不是我所希求的，它不过像冒着泡沫的酒，瞬息之间就会把盛酒的杯盏迸裂而溢流消失。

请给我这样的爱，它清凉而纯净像你的雨，赐福给干渴的大地，灌满平常百姓家的水罐。

请给我这样的爱，它将深深地渗入生命的中心，从那里它像看不见的树液，流遍生命之树，使它开花，使它结果。

请给予我这样的爱，它能使我的心充满了和平而常保宁静。

## 64

林木虬结，枝叶纷披，一轮夕阳落在林中的小河西沿。

与世隔绝的孩子们把牛群赶回了家，便围坐在篝火边，倾听伽乌塔马大师讲经。这时,一个陌生的孩子走来,捧着鲜花和水果,向他致敬,他跪在他的脚下,他的声音像小鸟般婉转悦耳——“大师,我到您这儿来,求您把我带到最高最高的真理的路上去。”

“我的名字叫沙蒂雅卡马。”

“愿上帝降福给你。”大师说。

“我的孩子,你属于哪个部族?只有婆罗门才配追求最高真理。”

“大师,”孩子回答说,“我不知道我属于哪个部族。我要去问我的母亲。”

说着,沙蒂雅卡马便起身告别,他涉过溪流,回到那荒沙地的尽头,那所栖立在沉睡的村落边的他母亲的茅屋。

屋子里灯火荧然,母亲在暮色苍茫中倚着柴扉等待儿子归来。

她把他搂在怀里,吻着他的头发,问他去找大师的结果。

“我的爸爸叫什么名字,亲爱的妈妈?”孩子问道。

“伽乌塔马大师对我说,只有婆罗门才配追求最高的真理。”

女人垂下眼帘,低声说:

“我年轻的时候,是个穷姑娘,我有过很多老爷。可你确实是来到你的妈妈加巴拉怀里的孩子,我的宝贝,她没有丈夫。”

朝晖在林中修道院的树梢闪闪发光。

早晨浴后的学生们湿发蓬松地对着他们的老师,坐在古树下。

沙蒂雅卡马走来了。

他在圣者的脚边深深俛首施礼,静静地伫立着。

“告诉我,”这位伟大的导师问他,“你属于什么部族?”

“老爷,”他答道,“这我不知道。我问我妈妈的时候,她说:‘我年轻的时候,服侍过很多老爷,可你确实是来到你妈妈加巴拉怀里的孩子,她没有丈夫。’”

一片嘁嘁喳喳的声音顿时升起,像蜜蜂在蜂房里受到骚扰而发出的愤怒的嗡嗡声;学生们对这个弃儿无耻的狂言窃窃私议。

伽乌塔马大师从座上起立,他伸出双臂把孩子搂在胸前,说道:“我的孩子,你是最好的婆罗门。你具有最高尚的真理的传统。”

## 65

也许在这座城里有一所屋子,今天早晨在朝阳的爱抚下,它的大门永远敞开,那里,光明的使命已经完成。

在篱边,在花园,鲜花已经开放,也许有一颗心,今朝在这朵朵鲜花中,已经发现了从永无穷尽的时间之川送来的礼物。

## 66

听啊,我的心,在他的笛声里有野花芳香的音乐,有绿叶闪烁,水波粼粼和回响着蜜蜂振翅声的重重浓荫的音乐。

这笛声从我的朋友的唇边偷来他那粲然一笑,并把那笑声撒在我的生命之上。

## 69

你藏在我心的中央,所以当我的心彷徨无主的时候,她从未觅见你;你躲开了我的爱情和希望,直到最后,因为你始终在它们之中。

你是我青春年少欢谑游戏时藏在我内心深处的喜悦,当时我沉迷于游乐而无暇顾及,喜悦便倏然逝去了。

你在我的生命处于狂喜而心迷神醉之际,向我歌唱,而我却忘记了向你歌唱。

## 70

当你把灯举在空中，灯光照在我的脸上，而阴影投在你的身上。

当我把爱的灯挂在我的心里，灯光照在你的身上，我却站在后面的阴影里。

## 72

喜悦从四面八方奔集，以塑造我的躯体。

天空的光芒反复地吻她，直至把她吻醒。

匆匆来去的夏花，岁岁年年在她的呼吸中叹息，微风和水波的声音在她的动作中歌唱。

云霞和森林的色彩以波潮般的激情注入她的生命。宇宙万物的音乐爱抚着她的四肢，使她绰约多姿。

她是我的新娘——她已经把她的灯在我的屋里点亮。

## 73

春天已带着它的绿叶和繁花进入我的躯体。

整个早晨蜜蜂都在那儿嘤嘤鸣唱，微风娇慵地在与绿荫嬉戏。

一股甘美的清泉从我内心深处涌出。

我的眼睛因为欢悦而湿润，犹如露水沾湿的清晨，生命在我周身颤抖，犹如琵琶拨响的琴弦。

你是否正独自在我涨潮的生命的河边缓步踯躅，哦，我那永无穷尽的岁月的爱人？

我的梦是否像张着彩色的翅膀的飞蛾正围着你掠飞？

那一阵阵在我生命的黑暗的洞穴里回响着的声音，是否就是你的歌声？

今朝能听见在我的血管里鸣响着繁忙时刻的嗡嗡声，能听见在我心中舞蹈的欢快的脚步声，和那永不平静的生命在我体内振翼鼓翅的嘈杂声的，除了你还有谁？

## 74

我的束缚已经去除，债务已经偿清，我的大门已经打开，我任意东西，去来自由。

他们蜷缩在角落里，编结暗淡的时间之网，

他们踞坐在尘土中数着钱，唤我回去。

但是我的剑已铸成，我已披上甲胄，我的战马急于扬蹄驰骋。

我将赢得我的王国。

## 75

我赤条条无姓无名，迸出一声哀号来到你的大地，才不过几天。

今天我欢声歌唱，而你，我的主人，从我的身边闪开，为了让我能把我的生命充盈。

甚至当我把我的歌曲奉献给你的时候，我也暗自希望人们来临，希望他们因为这些歌曲而爱我。

你喜欢看到我爱上了你把我带来的这个世界。

## 76

我曾胆怯地匍匐在安全的庇护下,但如今当喜悦的波涛把我的心高高地抛向浪峰时,我的心却紧贴着它的苦恼的礁石。

我曾独自坐在我斗室的角落里,担心斗室湫隘无法接待来客,但如今当门扉突然被不期而至的喜悦打开时,我却发现这斗室不仅容得下你,也容得下整个世界。

我曾踮着脚尖步履轻盈地走路,也留心我的容貌仪态,我熏香涂脂,插金戴玉——但如今当一阵欢乐的旋风把我卷倒在尘土之中时,我在你的脚边却像一个孩子,在地上嬉笑翻滚。

## 77

这世界一度是你的,也永远是你的。

因为你无所企求,我的帝王,你的财富不足以使你欢乐。

你视财富如草芥。

所以你在漫长的岁月中,把你的一切给予我,而在我内心不断地赢得你的王国。

一天又一天,你从我的心头买得黎明,而且发现你的爱已刻成了我的生命的形象。

## 78

你给群鸟以歌曲,群鸟也报之以歌曲。

你只给我以声音,而要求于我的,却不仅是声音,因此我歌唱。

你使你的风轻盈若飞，于是风就飞速地为你奔波。你在我手里托付了可以由我自己卸除的重负，于是，最后我就获得了毫无挂碍地为你效劳的自由。

你创造了你的大地，使大地的阴阴充满了点点光影。

至此，你停止了；你把我撇在尘土中，赤手空拳地创造你的天国。

对于世间万物，你都给予；而对于我，你只索取。

我的生命的果实在阳光雨露下生长成熟，直至我收获的超过了你所播种的，使你心花怒放，哦，金色谷仓的主人！

## 79

别让我祈求我能幸免于遭遇危险，而祈求能面对危险而无所畏惧。

别让我要求把我的痛苦止息，而要求一颗能战胜痛苦的心。

别让我在人生的战场上寻求盟友，而寻求我自己的力量。

别让我在忐忑不安的恐惧中渴望得救，而希求能赢得我的自由的坚韧。

姑且承认我也许不是一个懦夫，在我欣喜于自己的成功之际，让我独自感受你的仁慈；但在我遭遇失败的时候，让我能找到你的手的紧握。

## 80

当你孤身独处的时候，你不了解自己，而当疾风从这里掠向那更远的岸滩时，听不见一声差遣的呼喊。

我来了，你就醒了，天空也放出了万道霞光。

你使我化为繁花而花朵齐放；在各种形式的摇篮里把我摇荡；你

把我藏在死亡中，又在生命中找到我。

我来了，你心潮起伏，你悲喜交集。

你抚摸我，使我颤抖而满怀爱情。

但是在我的眼睛里有一抹薄薄的羞涩，在我的心头有一丝恐惧的闪念；我的脸蒙着面纱，当我看不见你时，我忍不住低声哭泣。

然而我知道，你心里渴望看到我，在日出一次又一次敲响我的大门声中，这永无穷期的渴望在我门口呼喊。

## 81

你，在你永无穷尽的注视中，谛听着我迫近的脚步声，而你的欢乐在黎明的晨曦中聚集，又突然变为光明灿照。

我越是挨近你，大海舞蹈的热情就越高。

你的世界是在你手中的一株枝叶交错的光明的花枝，但你的天国却在我秘密的心中；它怀着羞怯的爱情，徐徐绽放花蕾。

## 82

我独自坐在静思的阴影中，我一定要呼喊你的名字。

我一定要呼喊你的名字，不用任何言词，也不为任何目的。

因为我就像一个孩子，千百遍呼唤他的母亲，为自己能说“母亲”这个词而感到欣喜。

## 83

### Ⅰ

我感到所有的星星都在我心中闪耀。

世界像一股洪流涌进我的生命。

繁花在我身体里开放。

大地与江河的全部青春活力，像一缕香烟在我的心中缭绕；世间万物的气息吹起我阵阵思绪，宛如吹奏一支长笛。

### Ⅱ

当世界沉睡的时候，我来到你的门前。

星星静谧无声，我不敢放声歌唱。

我等着，守着，直到你的身影掠过午夜的阳台，才心满意足地回家。

于是在清晨，我在大路边歌唱；

围篱上的鲜花回答我的歌声，晨风在静静倾听；

旅人们蓦地驻足，凝望着我的脸，以为我呼唤他们的名字。

### Ⅲ

把我留在你的门边，永远为你的愿望效命，并让我在你的国度里到处奔走以接受你的召唤。

别让我沉没并消失于倦怠的深渊。

别让我的生命因年光虚掷一无所成而变为碎片。

别让重重疑虑——那使人意乱心烦的尘埃——把我困住。

别让我为了搜集许多东西而寻求许多途径。

别让我屈服于多数人的压力。

让我高高地扬起头来,以作为你的仆人而自豪。

## 84

### 划手们

你们可听见远处死亡的喧嚣,
那来自火海和毒云中的呼喊?
——船长呼喊舵手把船首转向未名的岸滩,
因为港口里停滞的时候已过,
人们在港口把一件同样陈旧的商品永不停息地买进卖出,
那儿失去了生命的东西在枯竭和空虚的真理中漂浮。

他们突然惊醒,问道:
　　"伙伴们,敲过几点钟啦?
　　什么时候天才亮?"
滚滚的乌云抹去了星星——
那么有谁能瞧见白天召唤的手指?
他们手握船桨奔出屋去,床上空无一人,母亲在祈祷,妻子在门边守望;
一声离别的哀号升向天空,
黑暗里传来船长的声音:
"来啊,水手们,在港湾里停泊的时间已经过去啦!"
尽管世间所有的罪恶已经冲决了它们的堤岸,
划手们,怀着你们灵魂里悲痛的祝福,各就各位吧!
你们责怪谁,兄弟们?低下头来吧!

这罪愆是你们的，也是我们的。

多少年代在上帝心中蓄积的热——

弱者的怯懦，强者的骄横，富人的贪婪，含冤者的怨恨，豪族的骄傲，对人的侮辱——

炸破了上帝的平静，变为暴风雨。

让暴风雨像成熟的豆荚，把它的心撕裂，化作阵阵震雷，撒向四方。

停止你们诋毁别人揄扬自己的喧闹声吧，

你们默念祈祷，镇定地划向那未名的岸滩吧。

我们每天都经历罪与恶，我们也经历过死亡。

它们像浮云一般掠过我们的世界，以它们倏忽即逝的闪电的大笑嘲弄我们。

突然间它们戛然而止，变为奇异的怪物，而人们必须站在它们面前说：

"我们不怕，哦，魔鬼！因为我们原是每天靠着征服你们才活下去的。

"我们与信念共存亡：相信和平是真实的，善也是真实的，而真实是永恒不灭的上帝！"

假若永生不寓于死亡的心中，

假若欢乐的智慧开花而不胀破悲伤的护鞘，

假若罪恶不死于自我败露，

假若骄矜不在它沉重的勋章之下破灭，

那么驱使这些人，像曙光中的星星冲向死亡似的，离别他们家园的希望又从何而来？

难道殉难者的鲜血和他们的母亲的眼泪，全都白白消失在大地的尘土之中,他们付出的代价买不到天国?

而当人突破了尘世的界限的时候,那不就是无限显现的时刻?

## 85

### 失败者之歌

我站在大路边,我的主人吩咐我唱失败之歌,因为失败是他私下求爱的新娘。

她蒙上了深色的面纱,不让众人瞧见她的脸,但是她胸前的宝石却在黑暗里闪闪发光。

白昼遗弃了她,但上帝的夜却用它点燃的灯和露湿的花等着她。

她默默无语,眼睛低垂;她已撇下了她的家,从她的家里传来了风中的哀号。

但是繁星却对一张饱经困苦羞辱而美丽动人的脸,唱着永恒的恋歌。

那间寂寞的卧室已经把门打开,呼唤的声音也已经传出,黑暗的心却因为即将来临的约会而懔然跳动。

## 86

### 感　恩

那些在傲慢的道路上行走的人,把卑微的生命踩在脚下,他们沾着鲜血的脚印盖满了嫩绿的大地。

让他们欢欣雀跃吧,感谢您,上帝,因为胜利是属于他们的。

但是我满怀感激之情,因为我与卑微者同命运,他们忍受苦难,肩负权势的重压,在暗地里他们掩面饮泣吞声。

他们的痛苦每一次抽搐都在你的黑夜的隐秘的深处跳动，每一次受到的侮辱都汇成了你巨大的沉默。

但未来是属于他们的。

哦，太阳，照耀在那一颗颗流着鲜血的心上，开放出朵朵黎明的鲜花，而火炬通明的骄傲的欢宴，却已化为一片灰烬。

汤永宽 译

# 飞鸟集

## 1

夏天的飞鸟，飞到我窗前唱歌，又飞去了。

秋天的黄叶，它们没有什么可唱，只叹息一声，飞落在那里。

## 2

世界上的一队小小的漂泊者呀，请留下你们的足印在我的文字里。

## 3

世界对着它的爱人，把它浩瀚的面具揭下了。

它变小了，小如一首歌，小如一回永恒的接吻。

## 4

是大地的泪点，使她的微笑保持着青春不谢。

## 5

无垠的沙漠热烈追求一叶绿草的爱，但她摇摇头笑着飞开。

## 6

如果你因失去了太阳而流泪，那末你也将失去群星了。

## 7

跳舞着的流水呀，在你途中的泥沙，要求你的歌声，你的流动呢。你肯挟跛足的泥沙而俱下么？

## 8

她的热切的脸，如夜雨似的，搅扰着我的梦魂。

## 9

有一次，我们梦见大家都是不相识的。

我们醒了，却知道我们原是相亲相爱的。

## 10

忧思在我的心里平静下去，正如傍晚的暮色降临在寂静的山林之中。

## 11

有些看不见的手指，如懒懒的微飔似的，正在我的心上，奏着潺湲的乐声。

## 12

“海水呀，你说的是什么？”

“是永恒的疑问。”

“天空呀，你回答的话是什么？”

“是永恒的沉默。”

## 13

静静地听，我的心呀，听那世界的低语，这是它对你求爱的表示呀。

## 14

创造的神秘，有如夜间的黑暗，——是伟大的。而知识的幻影，不过如晨间之雾。

## 15

不要因为峭壁是高的，而让你的爱情坐在峭壁上。

## 16

我今晨坐在窗前，世界如一个过路的人似的，停留了一会，向我点点头又走过去了。

## 17

这些微思，是绿叶的簌簌之声呀；他们在我的心里，愉悦地微语着。

## 18

你看不见你自己，你所看见的，只是你的影子。

## 19

神呀，我的那些愿望真是愚傻呀，它们杂在你的歌声中喧叫着呢。

让我只是静听着吧。

## 20

我不能选择那最好的。

是那最好的选择我。

## 21

那些把灯背在背上的人，把他们的影子投到他们前面去了。

## 22

我的存在对我是一个永久的神奇,这就是生活。

## 23

“我们萧萧树叶都有声响回答暴风雨,你是谁,沉默着?”

“我不过是一朵花。”

## 24

休息与工作的关系,正如眼睑与眼睛的关系。

## 25

人是一个初生的孩子,他的力量,就是生长的力量。

## 26

神希望我们酬答他,在于他送给我们的花朵,而不在于太阳和土地。

## 27

光明如一个裸体的孩子,快快活活地在绿叶当中游戏,它不知道人是会欺诈的。

## 28

啊,美呀,在爱中找你自己吧,不要到你镜子的谄谀中去找寻。

## 29

我的心把她的波浪在世界的海岸上冲激着,以热泪在上边写着她的题记:“我爱你。”

## 30

“月儿呀,你等候什么呢?”
“敬礼我将让位的太阳。”

## 31

绿树长到了我的窗前,仿佛是喑哑的大地发出的渴望的声音。

## 32

神自己的清晨,在他自己看来也是新奇的。

## 33

生命从世界得到资产,爱情使它得到价值。

## 34

干竭的河床,并不感谢它的过去。

## 35

鸟儿愿为一朵云。
云儿愿为一只鸟。

## 36

瀑布歌道:“我得到自由时便有歌声了。”

## 37

我说不出这心为什么那样默默地颓丧着。
只为了它那不曾要求,不曾知道,不曾记得的小小的需求。

## 38

妇人,你在料理家事的时候,你的手足歌唱着,正如山间的溪水歌唱着在小石中流过。

## 39

当太阳横过西方的海面的时候,对着东方留下了他的最后的敬礼。

## 40

不要因为你自己没有胃口，而去责备你的食物。

## 41

群树如表示大地的愿望似的，踮起脚来，向天空窥望。

## 42

你微微地笑着，不同我说什么话，而我觉得，为了这个，我已等待得久了。

## 43

水里的游鱼是沉默的，陆地上的兽类是喧闹的，空中的飞鸟是歌唱着的。

但是人类却兼有了海里的沉默，地上的喧闹，与空中的音乐。

## 44

世界在踌躇之心的琴弦上跑过去，奏出忧郁的乐声。

## 45

他把他的刀剑当做他的上帝。

当他的刀剑胜利时他自己却失败了。

## 46

神从创造中找到他自己。

## 47

阴影戴上她的面幕,秘密地,温顺地,用她的沉默的爱的脚步,跟在“光”后边。

## 48

群星不怕显得像萤火虫那样。

## 49

谢谢神,我不是一个权力的轮子,而是被压在这轮下的活人之一。

## 50

心是尖锐的,不是宽博的,它执着在每一点上,却并不活动。

## 51

你的偶像委散在尘土中了,这可证明神的尘土比你的偶像还伟大。

## 52

人在他的历史中表现不出他自己,他在历史中奋斗着露出头角。

## 53

玻璃灯因为瓦灯叫它做表兄而责备瓦灯,但当明月出来时,玻璃灯却温和地微笑着,叫明月为——“我亲爱的,亲爱的姊姊。”

## 54

我们如海鸥之与波涛相遇似的,遇见了,走近了。海鸥飞去,波涛滚滚地流开,我们也分别了。

## 55

我的白昼已经完了,我像一只泊在海滩上的小船,谛听着晚潮跳舞的乐声。

## 56

我们的生命是天赋的,我们唯有献出生命,才能得到生命。

## 57

当我们是大为谦卑的时候,便是我们最近于伟大的时候。

## 58

麻雀看见孔雀负担着它的翎尾，替它担忧。

## 59

决不要害怕刹那——永恒之声这样地唱着。

## 60

飓风于无路之中寻求最短之路，又突然地在“无何有之国”终止了它的寻求。

## 61

在我自己的杯中，饮了我的酒吧，朋友。

一倒在别人的杯里，这酒的腾跳的泡沫便要消失了。

## 62

“完全”为了对“不全”的爱，把自己装饰得美丽。

## 63

神对人说道，“我医治你所以要伤害你，爱你所以惩罚你。”

## 64

谢谢火焰给你光明，但是不要忘了那执灯的人，他是坚韧地站在黑暗当中呢。

## 65

小草呀，你的足步虽小，但是你拥有你足下的土地。

## 66

幼花的蓓蕾开放了，它叫道，“亲爱的世界呀，请不要萎谢了。”

## 67

神对于那些大帝国会感到厌恶，却绝不会厌恶那些小小的花朵。

## 68

错误经不起失败，但是真理却不怕失败。

## 69

瀑布歌道，“虽然渴者只要少许的水便够了，我却很快活地给与了我全部的水。”

## 70

把那些花朵抛掷上去的那一阵子无休无止的狂欢大喜的劲儿，其源泉是在哪里呢？

## 71

樵夫的斧头，问树要斧柄。

树便给了他。

## 72

这寡独的黄昏，幕着雾与雨，我在我心的孤寂里，感觉到它的叹息。

## 73

贞操是从丰富的爱情中生出来的财富。

## 74

雾，像爱情一样，在山峰的心上游戏，生出种种美丽的变幻。

## 75

我们把世界看错了，反说它欺骗我们。

## 76

诗人——飙风,正出经海洋和森林,追求它自己的歌声。

## 77

每一个孩子出生时都带来信息说:神对人并未灰心失望。

## 78

绿草求她地上的伴侣。
树木求他天空的寂寞。

## 79

人对他自己建筑起堤防来。

## 80

我的朋友,你的语声飘荡在我的心里,像那海水的低吟之声,缭绕在静听着的松林之间。

## 81

这个不可见的黑暗之火焰,以繁星为其火花的,到底是什么呢?

## 82

使生如夏花之绚烂，死如秋叶之静美。

## 83

那想做好人的，在门外敲着门，那爱人的，看见门敞开着。

## 84

在死的时候，众多合而为一，在生的时候，一化为众多。

神死了的时候，宗教便将合而为一。

## 85

艺术家是自然的情人，所以他是自然的奴隶，也是自然的主人。

## 86

“你离我有多少远呢，果实呀？”

“我是藏在你的心里呢，花呀。”

## 87

这个渴望是为了那个在黑夜里感觉得到、在大白天里却看不见的人。

## 88

露珠对湖水说道,“你是在荷叶下面的大露珠,我是在荷叶上面的较小的露珠。”

## 89

刀鞘保护刀的锋利,它自己则满足于它的迟钝。

## 90

在黑暗中,“一”视若一体,在光亮中,“一”便视若众多。

## 91

大地借助于绿草,显出她自己的殷勤好客。

## 92

绿叶的生与死乃是旋风的急骤的旋转,它的更广大的旋转的圈子乃是在天上繁星之间徐缓的转动。

## 93

权势对世界说道,“你是我的。”

世界便把权势囚禁在她的宝座下面。

爱情对世界说道,“我是你的。”

世界便给予爱情以在她屋内来往的自由。

## 94

浓雾仿佛是大地的愿望。
它藏起了太阳,而太阳原是她所呼求的。

## 95

安静些吧,我的心,这些大树都是祈祷者呀。

## 96

瞬刻的喧声,讥笑着永恒的音乐。

## 97

我想起了浮泛在生与爱与死的川流上的许多别的时代以及这些时代之被遗忘,我便感觉到离开尘世的自由了。

## 98

我灵魂里的忧郁就是她的新婚的面纱。
这面纱等候着在夜间卸去。

## 99

死之印记给生的钱币以价值;使它能够用生命来购买那真正的宝物。

## 100

白云谦逊地站在天之一隅。
晨光给它戴上了霞彩。

## 101

尘土受到损辱,却以她的花朵来报答。

## 102

只管走过去,不必逗留着去采了花朵来保存,因为一路上,花朵自会继续开放的。

## 103

根是地下的枝。
枝是空中的根。

## 104

远远去了的夏之音乐,翱翔于秋间,寻求它的旧垒。

## 105

不要从你自己的袋里掏出勋绩借给你的朋友,这是污辱他的。

## 106

无名的日子的感触,攀缘在我的心上,正像那绿色的苔藓,攀缘在老树的周身。

## 107

回声嘲笑着她的原声,以证明她是原声。

## 108

当富贵利达的人夸说他得到神的特别恩惠时,上帝却羞了。

## 109

我投射我自己的影子在我的路上,因为我有一盏还没有燃点起来的明灯。

## 110

人走进喧哗的群众里去,为的是要淹没他自己的沉默的呼号。

## 111

终止于衰竭的是“死亡”,但“圆满”却终止于无穷。

112

太阳穿一件朴素的光衣。白云却披了灿烂的裙裾。

113

山峰如群儿之喧嚷,举起他们的双臂,想去捉天上的星星。

114

道路虽然拥挤,却是寂寞的,因为它是不被爱的。

115

权威以它的恶行自夸;落下的黄叶与浮游云片却在笑它。

116

今天大地在太阳光里向我营营哼鸣,像一个织着布的妇人,用一种已经被忘却的语言,哼着一些古代的歌曲。

117

绿草是无愧于它所生长的伟大世界的。

118

梦是一个一定要谈话的妻子。

睡眠是一个默默地忍受的丈夫。

## 119

夜与逝去的日子接吻,轻轻地在他耳旁说道,“我是死,是你的母亲。我就要给你以新的生命。”

## 120

黑夜呀,我感觉得你的美了,你的美如一个可爱的妇人,当她把灯灭了的时候。

## 121

我把在那些已逝去的世界上的繁荣带到我的世界上来。

## 122

亲爱的朋友呀,当我静听着海涛时,我有好几次在暮色深沉的黄昏里,在这个海岸上,感得你的伟大思想的沉默了。

## 123

鸟以为把鱼举在空中是一种慈善的举动。

## 124

夜对太阳说道,“在月亮中,你送了你的情书给我。”

“我已在绿草上留下我的流着泪点的回答了。”

125

伟人是一个天生的孩子,当他死时,他把他的伟大的孩提时代给了世界。

126

不是槌的打击,乃是水的载歌载舞,使鹅卵石臻于完美。

127

蜜蜂从花中啜蜜,离开时营营地道谢。

浮华的蝴蝶却相信花是应该向它道谢的。

128

如果你不等待着要说出完全的真理,那末把真话说出来是很容易的。

129

"可能"问"不可能"道:

"你住在什么地方呢?"

它回答道,"在那无能为力者的梦境里。"

130

如果你把所有的错误都关在门外时,真理也要被关在外面了。

## 131

我听见有些东西在我心的忧闷后面萧萧作响,——我不能看见它们。

## 132

闲暇在动作时便是工作。
静止的海水荡动时便成波涛。

## 133

绿叶恋爱时便成了花。
花崇拜时便成了果实。

## 134

埋在地下的树根使树枝产生果实,却并不要求什么报酬。

## 135

阴雨的黄昏,风不休地吹着。
我看着摇曳的树枝,想念着万物的伟大。

## 136

子夜的风雨,如一个巨大的孩子,在不得时宜的黑夜里醒来,开始游戏和喊叫起来了。

## 137

海呀,你这暴风雨的孤寂的新妇呀,你虽掀起波浪追随你的情人,但是无用呀。

## 138

文字对工作说道,“我惭愧我的空虚。”

工作对文字说道,“当我看见你时,我便知道我是怎样地贫乏了。”

## 139

时间是变化的财富,时钟模仿它,却只有变化而没有财富。

## 140

真理穿了衣裳觉得事实太拘束了,

在想象中,她却转动得很舒畅。

## 141

当我到这里,到那里地旅行着时,路呀,我厌倦了你了,但是现在,当你引导我到各处去时,我便爱上你,与你结婚了。

## 142

让我设想,在群星之中,有一颗星是指导着我的生命通过不可知的黑暗的。

## 143

妇人,你用了你美丽的手指,触着我的什物,秩序便如音乐似的生出来了。

## 144

一个忧郁的声音,筑巢于逝水似的年华中。

它在夜里向我唱道,“我爱你。”

## 145

燃着的火,以它的熊熊之光焰警告我不要走近它。

把我从潜藏在灰中的余烬里救出来吧。

## 146

我有群星在天上,

但是,唉,我屋里的小灯却没有点亮。

## 147

死文字的尘土沾着你。

用沉字去洗净你的灵魂吧。

## 148

生命里留了许多罅隙,从中送来了死之忧郁的音乐。

## 149

世界已在早晨敞开了它的光明之心。

出来吧,我的心,带了你的爱去与它相会。

## 150

我的思想随着这些闪耀的绿叶而闪耀,我的心灵因了这日光的抚触而歌唱;我的生命因为偕了万物一同浮泛在空间的蔚蓝,时间的墨黑中而感到欢快。

## 151

神的巨大的威权是在柔和的微飔里,而不在狂风暴雨之中。

## 152

在梦中,一切事都散漫着,都压着我,但这不过是一个梦呀。当我醒来时,我便将觉得这些事都已聚集在你那里,我也便将自由了。

## 153

落日问道,"有谁在继续我的职务呢?"

瓦灯说道,"我要尽我所能的做去,我的主人。"

## 154

采着花瓣时，得不到花的美丽。

## 155

沉默蕴蓄着语声，正如鸟巢拥围着睡鸟。

## 156

大的不怕与小的同游。
居中的却远而避之。

## 157

夜秘密地把花开放了，却让那白日去领受谢词。

## 158

权势认为牺牲者的痛苦是忘恩负义。

## 159

当我们以我们的充实为乐时，那末，我们便能很快乐地跟我们的果实分手了。

160

雨点吻着大地，微语道，“我们是你的思家的孩子，母亲，现在从天上回到你这里来了。”

161

蛛网好像要捉露点，却捉住了苍蝇。

162

爱情呀！当你手里拿着点亮了的痛苦之灯走来时，我能够看见你的脸，而且以你为幸福。

163

萤火对天上的星说道，“学者说你的光明，总有一天会消灭的。”

天上的星不回答它。

164

在黄昏的微光里，有那清晨的鸟儿来到了我的沉默的鸟巢里。

165

思想掠过我的心上，如一群野鸭飞过天空。

我听见它们鼓翼之声了。

## 166

沟洫总喜欢想:河流的存在,是专为着供给它水流的。

## 167

世界以它的痛苦同我接吻,而要求歌声做报酬。

## 168

压迫着我的,到底是我的想要外出的灵魂呢,还是那世界的灵魂,敲着我心的门想要进来呢?

## 169

思想以它自己的言语喂养它自己,而成长起来。

## 170

我把我的心之碗轻轻浸入这沉默之时刻中;它盛满了爱了。

## 171

或者你在做着工作,或者你没有。

当你不得不说,“让我们做些事吧,”那末就要开始胡闹了。

## 172

向日葵羞于把无名的花朵看作它的同胞。

太阳升上来了,向它微笑,说道,“你好么,我的宝贝儿?”

## 173

“谁如命运似的推着我向前走呢?”

“那是我自己,在身背后大跨步走着。”

## 174

云把水倒在河的水杯里,它们自己却藏在远山之中。

## 175

我一路走去,从我的水瓶中漏出水来。

只剩下极少极少的水供我回家使用了。

## 176

杯中的水是光辉的;海中的水却是黑色的。

小理可以用文字来说清楚;大理却只有沉默。

## 177

你的微笑是你自己田园里的花,你的谈吐是你自己山上的松林的萧萧,但是你的心呀,却是那个女人,那个我们全都认识的女人。

## 178

我把小小的礼物留给我所爱的人,——大的礼物却留给一切的人。

## 179

妇人呀,你用泪海包绕着世界的心,正如大海包绕着大地。

## 180

太阳以微笑向我问候。
雨,它的忧闷的姊姊,向我的心谈话。

## 181

我的昼间之花,落下它那被遗忘的花瓣。
在黄昏中,这花成熟为一颗记忆的金果。

## 182

我像那夜间之路,正静悄悄地谛听着记忆的足音。

## 183

黄昏的天空,在我看来,像一扇窗户,一盏灯火,灯火背后的一次等待。

184

太急于做好事的人，反而找不到时间去作好人。

185

我是秋云，空空地不载着雨水，但在成熟的稻田中，看见了我的充实。

186

他们嫉妒，他们残杀，人反而称赞他们。
然而上帝却害了羞，匆匆地把他的记忆埋藏在绿草下面。

187

脚趾乃是舍弃了其过去的手指。

188

黑暗向光明旅行，但是盲者却向死亡旅行。

189

小狗疑心大宇宙阴谋篡夺它的位置。

## 190

静静地坐吧，我的心，不要扬起你的尘土。
让世界自己寻路向你走来。

## 191

弓在箭要射出之前，低声对箭说道，“你的自由就是我的自由。”

## 192

妇人，在你的笑声里有着生命之泉的音乐。

## 193

全是理智的心，恰如一柄全是锋刃的刀。
它叫使用它的人手上流血。

## 194

神爱人间的灯光甚于他自己的大星。

## 195

这世界乃是为美之音乐所驯服了的、狂风骤雨的世界。

## 196

晚霞向太阳说道,“我的心经了你的接吻,便似金的宝箱了。”

## 197

接触着,你许会杀害;远离着,你许会占有。

## 198

蟋蟀的唧唧,夜雨的淅沥,从黑暗中传到我的耳边,好似我已逝的少年时代沙沙地来到我梦境中。

## 199

花朵向星辰落尽了的曙天叫道,“我的露点全失落了。”

## 200

燃烧着的木块,熊熊地生出火光,叫道,“这是我的花朵,我的死亡。”

## 201

黄蜂以邻蜂储蜜之巢为太小。

他的邻人要他去建筑一个更小的。

## 202

河岸向河流说道,“我不能留住你的波浪。”
“让我保存你的足印在我心里吧。”

## 203

白日以这小小地球的喧扰,淹没了整个宇宙的沉默。

## 204

歌声在空中感得无限,图画在地上感得无限,诗呢,无论在空中,在地上都是如此;
因为诗的词句含有能走动的意义与能飞翔的音乐。

## 205

太阳在西方落下时,他的早晨的东方已静悄悄地站在他面前。

## 206

让我不要错误地把自己放在我的世界里而使它反对我。

## 207

荣誉使我感到惭愧,因为我暗地里求着它。

208

当我没有什么事做时，便让我不做什么事，不受骚扰地沉入安静深处吧，一如那海水沉默时海边的暮色。

209

少女呀，你的纯朴，如湖水之碧，表现出你的真理之深邃。

210

最好的东西不是独来的。
它伴了所有的东西同来。

211

神的右手是慈爱的，但是他的左手却可怕。

212

我的晚色从陌生的树木中走来，它用我的晓星所不懂得的语言说话。

213

夜之黑暗是一只口袋，迸出黎明的金光。

## 214

我们的欲望，把彩虹的颜色，借给那只不过是云雾的人。

## 215

神等待着要从人的手上把他自己的花朵作为礼物赢得回去。

## 216

我的忧思缠扰着我，要问我它们自己的名字。

## 217

果实的事业是尊贵的，花的事业是甜美的，但是让我做叶的事业吧，叶是谦逊地专心地垂着绿荫的。

## 218

我的心向着阑珊的风张了帆，要到无论何处的荫凉之岛去。

## 219

独夫们是凶暴的，但人民是善良的。

## 220

把我当做你的杯吧，为了你，为了你的人而盛满了水吧。

221

狂风暴雨像是在痛苦中的某个天神的哭声,因为他的爱情被大地所拒绝。

222

世界不会流失,因为死亡并不是一个罅隙。

223

生命因为付出了的爱情,而更为富足。

224

我的朋友,你伟大的心闪射出东方朝阳的光芒,正如黎明中一个积雪的孤峰。

225

死之流泉,使生的止水跳跃。

226

那些有一切东西而没有您的人,我的上帝,在讥笑着那些没有别的东西而只有您的人呢。

## 227

生命的运动在它自己的音乐里得到它的休息。

## 228

踢足只能从地上扬起灰尘而不能得到收获。

## 229

我们的名字，便是夜里海波上发出的光，痕迹也不留地就泯灭了。

## 230

让睁眼看着玫瑰花的人也看看它的刺。

## 231

鸟翼上系上了黄金，这鸟便永不能再在天上翱翔了。

## 232

我们地方的荷花又在这里陌生的水上开了花，放出同样的清香，只是名字换了。

## 233

在心的远景里，那相隔的距离显得更广阔了。

## 234

月儿把她的光明遍照在天上，却留着她的黑斑给她自己。

## 235

不要说“这是早晨”，别用一个“昨天”的名词把它打发掉。你第一次看到它，把它当作还没有名字的新生孩子吧。

## 236

青烟对天空夸口，灰烬对大地夸口，都以为它们是火的兄弟。

## 237

雨点向茉莉花微语道，“把我永久地留在你的心里吧。”

茉莉花叹息了一声，落在地上了。

## 238

怏怯的思想呀，不要怕我。

我是一个诗人。

## 239

我的心在朦胧的沉默里，似乎充满了蟋蟀的鸣声——声音的灰暗的暮色。

## 240

爆竹呀，你对于群星的侮蔑，又跟了你自己回到地上来了。

## 241

您曾经带领着我，穿过我的白天的拥挤不堪的旅程，而到达了我的黄昏的孤寂之境。

在通宵的寂静里，我等待着它的意义。

## 242

我们的生命就似渡过一个大海，我们都相聚在这个狭小的舟中。

死时，我们便到了岸，各往各的世界去了。

## 243

真理之川从它的错误之沟渠中流过。

## 244

今天我的心是在想家了，在想着那跨过时间之海的那一个甜蜜的时候。

245

鸟的歌声是曙光从大地反响过去的回声。

246

晨光问毛茛道:“你是骄傲得不肯和我接吻么?”

247

小花问道:“我要怎样地对你唱,怎样地崇拜你呢,太阳呀?”
太阳答道:“只要用你的纯洁的素朴的沉默。”

248

当人是兽时,他比兽还坏。

249

黑云受光的接吻时便变成天上的花朵。

250

不要让刀锋讥笑它柄子的拙钝。

251

夜的沉默,如一个深深的灯盏,银河便是它燃着的灯光。

## 252

死像大海的无限的歌声，日夜冲击着生命的光明岛的四周。

## 253

花瓣似的山峰在饮着日光，这山岂不像一朵花吗？

## 254

“真实”的含义被误解、轻重被倒置，那就成了“不真实”。

## 255

我的心呀，从世界的流动中找你的美吧，正如那小船得到风与水的优美似的。

## 256

眼不以能视来骄人，却以它们的眼镜来骄人。

## 257

我住在我的这个小小世界里，生怕使它再缩小一丁点儿。把我抬举到您的世界里去吧，让我有高高兴兴地失去我的一切的自由。

258

虚伪永远不能凭借它生长在权力中而变成真实。

259

我的心,同着它的歌的拍子拍舐岸的波浪,渴望着要抚爱这个阳光煦和的绿色世界。

260

道旁的草爱那天上的星吧,你的梦境便可在花朵里实现了。

261

让你的音乐如一柄利刃,直刺入市井喧扰的心中吧。

262

这树的颤动之叶,触动着我的心,像一个婴儿的手指。

263

小花睡在尘土里。
它寻求蛱蝶走的道路。

## 264

我是在道路纵横的世界上。

夜来了。打开您的门吧,家之世界呵。

## 265

我已经唱过了您的白天的歌。

在黄昏时候,让我拿着您的灯走过风雨飘摇的道路吧。

## 266

我不要求你进我的屋里。

你到我无量的孤寂里来吧,我的爱人!

## 267

死之隶属于生命,正与生一样。

举足是走路,正如落足也是走路。

## 268

我已经学会了你在花与阳光里微语的意义。——再教我明白你在苦与死中所说的话吧。

## 269

夜的花朵来晚了,当早晨吻着她时,她颤栗着,叹息了一声,萎落在地上了。

## 270

从万物的愁苦中，我听见了“永恒母亲”的呻吟。

## 271

大地呀，我到你岸上时是一个陌生人，住在你屋内时是一个宾客，离开你的门时是一个朋友。

## 272

当我去时，让我的思想到你那里来，如那夕阳的余光，映在沉默的星天的边上。

## 273

在我的心头燃点起那休憩的黄昏星吧，然后让黑夜向我微语着爱情。

## 274

我是一个在黑暗中的孩子。

我从夜的被单里向您伸出我的双手，母亲。

## 275

白天的工作完了。把我的脸掩藏在您的臂间吧，母亲。

让我入梦吧。

276

集会时的灯光，点了很久，会散时，灯便立刻灭了。

277

当我死时，世界呀，请在你的沉默中，替我留着“我已经爱过了”这句话吧。

278

我们在热爱世界时便生活在这世界上。

279

让死者有那不朽的名，但让生者有那不朽的爱。

280

我看见你，像那半醒的婴孩在黎明的微光里看见他的母亲，于是微笑而又睡去了。

281

我将死了又死，以明白生是无穷无尽的。

## 282

当我和拥挤的人群一同在路上走过时，我看见您从阳台上送过来的微笑，我歌唱着，忘却了所有的喧哗。

## 283

爱就是充实了的生命，正如盛满了酒的酒杯。

## 284

他们点了他们自己的灯，在他们的寺院内，吟唱他们自己的话语。

但是小鸟们却在你的晨光中，唱着你的名字，——因为你的名字便是快乐。

## 285

领我到您的沉寂的中心，把我的心充满了歌吧。

## 286

让那些选择了他们自己的焰火咝咝的世界的，就生活在那里吧。

我的心渴望着您的繁星，我的上帝。

## 287

爱的痛苦环绕着我的一生，像汹涌的大海似的唱着，而爱的快乐却像鸟儿们在花林里似的唱着。

288

假如您愿意,您就熄了灯吧。

我将明白您的黑暗,而且将喜爱它。

289

当我在那日子的终了,站在您的面前时,您将看见我的伤疤,而知道我有我的许多创伤,但也有我的医治的法儿。

290

总有一天,我要在别的世界的晨光里对你唱道:“我以前在地球的光里,在人的爱里,已经见过你了。”

291

从别的日子里飘浮到我的生命里的云,不再落下雨点或引起风暴了,却只给予我的夕阳的天空以色彩。

292

真理引起了反对它自己的狂风骤雨,那场风雨吹散了真理的广播的种子。

293

昨夜的风雨给今日的早晨戴上了金色的和平。

294

真理仿佛带了它的结论而来;而那结论却产生了它的第二个。

295

他是有福的,因为他的名望并没有比他的真实更光亮。

296

您的名字的甜蜜充溢着我的心,而我忘掉了我自己的——就像您的早晨的太阳升起时,那大雾便消失了。

297

静悄悄的黑夜具有母亲的美丽,而吵闹的白天具有孩子的美。

298

当人微笑时,世界爱了他。当他大笑时,世界便怕他了。

299

神等待着人在智慧中重新获得童年。

## 300

让我感到这个世界乃是您的爱的成形吧,那末,我的爱也将帮助着它。

## 301

您的阳光对着我的心头的冬天微笑着,从来不怀疑它的春天的花朵。

## 302

神在他的爱里吻着"有涯",而人却吻着"无涯"。

## 303

您越过不毛之地的沙漠而到达了圆满的时刻。

## 304

神的静默使人的思想成熟而为语言。

## 305

"永恒的旅客"呀,你可以在我的歌中找到你的足迹。

## 306

让我不至羞辱您吧，父亲，您在您的孩子们身上显现出您的光荣。

## 307

这一天是不快活的。光在蹙额的云下，如一个被打的儿童，灰白的脸上留着泪痕，风又叫号着似一个受伤的世界的哭声。但是我知道我正跋涉着去会我的朋友。

## 308

今天晚上棕榈叶在嚓嚓地作响，海上有大浪，满月呵，就像世界在心脉悸跳。从什么不可知的天空，您在您的沉默里带来了爱的痛苦的秘密？

## 309

我梦见一颗星，一个光明岛屿，我将在那里出生，在它的快速的闲暇深处，我的生命将成熟它的事业，像秋天阳光下的稻田。

## 310

雨中的湿土的气息，就像从渺小的无声的群众那里来的一阵巨大的赞美歌声。

## 311

说爱情会失去的那句话,乃是我们不能够当作真理来接受的一个事实。

## 312

我们将有一天会明白,死永远不能够夺去我们的灵魂所获得的东西,因为她所获得的,和她自己是一体。

## 313

神在我的黄昏的微光中,带着花到我这里来,这些花都是我过去之时的,在他的花篮中,还保存得很新鲜。

## 314

主呀,当我的生之琴弦都已调得谐和时,你的手的一弹一奏,都可以发出爱的乐声来。

## 315

让我真真实实地活着吧,我的上帝,这样,死对于我也就成了真实的了。

## 316

人类的历史很忍耐地在等待着被侮辱者的胜利。

## 317

我这一刻感到你的眼光正落在我的心上，像那早晨阳光中的沉默落在已收获的孤寂的田野上一样。

## 318

在这喧哗的波涛起伏的海中我渴望着咏歌之岛。

## 319

夜的序曲是开始于夕阳西下的音乐，开始于它对难以形容的黑暗所作的庄严的赞歌。

## 320

我攀登上高峰，发现在名誉的荒芜不毛的高处，简直找不到一个遮身之地。我的导引者呵，领导着我在光明逝去之前，进到沉静的山谷里去吧，在那里，一生的收获将会成熟为黄金的智慧。

## 321

在这个黄昏的朦胧里，好些东西看来都仿佛是幻象一般——尖塔的底层在黑暗里消失了，树顶像墨水的模糊的斑点似的。我将等待着黎明，而当我醒来的时候，就会看到在光明里的您的城市。

## 322

我曾经受苦过，曾经失望过，曾经体会过“死亡”，于是我以我在这伟大的世界里为乐。

## 323

在我的一生里，也有贫乏和沉默的地域。它们是我忙碌的日子得到日光与空气的几片空旷之地。

## 324

我的未完成的过去，从后边缠绕到我身上，使我难于死去，请从它那里释放了我吧。

## 325

“我相信你的爱”，让这句话做我的最后的话。

郑振铎　译

# 情人的礼物

## 1

你容许你君主的权力化为乌有,沙札汗[①]啊,可你的愿望本是要使一滴爱情的泪珠不灭不朽。

光阴对人心毫无怜悯之情,他嘲笑人心记忆追思的悲伤挣扎。

你以美诱惑光阴,俘虏光阴,给不成形体的死亡戴上形体永不凋谢的花冠。

夜深人静时在你爱人的耳边悄声细语的秘密,都精心制作在石块的永恒沉默里了。

虽然帝国崩成齑粉,世纪消失于阴影,大理石可依旧对繁星叹息:"我记得。"

"我记得。"——可是生命倒忘记了,因为生命自有她对无穷所负的使命:她把她的回忆留给美的寂寞形体,她自己便轻装继续航行。

## 2

到我花园的小径里来吧,我的情人。走过那挤到你眼前来的、热

---

① 沙札汗:莫卧儿皇帝。皇后莫姆泰姬分娩时不幸去世,沙札汗在悲痛之余,下令用白色大理石建筑泰姬陵来纪念她。"情人的礼物",大概即指泰姬陵。沙札汗晚年被儿子囚于红堡,他天天坐在走廊上凝望着嵌在柱子上的一块水晶——水晶里反映着白色大理石的泰姬陵。老皇帝就这样度过了残生。泰戈尔曾写过好几首诗,吟咏其陵其事,这一首是最短的。

情奔放的花朵。走过花朵，为不期而遇的欢乐而驻足吧；这种欢乐像突如其来的晚霞异彩，灼灼照耀而又暗暗遁形。

因为爱情的礼物是腼腆的，它从不通名报姓，它掠过阴影，沿着尘土散布一阵欢乐的战栗。赶上它，不然就永远错过它了。然而，一件抓得住的礼物，不过是一朵脆弱的花，或者是一盏行将闪烁不定的灯。

## 3

果实成群结队地进入我的果园，它们互相推推搡搡。它们处于痛苦的丰满之境，在阳光里如洪波涌起。

骄傲地踅进我的果园吧，我的皇后，坐在这儿的绿荫下，从树梗上摘下成熟的果实，让它们在你的唇边尽量地卸下它们的甜蜜负担吧。

在我的果园里，蝴蝶在太阳下扑动翅膀，树叶摇摇曳曳，果实吵吵嚷嚷地臻于成熟圆满。

## 4

她贴近我的心犹如草原的花贴近大地；她给我的感受是甜蜜的，犹如睡眠之于疲倦的四肢。我对她的爱情，是我旺盛生命的流动，仿佛河水在秋天泛滥，泰然恣意奔腾。我的歌和我的爱情合而为一，就像流水潺潺，同它所有的波浪和激流一起歌唱。

## 5

如果我拥有天空和空中所有的繁星，以及世界和世上无穷的财富，我还会要求更多的东西；然而，只要她是属于我的，给我地球上最小的一角，我就心满意足了。

## 6

在这奢华的春天的阳光里，我的诗人，你该歌唱那些人：他们走过而并不流连光景，他们且笑且跑而绝不回顾，他们在一个钟头的无端喜悦里开花，在片刻之间凋落而毫无懊悔。

你别默默地坐下来，做念珠祷告似的追忆过去的眼泪和微笑，——你别驻足拾起昨夜的花朵今朝的落瓣，别去寻求那躲避你的事物，别去探索那难以明白的道理，——且把你一生中的空隙留在原地，让音乐从空隙的深处涌将出来。

## 7

现在只剩下一丁点儿了，其余都在一个无忧无虑的夏天里浪费掉了。这一丁点儿，恰好足够谱一支歌儿唱给你听，恰好足够缀在一个花朵镯子里套在你的手腕上；或者恰好足够挂在你的耳边，像一颗圆润的粉红珍珠，像一句脸红的悄声细语；这一丁点儿，恰好足够在一个晚上冒险赌博一番而又整个儿输光。

我的船是只脆弱的小舟，不宜在大雨里横渡狂暴的波涛。如果你只是轻轻地踏上船来，我将载着你悠悠地沿着河岸绿荫划去，那儿幽暗的河水泛着涟漪，仿佛是被梦打扰了的睡眠；那儿鸽子在低垂的树枝上咕咕啼鸣，使正午的阴影忧郁不欢。白日已尽，你感觉疲倦的时候，我便摘一朵沾有水滴的百合花簪在你的头发里，然后我就走了。

## 8

有地方给你坐的。你独自一人带着几束稻谷。我的小船是拥挤的，它载得重了，但我怎么能把你拒之船外呢？你年轻的身体是苗条的，摇摇曳曳的；你眼角边有一丝闪烁的微笑，你的袍子色彩绚烂如雨云。

旅客们将登陆走向不同的道路不同的家。你且在我的船头上稍坐一会儿，到了旅途的终点，谁也不会把你留下的。

你上哪儿，到哪一家，去储藏你那几束稻谷呢？我决不问你；可是，当我收下了我的篷帆，碇泊了我的小船，我会在黄昏里坐下来琢磨又琢磨：你上哪儿，到哪一家，去储藏你那几束稻谷呢？

## 9

妇人，你的篮子是沉重的，你的手足是疲倦的。你赶了多少路，渴求什么利益？道路是漫长的，太阳下的尘土是灼热的啊。

你瞧，这湖又深又满，河水黑幽幽的，像乌鸦的眼睛。河岸斜斜的，斜坡上青草柔嫩。

在水里浸你疲倦的脚吧。中午的风会用它的手指拨弄你的头发；鸽子会哼哼催眠的歌，树叶会喃喃诉说栖息在阴影里的秘密。

如果时辰逝去，太阳落山，如果穿过荒凉大地的道路迷失在暗将下来的天光里，那又有什么关系呢？

那边就是我的房屋，就在开着指甲花的篱笆旁边；我一定会领你去的。我一定会替你铺好床，点上一盏灯。明天早晨，闹盈盈地给母牛挤奶而惊醒了鸟儿的时候，我一定会叫醒你的。

## 10

这些蜜蜂，这些看不见的足迹的追随者，是什么驱策它们出门的呢？它们迫不及待的翅膀里是什么呼声？它们怎么能听到沉睡在花的灵魂里的音乐？它们怎么能找到道路，飞向花蜜腼腆而沉默地躺在其中的房间？

## 11

夏天来到大海边的花园里。只不过是绿叶在夏天萌芽罢了，只不过是南风里一阵摇摇曳曳和簌簌作响，只不过是懒洋洋地随便哼几句歌儿，接着白昼也就逝去了。

但是，在来年的夏天里，让大海边的花园里盛开爱情的花朵吧。让我的欢乐诞生，鼓掌，唱着势如泉涌的歌儿手舞足蹈，使早晨在甜蜜的惊讶中睁开它的眼睛吧。

## 12

春天啊，千秋万代之前，你打开众神的花园的南门，你降临于大地的第一个青春；男子妇女从他们的家里跑将出来，笑着舞着，在一阵突如其来的兴高采烈的疯狂之中，互相投掷花朵如烟尘滚滚。

年复一年地，你带来了花卉，它们依旧是你在第一个四月里撒在你路径上的花卉。因此，今天在袭人的花气里，它们呼出了已成旧梦的往昔的叹息，已经消失了的世界的、萦绕不去的悲哀。你的和风载着爱情的传说，而这传说已经从一切人类的语言中凋谢了。

有一天，你带着新鲜的奇迹进入了我的生活，我的生活正随着初恋而悸动。从此以后，初次尝味到的那种欢乐的温柔羞怯之情，就年年来临了，就藏在你那柠檬花的又早又青的蓓蕾里；而你那红色的玫瑰花，又在它们灼灼燃烧的沉默里，囊括了我心里一切没有吐露的言语；而抒情时刻的回忆，五月里的那些日子，则在你那一再新生的嫩叶的兴奋激动里簌簌作响。

## 13

昨夜，我在花园里献给你冒着泡沫的、我的青春之酒。你把酒杯举到你的唇边，你闭上眼睛微笑，而我掀起你的面纱，解开你的辫子，把你默不作声的甜蜜的脸搂在我的怀里，那是昨夜，明月的梦洋溢在沉睡的世界里的时候。

今天，在黎明露水送凉的静谧里，你正在走向神的庙宇，你沐了浴，穿着白色的袍子，手里提着满满一篮鲜花。而我垂着头站在一边，在树荫下，到庙宇去的寂寥的道路旁，在黎明的静谧里。

## 14

如果我今天迫不及待，亲爱的，你就原谅我吧。这是第一场夏雨，河边的森林摇摇曳曳，开花的卡达姆树，正以其芳香馥郁的酒杯，引诱那吹拂而过的风。你瞧，天空所有的角落里，都投出了闪电的目光，而风又猖獗地吹乱了你的头发。

如果我今天对你致以忠诚的敬意，亲爱的，你就原谅我吧。日常的世界都隐藏在雨水朦胧里了，村子里一切工作都停顿了，牧场上是寂无人影的。正在到来的夏雨，在你的眼睛里找到了它的音乐，而七月在你的门口等着把它青色罗裙上的茉莉花插在你的头发里呢。

## 15

她村子里的邻居都说她黑——然而她在我心上是朵百合花，是的，虽然并不白皙，真是朵百合花。我第一次在田里看见她时，阳光被云霾蒙住了；她的头上没戴帽子，她的面纱掉了，她的辫子松了，披散在脖子上。正如村里人所说的那样，她也许是黑的，然而，我看见了她的黑眼睛可欢天喜地。

空气的脉搏预兆着风暴欲来。听见她家花牛惊惶失措地鸣叫，她便从屋子里跑将出来。她的大眼睛朝着云霾看了片刻，感觉到天空中大雨欲来的动荡。我站在稻田的角落里——如果她看在眼里，那就只有她是知道的了。（也许我是知道的。）她黑得像夏天阵雨的征兆,像繁花盛开的森林的阴影,她黑得像五月思慕的夜里对未知爱情的渴望。

## 16

她住在这儿池塘旁边,通向池塘的台阶已经颓废了。在不少的黄昏里,她曾凝望过明月,明月可被竹影摇晃弄得头昏眼花了,在不少的雨天里,潮湿泥土的气味,越过稻谷的青苗,飘到了她的身边。

在这儿的枣椰子树丛里,在姑娘们一边儿安坐闲谈一边儿缝着冬天的被子的大院里,她的昵称小名是大家都熟稔的。这池塘深处的水,始终记得她游泳的四肢;她潮湿的脚,日复一日地,在通向村庄的小径上留下脚印。

今天带着水壶来到池塘边的妇女,都曾看见她为单纯的戏谑而笑逐颜开;牵着小公牛去洗澡的老农,也习惯于站在她门口向她问好。

不少帆船经过这个村庄;不少旅人在那棵榕树下歇脚休息;渡船开往对岸的浅滩,载送人群到市场上去;然而他们从来没有注意到村子大路旁边这一小块地方,就在台阶颓废的池塘附近——住着我所热爱的她。

## 17

千载岁月流逝,蜜蜂出没于夏天的花园里,明月对黑夜的百合花微笑,闪电把火一般的吻投给云朵后便大笑着逃之夭夭,而诗人伫立在一个角落里,同树木和彩云合而为一。诗人让他的心像一朵花似的保持沉默,他又像新月那样透过他的梦境凝视;诗人漫无目的地漫游,又仿佛夏天的清风。

四月里的一个黄昏,月亮像一个水泡似的从夕照的深处升腾起来了;一个少女忙于给花木浇水,另一个在喂她的母鹿,还有一个促使她的孔雀翩翩起舞;这时候,诗人放声歌咏道:“静听世界的秘密吧。我知道,百合花因明月的爱情而脸色苍白。莲花在朝阳前撩开她的面纱,原因很简单,你想一想就明白了。蜜蜂在早发的茉莉花的耳边嗡嗡而鸣,学者不知其意义,然而诗人是懂得的。”

太阳在一阵羞红的火光里落下去了,明月在树木背后踯躅,南风低声对莲花说,诗人倒并不像他表面上看来那么单纯。少男少女鼓着掌高声说道:“世界的秘密给泄露了。”他们凝眸相视,唱起歌来:“让我们的秘密也随风飘送出去吧!”

## 18

你的日子必将充满忧愁,如果你一定要把你的心给我。我那十字路口的屋子是门户洞开的,我自己又是心不在焉的,——因为我吟咏歌唱。

你将永远没法儿使我做出报答,如果你一定要把你的心给我。假若我现在用歌曲山盟海誓,我又过分认真,不会在音乐沉寂时信守誓约。你可必须原谅我;因为五月里定下的法律,最好在十二月里就被彻底破坏。

不要老是念念不忘吧,如果你一定要把你的心给我。你的眼睛怀着爱情歌唱,你的嗓音里荡漾出笑的涟漪,这时候,对于你所提出的问题,我的答复是放恣狂乱的,决不锱铢必较事实的精确,——这种答复是应该始终相信而又永远忘却的。

## 19

书上写道,人到五十岁,必须离开喧嚣的社会,到森林里去隐居。然而诗人宣告,森林隐居之所是只适宜于年轻人的。因为它是花卉的诞生地,鸟儿与蜜蜂经常出没之处,而幽静的角落正在那儿等待着喁喁情话的兴奋之情。那儿的月光，对梅莱蒂花说来全然是个亲吻，自有其深刻的讯息，可是懂得这讯息的那些人，都远远不到五十岁。

唉，可惜青春是没有经验的和任性的，所以，最适宜的倒是老年人管理家务，年轻人隐居到森林阴影里，接受严格的求爱训练。

## 20

我的歌啊，你的市场在哪儿？是在学者的鼻息把夏天的清风弄得一团糟的地方？是在人们无穷地争论“油依赖桶还是桶依赖油”的地方？是在颜色发黄的手稿为人生的飘忽无常而愁眉苦脸的地方？——我的歌大声叫道：啊，不，不，不！

我的歌啊，你的市场在哪儿？大富翁住在大理石府邸里，日益肥大也日益自大，架子上放着皮面烫金的书，灰尘由家奴掸掉了，而从来没有披阅过的书页都是献给暧昧的神明的。你的市场是在这样的地方？——我的歌气喘吁吁地说道：啊，不，不，不！

我的歌啊，你的市场在哪儿？年轻的学生就座，头俯在书上，心游到青春的梦境里去了；散文在书桌上踱来踱去，诗倒躲藏在心里。你的市场是在这样的地方？在这样处处灰尘、杂乱无章的地方，你倒愿意玩儿捉迷藏的游戏？——我的歌腼腆犹豫，默不作声。

我的歌啊，哪儿是你的市场？新娘在屋子里忙忙碌碌；她稍有片刻的空闲便跑到她的卧室里，从她的枕头底下抽出一卷浪漫传奇，这书给婴儿胡乱揉坏了，又充满着她的头发的气味。你的市场是在这样的地方？——我的歌吐出一声叹息，怀着茫茫然的愿望战战兢兢。

我的歌啊，哪儿是你的市场？是在一点儿啁啾鸟声也从不错过的地方？是在潺潺流水找到了完满智慧的地方？是在人世间一切诗琴的弦索都把音乐倾泻在两颗悸动着的心上的地方？——我的歌大声叫道：是的，是的，是在这样的地方。

## 21

亲爱的，我以为你在人生破晓之前，曾站在幸福的梦的瀑布之下，以其急水湍流灌注在你的血液里。再不然你走的小径也许穿过了众神的花园，兴高采烈的一丛丛茉莉花、百合花、夹竹桃花，成堆成堆地落到你的怀抱里，进入你的心灵里闹成一团。

你的欢笑，是词儿淹没在闹盈盈乐曲里的一支歌，是看不见的花卉的芳香里的一种狂喜之情；你的欢笑，好比明月藏在你心里时从你朱唇的窗子里漏出来的月光。我不问情由，我也把缘故忘掉了，我只知道你的欢笑是叛逆生活的喧闹。

## 22

我情愿让文化的自豪感在我的屋子里逐渐死亡，只要在幸福的来世我能投生为布灵达森林里的一个牧童。

这牧童坐在榕树下牧放他的牛群，悠闲地用大麻的花朵编成花环，喜欢在贾莫纳的又深又凉的溪流里泼水和潜水。

天色黎明时牧童叫醒他的伙伴，巷子里家家户户响起搅拌牛乳制造奶油的声音，牛群扬起尘土的云雾，少女们来到院子里给母牛挤奶。

托玛尔树下的阴影加深了，河边暮色四合。跨过汹涌的流水，挤奶少女们害怕得发抖，鲜艳的孔雀展尾开屏，在树林里翩翩起舞；这时候，牧童仰望着夏天的彩云。

四月的夜，甜蜜得像新开放的花朵，他插一支孔雀羽在他的头发里，消失在树林之中；繁花缠绕的秋千绳索挂在树枝上；南风随着音乐有节奏地荡漾，而兴高采烈的牧童们群集在青青流水的河岸上。

不，兄弟们，我决不做这新孟加拉的新世纪的领袖；我不愿自找麻烦为蒙昧者点亮文化的灯，只要我能投生在阿索卡绿叶成荫的树林下，在布灵达的某一个村子里，少女们把牛乳搅拌成奶油的地方。

## 23

我爱我这边的沙滩:寂寞的池塘里鸭子呷呷的叫,而斑鸠正在晒太阳;黄昏来临,随波漂流的渔舟在阴影里长长茂草旁躲避风雨。

你爱你这边的林木森然的河岸:阴影集合在竹林的怀抱里,而妇女们挟着水壶,穿过曲折的幽径走来。

同一条河在我们两人之间流过,对两岸唱着同样的歌儿。我独自躺在星空下的沙滩上静听,而你坐在晨光里斜坡的边缘上谛听。只是我听到的词儿你不懂得,它说给你听的秘密对我永远是个谜。

## 24

你的窗子半开着,你的面纱半掩着,你站在那儿等待着卖镯子的小贩带来金箔银丝的小玩意儿。你悠闲地凝望着沉重的手车在尘土飞扬的大路上叽叽嘎嘎地行走,帆船沿着地平线缓缓地驶过遥远的河流。

对你说来,世界像是老妇人纺纱时哼的曲子,没有意义的音韵里挤满了信手拈来的形象。

然而,谁知道这陌生人是否带着他的一篮新奇货物,在这懒洋洋的炎热中午上了路呢?他行将在你家门口经过,响起清晰的叫卖声,而你也将打开窗子,丢下面纱,从你那美梦的黄昏里走出去迎接你的命运。

## 25

我握住你的双手,我的心投进你眼睛的幽暗里寻找你,你总是躲在言语和沉默的背后回避我。

然而我也知道,我在我的爱情里必须满足于一时兴会和易散难留。因为我们是在十字路口相遇片刻。我可有力量带着你穿过这尘世间的芸芸众生，走出这迷津曲径？我可有食物支持你越过死亡的拱门张着大口的那条黑暗通道？

## 26

当下雨的黄昏把它的阴影疏散在河面上，慢慢地曳着它朦胧的光线落向西方，当一天剩下的时间太少了，少得不够工作或玩儿了，如果你偶然想起我，我将给你唱歌。

你将独自坐在南边儿的阳台上，我将在那暗淡的房间里歌唱。黄昏渐浓，潮湿树叶的气味将从窗子里透进来，而暴雨前的大风将在椰子树丛里吵吵闹闹。

点亮的灯送进房间里时我就走了。其后也许你将静听夜籁，而且在我沉默时听见我的歌声。

## 27

凡是我所有的，我都盛满在盘里献给你了。我不知道，我明天将送什么东西到你的足下？我仿佛是这样一棵树，在开花的夏季终了时，举起空无花朵的树枝，凝望天空。

然而，在我过去的一切献礼中，难道一朵被永恒的眼泪浸得永不凋谢的花朵也没有吗？

在我的夏日告别之际，我空手站在你面前时，你可愿意记得这朵花，并且用你的眼色感谢我呢？

## 28

我梦见她坐在我的头旁，温柔地用她的手指抚弄我的头发，弹出她轻抚漫弄的旋律。我凝望着她的脸，按捺住我的泪水，而没有说出口的痛苦,终于使我的睡眠像水泡一样的破灭了。

我从床上坐了起来,看到窗子上方银河熠熠生辉,仿佛是一个寂静的世界着了火,于是我很想知道,此时此刻她是否做了一个同我的梦押韵合拍的梦。

## 29

当我们的目光越过篱笆相遇时,我以为我有些话要对她说。可是她走过去了。我那非对她说不可的话,它就像一条船,日夜摇摆在时辰的每一个波浪上。它仿佛要航行在秋云之间做一次无穷的探索,它仿佛要盛开如黄昏的花卉,在夕照中寻求它丢失了的瞬间。我那非对她说不可的话,它闪烁明灭,像是我心头的流萤,要在绝望的黄昏里发现它的意义。

## 30

春花开放,犹如未道破的恋爱的深情之苦。随着春花的香气,袭来了我的往昔之歌的回忆。我的心突然之间披上了欲望的绿叶。我的情人不来,但我的四肢感到了她的抚爱,越过芳香馥郁的田野,也传来了她的声音。悲伤的天空深处有她的凝视,可她的眼睛在哪儿呢? 空中飞来她的亲吻,可她的嘴唇在哪儿呢?

## 31

我的花朵,像奶和蜜和酒;我用一根金带子把它们扎成花束,然而花朵避过了我小心的关注,逃之夭夭,只留下了金带子。

我的歌儿,像奶和蜜和酒,它们被纳入我的心跳的节奏里;然而,我这闲暇时刻的宝贝儿,它们展翅振翼,逃之夭夭,我的心便在沉默中跳动了。

我所热爱的美人，像奶和蜜和酒，她的嘴唇像黎明的玫瑰红，她的眼睛像蜜蜂似的黑。我保持我心的缄默，免得惊动了她，然而，就像我的花朵，就像我的歌儿，她回避了我，我的爱情便独个儿留下了。

## 32

好多次了，春天来叩我们的门，我老是忙于工作，而你也并不应门。如今留下我独自一人，心中悲痛，春天又重新来了，然而我不知道如何把它从门口撵走。春天来给我们戴上欢乐的冠冕时，我们的门是紧闭的；如今春天带着哀愁的礼物来临时，它的路却必须是通行无阻的了。

## 33

喧闹的春天，曾一度带着挥霍无度的欢笑进入我的生活；她的时辰里载满了眼前且逍遥的玫瑰，她还以阿肖卡树新生嫩叶的红彤彤的亲吻，使天空为之燃烧。如今春天穿过冷冷清清的小巷，沿着寂静浓重的、沉思的阴影，悄悄地溜进我的孤独里来了；她静静地坐在我的阳台上，越过田野凝眸遥望：大地的苍翠，在天空的全然苍白里，筋疲力尽地晕厥了。

## 34

当我们告别的时刻像低垂的雨云一般到来，我的双手颤抖，勉强来得及在你的手腕上系一条红带子。今天我在马胡艾开花的季节里独自坐在青草上，我的脑子里有个问题在悸动：你的手腕上可依旧保留着小小红带子？

你在开花的亚麻田边缘的狭窄道路上走过。我看到我昨夜的花环依旧松松地悬在你的头发上。可是你为什么不等待我在清晨里采集鲜花作为我最后的礼物呢？我不知道昨夜的花环是否会在中途不知不觉地从鬓发上掉下来。

自晨至昏，我曾对你唱了不少的歌，你在离开时把最后一支歌吸收在你的嗓音里带走了。你绝不肯稍稍逗留，听我那没有唱出来的歌，那可是我永远为你一个人唱的歌。我不知道你是否终于听厌了我唱的歌，所以你在穿过田野时就自己哼给自己听。

## 35

昨夜密云欲雨，阿姆莱克树枝在阵风的手掌里挣扎。如果我夜有所梦，我希望，在这雨声潺潺的寂寞黑夜里，梦能以我所热爱的人儿的倩影出现。

风依然穿过田野呜咽，黎明的泪痕斑斑的面颊是苍白的。我的梦都落空了，因为真实是严格的，而梦也自有它们自己的规矩。

昨夜，黑暗因暴风雨而沉醉，雨水像是黑夜的面纱，被风撕得粉碎，在这雨声潺潺的无星之夜，如果假象以我所热爱的人儿的倩影来到我的身边，会不会使真实妒忌呢？

## 36

我的镣铐啊，你在我的心里响起音乐。我整日价和你游戏，把你作为我的装饰。我的镣铐啊，你是朋友中最好的。有好几次，我是害怕你的，但我的害怕使我更加爱你。你是我黑暗长夜的伙伴，我的镣铐啊，在我同你告别之前，让我向你鞠躬致意。

## 37

我的小舟，你的舵已经折断好几次了，你的篷帆也给撕得破破烂烂。你时常曳着锚漂向海洋而漠然视之。然而，如今你的船身上裂开了一条大缝，而你装的货是沉重的。如今该是你结束你的航行、让海滨微波把你摇摆入梦乡的时候了。

唉，我知道一切告诫的话都是徒然的。黑暗命运的蒙着面纱的脸在引诱你。你着了风暴和波涛的魔。涨潮的音乐正在升高。舞蹈的狂热弄得你摇摇摆摆。

我的小舟，那就挣断你的锁链，自由自在，无所畏惧地冲向你的毁灭吧。

## 38

我年轻时在其中漂泊的激流，迅速有力地奔腾。春风毫不吝惜它自己，树上繁花灼灼燃烧；众鸟从不停止鸣啭而沉沉入睡。

我受热情的洪水的冲击，以令人目眩的速度航行，我来不及端详和感受，来不及把世界融入我的身心。

如今青春退潮了，我搁浅在海滩上，我能听见万物深沉的音乐，天空也对我敞开了它那繁星的心胸。

## 39

有个旁观者坐在我的眼睛背后。好像他见识过世世代代的事物和记忆海岸之外的世界，而那些被遗忘的景象在青草上闪烁、在绿叶上颤抖。在有好多无名星星的黄昏时刻里，他曾经看见过新面纱背后的爱人的脸庞。因此，他的天空似乎因无数聚和散的痛苦而痛苦，并有一种渴望弥漫在这春天的和风里，——这种渴望充满了没有起点的世世代代的悄声细语。

## 40

有个讯息来自我的已经消逝的青春岁月，说道：“我在尚未诞生的五月的颤动之中等待你，在那个五月里，微笑熟透了，行将化为泪水，而时光又因未唱出口的歌而痛苦。”

讯息说：“跨过时代的破旧小径，穿过死亡的门户，到我这儿来吧。因为好梦凋谢，希望落空，采集来的当年的果实也腐烂了，而我倒是永远的真实，在你从此岸到彼岸的航程中，必将一而再、再而三地遇到我。”

## 41

姑娘们到河边取水去了——她们的欢笑声从林木间传来，我真想跟她们一起到小巷里去；小巷里羊儿在浓荫下吃草，松鼠越过落叶从阳光里窜到阴影里。

然而我一天的活儿已经干完了，我的水瓮都是满满的。我站在我家门口凝眸看槟榔树叶绿得熠熠生光，侧耳听妇女们纵声大笑着去河边取水。

日复一日地，在蘸濡着露水的清新晨光里，在日落时慵倦的微弱闪光里，运送我那沉甸甸的满满的水壶，一向是我心爱的工作。

壶中咕嘟咕嘟的水，在我心灵悠闲时同我喋喋不休，在我欣喜的思量默默欢笑时也一起欢笑，——而我悲伤的时候，它又泪水涟涟地对我的心呜咽。我曾在暴风雨的日子里运送水壶，那时候潺潺的雨声淹没了鸽子焦急的咕咕之声。

我白天的活儿已经干完了，我的水瓮都是满满的，西方的光芒暗下去了，树木下的黑影浓起来了；开花的亚麻田里传来一声叹息啊，我有所思慕的眸子，望尽了那小巷，那穿过村子、奔向幽暗河水的岸边的小巷。

## 42

难道你不过是帧画像，并不像繁星一样真实，并不像尘土一样真实？它们随着万物的脉搏一起搏动，可是画像啊，你却静止不动，超然物外。

你与我同行的日子里，你的呼吸是温暖的，你的四肢歌唱着生命。我的世界在你的嗓音里找到了语言，而你的脸触动了我的心。你在行走时突然停步，停在永恒的阴影一边。我乃独自继续行路。

人生，好像一个孩子，哈哈大笑着，一边儿奔跑，一边儿摇着死亡的拨浪鼓；它招呼我前进，我追随那看不见的；可是你站在那儿，在那尘土和那些繁星背后停顿了，你不过是帧画像了。

不，不可能如此。如果你内在的生命洪流完全停止了，就会使河流停止奔腾，就会使黎明的足音丧失其色彩的节奏。如果你乌光闪亮的头发消失在绝望的黑暗里，森林的长夏浓荫就会做着梦死去。

这怎么会是真的，我怎么会忘记你呢？我们急急忙忙地赶路，没有在意，忘掉了道旁篱笆上的繁花。然而繁花的气息，不知不觉间渗进了我们的忘却里，使之充满了音乐。你离开了我的世界，在我的生命的根底上就位了，因此，这种忘却，乃是记忆消失在记忆的深处。

你不再出现在我的歌曲面前，然而你已经同我的歌曲合而为一。你随着第一道曙光来到我的身边。随着黄昏最后一道金光泯灭，我也失掉了你。从此以后，我总是在黑暗中寻觅你。不，你并非不过是一帧画像。

## 43

你临终在我的生活里留下了千古大悲痛。你在我思想的天边上，绘画了你离去时的落日霞光，留下一条泪水小径，横跨大地，通向爱的天堂。在你亲爱的双臂怀抱里，在婚姻的结合里，生与死在我的身上合为一体。

我以为我能看到你在那儿点亮了你的灯，在阳台上守望，那儿是万物始与终相会的地方。我的世界从此要进入你所打开的门——你把死亡之杯举到我的唇边，你以来源于你自己的生命，注满此杯。

## 44

你,以你的死亡摆脱我的一切身外之物,从尘世万物里消失了,为的是要在我的哀愁中圆满地再生;这时我感觉我的生命变得完美了,男子和女子在我身上永远合而为一了。

## 45

把美和秩序带进我孤寂的生活里来吧,妇人,就像你活着的时候把它们带进我的家屋里来一样。把时辰的积满灰尘的碎片扫除干净,把空瓶注满,把一切疏忽的东西修补好。然后打开神龛内室的门,点上蜡烛,让我们当着我们的神明的面,在那儿默默地相会吧。

## 46

天空凝望着它自己的无穷蔚蓝,而且做着梦。我们云彩是它的幻想,我们没有家。繁星在永恒的皇冠上闪耀。繁星的纪录是垂之久远的,而我们的纪录是用铅笔写的,片刻以后就擦掉了。我们扮演的角色,出现在空气的舞台上,打响我们的铃鼓,投射欢笑的闪光。然而,从我们的欢笑里送来了雨,那可是够实在的,传来了雷,那可不是闹着玩儿的。我们不向时光要求报酬,而那把我们吹成云彩的风,在我们得到命名之前,又把我们吹走了。

## 47

大路是我的终身伴侣。她整天在我的脚下说话,整夜为我的梦唱歌。

我和她的相会没有起点,循环不息地,每天破晓时分相会就开始了，并以鲜花和歌曲更新其盛夏，而她的每一个新的亲吻，对我说来都是第一次亲吻。

大路和我是情人，我为她夜夜更换新装，天亮的时候，我把破旧衣衫丢在道旁旅店里。

## 48

我每天在老路上跋涉，我运我的水果到市场去，我赶我的牛群往牧场去，我摇我的船渡过河去，一路上的情况我都是很熟稔的。

一天早晨，我篮子里的货物是沉甸甸的。人们在田里忙忙碌碌，各个牧场上挤满了牛群；大地的胸膛因稻谷成熟而欢乐地起伏。

突然之间，空中一阵震颤，天空好像在我的额角上吻了一下。我的心灵觉醒了，好像早晨从雾霭里醒来一般。

我忘了沿着足迹前进。我离开路径走了几步，我所熟稔的世界对我就显得新奇了，就同那一朵我不过是在它含苞时见过的花一样。

我那日常的智慧感到羞愧。我误入了事物的奇幻之境。那天早晨我迷了路，找到了我的永久的童年，那是我一生最大的幸运。

## 49

我的孩子，你问我："天堂在哪儿?"——圣人告诉我们：天堂在生与死的界限之外，不受日日夜夜节奏的摇撼；它不是属于这个尘世的。

然而你的诗人知道：天堂对时间和空间怀抱着永恒的渴望，天堂始终奋力要在多产的尘土中诞生。我的孩子，天堂在你逗人喜爱的身体里、在你扑扑跳动的心里见诸实现。

大海在欢乐中击它的鼓，花朵踮起脚来吻你，因为天堂在尘土母亲的怀抱里、在你的身体里诞生。

## 50

“来,月亮,下来,亲亲我的宝贝儿的额角。”母亲把她的女娃娃抱在膝上,大声说道,而明月则一边儿做梦一边儿微笑。从幽暗中悄悄地飘来了夏天朦胧的芳香,从芒果树林满载阴影的寂寞里传来了夜鸟的歌声。在一个遥远的村子里,一个农民的长笛响起了泉水般的忧伤曲调,而年轻的母亲坐在阳台上,膝上抱着婴儿,甜蜜地柔声哼道:“来,月亮,下来,亲亲我的宝贝儿的额角。”她仰望一番天上的光明,又凝视她怀抱里的、地上的光明,而我对明月平静的缄默感到惊讶。

娃娃大笑,反复念着她母亲的呼唤:“来,月亮,下来。”母亲微笑了,月明之夜微笑了,而我这诗人,婴儿的母亲的丈夫,从背后瞧着这幅图画,未被察觉。

## 51

初秋的日子是万里无云的。河水满满的,快要溢出来了,冲刷着浅滩边摇摇欲坠的树木的根。漫长而又狭窄的小径,仿佛是村庄的干渴的舌头,往下舔到溪水里了。

我的心是满足的,当我环顾四周,看见寂静的天空和流动的河水,感到幸福正在扩散开来,单纯如孩子脸上的微笑。

## 52

没有耐性的花啊,你们等待得厌倦了,冬天还没有走,你们就挣脱了束缚。冲动的茉莉花、成群的热情奔放的玫瑰花啊,你们在道旁守望,看不见的来客才一闪现,你们就气喘吁吁地奔跑着冲出去了。

你们是朝着死亡的突破口进军的第一批花卉,你们的色彩和芳香的喧闹,把空气都扰乱了。你们哈哈大笑,互相推推搡搡,你们赤裸着胸膛,成堆成堆的凋落了。

夏季将在南风的涨潮上航行,按照它自己的时令来临。然而你们从不计算迟缓的时刻以证实夏季的到来。你们但凭信念的欢欣鼓舞,不顾前后地把你们的一切都浪费在途中了。

你们远远地听到夏季的脚步声,就投下你们的死亡的斗篷,让夏季踏在上面行走。甚至在见到拯救者之前你们就挣脱了你们的束缚,在拯救者能够到来认领你们之前,你们就把他当作是你们自己的了。

## 53

当四月咽了最后一口气,夏天以其热吻烤炙不情愿的大地的时候,我绽开我的花蕾。我半是害怕半是好奇地来了,像个淘气的小鬼窥探隐士的茅屋一般。

我听到被糟蹋的森林地胆战心惊的低语,而科基尔鸟唱出了夏天的倦怠;透过我诞生之室那飘动的绿叶帘子,我看到世界是严酷的、阴沉的和憔悴的。

然而我因青春的信念而坚强,我勇敢地脱颖而出,从天空炽红的碗里痛饮火焰般的酒,自豪地向早晨致敬:我是金香木花,我的心里盛着太阳的芳香。

## 54

在时间的开端,搅拌神明的梦时冒出来了两个妇人。一个是天堂宫殿里的舞女,男子汉心向往之的对象,她纵声大笑,从聪明人的沉思里,从愚昧者的空虚里,摘取他们的心灵,并且用她漫不经意的手,把心灵像种子一样撒在三月放肆的风里,撒在五月繁花竞发的疯狂里。

另一个是天堂里戴着皇冠的母后，她端坐在金色秋天功德圆满的宝座上；她在收获的季节里，把迷途的心，带给那甜蜜如泪水的微笑，带给那像寂静的海一样深沉的美，——她把迷途的心带往生与死汇合的圣地上，未知的神明的庙宇里。

## 55

中午的空气正在颤动，犹如蜻蜓的纱翼。乡村小屋的屋顶，像鸟儿似的孵在昏昏欲睡的各家各户上；一只影踪也看不见的科基尔鸟，从它绿叶蓁蓁的孤寂里唱起歌来了。

清新的流水般的乐声，落在人群喧闹的劳劳碌碌上；给情人的喁喁情话，母亲的亲吻，儿童的欢笑，都添上了伴奏。乐声在我们的思想上流过，仿佛溪水在石子上流过一样，时刻都在不知不觉间使它们圆润美丽。

## 56

我觉得黄昏寂寞，我读着一本书，直读得我的心也变枯燥了，在我看来，美似乎是文字贩子制作而成的东西了。我疲倦地合上书本，灭掉烛光。顷刻之间，房间里月光泛滥。

美的精灵啊，你的光芒洋溢天空，怎么能容忍一支蜡烛的小小火焰把你掩盖住了呢？你的声音使大地的心归于不可言说的宁静，一本书里几句空泛的话怎么能像雾一般地把你笼罩住了呢？

## 57

这个秋天是我的，因为她在我的心里摇摇晃晃。她的脚镯上的小铃在我的血液里叮叮当当地响，她的雾一般的面纱在我的呼吸里飘拂。在我的一切梦境里，我熟稔她那被风吹动的头发的拂拭。她是在户外颤动的树叶里，而树叶是在我生命的跳动里手舞足蹈；她那在蓝天里微笑的眼睛，又从我这儿畅饮亮光。

## 58

天空里万物拥挤，纵声大笑；砂粒和尘土又跳舞又旋转，好比儿童一般。人的心灵被它们的呐喊所唤醒；人的思想渴望做它们的游伴。

我们的梦想，在混沌的溪流里漂浮，伸出手臂要抱住大地，——而梦想所做的努力，硬化为砖头和石头，人的城市就这样建筑起来了。

声音从过去蜂拥而来——要从生存的片刻里寻求答案。它们的翅膀的扑动，使空中充满了颤抖的阴影；而我们的心灵里不睡不眠的思想，离开了它们的巢，飞翔过晦暗的沙漠，热烈地渴求着表达的形式。它们是没有灯的朝圣香客，寻求着光明的海岸，要在外物中找到它们自己。它们将被引入诗人的歌谣，它们将被庋藏在尚待规划的城市高塔里；将来的战场号召它们拿起武器，它们奉命联合起来，为尚未到来的和平而奋斗。

## 59

在这片"一切我已找到"的土地上，他们并不建造高楼大厦。一块绿茵萋萋的草坪铺陈在大路旁边，草坪边上是一溪漂泊的流水。蜜蜂时常在茅屋的门口出没，门口盛开着热情横溢的花朵。在这片"一切我已找到"的土地上，男子面带微笑出门办事，晚上回家时带回来的不是工资，而是一支歌曲。

中午时分，妇女们坐在她们清凉的院子里，哼着歌儿纺纱，而牧童的长笛的乐声，在庄稼起伏的波浪上漂浮过来。在这片"一切我已找到"的土地上，旅人唱着歌儿走过芳香森林里亮光明灭的树荫，心中为之欢欣。

客商用船载着他们的商品顺流而下，但他们从不在这片土地上停船靠岸；士兵们军旗招展地前进，但国王的战车从不在此停留。旅人们远道而来，在此休息一会儿又走了，可不知道有这么一片"一切我已找到"的土地。

这儿马路上的人群并不推推搡搡。诗人啊，在这片土地上盖房子落户吧。在这片"一切我已找到"的土地上，洗掉你脚上远游的尘土，弹奏你的诗琴吧，白日方尽，在黄昏星下的清凉草地上，伸开四肢躺卧吧。

## 60

国王的顾问官啊，收回你的钱币吧。我原是你派到森林圣地的那些女人之一；你叫我们去诱惑那个从未见到过女人的、年轻的苦修士，可我没有完成你的嘱咐。

天色朦胧破晓的时候，这隐居的少年到河流中去洗澡，他的一绺绺棕色长发纷披在肩膀上，像是一簇早晨的云彩，而他的四肢发亮，好比一道道阳光。我们在小舟里一边儿划桨一边儿欢笑唱歌；我们在一阵疯狂的欢乐里跳进河水，在他的四周手舞足蹈，这时太阳升起来了，太阳在它神圣的愤怒红光里，从水边上向我们瞪着眼睛。

这少年像是一个儿童神，他张大眼睛注视我们的动作，惊异之感在深化，他的眼睛终于炯炯发光如晨星。他举起他那互相紧握的双手，用鸟儿鸣啭般的年轻声音，唱了一支赞美的歌，森林里万叶为之激动。以前从来没有用这样的绝妙好词为尘世的女人歌唱过，这些歌词就像从岑寂的山岭升腾起来的、对曙光的默默无言的赞美诗。女人们用双手掩住嘴巴，笑得摇摇晃晃，于是有一阵阵疑云掠过他的脸。我迅速地走到他的身边，我十分痛苦，俯首伏在他的脚边，说道："主啊，接受我的侍奉吧。"

我领他到芳草萋萋的河滩上，用我的绸罩衫的边缘擦拭他的身体,我跪在地上,用我下垂的长发揩干他的脚。当我仰起脸来,凝眸端详他时,我以为我感觉到了世界上给予第一个女人的第一个亲吻。——我是有福的;天帝把我创造成为一个女人,天帝是有福的。我听见他对我说:“你是哪一位未知的天神啊?你的抚摩是不朽的抚摩,你的眸子里自有子夜的神秘。”

啊,不,国王的顾问官,可别那么微笑,——老人啊,世故小慧的灰尘,蒙住了你的见识。然而这少年的天真单纯,却洞穿了雾霭,看到了辉煌的真实:神圣的女人。

啊,在第一次爱慕之情的严肃光辉里,我内心的女神苏醒过来了。泪水充满我的眼睛,晨光像姐妹一样抚弄我的头发,森林地里和煦的风,像亲吻花卉一样亲吻我的额角。

女人们拍着手,纵声做淫荡的大笑,她们的面纱拖在地上了,她们的头发松散地披将下来,她们开始向他抛掷花朵。

唉,我的纯洁无瑕的太阳啊,我的羞愧能编织起火红的雾霭,把你掩盖在雾翳里吗?我倒在他的足边喊道:“宽恕我吧。”我逃走了,像一头受惊的鹿,穿过阳光和阴影,一边逃一边叫喊:“宽恕我吧。”女人们邪恶的笑声,像一团噼噼啪啪地暴烈的火焰,咄咄地向我逼来,然而少年的话始终在我耳朵里鸣响:“你是哪一位未知的天神啊?”

吴岩　译

# 渡

## 1

我必须走的那一天，太阳破云而出了。

而天空凝望着大地，仿佛天神的惊讶。

我的心是悲伤的，因为它不知道召唤来自何方。

和煦的风，可吹来我留在身后的世界的低声细语？那儿的泪水音乐正在消失于阳光灿烂的缄默里。

或者，和风可送来遥远的大海里岛屿的气息？大海正在盛开未知花卉的盛夏里晒太阳呢。

## 2

市集结束了，他们穿过苍茫暮色回到家里去，

我坐在路边凝望着你划动你的船。

船横渡黑沉沉的水面，夕照在你的帆上熠熠生光；

我看到你沉默的人影儿站着掌舵，突然我瞧见你的眼睛在凝望着我；

我丢下歌儿不唱了；大声呼唤你带我渡过河去。

## 3

起风了，我张起我的歌谣之帆。

舵手,坐下掌舵吧。

因为我的船急着要自由,要按着风和水的节奏跳舞。

白昼已尽,现在是黄昏了。

我的海滨的朋友们已经告辞离去。

松了链,起了锚,我们借着星光出航。

在我离开的此刻,风的动荡成了淙淙的音乐。

舵手,坐下掌舵吧。

## 4

接受我,我的主啊,接受我这一会儿吧。

让我忘却那些不跟你一起度过的、孤苦伶仃的日子,

且把这短短的瞬间摊开在你的膝上,怀抱在你的光明里。

我曾经云游四方,追随那吸引我、却没有引导我到达任何地方的呼声,

现在让我坐在安宁之中,在我缄默的灵魂里静听你的言语吧。

不要对我心里黑沉沉的秘密转过脸去,倒要燃烧它们,直烧得它们因你的火焰而放出光明。

## 5

遥远风暴的侦察兵,在天空架设起云霾的帐篷;日光苍白;在森林默默无声的阴影里,空气因泪水而潮润。

我心里臻于平静的悲哀,像音乐开始之前大师的诗琴上沉思的寂静。

预期着你进入我的生活将带来大痛苦,我的世界是静默无声的。

## 6

你做得好极了,我的情人,你把你那痛苦之火送给我,真是做得好极了。

因为我这炷香燃烧之后才吐出香气,我这盏灯点亮之后才不是盲目的。

我的心灵麻木时,它的迟钝必须接受你那爱情的闪电的捶打;而遮蔽我的世界的那片黑暗,被你的雷霆击中时才像火焰一样燃烧。

## 7

我的主啊,把我从我自己的阴影里,从我的生活的破碎和混乱里,拯救出来吧。

因为夜是黑暗的,而你的朝圣香客是蔽目失聪的。

你握住我的手,

把我从绝望里拯救出来吧。

用你的火焰,抚摩我那忧愁的无光之灯。

把我疲劳的力量,从睡眠中唤醒过来。

别听任我计算自己的损失、落在后面徘徊。

让大路在每一步上都对我唱房屋的歌。

因为夜是黑暗的,而你的朝圣香客是蔽目失聪的。

你握住我的手吧。

## 8

我执在手中的灯,同更远的大路上的黑暗为敌。

而这小路边对我说来倒成了一片恐怖,甚至开花的树木也颦眉蹙额,像是满脸怒容的咄咄逼人的鬼怪;而我自己的脚步声,又在捂住了的、猜疑的反响中回到了我的身边。

所以,当远和近互相接吻,死和生在爱情中合而为一的时候,我祈求你自己的晨光。

## 9

你拯救了我的时候,我在你的世界里前进的步子就更加轻快。

我心上的污点洗掉了的时候,我的心就使你那太阳的光辉灿烂。

而我生命里那不曾发为美丽花朵的蓓蕾,则在宇宙的心里散布哀愁。

我的灵魂上揭掉黑暗尸衣的时候,我的灵魂将给你的微笑带来音乐。

## 10

你把你的爱给了我,并以你的礼物充满世界。

礼物是在我不知不觉时阵雨般落到我身边的,因为我的心沉睡未醒,夜又是黑暗的。

然而,我虽迷失在梦的山洞里,我还是因一阵复一阵的喜悦而激动不已。

我也明白,作为报答你那伟大世界的宝藏,早晨我的心醒来的时候,你将从我这儿接受一朵小小的爱之花。

## 11

我的眼睛在守望时彻夜无眠;然而,即使我遇不到你,守望依然是甜蜜的。

我的心坐在雨水的阴影里期待你的爱;即使得不到爱,抱着这个希望依然是甜蜜的。

他们踏上不同的路走掉了，把我丢在后面；即使剩我孤零零一个人，静听你的跫音依然是甜蜜的。

大地有所思慕的脸上纺织着秋天的雾，这景象唤醒了我心里的渴望；即使渴望落空，感觉到渴望的痛苦依然是甜蜜的。

## 12

坚定你的信念吧，我的心，天会破晓的。

希望的种子深藏在泥土里，它会发芽的。

睡眠，像一个花蕾，会向阳光打开它的心，而沉默也会找到它的声音。

白天是近在眼前了，那时你的负担将变成礼物，你受的苦将照亮你的路。

## 13

婚礼订在黄昏时分举行，这时候鸟儿已经唱完了它们的歌，风在水面上休息，夕照在新娘的房里铺好了地毯，灯也准备好了要点个通宵。

在寂静无声的黑暗背后，走着看不见的来者，而我的心战战兢兢。

一切歌儿都归于沉寂了，因为就要在黄昏星下举行婚礼。

## 14

夜间，喧闹的声音疲倦了，空气里充满着大海的喃喃低语。

白天漂泊不定的欲望，回到点亮的灯的周围来休息了。

爱情的游戏静止了，转化为崇拜了，生的流水触到了深处，而形式的世界也来到了它的巢里，——它美丽得超越了一切形式。

## 15

在这沉沉入睡的大地上，在静止树叶间昏昏欲睡的空气里，是谁独个儿醒着呢？

在寂静无声的鸟巢里，在花蕾的秘密的心田里，是谁醒着呢？

在黑夜繁星的闪烁悸动里，在我的生存的痛苦深处，是谁醒着呢？

## 16

你在黎明时分来到我的门口唱歌；从睡眠中被你吵醒，真使我生气，你走掉我也没有注意。

你在中午时分来要点儿水喝；干扰了我的工作，真使我气恼，我就用责骂把你撵走。

你在黄昏时分拿着熊熊的火炬来了。我觉得你像是一场恐怖，我就把我的门关上。

如今是子夜了，我独自坐在我那没有灯的房间里，呼唤你回来，呼唤被我侮辱、撵走的你回来。

## 17

从尘土里捡起我这个生命吧。

把它放在你的眼皮底下，留在你右手掌里。

把它举起在光明里，隐藏在死亡的阴影下；

把它保存在你那繁星之夜的匣子里，然后让它在早晨，在盛开崇拜之花的花丛中找到它自己。

## 18

我知道,即使恋爱错过了成熟的时机,这一生也不是已经毁了完了。

我知道,即使花朵在黎明时凋谢,流水迷失在沙漠里,它们也不是已经毁了完了。

我知道,凡是背着迟缓的包袱,在这一生里落在后面的,也不是已经毁了完了。

我知道,我的梦想依旧没有实现,我的乐曲正依附在你那诗琴的琴弦上,依旧没有弹奏,它们也不是已经毁了完了。

## 19

你在春天任性的时刻里,带着花朵和长笛之歌来到我这里。

你摇晃着爱情的红莲,扰乱我的心,使心上的涟漪变为波涛。

你要求我跟你出去,一起进入人生的秘密。

可是我在五月绿叶簌簌声中沉沉睡去了。

我醒来时天空阴云密集,枯叶在风中飘零。

我透过潺潺雨声听到了你走近来的脚步声和呼唤声,你呼唤我跟你出去,一起进入死亡的秘密。

我走到你的身边,把我的手放在你的手里,而你的眼睛在燃烧,雨水在从你的头发上滴下来。

## 20

天色因下雨而暗淡朦胧。

愤怒的闪电穿过破烂的云纱虎视眈眈。森林仿佛是一只被囚禁的狮子在绝望中甩着鬃毛。

在这样的大风飙拂的日子里，让我在你的身边找到安宁。

因为愁云满布的天空遮暗了我的孤独，加深了你抚慰我的心的意义。

## 21

那天夜间暴风雨掀开我的大门的时候，

我不知道是你穿过废墟走进我的房间，

因为灯给吹灭了，房间里漆黑漆黑的；

我张开手臂向天空寻求保佑。

我躺在尘土里，在骚动的黑暗中等待着，我可不知道暴风雨就是你的旗帜。

早晨来临时，我看见你兀立在那覆盖着我的屋子的一片虚空里。

## 22

来临的可是破坏之神湿婆？

因为喧哗的泪水之海在痛苦的潮流里起伏不定。

紫红的云彩受到闪电的鞭挞，疯狂地在风中奔腾，而疯狂之神雷霆般的笑声又响彻天空。

生命戴着死神的皇冠坐在战车上。

尽你所有的一切，拿出来向他纳贡吧。

不要把你的储蓄紧抱在心头，不要反顾，

俯身低首在他的足边，让你的头发垂落在尘土里。

从此时此刻起，你就上路吧。

因为灯给吹灭了，屋子里凄凄凉凉的。

暴风呼啸着穿过你的门户，墙垣在摇摇晃晃；从你望不到的昏暗国土里还传来了呼唤。

不要害怕地掩住你的脸；流泪是徒然的；你门上的链条已经突然

折断了。

跑出去航海吧,航向一切欢乐与烦恼的尽头。

让你的脚跳着绝望之舞的步子,

高唱"胜利归于绝处逢生"。

新娘啊,承受你的命运吧!

披上你的红袍,穿越黑暗,追随新郎的火炬吧!

## 23

我来伤害你时,我同你挨得最近,尽管我并不知道。

我同你战斗而被你战败时,我终于承认你是我的主。

我秘密地盗窃你时,我只不过是使我欠你的债务不胜负担罢了。

我傲慢地挣扎着反抗你的潮流,只不过是在我的胸中感受到你的一切力量罢了。

我倔强地熄灭了我屋子里的灯,而你的天空却以其繁星使我惊讶。

## 24

你是作为我的悲哀来到我的身边的?那我就越发必须靠拢你了。

你的脸在黑暗之中蒙上了面纱,那我就越发必须看见你了。

挨到你亲手致命的一击,让我的生命化为火焰跳跃起来。

泪水从我的眼睛里流出来——让它们顶礼膜拜地绕着你的双足流淌。

让我胸中的痛苦对我说:你依旧是属于我的。

## 25

为了躲避你,我隐藏我自己。

如今我终于被你逮住了，那就打我吧，瞧我是否畏缩。

永远结束这游戏吧。

如果你终于赢了，那就剥夺我所有的一切。

我曾经在道旁棚子里和富丽大厅里欢笑唱歌——如今你既然进入我的生活，那就使我哭泣吧，瞧你能否叫我心碎。

## 26

我在你的爱情中醒来的时候，我那安逸的良夜便将结束了。

你的日出将以其火焰试金石测试我的心，我将在它胜利的苦难轨道上开始旅行。

我将敢于接受死亡的挑战，在嘲笑和威胁的中心传达你的声音。

我将挺起袒露的胸膛抵挡那投向你的子女的凌辱，并且冒险同孤立无援地守在一边的你站在一起。

## 27

我是夏天疲倦的大地，缺乏生命而又干枯。

我等待你的阵雨在夜间下降，届时我将敞开胸膛，默默地承受雨水。

我渴望用我的歌和花来报答你。

然而我的库存空虚，只有来自我心里的深沉叹息，透过枯草飘浮上升。

不过我也知道，你要等候清晨来临，届时我的时辰里将洋溢着你的富丽。

## 28

像夏天的云那样来到我的身边，从天空到天空洒下你的阵雨。

以你庄严的阴影加深山岭的紫红色，催促慵倦的森林早发繁花，唤醒山涧远游探索的热情。

像夏天的云那样来到我的身边，以隐藏的生命的前程似锦，以葱翠的欢乐，激励我的心吧。

## 29

我遇到了你，在黑夜触及白昼边缘的地方，在光明惊动黑暗、催它化为黎明的地方，在波浪把亲吻从此岸送到彼岸的地方。

从深不可测的一片蔚蓝的心里，传来一声金色的召唤，我越过泪水的黄昏，竭力凝视你的脸，可拿不准是否看见了你。

## 30

如果我被爱情拒之门外，那么，为什么早晨心碎肠断，发为歌唱，为什么南风把这些喁喁细语撒在新绿的叶丛里？

如果我被爱情拒之门外，那么，为什么子夜在有所渴望的沉默里忍受着繁星的痛苦？

为什么我这颗愚蠢的心，竟轻率地把它的希望投到不知其边际的大海里去呢？

## 31

我的才能只有一部分是在这个世界里，其余都在我的梦境里。

你老是回避我的抚爱，可你藏了你的灯，秘密地、默默无言地来到我的梦境里。

借助于黑暗中的又惊又喜，借助于看不见的世界的低声细语，借助于未知海岸的气息，我将了解你。

我心里突如其来的快乐，融化为悲伤的泪水，我将借此了解你。

## 32

我的情人，我知道有一天你会赢得我的心的。

你透过你的繁星，深深地凝视到我的梦境里；

你借着月光把你的秘密送到我的身边，我沉思梦想，泪眼蒙眬。

你的求婚，是在战栗的树叶间激动着的、那阳光灿烂的天空里，是在洋溢着牧童笛声的时刻里，是在心因寂寞而痛苦的、那雨水混沌的黄昏里。

## 33

有人秘密地留了一朵爱情之花在我的手里。

有人偷走了我的心，把这心撒在天空里了。

我不知道：我是已经找到了他，还是正在到处找他？我不知道：这是一种幸福的疼痛，还是一种苦恼的剧痛？

## 34

雨水洒扫天空，从天这边洒到天那边。

狂野而潮湿的风里，茉莉花因自己的芳香而狂喜。

在黑夜的胸膛里有一种秘密的欢乐，这是繁星隐藏、面纱笼罩的天空的欢乐，这是储蓄着鸟鸣的、子夜森林的欢乐。

让我以此充满我的心，秘密地带着它欢度白昼吧。

## 35

我白天旅行时感到安全，也不注意你的道路上的奇观，因为我以我的速度自豪，你就在我的面前，可你自己的光明挡在我和你之间。

如今是夜间了,我在黑暗中每一步都感觉到你的道路,而寂静之中又充满花的芳香——就像灯光熄灭时母亲对孩子的低声细语。

我紧紧地握住你的手;你的接触在我的孤寂里伴随着我。

## 36

我黑夜扬帆来到人生的宴会上,早晨的金杯为我斟满了光明。

我欢乐地放声歌唱,

我不知道是谁给斟的,

我也忘了问他的姓名。

中午时分,我脚下的尘土和头上的太阳都越发灼热了。

我渴不自胜,来到水井边。

有人为我倒了水。

我喝水。

我爱那甜蜜如吻的红宝石杯子,

我却没看见拿着杯子的是谁,也忘了问他的姓名。

我在疲倦的黄昏里寻路回家。

我的向导带着灯来招呼我。

我问了他的姓名。

然而我只看见他的灯光穿过寂静,只感觉他的微笑洋溢在黑暗里。

## 37

不要离我而去,因为已经是夜间了。

穿越荒野的路是寂寞和黑暗的,是错杂纷乱、容易迷失的:

疲倦的大地一动也不动地躺着,像个没有拐杖的盲人。

我似乎等待了好久好久,等到此刻来点亮我的灯和采撷我的花。

我已经到达无边无际的大海之滨,可以投身入水,永远丧失我自己了。

## 38

我不知道我在黎明之前得到了你的爱抚。

消息通过我的睡眠慢慢地传到了我的耳边,我张开我流着惊喜交集的泪水的眼睛。

天空似乎充满了说给我听的低声细语,而我的四肢则沐浴在歌声里。

我的心屈身礼拜,像一朵承载露水的花,我感到我的生命的洪流涌向无穷。

## 39

好久没有客人到我的屋子里来了,我的门是锁上的,我的窗是关上的;我以为我的夜会是寂寞的。

我张开眼睛的时候,发觉黑暗已经消失。

我起床,奔跑,看见门上的门闩全都折断了,你的风和光,穿过洞开的门,挥动着它们的旗帜。

当我是我自己的屋子里的囚徒的时候,门都是关着的;我的心老是在打算逃遁和流浪。

如今我一动也不动地坐在打开的门口,等候着你的来临。

你使我束缚于我的自由。

## 40

我的心,把灯灭了吧,你那寂寞长夜的灯。

传来了叫你开门的呼唤,因为晨光就在门外。

我的心，把诗琴丢在角落里吧，你那寂寞生涯的诗琴。

传来了叫你默不作声地走出去的呼唤，因为早晨在唱着你自己的歌儿。

## 41

今天早晨，你把最早的花朵作为礼物送到了我的身边，也送来了你的光明的轻微调弦声。

我是一只蜜蜂，曾经在你那金色黎明的心坎上打过滚儿。

我的翅膀因黎明的花粉而熠熠生光。

我曾经在你那四月的歌咏节里找到我的位置，我不过是在一场游戏里解除了我的脚镣，犹如早晨消除它的雾霭一样。

## 42

解放我吧，让我自由得像那旷野上的鸟儿，那看不见的小径上的漫游者。

解放我吧，让我自由得像滂沱大雨，像摇晃着一绺绺头发、奔向未知的终点的暴风雨。

解放我吧，让我自由得像森林之火，像高声大笑着向黑暗挑战的雷霆。

## 43

你呼唤我的时候，我在我的墙垣的阴影里睡熟了，没有听到你的呼唤。

于是你亲手打我，使我流着眼泪醒来。

我跳将起来看到红日高升，涨潮带来了大海的呼唤，我的船准备好了，在跳跃的水面上摇晃。

## 44

庆祝吧！

因为黑夜的脚镣已经砸破，梦幻已经消失。

你的世界已经撕破它的面纱，早晨的花蕾已经开放；沉睡的人啊，醒来！

光明的问候，从东方传播到西方，

在那毁坏了的监狱的壁垒上，腾起了胜利的凯歌。

## 45

此时此刻我看见你端坐在早晨的金色毯子上。

太阳在你的皇冠里放射出光辉，繁星落在你的脚边，人群来了，向你鞠了躬又走了，而诗人坐在角落里，一言不发。

## 46

我的客人已在这秋天的早晨来到我的门前。

唱吧，我的心，唱你欢迎的歌！

让你的歌成为阳光明朗的蓝天之歌，露珠湿润的空气之歌，金黄庄稼丰收之歌，潺潺流水欢笑之歌。

不然的话，你就默默无言地在他面前伫立片刻，凝望他的脸；

然后离开你的屋子，悄没声儿地跟他一同走到外边去。

## 47

我住在大路阴暗的一边，隔着大路遥望邻居的花园在阳光里狂欢作乐。

我感觉我是贫穷的，我挨着饿从这家走到那家。

他们从无忧无虑的丰衣足食里施舍给我的愈多，我就愈加深刻地意识到我那要饭的碗。

一天早晨，听见我的门突然打开，我从睡梦中醒了过来，而你进来要求施舍。

我在绝望中打破了我那柜子的盖儿，这才大吃一惊地发现了我自己的财富。

## 48

在人生在宴会上，他老是像个乞丐似的在外边儿等待着；如今你已经把他抱在怀里，给他戴上了死亡的冠冕。

你已经把你的右手按在他的失败上，并且平心静气地吻了他，使人生不安定的渴望安静下来。

你已经使他与一切君王合而为一，与智慧的古代世界合而为一。

## 49

我在尘世的道路上丢失了我的心，可是你把它捡在你手里了。

我在寻求欢乐时搜集了哀愁，而你捎给我的哀愁却在我的生活里转化成了欢乐。

我的种种欲望都撕成碎片撒掉了，而你把它们收集起来，用你的爱情串联在一起。

我从这个门到那个门到处流浪之时，每一步都在把我引向你的大门。

## 50

我在大路上的时候，我是和人群在一起。

我在大路穷尽的地方，发觉我和你单独在一起。

我不知道什么时候我的日子朦朦胧胧地进入了黄昏，我的伙伴也都离开了我。

我不知道什么时候你的门打开了，我站在那里惊讶地听到了我自己的心的音乐。

尽管床铺好了，灯点亮了，你和我，我俩单独相处了，可我的眼睛里仍旧有泪水的痕迹吗？

## 51

他们一来就吵吵闹闹，把我包围了，这时候他们遮住了你，我没看见你。

我想，临了我会把我的礼物送给你的。

如今白日渐尽，他们得到了他们应得的，走掉了，留下我独自一人。

我看见你站在门口。

然而我发觉我已经没有礼物留给你了，所以我就向你伸出了我的双手。

## 52

你已经给了我很多，

然而我要求再给些：

我到你这儿来不仅是为了喝一口水，而且是为了春天；

不仅为了引导我到大门口，而且为了领我到达主的大厅；不仅为了爱情的礼物，而且为了情人本身。

## 53

我在开始我的一天的生活之前，来到你的身边接受你的爱抚。

让你的目光在我的眼睛上逗留一会儿。

让我替我的工作带去你志同道合的保证，我的朋友。

在我的心灵里注满你的音乐，使我足以穿越吵吵嚷嚷的沙漠。

让你那爱的阳光，亲吻我的思想的山峰，流连于我那庄稼成熟的、人生的山谷。

## 54

站在我的眼前吧，让你的目光把我的歌变成一团火。

站在你的繁星之间吧，让我找到我自己的崇拜之火在星光之中点燃。

大地正在世界的大路边等候着。

站在大地抛到你小径上的苍翠罩衫上吧；让我感觉到我自己的祝贺散布在青草和牧场鲜花里。

站在我那寂寞的黄昏里吧，我的心孤零零地在那儿守望；斟满她那孤独的酒杯，让我在我的内心里感到你的爱无穷无限。

## 55

让你的爱荡漾在我的嗓音里，休息在我的沉默里。

让你的爱经过我的心，贯串于我的一切动作里。

让你的爱在我睡眠的黑暗里如星光照耀，在我醒来时又蔚为黎明。

让你的爱在我的欲望的火焰里燃烧，

并且在我自己的一切爱情的激流里奔腾。

让我在我的生活里带着你的爱犹如竖琴带着音乐，并在最后把你的爱连同我的生命一起还给你。

## 56

我的国王,你在你自个儿的光荣里隐藏你自己。

沙粒和露珠,倒骄傲地比你自己彰明昭著。

世人把一切属于你的东西不识羞地说成是自己的——然而决不会带来耻辱。

你默默地站在一边,给我们大家让出地方来;所以爱点上了她自己的灯来寻找你,自觉自愿地来礼拜你。

## 57

我从宴会的大厦回到我的家里时,子夜的魅力使我血液里的舞蹈安静下来。

我的心立刻变得寂静无声,像空无一人的、灭了灯的戏院。

我的心灵越过黑暗,站立在繁星之间,于是我发现我们正毫无惧怕地游戏于天宫寂静的院子里。

## 58

昨天夜里,我沉思默想我那浪费掉的日子时,我就想起你曾对我说过的话:

“在你青春的无忧无虑的生涯里,你屋子里所有的门户始终洞开着。

“世界——带着它的尘土、猜疑和混乱,也带着它的音乐——随它高兴,任意进进出出。

“不待吩咐地,不为人知地,我随着疯狂的人群再三来到你的身边。

“如果你聪明地隐居起来,始终塞径杜门,我怎么能找到入口走进你的屋子呢?”

## 59

用不着推开什么人为你腾出地方。

爱给你准备座位时也给大家做了安排。

尘世的君王出现的时候,警卫来驱逐人群,可是,我的君王啊,你来临的时候,全世界的人都紧跟在你的后头。

## 60

他唱着晨歌敲我们的门,带来了杲杲日出的问候。

我们和他一起把牛群赶到田野里,一起在树荫下吹奏长笛。

我们失落了他,可又再三在市场人群里找到了他。

在白天忙碌的时刻里,我们突然遇见他安坐在道旁草地上。

他击鼓时我们向前迈进。

他唱歌时我们手舞足蹈。

我们以我们的欢乐和哀愁下注,要把他的这局牌玩到底。

他站在我们的船上掌舵,

我们和他一起在危险的波涛上颠簸。

我们为他点上了我们的灯,在我们的日子到了尽头的时候,我们就等候他。

## 61

跑到他的身边,做他的伙伴,他在那儿和一切工人一起干活哩。

坐在他的周围,做他的搭档,他在那儿下棋哩。

他大步前进到哪儿就跟到哪儿,步伐要同他鼓声的节奏保持一致。

跑进市集——生与死的市集——最稠密的地方，
因为他同人群一起挤在那热闹的中心哩。
旅途中踏上荆棘、越过寂寞的山岭，你可别犹豫逡巡。
因为路上每一步都响着他的召唤，我们知道这就是爱的声音。

## 62

早晨你的庙里响起钟声的时候，男子妇女捧着上供的鲜花从林间小径匆匆赶来。

然而我躺在树荫下草地上，听任他们在我身边走过。

我认为我无所事事是有道理的，因为那时候我的花卉尚在蓓蕾之中。

白天到了尽头，我的花都开放了，我就去做我的黄昏礼拜。

## 63

我的君王的大路静静地躺在我的屋子门前，大路使我的心有所向往。

大路向我伸出了它那招呼的手；大路的缄默在呼唤我走出家门；大路在每一步上以其喑哑的请求吻我的双足。

大路引导我向前，我不知道它把我引向什么率性放达，引向什么突然的收获或是意外的痛苦。

我不知道大路的曲曲折折在什么地方终止——

然而，我的君王的大路静静地躺在我的屋子的门前，大路使我的心有所向往。

## 64

我在白昼的尽头走向我的君王的屋子，这时旅人们走过来问我：

“你有什么东西奉献给君王?”

我不知道拿出什么东西来给他们看，也不知道怎样回答他们，因为我只有这么一支歌儿。

我在屋子里的准备工作可大哩，那儿多的是根据权利提出的要求，多的是提出要求的人们。

然而我来到我的君王的屋子里时，我只有这么一支歌儿奉献给他作为他的花冠。

## 65

我的歌儿，同春天的花卉一样，都来源于你。

然而我把它们当作自己的歌儿奉献给你。

你微笑接受歌儿，你为我自豪的欢乐而高兴。

如果我的歌儿的花朵是脆弱的，枯萎而凋落在尘土里，我决不会悲哀。

因为在你的手掌里，消失并不是损失，盛开美丽之花的、那转瞬即逝的时刻，在你的花环上却永葆新鲜。

## 66

我的君王，你曾叫我在大路旁吹我的长笛，使肩负着默默无声的人生重担的人们，得以在奉命奔波的途中歇一会儿脚，坐将下来，在你宫门口阳台前叹为观止；使他们可以在陈旧的事物中见到新意，在周围常见的事物中感到新鲜，并且说道：“花儿盛放，鸟儿歌唱。”

## 67

我那第一批最早的歌儿在我心里醒来的时候，我认为它们是清晨繁花的游伴。

歌儿振翅飞进荒野的时候，我认为它们具有夏天的气魄。——夏天挟着突然的轰轰雷鸣自天而降，把它的一切都消耗在纵声大笑里了。

我认为歌儿听到了暴风雨的疯狂号召，急速跃进，在日落的国土外迷失道路。

然而，此刻在黄昏的光彩里，我看到蓝色海岸线的时候，

我知道我的歌儿是船，这船载着我渡过疯狂的大海，进入港湾。

## 68

你的诗琴上有许多琴弦，让我在其中添上我自己的弦吧。

这样，你弹奏你的琴弦时，我的心就会打破沉默，我的生命就会同你的歌儿融为一体。

让我在你的无数繁星之间摆上我自己的小灯吧。

这样，在你那光芒节日的舞蹈里，我的心便将搏动不已，我的生命便将和你的微笑融为一体。

## 69

让我的歌儿单纯如清晨醒来，如绿叶滴露，

单纯如云中彩色缤纷，如子夜阵雨潺潺。

然而我的诗琴是新上的弦，弹奏音符如投掷梭镖，新颖中透着锋利。

琴弦这就错过了风的神韵，损害天空的明朗；而我那歌儿的旋律便拼搏着把它们自己的音乐推挡回去。

## 70

我曾看见你在人生的舞厅里奏乐；春天绿叶突然冒出来的时候，

你的欢笑声曾来向我致意;我躺在田野繁花丛中,曾经在青草里听见你的低声细语。

孩子给我家带来你的希望的讯息,而女人带来你的爱情的音乐。

如今我在海滨等待着,要在死亡里感觉到你,要在黑夜繁星之歌里重新找回人生的咏叹叠句。

## 71

我牢记我的童年,那时太阳初升,好像我的游戏的小伙伴,常常带着每天早晨的惊喜之情闯进房间,直奔我的床边;那时,对奇迹的信念,每天在我的心里像鲜花般开放,我满怀单纯的喜悦,凝望着世界的脸;那时,昆虫鸟兽,寻常的莠草,青草和云彩,各有其最充分的、奇迹般的价值;那时,夜间潺潺的雨声带来了仙境的梦,黄昏里母亲的声音说出了繁星的意义。

而且我还想起死亡哩,可接着是帐子拉起来了,新的早晨和我的生活,在爱情的新鲜的惊喜里觉醒了。

## 72

世界啊,当我的心并不深情地吻你时,你的光芒便黯然失色,而你的天空点着灯在漫漫长夜里通宵守望。

我的心带着歌儿来到你的身边,同你低声喁喁交谈,我的心把它的花环套在你的颈子上。

我知道,我的心已经给了你的那些东西,你将把它们和你的繁星珍藏在一起。

## 73

从清晨开始,你就让我坐在窗边你的座位上。

我曾同你那奉命在大路上奔跑的、默默无言的仆人说过话,也曾同天空中你的唱经班一起吟咏。

我曾看见宁静的大海载着无涯的沉寂,也曾看见大海在暴风雨中挣扎着要打开海底深处它自己的秘密。

我曾看见大地上青春焕发的豪华宴饮,也曾看见大地在沉思的阴影里度日如年。

出去播种的人们,听到过我的问候;把收获的庄稼或是空空的篮子带回家去的人们,曾在我的歌声旁经过。

我的日子就这样的终于走到了尽头,如今我在黄昏里唱我最后的歌,用歌声诉说我曾经热爱你的世界。

## 74

任务落到我身上了:做你的歌手。

在我的歌儿里,我曾吟咏你的春花,给你那簌簌作响的绿叶以韵律。

我曾歌唱到万籁俱寂的深夜,歌唱到安安静静的早晨。

初夏雨水的兴奋,进入了我的曲调;还有那庄稼秋实的波涛起伏。

主啊,当你破碎我的心进入我的屋子的时候,可别让我的歌儿终于停止,倒要让它爆发出欢迎你的歌声。

## 75

我的生命的客人们啊!

你在黎明来临,而他在夜间驾到。

你的名字是春花说出来的,而他的名字是阵雨道出口的。

你携着竖琴进我的屋子,而他带来了明灯。

在你们告别以后,我在我的地板上发现了神明的足印。

如今我到达我的巡礼终点的时候，我在上供的黄昏之花里，留下我向你们大家的敬礼。

## 76

我感觉到我看见了你的脸，我在黑暗中放我的小船下水。

如今破晓微笑，花朵盛开。

然而，如果光芒黯淡、花朵凋零，我还是决心向前航行。

你向我发出默默无声的信号之时，世界沉沉入睡，黑暗是赤裸裸的。

如今钟声当当地响，小船里载着黄金。

然而，如果钟声归于沉寂，我的小船变得空空如也，我还是决心向前航行。

有的小船开走了，有的还没有准备好，然而我决不滞留在后头。

篷帆张满了风，鸟儿从彼岸飞来。

然而，如果篷帆猝然落下，彼岸的讯息也没有了，我还是决心向前航行。

## 77

“旅人，你上哪儿去？”

“我沿着两边植树的小径，到红色曙光里的大海上去沐浴。”

“旅人，大海在哪儿呢？”

“在这河水流完全程的地方，曙色化为晨光的地方，白天沉入黄昏的地方。”

“旅人，同你一起来的共有多少人呢？”

“我不知道如何一一点数。”

他们点了灯彻夜旅行，他们穿过陆地和水面整天歌唱。

“旅人，大海有多远啊？”

“我们都在问大海有多远哩。

我们的谈话归于沉寂时，海水怒吼奔腾，涌向天空。

大海似乎老是贴近而又遥远。”

“旅人，太阳正在逐渐炽烈啊。”

“是的，我们的旅行是漫长而又悲伤的。

歌唱吧，精神萎靡的人；歌唱吧，胆怯懦弱的人。”

“旅人，如果黑夜追上了你呢?”

“我们就躺下来睡觉，直睡到新的早晨带着歌儿透出曙光，大海的呼唤在空中回荡。”

## 78

同路的伙伴啊，

我在这儿向你致以旅人的敬礼。

主啊，我的伤心断肠之主，离别和悼亡之主，日暮途穷、暗淡寂静之主啊，

我向你致以颓墙断垣的敬礼！

新生的早晨的光明，

永恒的白昼的太阳啊，

我向你致以不灭的希望的敬礼！

我的向导啊，

我是一条无穷无尽的道路上的一个旅人，

我向你致以流浪者的敬礼。

吴岩　译

# 游思集

## 一

### 1

你抑郁的卷向前去，永恒的游思，在你无形的冲击下，周围死水般的空间激起了粼粼的光波。

是不是你的心已经迷失给那在无边的寂寞里向你呼唤的爱人？

是不是就因为你这样倥偬迫促，你的纠结的发辫才散作暴风雨般的纷乱，那宛如从碎裂的项链上掉落下来的火珠，才沿着你的道路滚走？

你的迅疾的步履，把这世界的尘土吻成甜美，扫开了一切朽废之物；暴风雨密集在你舞蹈的四肢里，摇落了那洒泼在生命之上的死亡的圣霖，使生命更新生长。

若是你在那突然袭来的厌倦中，做片刻的停留，也许这世界就会隆隆地滚成一团，成为一种障碍，阻挠自己的前进，甚至那最细小的尘埃，也会因无法忍受的压抑而划破无垠的天空。

光明的脚镯围着你的双足摇动，这不可窥见的双足，以它们的节奏唤醒了我的思想。

它们在我的心的律动里回响，也在我的血液里激起了古代海洋的赞颂。

我听见轰雷般的洪水冲击着我的生命，从这个世界冲向另一个世界，卷成一个形体又一个形体，在滔滔不绝的赐予的浪花中，在悲叹和欢歌声中，把我的身体驱散开去。

浪潮高卷，劲风怒号，这一叶小舟迎风舞蹈，像你的愿望一样，我的心！

把积储的东西委弃在岸上吧，在这深不可测的黑暗之上，向着无限的光明扬帆前进。

3

在暮色渐浓的时候，我问她："我来到了一个什么陌生的地方？"

她只垂下眼睛；当她走开的时候，清水在她的水罐口汩汩作响。

树林迷蒙地垂挂在河边，田野仿佛已经属于往昔。

流水默默无声，竹林忧郁地一动不动，一只手镯在水罐上敲出的叮当声，从小巷里传来。

不要再划了，把船儿拴在这棵树上，——因为我爱这片田野的景色。

晚星沉落到庙殿的后面去了，埠头上大理石石级的苍白色，缠住了黝黑的流水。

淹留的旅人在叹息；因为从那掩藏的窗户里射出的灯光，被路边交织的树林和灌木撕成了一片黑暗。那只手镯还在水罐上叮当的响，归去的步履还在落叶遍地的小巷里窸窣。

夜色渐深，宫殿的高塔像幽灵一般阴森森地显现出来，市镇在困疲地呻吟。

不要再划了，把船儿拴在树上。

让我在这陌生的地方憩息，朦胧地躺在星光下面，在这黑暗因手镯在水罐上敲出叮当的声音而颤动的地方。

## 4

哦，若是我心里藏着一个秘密，像夏云里没有滴落的雨珠——一个掩藏在静默之中的秘密，我就能带着它飘游异乡。

哦，若是我能有一个可以听我柔声低语的人，在这沉睡于阳光之中的树林下，滞缓的流水在潺潺作响的地方。

今天黄昏的这种沉默，似乎在期待着一声足音，可是你却问我为什么流泪。

我说不出我为什么要哭泣，因为这还是一个我所不能知道的秘密。

## 7

对于你，小花朵儿，我好像就是黑夜。

我只能给予你安宁和隐藏在黑暗里的不眠的静谧。

当你在清晨睁开眼睛的时候，我要把你留给一个蜜蜂嘤鸣、鸟声婉转的世界。

我送给你的最后的礼物，将是一滴注入你的青春深处的泪珠；它将使你的微笑变得更加甜蜜，而在岁月的严峻的欢愉中，也将掩去你的娇容。

## 9

假若在迦梨陀娑①是皇帝的诗人的时候，我能住在邬阇衍那②皇城的话，我也许会熟识玛尔瓦姑娘，让我的思想充满了她那音乐般的芳名。她也许会透过她的眼帘的斜影向我睇视，任素馨花攀住她的面纱，好让她在我身边逗留。

这件事情发生在往昔，而这往昔已经被时间的枯叶掩没了踪迹。

为了那些做着捉迷藏游戏的日子，学者们今天在争论不休。

我决不伤心迷梦于那些已经风流云散的年代，但是我为那随岁月俱逝的玛尔瓦姑娘们再三叹息！

我不知道，那些随着皇帝的诗人的诗歌一起颤动的日子，被她们用花篮带到哪一重天去了？

今天早晨，隔开了我因为生得太晚而不能相见的人们，它重重地压在我的心头，使我心酸。

然而，四月依旧带来了她们曾经用来装饰鬓发的同样的鲜花，而在今天的玫瑰花上低语的南风，也是曾经吹拂过她们的面纱的同样的南风。

说真的，今年的春天，并不缺少欢乐，虽然迦梨陀娑已不再歌唱；而且我知道，若是他从诗人的乐园里看到我，他有理由妒忌我。

## 10

你别眷念她的心，我的心啊，你把它留在黑暗里。

---

① 迦梨陀娑：古代印度最伟大的诗人，相传为超日王的“宫廷九宝”之一。著名作品有《鸠摩罗出世》（叙事诗）、《云使》（抒情诗）、《沙恭达罗》、《优尔婆希》（剧本）等。其生平事迹已无从考证。目前一般学者把他视作旃陀罗笈多王朝时代的人物，约当公元四世纪到五世纪。

② 邬阇衍那：亦译作“优禅尼”，为旃陀罗笈多二世的首都。

假若美丽的只是她的秀姿,微笑的只是她的脸,那又该怎样呢?让我毫不犹豫的领受她那秋波里的单纯的意义,而感觉幸福。

若是她的双臂围绕着我,只是一张虚幻的网,我也决不介意,因为罗网是华贵而稀珍的,而欺骗也可以付之一笑而淡忘。

你别眷念她的心,我的心啊,若是这乐曲尚不失其真实,纵然言词不足为信,你也该心满意足;你且欣赏她那如百合在粼粼的、迷人的水面上舞蹈的优美,不管水底会藏着什么。

## 11

你不是母亲,不是女儿,也不是新娘,雨尔伐希①。你是女人,是蛊惑天国神灵的女人。

当步履困乏的黄昏,降落到羊群已经归来的栏边时,你欣喜这黑暗的时刻如此神秘,从不剔亮屋里的灯火;你走向新婚的睡榻,也从不心乱,或在唇边含一丝犹豫的微笑。

你像是黎明,你不戴面纱,雨尔伐希,你没有一丝羞涩。

谁能想象出那创造你的惨痛迸溢的光芒!

你在第一个春天的第一天,右手擎着生命之杯,左手执着鸩酒,从奔腾的海上升起。那凶暴的海洋暂时平息,宛如一条着魔的巨蛇,在你的双足之前放下了它的千条的头巾。

你那纤尘不染的光彩,从海沫之上升起,纯白而又袒露,像一朵素馨花。

难道你永远是这样纤小、羞怯,永远是这样含苞欲放的吗?雨尔伐希,哦,你这永远的青春!

难道你在宝石的奇光异彩照耀着珊瑚、贝壳和梦影般的动物的

---

① 雨尔伐希:乐园里自海上升起的舞蹈的女郎。

地方,以湛蓝的夜作为你的摇篮,一直睡到白天显露出你那万般富丽的花朵吗?

你为古往今来所有的人所钟爱,雨尔伐希,哦,你这层出不穷的奇迹!

在你双睛的顾盼之下,世界因青春的苦痛而悸动,苦行的修士在你的脚边放下了他的朴素的果实,诗人的歌曲围拥在你的芳香馥郁的身边低吟。你的纤足如在无所顾虑的喜悦中倏然疾走,那金铃的叮当声甚至刺痛了空虚的微风的心。

你在众神的面前舞蹈,把新奇的韵律的轨道都扫荡一空,雨尔伐希,大地在因你而颤抖,青草绿叶和秋天的原野在起伏摇荡;海洋汹涌澎湃,化为一片韵律的狂涛;繁星落入天空——那是从你胸前跳跃着的项圈上断落下来的珍珠;血液因为突然袭来的骚动而在人们的心里跳跃。

你是从天国沉睡的高峰上第一个醒来的人,雨尔伐希,你把天空激动得惴惴不安。世界以她的眼泪来沐浴你的四肢,以她的心的鲜血的颜色来染红你的双足,你轻盈地栖立在迎波摇舞的欲望的莲花之上,雨尔伐希;你永远在那浩渺无边的心灵中嬉戏,尽管那儿有上帝的噩梦。

## 12

你像湍急而曲折的小河,且笑且舞,在你向前奔流的时候,你的步履唱出了歌声。

我像崎岖而峻峭的河岸,噤口无言的兀立着,忧郁地凝视着你。

我像庞大而愚蠢的风暴,蓦地轰然而至,想撕碎自己的躯体,裹之以激情的漩涡,漂流四散。

你像玲珑而犀利的闪电,刺穿了浑然一片的黑暗的心,然后消失在一声大笑的活泼的光带里。

## 14

你将不以你脸上滞留未去的怜悯的神色来等待我,这使我感到欣喜。

那不过是因为夜的咒语和我的告别的话,它们惊怵于自己的失望的声调,才使我的眼眶噙着如许的泪水。但天色终将破晓,我的心和眼睛也终将干涸,那时就再也不能哭泣。

谁说难以相忘呢?

死的仁慈潜伏在生命的核心,给生命带来安息,使它不再愚蠢的坚持生存。

暴风雨的海洋,终于在它的摇篮中暂时宁息;森林的大火,在自己灰烬的床上沉入梦乡。

你和我就要别离,而这离异将淹没于在阳光里欢笑的绿草和繁花之下。

## 16

我暂时忘记了我自己,所以我来了。

但请抬起你的眼睛,让我看你的眼睛是否还残留着往日的影子,像天边那片被夺去了雨珠的苍白色的云。

请暂时容忍我,若是我忘记了自己。

玫瑰还含苞未放;它们还不知道,今年夏天为什么我们忘记了采集鲜花。

晨星怀着同样忐忑不安的缄默;曙光被那覆盖着你的窗户的树枝绊住,就像在过去的日子一样。

我暂时忘记了时光的流迁，所以我来了。

我记不起在我袒露我的心的时候，你是否转过头去，使我羞惭无已。

我只记得那滞留在你颤抖的唇边的话语；我记得在你的乌黑的眼睛里的热情卷扫的影子，像那在暮色中寻找归巢的倦鸟的翅膀。

我忘记了你已不再忆起我，所以我来了。

## 17

雨下得正急。河水汹涌嘶鸣，在舔吻和吞食着小岛。在愈变愈小的岸边，我独自厮守着一堆谷子。

从对岸的阴影里划来一只小船，一个女人在船艄掌舵。

我向她喊道："饥饿的水在围卷着我的小岛，划到这儿来吧，把我一年的收获载去。"

她来了，把我所有的谷子拿得一粒不剩；我央求她把我载走。

但是她说，"不"——船儿已经载满了我的礼物，再没有我容身的余地。

## 19

河的这边没有埠头，姑娘们都不到这里来汲水；沿河的田野密密的长满了矮小的荆棘；一群絮聒的沙立克鸟在峻峭的河堤上挖土筑巢；在河堤皱眉蹙额的神色之下，渔船找不到荫庇的地方。

你坐在这人迹罕到的绿草地上，清晨在逝去。告诉我，你在这干燥坼裂的岸边做什么？

她凝视着我的脸说："不，不做什么。"

在河这边的岸滩荒凉而且冷落,没有一只牛羊到这里来饮水。只有几头从村子里走失出来的山羊,整天在嚼食着疏落的青草,那孤独的水鹰,从斜欹在泥地上的一棵连根拔起的菩提树上张望着。

你独自坐在那儿,在那棵希摩尔树的吝啬的阴影下。清晨正在逝去。

告诉我,你在等谁呢?

她凝视着我的脸说:"不,我不等谁!"

## 21

### I

"你这样不停地准备着这些东西是为了什么?"——我对心灵说——"有人要来吗?"

心灵回答说:"我正在采集东西,建筑高楼大厦,忙得不可开交,我没有空来回答这样的问题。"

我温顺的走回去重新干我的工作。

等到东西已经积成一堆,它那座大厦的七座翼殿已经盖好,我对心灵说:"这样还不够吗?"

心灵开口说:"还不够容纳——"说着又打住了。

"容纳什么?"

心灵装作没有听见。

我怀疑心灵自己也不知道,所以才用不断的工作来掩盖疑问。

它的一句口头禅是:"我还得多准备一点儿。"

"为什么你一定要这样呢?"

"因为它是伟大的。"

"什么是伟大的?"

心灵又不响了。我强迫着要它回答。

心灵含着轻蔑和愠怒说:"为什么要追问那些并不存在的东西

呢？去注意那些在你面前的巨大的事物——格斗和战争，部队和军火，砖瓦和臼炮，还有那些数不尽的劳动者。”

我想：“也许心灵是聪明的。”

## Ⅱ

日子一天天地过去。大厦的翼殿造得越来越多——它的领域也越来越大了。

雨季过去了。乌云变得苍白而轻淡，在雨水洗过的天空里，阳光照耀的时刻，像粉蝶在一朵看不见的鲜花上飞舞。我痴迷迷的向我遇见的每一个人询问：“在微风里的是什么音乐呀？”

一个流浪汉在路上行走，他的衣衫像他的举止一样狂野；他说：“听，那降临的音乐！”

我不知道我为什么竟会听信他的话，但是话却从我嘴里冲出：“我们不用等多久了。”

“近在眼前了，”这个疯子说。

我回到我的工作岗位，大胆地向心灵说：“停止一切工作吧！”

心灵问道：“你听到消息了吗？”

“是的，”我回答说，“那降临的消息。”但是我不知道怎样解释。

心灵摇着头说：“没有旗幡，也没有华贵的仪仗！”

## Ⅲ

夜色将尽，天空里星光惨淡。突然晨曦的试金石把万物都染成一片金黄。一声众口传呼的叫喊——

“使者来了！”

我俯首问道：“他来了吗？”

回答仿佛从四面八方涌来，“是呀。”

心灵懊恼地说：“我的大厦的圆顶还没有盖好，一切都还是乱糟糟的。”

天空里传来一声话音：“把你的大厦推倒吧！”

"可是为什么呢?"心灵问。

"因为今天是降临的日子,而你的大厦却挡住了道路。"

## Ⅳ

巍峨的大厦坍倒在尘土里,一切都零乱而又破碎。

心灵四面张望。可是还能看到什么呢?

只有晨星和沐洗在朝露中的百合。

此外还有什么呢? 一个孩子大声笑着从母亲的怀里跑到屋子外面的阳光下。

"难道仅仅为了这个,他们就说这是降临的日子吗?"

"是的,他们就因为这个,才说空中有音乐奏鸣,天上有光芒闪现。"

"难道他们所要求于这整个世界的,就是这个吗?"

"是的,"传来这样的回答,"心灵,你是筑起了高墙来禁锢自己。你那些仆人也是在辛辛苦苦的奴役自己;但是这整个大地和无垠的空间却是为了这个孩子,这个新的生命。"

"那孩子给你带来了什么呢?"

"整个世界的希望和它的喜悦。"

心灵问我:"诗人,你懂得他的话吗?"

"我抛开了我自己的工作,"我说,"就因为我必须要有时间来理解。"

# 二

## 1

你在这大千世界里变幻不息,华丽多姿的姑娘。你的香径铺满了光华,你的轻触颤成了朵朵鲜花;你那飘曳的裙袂,在繁星中卷起了一阵舞蹈的旋风，而你那美妙的音乐，透过一切符号和色彩，从浩渺的天际传来。

在深不可测的灵魂的静寂里，你孤零零的孑身独处，沉静而寂寞的姑娘，你是一个光影颤摇的幻象，一朵绽开在爱情的茎枝之上的孤独的莲花。

3

我记得那一天。

滂沱的大雨逐渐减弱成断续的阵雨，一阵阵乍起的疾风又把它从第一次的平息中惊起。

我拿起了我的乐器。我漫不经心地拨弄琴弦，最后连我自己也不知道怎的，琴音里渗入了雷雨的狂飙的节奏。

我看见她悄悄地放下了活儿，停留在我的门口，但又踏着踌躇的步子退去。她重又走回来，倚着墙壁站在门外，接着慢慢地走进屋子坐了下来。她低着头儿默默的挑着针线，但是不久她停下针凿，穿过雨帘凝眸定视着窗外模糊的树影。

只有这一个回忆——充满了浓荫、歌声和沉寂的雨天中午的一段时光。

4

当她登车离去的时候，她回过头来，投给我一个急促的告别的眼波。

这是她给我的最后的礼物。但是我能把它珍藏在什么地方，才可以逃过那践踏的时光？

难道黄昏必须卷走这一线惨痛的微光，正如它必须卷走夕阳的最后一道闪光？

难道它就该让雨水冲走，仿佛从伤心的花朵里冲走它那珍藏的花粉?

把帝王的荣华和豪富的财产留给死亡吧。但是眼泪就不能把这个在激情的刹那间投来的眼波永远保持新鲜吗?

“请把它留给我,”我的歌曲说,“我决不触摸帝王的荣华或是豪富的财产,但是这些区区的微物永远是属于我的。”

6

我就要走了;她还是默默无语。但是从一阵微微的战栗里,我觉得她的渴切的双臂似乎想说:“啊,不,时间还没有到呀。”

我常听见她那双恳求的纤手,在一次碰触中发出声音,虽然它们并不知道自己说的是什么。

我知道那两只手臂在期期艾艾的说话。那时,如果不是这样的话,它们也许会化作一只青春的花环,戴在我的颈项上。

它们的这些细微的动作,在寂静时分的隐蔽下,回到记忆里;它们像逃学的儿童,淘气地泄露了她过去向我隐瞒的秘密。

7

我的歌曲像一群蜜蜂;它们在空中追蹑你的芳香的踪迹——一丝属于你的记忆,围绕着你的娇羞,嗡嗡的飞鸣,渴求那深藏的蜜。

黎明的清新浸没在阳光里,空气凝重而低沉的垂挂在中午的天空,森林静寂无声,这时候,我的歌曲飞回家来,它们的疲倦的翅膀上沾满了黄金的粉末。

9

我想假如在来生,当我们在那遥远的世界上行走时,能再相逢的话,我将无限惊奇地停下步来。

我将看见那双乌黑的眼睛，在那时候已变成晨星，但是我也将觉察出它们曾经属于前世的一个渺不可忆的夜空。

我将恍悟你的面容的魅力，并不完全是它自己的所有物，而是在一次渺不可忆的会见中，偷取了我眼睛里的热情的光芒，又从我的爱情里采走了一种它现在已经忘记了自己的本源的神秘。

## 10

放下你的琵琶吧，我的爱，让你的双臂来拥抱我。

让你的触摸，把我满溢的心儿带向我身体的最边缘。

你别垂下头去，也别把你的脸儿转开，但请你给我一个吻，一个像长久幽闭在蓓蕾里的花香般的吻。

你别用虚妄的言语来窒息这一刻时光，但请让我们俩的心，在宁静的激流中一起摇荡，把所有的思想都卷向无边的喜悦。

## 11

你以你的爱使我伟大，虽然我不过是许多随波逐流的俗人中间的一个，颠沛在世间浮沉无常的恩宠中。

在古往今来的诗人呈献贡礼的地方，在拥有不朽之名的恋人、遥隔不同的时代互相寒暄问好的地方，你给我安置了一个座位。

市集上，人们在我面前匆匆经过——他们绝没有看出我的身体因着你的爱抚而变为珍宝，他们也不知道我的身体里怎样承载着你的吻，犹如太阳在自己的球体里，承载着神火而永世普照。

## 12

我的心像一个把各种玩具都推开的烦躁的孩子，今天对我所提出的每一句话都摇头说：“不，不是这个。”

然而言语，在它们的模糊的苦痛之中，萦绕着我的心胸，像飘浮在山巅的流云，等待那偶然吹来的疾风，为它们卸去雨水的负担。

但是抛开这些徒劳无益的努力吧，我的灵魂，因为在黑暗里，静默会使它自己的音乐成熟。

我的生命，今天好像一个正在举行着忏悔礼的教堂，在这里，泉水不敢流动，也不敢低语。

这不是你跨过大门的时候，我的爱；只要想起你脚镯的铃铛在路上叮当，花园的回音就要感到害羞。

它们知道明天的歌曲，今朝犹含苞未放，假如看见你走过去，它们也许不得不破碎它们还没有成熟的心儿。

## 13

你是从哪儿带来这份不安的，我的爱？

让我的心接触你的心，把痛苦从你的沉默里吻去。

黑夜从它的深处抛出这一刻短暂的时光，使爱情能够在这重重紧闭的门扉之内，筑起一个新的世界，而且用这一盏孤灯来照明。

我们只有这根唯一的芦管是我们的乐器，我们的两对嘴唇得轮流吹奏才行——我们只有一只花环做我们的花冠，我得把它在你的额上戴过以后，才用它来绾住我的鬓发。

把我胸前的薄纱揭去吧，我将在地上铺设我们的睡床；这样，一个吻，一夜欢愉的睡梦，就会填满我们这个微小而无边际的世界。

## 14

我已经把我所有的一切给予了你，我只留下这一张最袒露的矜持的薄纱。

这张薄纱太薄了，你对它暗暗的微笑，使我感到害羞。

春风不知不觉地把它卷走，我自己心的颤抖也在推动它，像波浪推动泡沫。

我的爱，假若我保留这片疏远的薄雾来围绕我自己，你不要悲伤。

我的这种脆薄的矜持，不仅是女人的羞怯，也是一枝纤弱的花茎，在这枝花茎上，我那自愿委从的花朵，以无语的温婉弯身向着你。

## 15

今天我穿上了这件新衣，因为我的身体想放声歌唱。我只一次就把我永远地给予了我的爱，这是不够的，我应该通过这种给予，每天献出新的礼物；我穿起了这身新衣，我不就像一个新的礼物了吗？

我的心像那黄昏的天空，对色彩怀着无限的热爱，因此我更换我披戴的面纱，它们时而绿得像清凉幼嫩的草叶，时而绿得像冬天的禾谷。

今天我的衣服染成天空镶饰着雨云时的蓝色。它给我的四肢带来了浩瀚的大海和异域的群山的颜色；它在它的褶裥里载着夏云在风中飞翔的喜悦。

## 16

我想我愿意用爱情自己的颜色，来写出爱情的词句；但是它们深深地藏在我的心里，而眼泪却又是苍白无色。

朋友，若是这些词句没有颜色，你会领会它们的意思吗？

我想我愿意按着爱情自己的曲调，来唱出爱情的歌词，但声音只是在我的心里，我的眼睛却又是默默无语。

朋友，若是歌不成调，你会领会它们的意思吗？

## 17

在夜晚的时候,歌声向我飘来,可是你已经不在那儿。

它找到了我整天在寻找的词句。是啊,就在天黑以后的那一瞬息的静寂里,这些词句颤成一片音乐,它们正如星星一般,在这时候开始光芒闪烁;可是你已经不在那儿。我原想在清晨把这首歌词唱给你听,但是当你在我的身边的时候,任凭我怎样尝试,虽然音乐来了,歌词却畏缩不前。

## 18

夜深了,将熄的火焰在灯里摇曳。

我忘记注意,黄昏——像一个在河边盛满了这一天最后一罐水的农家姑娘——是在什么时候关上了她的柴扉的。

我是在给你说话,我的爱,我的心灵几乎觉察不到我的声音——告诉我,这里面有什么涵义吗?它有没有从那生命的界线之外为你带来什么信息?

至于现在,自从我的声音消寂以后,我感到黑夜正因着那瞠目惊视着自己喑哑的深渊的思想而在悸动。

## 19

当我们俩第一次相见的时候,我的心响出了音乐:"那长在远方的她,永远在你的身边。"

如今音乐已经寂灭,因为我已经惯于相信我的爱确实在我的左右,我已经忘记她同时也在遥远的远方。

音乐充满了两个心灵之间无垠的空间。可是我们日常习俗的浓雾却把这一切都掩没了。

在羞涩的夏夜，当微风从静寂中带来浩大的低语声时，我起坐床上，为我失去了那在我身边的她而悲悼。我问自己："什么时候我再能有机会向她低声诉说那有永恒的韵律的话语呢？"

从你的慵懒里醒来吧，我的歌曲，你撕破这层熟识的帷幕，怀着我们第一次会见的无限的惊喜，飞到我的爱人那儿去！

## 21

父亲参加了葬仪回来了。

他的七岁的儿子站在窗前，颈项下挂着一片金黄的护符，他睁大了眼睛，充满了他小小的年纪难于索解的思想。

他的父亲把他搂在怀里，但是孩子问父亲说："妈妈到哪儿去了？"

"到天国里去了，"他的父亲指着天空回答说。

到了夜里，父亲悲痛倦颓，在睡梦中呻吟。

一盏孤灯在卧室的门边茕茕的燃着，一只蜥蜴在墙上捕捉飞蛾。

孩子从梦中醒来，他用双手摸索着空床，悄悄地爬下床来，走到门外的平台上。

孩子抬眼望着天空，他静静地凝望了好久。他那迷惑的心灵把疑问送向黑夜："天国在哪儿？"

没有一声回答：只有星星仿佛像那无知的黑暗的一滴滴灼热的泪珠。

## 22

在夜色将尽的时候，她走了。

我的心想安慰我，说："一切都是虚妄的。"

我恼怒地说："那封写着她的名字的没有打开的信，还有这把她亲手用红绸滚边的芭蕉扇，难道这些都不是真实的吗？"

一天过去了，我的朋友走来对我说："凡是美好的都是真实的，也是永不磨灭的。"

"你怎么知道的？"我不耐烦地问道，"现在这个已不为世间所知的人，难道不是美好的吗？"

像一个烦躁的孩子在折磨自己的母亲，我毁掉了我的内心和身外拥有的一切庇护，一面哭喊说："这是一个背信弃义的世界。"

突然，我觉得有一个声音在说——"多么忘恩负义！"

我向窗外望去，星光闪耀的夜空似乎传来了谴责——"相信我以前真的来过，而且把这个信念灌注到我已离去的空虚里去的是你！"

23

河流灰蒙蒙的，天空里黄沙炫目。

在一个阴暗不宁的早晨，鸟雀喑哑无声，鸟巢在疾风中颤摇，我孤零零的坐着，问我自己："她在哪儿？"

我们俩互相挨得那么近坐在一起的日子已经逝去，那时我们又欢笑又戏谑，在我们相会的时候，爱情的威严找不到话说。

我把我自己变得极其渺小，而她却用滔滔不绝的谈话虚度了每一个时刻。

今天我徒然想望她能在我身边，在这风雨欲来的阴霾里，同坐在灵魂的寂寞中。

24

她用来称呼我的名字，像一朵盛开的素馨花，覆盖了我们俩相爱的整整十七年。这名字的声音混合着透射过绿叶的光线的颤抖，雨夜里青草的气息，还有多少个闲散的日子在最后时刻的悲痛的静寂。

答应这个名字的他，不只是上帝的创作；这是她为了自己的缘故，在那十七个短暂的岁月里而把他重新创造的。

此后的岁月接踵来临，但它们漂泊的日子，已不再聚集在她的声音所呼唤的那个名字的范围里，而是彷徨迷途，风流云散。

它们问我："应该由谁来收容我们呢？"

我不知道怎样回答，我只能静静地坐着，于是它们在消散的时候，向我喊道："我们要寻找一个牧羊姑娘！"

它们该去找谁呢？

这，它们并不知道。它们像无主的晚霞，在没有辙迹的黑暗里漂泊、消失而淡忘。

## 25

我觉得你的短促的爱情的日子，并没有被你委弃在你一生中那些短短的岁月里。

我很想知道，你避开了那慢慢偷窃的尘埃，现在把它们藏到哪儿去了。在我独自厮守的时候，我找到了你的黄昏之歌，它虽然已经消逝，却留下了一声永恒的回音；我也在秋天中午的温馨的静寂里，找到了你那没有满足的时刻的一声声的叹息。

你的欲望从往昔的蜂巢里飞来，萦绕在我的心头，于是我静静地坐着，谛听它们振翅扑飞的声音。

## 27

我正沿着一条绿草丛生的小径散步，忽然听到背后有人在说："瞧你还认识我吗？"

我转过身去，凝视着她说："我记不起你的名字了。"

她说："我是你在年轻时候遇见的第一次最大的烦恼。"

她的眼睛望去仿佛像空气里还含着露水的早晨。

我默默地站了一会儿，然后说："你已经卸去了你的眼泪所有的沉重负担了吗？"

她微笑着不说一句话。我感觉到她的眼泪已经学会了微笑的语言。

"你有一次说过，"她低声地说，"你要把你的悲痛永远铭记在你的心里。"

我涨红了脸说："是的，可是年光流逝，我已经忘记了。"

接着，我握起她的手，说："但你已经变啦。"

"往日的烦恼，如今已化为和平。"她说。

## 28

我们的生命，在无人渡越的海上扬帆前进，大海的波涛，在永恒的捉迷藏中相互追逐。

这是永无宁息的变幻之海，在哺育它那一群接着一群消失的泡沫的孩子，在拍手鼓掌打破那苍天的平静。

爱，在这光明与黑暗的循环的战舞中心，你的爱是那葱绿的岛屿，在那儿，太阳吻着羞怯的林荫，群鸟的歌声在向静谧求爱。

## 30

一个画家在集市上卖画，有一个在年轻时曾把画家的父亲欺侮得伤心死去的大臣的孩子，带了一群仆从走过集市。

孩子在画家的作品前面停了下来，挑选了一幅画。画家在画上盖了一块布，说他不愿意出售这幅画。

从此以后,这孩子思念着这幅画,心里闷闷不乐,最后他的父亲来了,愿意付出一笔高价。但是画家宁肯让那幅画挂在画室的墙壁上却不愿出售,他沉着脸坐在画前,自言自语地说:“这就是我的报复。”

这位画家表示信奉的唯一形式,是每天早晨描一幅神像。

但现在他觉得这些画像一天天的变得同他往常画的不同起来了。

这件事情使他感到苦恼,而且找不出一个解答,直到有一天,他在工作中猛地惊跳起来;他刚画好的一幅神像的眼睛,竟是那个大臣的眼睛,神像的嘴唇也是大臣的嘴唇。

他撕毁了画像,大声叫喊:“我的报复已经回报到我头上来了!”

## 31

将军走到怒气冲冲一言不发的国王面前,向国王敬礼说:“村子已经受到惩罚,男人们都打倒在地上,女人们瑟缩在没有灯火的屋子里,不敢哭出声来。”

祭司长站起来向国王祝贺,大声高呼道:“上帝的仁慈永远归于陛下。”

丑角听到这句话纵声大笑,吓得朝臣们毛骨悚然,国王的眉头皱得更紧了。

“王座的尊荣,”大臣说,“是以陛下的威严和全能上帝的恩宠为支柱的。”

丑角笑得更响了,国王怒声喝道:“不合时宜的寻欢作乐!”

“上帝赐给陛下多少恩宠,”丑角说,“他赐给我的就只有这一份笑的禀赋。”

“这份禀赋要断送你的性命。”国王右手握剑说。

但是丑角站起来纵声大笑,直到他不能再笑为止。

恐怖的阴影降落在宫廷上面,因为他们听见大笑的声音在上帝的沉默的深处回响。

## 33

他们狂野地把世世代代祈祷的时候为了迎接世界最美好的希望而编织成的毡毯撕得粉碎。

所有为了表示爱而准备的宝贵的物品,都化为一堆碎片,在被毁坏的祭坛上,没有一件东西能使疯狂的人们想起上帝确实曾经降临人间。在一阵激怒的烈焰里,他们仿佛把自己的未来同他们的青春佳节一起烧成灰烬。

天空里喊声嘶哑:"胜利归于暴徒!"孩子们形容枯槁而苍老,他们互相悄悄地说,时间总是在旋转而从不前进,我们让人家驱赶着向前奔跑,可是没有可以达到的目标,而创造又像盲人的摸索。

我对自己说:"停止你的歌唱吧。歌曲是为那行将到来的人而唱的,而不息的斗争是为了存在的事物。"

大路永远躺卧着,像一个把耳朵朝向地面倾听足音的人,今天探索不到任何来客的暗示,在大路的远处也看不见一所屋子。

我的琵琶说:"把我扔在尘土里践踏吧。"

我凝视路旁的尘土,在荆棘丛中有一朵纤小的花。于是我喊道:"世界的希望没有死去!"

天空俯身在地面上,向大地低语,空中充满了一种期待的静默。我看见棕榈树的叶子,在向那听不见的音乐的节奏拍手,月儿也在和湖水的闪烁的宁静交换眼色。

大路对我说:"什么都不用害怕!"而我的琵琶说:"请把你的歌儿借给我!"

# 三

## 1

来吧，春天，大地的热情奔放的爱人，你使那森林的心因为渴望倾诉而跳动！

你化作不安的阵风，吹到百花盛开，新叶摇舞的地方来吧！

你像光明的叛逆，冲过黑夜的监视，冲过湖水黝黑的喑哑，穿过地下的牢狱，向被束缚的种子宣布自由吧！

你像闪电的大笑，像暴风雨的呼啸，冲进喧嚣的城市之中；解放那僵滞了的语言和无知无觉的劳动，增援我们正在涣散的战斗而征服死亡！

## 2

我曾经在多少个芥菜花开的三月，凝视过这一幅画图——这一脉纡缓的流水，那边灰色的沙滩，还有沿河那一条把田野的友爱带向村庄心坎里去的崎岖的小径。

我曾想把这闲适的风声，和一只过往的小船的桨声谱入诗章。

我曾暗自惊异，这茫茫世界，它站立在我面前多么单纯；而当我此番与这位永恒的陌生人遭逢之际，它以何等挚爱和亲切的安适充满我的心田。

## 3

两个村庄隔河相望，一只渡船在它们之间的小河上往来划行。

小河不宽也不深——它不过是给那条日常生活的小径增加一些

小小的波澜的裂口而已，好比在一首歌词里的间歇，曲调通过这个间歇而欢乐地泄流。

财富的高楼大厦高高升起，又毁成废墟，而这两座村庄却隔着这条潺潺的溪流交谈，渡船在它们之间往来摆渡，过了一个世代又一个世代，从春耕到秋收。

5

在婴孩的世界里，树林对他摇动着绿叶，用那远在混沌初开之前的古老的语言低吟着诗歌，月儿，那夜空的孤独的孩子，装出和婴孩一样的年纪。

在老人的世界里，繁花为了那些编造出来的神仙故事而恭顺地涨红着脸，破碎的玩偶也供认自己是泥塑的东西。

7

伟大的土地，我常常感觉到我的身体渴望在你的上面流过，和那举起信旗以回答蓝天的问候的每一片绿叶分享快乐！

我觉得在我出生的多少世代以前，我仿佛就已经属于了你。这就是为什么在秋天的光辉在熟透了的禾穗上闪摇的日子里，我似乎忆起了一段我志在四方的往日，甚至还听见一阵阵好像是我的游伴的声音，从那遥远的，面纱重掩的往昔传来。

在黄昏的时候，羊群回到栏舍，草地的小径上扬起了尘土，月儿比村子里茅屋的炊烟升得还高，我仿佛为生存的第一个早晨所遭遇的惨痛的别离而感到悲伤。

9

晨曦像一绺沾着雨泥的刘海，垂挂在雨夜的额上，这时候乌云不再密集了。

一个小女孩凭窗而立，她沉静得像出现在停歇的雷雨门口的一道彩虹。

她是我的邻居，她降临人间就好像是某个神灵的叛逆的笑声。她的母亲生气的时候骂她本性难改；她的父亲却笑着说她是疯孩子。

她像一股跃过岩石逃跑的瀑布，像那最高的竹枝在不息的风中飒飒作响。

她站在窗口，望着窗外的天空。

她的妹妹走来说："妈妈在喊你呢。"她摇摇头。

她的小弟弟带了他玩耍的小船跑来，想拉她一同去玩；但她从弟弟手里挣脱了手。男孩缠着她，她在男孩的背上打了一下。

在大地创造万物之初，那第一个伟大的声音，是微风和流水的声音。

大自然的古老的呼唤——大自然对尚未降生的生命的无声的呼唤——已经传到这个孩子的心里，把她的心灵独个儿引到我们时代的樊篱之外；因此她站立在那儿，被永恒迷惑得如痴如醉！

## 10

鱼狗一动不动地坐在一只空船头上，一条水牛沉静而舒适地躺在河边的浅水里，它半睁半闭着眼睛，在饱尝那清凉的泥浆的美味。

母牛在岸上嚼食青草，村庄里野狗的吠声没有使它心惊，一群跳跃着捕捉飞蛾的沙立克鸟跟在它的后面。

我坐在罗望子树的丛林里，这里聚集着喑哑的生命的叫喊声——牛羊的低鸣声，麻雀的啁啾声，天空里纸鸢的呼啸声，蟋蟀的瞿瞿声和一条鱼儿在河里拨水的溅溅声。

我窥视这生命的原始的哺育所，在这里，大地母亲因为第一次生命的捉摸迫近她的胸脯而颤动。

## 11

在这沉睡的乡村里，中午寂静无声，恍如阳光灿照的午夜，我的假日已经过去了。

整整一个早晨，我的四岁的小女孩跟着我，从这间屋子走到那间屋子，严肃而沉默地望着我准备行装，到后来她厌倦了，就带着一种奇怪的静默坐在门旁，自言自语的咕噜："爸爸一定不能走！"

在吃饭的时候，一天一度的睡意袭上了她的身子，可是她的母亲已经把她忘记了，孩子伤心得连抱怨的话都不想说了。

最后，当我伸出手臂向她道别的时候，她一动都不动，只是悲哀地望着我说："爸爸，你一定不能走！"

她这句话逗得我笑出眼泪，使我想到这小小的孩子竟敢向这个为生计所驱使的巨大世界挑战，她不用别的，仅仅凭借这几个字："爸爸，你一定不能走！"

## 12

欢度你的假日吧，我的孩子；那儿有湛蓝的天空和空旷的田野，谷仓和古老的罗望子树下的破庙。

我必须从你的假日中取得我自己的假日，从你眼睛的跳跃中寻找光明，从你的喧哗的叫嚷声中寻求音乐。

秋天给你带来了真正的假日的自由，它为我带来的，却是工作的阻碍；因为，看，你冲进了我的房间。

是的，我的假日是一种喜爱扰乱我的无限的自由。

## 13

在黄昏的时候，我的幼小的女孩听到她的同伴在窗子下面唤她。

她手里掌着一盏灯，用她的面纱遮着，怯怯地走下漆黑的楼梯。

在三月的星夜，我正在平台上，突然听到一声哭喊，我连忙跑过去看。

她的灯儿已经在盘旋的楼梯上熄灭了。我问她："孩子，你为什么哭？"

她在下面苦恼地回答说："爸爸，我把自己丢失了！"

当我回到平台，在三月的星夜下，仰视天空，我仿佛看见有一个孩子在天空行走，她的面纱后面掩藏着一盏盏明灯。

假若这些灯光熄灭了，她也许会突然停下步子，而天际也许会传播着一声哭喊："爸爸，我把自己丢失了！"

## 14

黄昏迷乱地站立在街灯中间，它的黄金已经被都市的尘土玷污了。

一个浓妆艳抹的女人，在她的阳台上凭栏而立，像一团旺火在等待着飞蛾。

突然，街上的人们，在一个被车轮碾死的流浪孩子的周围，汇成了一个漩涡，在阳台上的女人，感受到坐在世界内心的宝龛里的伟大的白衣母亲的悲痛，她一声痛苦的尖叫，跌倒在地上。

## 15

我记得荒原上的那幕情景——一个女孩独自坐在吉卜赛帐篷前面的草地上，在午后的阴影下编结发辫。

她的小狗对着她那双忙碌的手又跳又叫，仿佛她干的是毫无意义的事儿。

任她怎样叱责它也没有用，她叫它"讨厌的东西"，又说她给它这样一个劲儿的傻气搅得厌倦了。

她伸出中指嗔怪地敲打它的鼻子，但是这样似乎反而逗得它更乐了。

她恐吓的板了一会儿脸，警告它灾难就要降临；可是随后她却放下自己的头发，一下子把它捉到怀里，大笑着，把它搂在胸前。

## 17

若是这个从集上归来的穷汉，能突然被人举升到一个遥远时代的峰巅，人们也许会停下他们的工作而向他欢呼，欣喜的向他奔去。

因为他们再不会把他贬降成为一个农夫，而会发现他充满了他那个时代的神秘和精神。

甚至连他的贫穷和苦痛也会化为伟大，不再受到现实生活的浅薄的羞辱，而在他的篮子里的那些卑贱的东西，也会赢得动人怜悯的尊严。

## 18

他一早出门，在一条被一排喜马拉雅杉树遮住的路上散步，道路盘绕着山岭，像坚定不移的爱情。

他手里握着他的新婚妻子从他们家乡寄来的第一封信，恳求他回到她那儿去，并且要他赶快回去。

在他散步的时候，一只阻隔在远方的手跟随着他，抚摸着他，天空也仿佛响彻着那封信的呼唤："亲爱的，我的亲爱的，我的天空已经盛满了眼泪了！"

他惊愕地问自己："我怎么值得她这样呢？"

太阳骤然出现在蔚蓝的山脊上，四个女郎高声嬉笑着，从山外的河岸跨着轻快的步伐走来，一条吠叫着的狗儿跟在她们的后面。

两个年纪稍长的女郎看到他那副木然的奇怪神气，忍不住要笑，为了掩藏她们的欢乐，便转过身去，而那两个年幼的女郎，却你推我拥的高声大笑，欢天喜地地跑开去了。

他停下脚步，垂下头来。继而他蓦地觉到手中的书信，便重新打开信来阅看。

## 19

把庙里的神像放上金辇，绕着圣城巡行的这一天来到了。

王后对国王说："走吧，咱们去参加节会。"

一家大小都朝香顶礼去了，只有一个人没有去。他是采集矛尖草给国王的宫殿做扫帚的人。

侍仆的总管怜悯地对他说："你可以跟我们一起去。"

他垂头回答说："这不行哪。"

这个人就住在国王的侍臣们必经的那条大路旁边。大臣骑着像来到这儿的时候，便向他喊道："来跟我们一起去看坐着金辇的神吧！"

"我不敢照着帝王的气派去寻找神明。"这个人说。

"你怎么能再有这样幸运的机会去看乘着金辇的神呢？"大臣问。

“等到神自己来到我门口的时候。”这个人回答说。

大臣哈哈大笑，说：“傻瓜！‘等到神来到你门口的时候！’可是一个国王却还得劳驾跑去看他呢！”

“除了神还有谁来访问穷人呢？”这个人说。

## 20

日子一天天地流驰，残冬已经过去，阳光下，我的狗在用它狂野的方式和娇爱的小鹿嬉戏着。

到市场去赶集的人们会聚在篱边，他们哗笑着观赏这两个游伴，在竭力用毫无共通之点的语言来表示爱情。

空气里春意荡漾，嫩绿的新叶像火焰般地跳动着。每当小鹿蹿跳起来，向自己的移动的影子弯下头去，或者竖起了耳朵倾听微风的低语时，它的乌黑的眼睛里有一道闪光在舞跃。

春的消息同漫游的微风和散播在四月天空中飒飒的林声与微光一起飘来。它咏叹世间的青春第一次的苦痛，当第一朵鲜花从苞蕾里绽放，爱情抛弃了它所熟悉的一切而去寻求它所不知道的东西的时候。

于是一天下午，在阿姆洛克树林里，林影受到光线偷偷地爱抚，变得庄穆而又优美的时候，小鹿撒腿飞奔，好像一颗热爱着死亡的陨星。

天黑了，屋子里灯火已经点亮；星星出现了，夜已降临在田野上，但小鹿始终没有回来。

我的狗呜咽着向我跑来，它那对可怜的眼睛含着疑问，似乎在向我诉说：“我不懂得！”

可是有谁懂得呢？

# 21

我们的巷子是弯弯曲曲的，仿佛多少世代以前，在她开始探索目的地的时候，她曾经左右彷徨，此后就永远停留在迷乱之中。

在天空里，在她那些建筑物的中间，像缎带似的悬挂着一道从空间撕下来的狭带：她唤它蓝城的妹妹。

她只有在中午短短的时刻见到阳光，因此她聪明的向自己提出疑问："是真的吗？"

六月的雨，有时好像用铅笔的涂线掩去了她那一道日光。小路变得泥泞溜滑，雨伞互相碰撞。头顶上喷水口里突然喷射出一股股水，溅泼在她的惊骇的路面上。在惊慌失措之中，她把这当作是造物的一个无礼的狡计。

春风在她的曲折盘旋之中迷失了道路，像一个喝醉了酒的流浪汉，在墙角和犄角上跌跌撞撞，把尘土飞扬的天空撒满了碎纸和破布。"这有多么愚蠢呀！难道神灵都发了疯了吗？"她在愤怒之中高呼。

但是每天从两边房子里倾倒出来的垃圾——混合着灰烬的鱼鳞，剥下来的菜皮，烂水果和死老鼠——却从来没有引起她提出疑问："为什么会有这些东西？"

她接受每一块铺在她路面上的石子。但有时候一根草会从石缝里伸出头来向上偷看。这使她勃然大怒。在一致的行动之下，岂能容许这种侵扰？

一天早晨，在秋天的光辉抚触之下，她的那些房子从噩梦中醒来，变得十分美丽，她对自己低低地说："在这些建筑物后面有一种无限的奇迹。"

但是时间一小时一小时地过去；屋子里的人都活动起来了；少女从市场上悠闲自在地走回家来，她摆动着右臂，左臂把一篮食物挽在身边；厨房里飘出的气味和炊烟，使空气变得重浊起来。这样使我们的巷子再一次明白，真实和正常的一切正是由她自己、她的房屋以及它们的垃圾组成的。

## 22

这所房子，在它的富贵盛年已经逝去以后，仍旧流连地站在路畔，好像一个背上披着一块千补百衲的破布的疯子。

岁月日复一日地用凶恶的爪子把它抓得伤痕斑斑，淫雨的季节也在它的赤裸裸的砖石上留下了它们的古怪的签名。

在楼上的一间废弃的房间里，两扇对合的房门有一扇已经从生锈的铰链上掉了下来；于是那另一扇孤独无偶的门，在一阵阵的疾风中，从早到晚的砰砰作响。

一天晚上，从这所房子传出了女人们号啕痛哭的声音。她们悲悼家里最后一个儿子的夭逝，他是在流动剧团里扮演女角来谋生的一个十八岁的孩子。

过了没有几天，这所房子静下来了，所有的门户都锁起来了。

只有楼上那间房间的向北的一面，那扇孤独的房门既不愿意掉下来休息，也不愿意关闭起来，而像一个折磨自己的幽灵，在风中前后摇摆。

过了一些日子，这所房子又一次震响着孩子们的声音。在阳台的栏杆上，女人的衣服晾在阳光里，一只鸟儿在一只覆盖着的笼子里鸣叫，一个孩子在平台上放着风筝。

一个房客到这儿来租了几间屋子。他收入很少，却有许多孩子。那位劳累的母亲殴打他们，他们便在地板上打着滚儿哭叫。

一个四十岁的女佣，一天到晚辛辛苦苦地干着活儿，同她的女主人吵嘴，威胁着说她要辞去，可是从来也没有辞过。

每天做一些微小的修葺。纸贴上了没有玻璃的窗棂，栅栏的缺口用竹片修补了起来；一只空箱子把没有门闩的房门顶住了；陈旧的污渍从新近粉刷的墙壁上隐约的显露出来。

富贵的尊荣原已在惨淡荒芜之中找到了合适的纪念；但是他们因为缺乏足够的财力，便用暧昧的办法来掩盖这种惨淡荒芜的景象，于是使它的尊严受到了侮辱。

他们忽略了朝北的那间废弃的房间。它那扇孤独的房门依旧在风中砰砰作响，仿佛失望之神在捶打着她自己的胸脯。

## 23

在森林的深处，苦行的修士紧闭着眼睛在苦苦的修炼；他想修成正果，进入乐园。

但是拾柴的姑娘在衣裙里给他带来了果子，又用树叶做成的杯子从溪流里为他取来了清水。

日子一天天地过去，他的修行变得愈加艰苦了，到后来他绝口不尝果子，也不喝一滴清水。拾柴的姑娘感到非常悲伤。

乐园里的上帝，听说有一个人居然胆敢希冀成为神灵。他曾经一次又一次地同他的劲敌泰坦们战斗，并拒之于他的王国之外；然而他惧怕一个具有忍受苦难的力量的人。

但是他懂得凡夫俗子的癖好，于是他计划用诱惑来引诱这个凡人放弃他的冒险行动。

从乐园吹来一口气，吻着那个拾柴姑娘的肢体，她的青春由于一阵突然迸发的美丽的快乐而感到痛苦，她的思想也仿佛像蜂巢受到袭击的蜜蜂在嘤嘤的作响。

苦修士要离开森林，到山洞里去完成他的严格的苦行的时候来到了。

当他睁开了眼睛准备启程的时候，那个姑娘出现在他眼前，好似一首熟悉而已被遗忘的诗歌，因为新添了一种曲调而变得陌生了。苦修士从他的座上站起来，告诉她这是他离开森林的时候了。

“但你为什么要夺去我给你效劳的机会呢?”她眼眶里噙着泪珠问道。

他重新坐下来，沉思了好久，便在原处留了下来。

那天晚上，姑娘心里悔恨，一夜没有成眠。她开始害怕自己的力量，憎恨自己的胜利，但是她的内心却在狂喜的波浪之上颠簸摇荡。

到了早晨，她走到苦修士的面前，向他施礼，请他为她祝福：说她必须离开他。

他默默地望着她的脸，接着，他说：“去吧，祝你如愿。”

多少年，他独自兀坐，最后他的苦修功德圆满了。

众神之王从天上降临，告诉他已经赢得了乐园。

“我不再需要乐园了，”他说。

上帝问他希望得到的更大的报酬是什么。

“我要那个拾柴的姑娘。”

## 24

他们说织布工人喀毗尔是上帝所宠爱的人，因此大家围着他，求他施舍灵药和显现神迹。但是他感到非常苦恼；在这以前，他的微贱的出身，已经赋予他一种极其可贵的默默无闻，他歌唱，并且和上帝接近，使这种默默无闻的生活变得非常甜蜜。他祈求他能保持这种默默无闻的生活。

教士们妒忌这个鄙夫的声名，于是他们勾结了一个娼妓去污辱他。喀毗尔到市场上去出卖他织成的布匹；那个女人抓住了他的手，骂他无情无义,并且跟到他的家里,说她不愿被他遗弃,这时喀毗尔对自己说:“上帝在用他自己的方式来回答祈求。”

不久,这个女人感到一阵恐惧的战栗,她跪下来哭喊说:“求求你,把我从罪恶里救出来吧!”他回答说:“把你的生命敞开,向着上帝的光明!”

喀毗尔在纺机上一边织布一边歌唱,他的歌声洗去了那个女人心里的污点,而作为报答的是,他在她的甜蜜的声音中找到了慰藉。

一天,国王凭着一时的任性,宣召喀毗尔进宫,命他在自己的面前唱歌。这个织布工人摇摇头不愿意去,但是使者一定要完成了主人的使命以后,才敢离开他的门口。

国王和他的臣子看见喀毗尔走进殿来都大惊失色。因为他不只是一个人,他的后面跟随着那个女人。有人在微笑,也有人在皱眉,而国王看到这个乞丐的傲慢无耻的神气,脸色变得阴沉了。

喀毗尔屈辱的回到家里,女人倒在他的脚边哭道:“为什么要为我忍受这样的羞辱,主人?让我回到丑恶的名声中去受罪吧!”

喀毗尔说:“上帝带着屈辱的烙印来临,我不敢把他赶走。”

## 26

这个人没有任何正经的事儿,他只有各种各样不同的幻想。

因此在他的一生虚度于微不足道的琐事之后,发现自己已置身于乐园之中,便觉得奇怪起来。

现在导引的人把他领错了一个乐园,领到一个只是给善良而忙碌的人们居住的乐园里来了。

在这个乐园里,我们这个人在路上逍遥逛荡,无所事事,只是阻碍了事务的奔忙。

他闪避到路畔，人家警告他践踏了播下的种子。人家一挤，他就惊跳起来；人家一推，他就继续向前走。

一个非常忙碌的女郎来到井上汲水。她的脚在路上奔跑，好像敏捷的手指在竖琴的弦上划动。她匆匆的把头发随便挽了一个结，她额上的蓬松的鬈发钻进了她乌黑的眼睛。

这个人对她说："你愿意把你的水壶借给我吗？"

"我的水壶？"她问，"要汲水吗？"

"不，给它画一些花纹上去。"

"我可没有空给你闹着玩儿。"女郎轻蔑地拒绝说。

现在一个忙碌的人，没有空闲来反对一个闲散透顶的人。

每天她在井边碰见他，而他也每天重复同样的要求，最后她让步了。

我们这个人用稀奇古怪的颜色和许多神秘而错综的线条，在水壶上画上花纹。

女郎接过水壶，在手里转弄着，问道："这是什么意思？"

"没有什么意思。"

女郎把水壶带回家去了。她提起这把水壶，把它放到各种明暗不同的光线下面，竭力想找出其中的奥妙。

在夜里，她下床来点了一盏灯，站在各种不同的方向盯着那把水壶。

这是她第一次遇见一件没有意义的东西。

第二天，这个人还是站在井边。

女郎问他："你要什么？"

"我还要为你做一件事情。"

"什么事儿？"她问。

"请容许我编一根彩色的丝带来给你绾发。"

"有什么必要吗?"

"没有任何必要。"他承认说。

丝带编好了,从此以后,她在头发上费去了许多时间。

那个乐园里按部就班、充分利用的时间,开始显出不规则的裂痕来了。

长老们感到苦恼;他们召开了会议。

那个导引的人承认自己闯下了大祸,他说他把这个人带错了地方。

这个误入乐园的人被传唤来了。他的头巾色彩鲜艳,像火焰般的炫目,一望可知这祸闯得有多么大。

长老的首领说:"你必须回到人间去。"

这个人宽慰地吐了一口气说:"我已经准备好了。"

那个用丝带束发的女郎接口说:"我也准备好了!"

这是长老的首领第一次遇见没有意义的场面。

## 27

据说在森林里,靠近河流和湖泊汇合的地方,有一种仙女乔装改扮的住在那儿,她们要等自己飞去以后,才让人们识破真相。

一个王子走进这座森林,当他走近河流和湖泊汇合的地方,他看见河岸上坐着一个乡下姑娘,她在拨弄流水,教百合在水上舞蹈。

王子低声地问她:"告诉我,你是什么仙女?"

这个姑娘给他问得笑了出来,山坡上震响着她的欢悦。

王子心想她是爱笑的瀑布仙女。

消息传到国王的耳朵里,说王子娶了一位仙女,他便派遣了人马,把他们带到他的王宫里。

王后看见了这个新娘，厌恶的转过脸去，王子的妹妹窘得脸红，侍女们也在问，难道仙女就是这样打扮的吗？

王子低声地说："嘘！我的仙女是改扮了到咱们家里来的。"

一年一度的节会来到了，王后对她的儿子说："告诉你的新娘，咱们的亲戚要来看看仙女，教她不要在亲戚面前丢咱们的脸。"

于是王子对他的新娘说："看在我对你的爱情的分上，在我们的亲戚面前显一显你的真相吧。"

她默默地坐了好久，继而点头允诺，这时候泪珠滚下了她的面颊。

圆月皎洁，王子穿着一身婚服，走进他的新娘的房间。

房间里阒无人影，只有从窗口射进来的一道月光，斜照在床上。

王亲国戚随着国王和王后拥进新房，王子的妹妹站在门旁。

大家问道："仙女新娘在哪儿？"

王子回答说："为了让你们认识她的真相，她已经永远消逝了。"

## 29

当山溪像一把光芒闪烁的弯刀，被黄昏插入了暮色的刀鞘，一群鸟雀突然在头上飞过，它们挥动着高声大笑的翅膀向前冲飞，宛如穿行在群星之中的一支利箭。

此情此景在凝然不动的万物心中，惊起了一种对速度的激情；群山似乎在它们的胸中感到暴风雨的阴云的苦痛，而树林则渴望挣脱它们生根的枷锁。

这些鸟雀的冲飞，为我撕碎了静寂的面幕，在深邃的沉静之中，泄露出巨大的颤动。

我看见这些山峦和森林，越过时间飞向未知的境域，黑暗在繁星飞过的时候，颤成了火花。

我觉得在我自己的身体里，有越过海洋的鸟儿振翅疾飞的那种力量，在生与死的界线之外划出了一条道路，而在这时候，漂泊的世界以众口纷纭的声音喊着："不是这里，在别的地方，在迢迢的远方的心里。"

## 30

人们惊奇的倾听着青年歌手迦希的歌唱，他的歌声宛如竞技会上的一把利剑，在千绪万端的纷杂纠结之中翻滚飞舞，把它们劈成碎片而欢呼。

老钵罗多钵王厌烦地忍耐着，坐在听众中间。因为他自己的一生曾受巴拉嘎尔的歌声的围绕和哺育，好像一脉流水蜿蜒多姿的缀饰着的一片乐土。他那些阴雨的黄昏和秋日静谧的时分，曾透过巴拉嘎尔的歌声向他的心田倾诉，他的狂欢宴饮之夜也曾应和着那些歌曲，剪剔灯花，敲起玎珰的银铃。

当迦希停下来休息的时候，钵罗多钵微笑着向巴拉嘎尔挤眼，低低地对他说："大师，现在让我们听点儿音乐，可不是这种模仿蹦蹦跳跳的小猫，捕捉瘫痪的老鼠的新兴的曲子。"

这位缠着洁白的头巾的老歌手，向到会的人们深深地鞠了一个躬，坐上了座位。他的瘦骨嶙峋的手指弹起了乐器，他闭着眼睛，在胆怯的迟疑中，开始歌唱。厅堂很大，但是他的歌声软弱无力，钵罗多钵炫耀的高声喊着"好啊！"但是他在巴拉嘎尔的耳边低声说："朋友，大声一点儿！"

听众烦躁起来了，有的在打哈欠，有的在打瞌睡，有的在抱怨天热。厅堂里嗡嗡地响着一片不专心倾听的嘈杂声，而歌声好像一只脆弱的小船，在这上面徒然的颠簸摇荡，终于沉没在这片喧哗嘈杂之中。

突然，这位老人心里受了打击，忘记了一段歌词，他的声音痛苦地摸索着，仿佛一个瞎子在集市中摸索他失散的引路人。他想用任何临时出现的调子来填补这个裂口，但是裂口仍旧张着嘴巴：痛苦的旋律拒绝为需要服务，而突然改变了音调，化作一声低泣。这位大师把头伏在乐器上，从内心迸发出婴儿在降生人间时的第一声哭叫，代替了他所忘记的音乐。

钵罗多钵轻轻地拍了拍他的肩膀，接着说："走吧，我们的聚会不在这里，我的朋友，我知道，没有爱的真理是孤独的，而美既非人人所共赏，也不存在于片刻之间。"

## 31

喜马拉雅，你在世界的少年时代，从大地的开裂的胸中跳出来，就把你燃烧着的挑衅山连山地掷给了太阳。

继而成熟的时代来临，你对自己说："够了，不要再向远处伸展了！"你那颗渴慕云霞自由的火热的心，发现了自己的限度，便凝然屹立，向无限致敬。

你的激情经过这番抑制以后，美丽就自由的在你的胸脯上游戏，信任怀着繁花和飞鸟的喜悦围拥在你的四周。

你孤零零地独自坐着，像一个博览群书的学者，在你的膝上放着一本翻开的用数不尽的石头篇页编成的古书。

我想知道,这里面写的是什么故事?——是神圣的苦修士湿婆和爱神婆伐尼的永恒的婚礼?——是恐惧向脆弱的力量求婚的戏文?

## 33

我的眼睛感觉到这天空的深邃的宁静,它在我的周身激起了一种如同树木在举起它那杯子般的绿叶来斟满阳光时的感觉。

我的心中升起一缕情思,如同绿草在太阳下散发出来的温馨的气息;它混合着流水拍岸的呜咽声和乡村小巷里的倦风的叹息,——我想起我曾与这世界的全部生命共同生活,并且赋予它我自己的爱恋和悲愁。

## 37

请赐我以爱的崇高的勇气,这就是我的祈求——那种敢于言谈,敢于行动,敢于听从你的意志而忍受苦难,敢于摒弃万物或为万物所摒弃的勇气。在奔赴危险的使命中,请予我以坚强,以苦痛来荣耀我,并助我攀登那每日为你而贡献的艰难的心怀。

请赐我以爱的崇高的信赖,这就是我的祈求——那种在死亡之中的生命所有的信赖,在失败之中的胜利,在最脆弱的美丽之中的威力,以及在忍受屈辱而不屑眦睚相报的苦痛之中的尊严所有的信赖。

汤永宽　译

# 随想集

## 脚走出来的路

### 1

这是脚走出来的一条路。

它从树林里出来，奔向田野，从田野通向河岸，来到渡口附近的榕树下。然后它从河对岸断裂的台阶拐向村里；尔后经过亚麻地，穿过芒果园中的树荫，绕过荷花池畔，沿着大车道的边缘，不知通向哪个村落。

在这条路上，曾经走过多少人哪！有的人越过我，有的人和我并肩而行，有的人只从远处现出了身影；有的人披着面纱，有的人则容颜袒露；有的人前去汲水，有的人则提着水罐返回村舍。

### 2

现在白昼已经逝去，黑夜降落。

有一天，我曾经觉得，这条路是属于我的，完全属于我的；可是，现在我才发现，我带来了只能沿着这条路走一次的命令，此外，再也没有什么。

越过柠檬树对面的那个池塘，经过有十二座庙宇的河边台阶，经过河滩、粮仓、牛舍——不能再回到那有着熟悉的目光、话语、相貌的住所!“原来是这样啊!”这是一条前进的路,而不是一条后退的路。

今天,在这朦胧的黄昏中,我再次回首返顾,我发现这条路就是一本被遗忘的歌集,歌词就是人们的足迹,而歌调就是那晨歌的乐曲。

有多少人在这条路上走过呀! 这条路,在它自己那唯一的尘土画面上,简要地描绘出他们生活中的所有往事;这一幅画面,从太阳升起的方向通向太阳降落的地方,从一扇金灿灿的大门通向另一扇金灿灿的大门。

3

“噢,脚走出的路哇! 请不要把那长久以来发生的许多往事积埋在你的尘埃里。现在我把耳朵贴在你的尘土上,请你对我悄悄述说!”

路,用食指指向那漆黑的夜幕,沉默不语。

“噢,脚走出来的路哇! 这么多行人的这么多忧思,这么多希望,都在哪里?”

无声的路,还是沉默不语。它只是从日出到日落默然地暗示。

“噢,脚走出来的路哇! 那天落在你胸脯上面的落花般的足迹,今天为何无处寻觅?”

路,难道晓得自己的终点吗? 凋谢的花和无声的歌,已在那里飘落,星光照耀下的永不熄灭的苦难灯节,也在那里庆贺。

## 阴郁的一天

白日一整天都在劳作,四周到处都有人忙碌。白天我觉得,由于这一天的劳作和这一天的交涉,这一天的一切工作在日终时刻都业已全部完结。我没有余暇来思索:是否还有话语残留在心窝。

今天早晨,云烟漫漫,天际墨黑。今天,全天的劳作又堆积在我的面前,人们又云集在周围。然而,我今天却觉得,郁结在心头的一切,是无法拖出来加以消灭了。

人,可以横渡大海,飞越高山,凿穿地下宫殿而偷出珍宝,但是一个人的内心话,却无论如何也不能将另一个人毁灭。

今天,在这阴郁的早晨,我那被俘的话语,正在心里展翅击搏。隐藏在心里的人问道:“我那一位永恒的人在哪里?莫非是他把我心里的斯拉万月阴云一扫而光,把一切雨露摄握?!”

今天,在这阴郁的早晨,我听到,那内心话只是把紧闭的门闩弄拨。我在想:“我该怎么办呢?我的话语是应谁的召唤,越过劳作的栅栏、手持乐曲的火炬急急地去幽会世界?我那一切散乱的痛苦,是在谁的眼神暗示下,立刻汇成了一种欢乐,变成了一种灼灼闪烁的火光?我只能给予用这种曲调来祈求我的人以一切。而我那毁灭一切的苦行者,又伫立在街道上的哪一个角落?”

我内心的痛苦,今天披上了赭色的袈裟。它渴望走向外边的路,走向远离一切劳作之外的路;这条路犹如独弦琴的弦一样,在那隐藏在心灵里的人物的步履弹奏下,嗡嗡地鸣响着。

# 云　使

## 1

相会的第一天竹笛奏了什么曲?

她吹奏道:“我那位远方的人,来到了我的身边。”

竹笛还唱述道:“要说保留,我在保留着无法保留的东西;要说获得,我可以获得被抛弃的一切。”

那么,后来竹笛为什么在白天不吹奏乐曲了?

因为有一半含义被我忘却。我只记得她在我的身边,可是没有想到她远在千里之外。爱情的一半是相会,这我见过,但爱情的另一半却是分离,这却是我没有见过的。再也看不到那遥远的永不满足的幽会;近在咫尺的屏障已经树起。

两个人之间,横亘着无限的天宇;在那里一片寂寞,在那里没有话语。只有用笛声去填补那巨大的寂寞。如果没有辽阔天宇的罅隙,竹笛就不会奏起乐曲。

横在我们之间的那块天宇跨入了黑暗,在那里充满每天的劳作、话语,充满每天的恐惧、贫穷、忧虑。

2

一个月夜,和风习习;我坐在床上,毫无睡意,心里感到痛苦悲戚;我记起来了,近在身边的那个人,已被我丢失。

这种分离如何结束呢? 这可是她与我的永恒的分离。

日暮,我下班回到家里,谁和我叙谈呢? 她只不过是人世间千百万人中的一个;可以了解她,可以认识她,可是她已经耗尽自己。

然而,我那位没有耗尽自己的人,我那位唯一的亲人在哪里呢? 我到哪个无边的希望之岸再重新找到她呢?

我再一次重新同她交谈是在什么时候,是在哪一个充满浓重的茉莉花香的悠闲的黄昏呢?

3

这时节,新雨出现在东方大地,宛如肥大的青色长袍在漂移。于是我想起了诗人吴久伊尼的话语。我仿佛觉得那是在向我的爱人派遣云使。

就让我的歌声飞翔吧! 让它飞越那近在咫尺而又远在天涯的难以逾越的异国去吧!

然而,这样一来,我的歌声就必须逆着时间而行,就让它追溯到我们第一次相会的那一天吧！那一天充满了悲怆的笛声；那一天宇宙的潇潇细雨与永恒春天的一切芬芳气息、一切哀痛哭泣都交织在一起了；那一天凯多基花丛发出了深切的叹息，纱尔花的枝叶表现了激昂的自我献身精神。

在无人的湖畔，在椰子树的密林里，雨声淅沥；请雨后把我的话语送到我爱的人的耳朵里。她大概正在那里束起发髻，将纱丽缠在腰间，忙着做家务呢。

4

辽阔无垠的天宇，今天来到林木葱绿的大地床头，躬身俯首，并且悄悄耳语道："我是属于你的。"

大地道："这怎么可能？你如此辽阔无边，我却如此渺小。"

天宇说："我已经在四周为我的行云划定了疆界。"

大地说："你有那么多的光明财富，可我却一无所有哇。"

天宇回答道："今天我的日月星辰全被我遗弃，今天你是我唯一的亲人。"

大地说："我那颗饱含着泪水的心灵在随风颤抖，而你却安然不动。"

天宇说："难道你没有看见，我今天也泪如泉涌。我的心胸今天也像你那颗晦暗的心一样，罩上了一层晦暗的阴影。"

他说着就用那充满泪水的歌声填平了天宇和大地之间的永恒的距离。

5

就让这新雨带着天宇和大地婚礼的祝词降落在我们的离别上吧。让深藏在我爱人心中那些无法表达的话语，像突然弹响的琴弦一样，发泄出来吧！就让她那宛如远处林缘般颜色的碧绿的纱丽披在她的头上吧。让所有云雨的音符在她那双炯炯的目光中鸣响吧。愿那个编到她发辫上的贝库尔花环更加绚丽！

竹林里的幽暗伴着蝉鸣渐渐浓重，冷风吹拂的灯光颤抖着熄灭了，这时候她离开她所眷恋的世界，在我那颗孤独之心清醒的夜晚，沿着那弥漫着湿润芳草气息的林间小路走了。

## 话　语

### 1

天上的乌云，变成了一颗颗雨滴，降临大地，可谓是向大地投诚哩。女人们就像雨滴一样，不知从何方来到世界上，成为尘世的阻力。

对她们来说，天地太小了，男人也太少了。她们只能把自己的言论、痛苦、忧虑等一切统统限制在狭小的天地里。所以，她们头上蒙着面纱，手上戴着镯子，院子的四周筑起墙壁。女人们是有限天地里的因陀拉妮。

然而，不知哪位神仙开了个玩笑，于是这个小姑娘便带着无穷的不安，降生在我们的邻里。妈妈气呼呼地叫她“魔鬼”，爸爸笑着叫她“疯子”。

她犹如一泓清泉，穿越权势的礁石，奔流而去。她的那颗心，宛如竹林顶端的枝叶，只是在瑟瑟地颤抖呢。

### 2

今天我看见，这个倔强的女孩依着凉台上的栏杆，在那里默默伫立。说她像雨后的彩虹，那是很贴切的。她那双黑黑的大眼睛，今天却显得呆痴，好像雨天被淋湿翅膀的小鸟，立在豆马尔树枝上。

我从来没见过她这样呆木。我觉得,她仿佛是一条奔腾的小溪,突然流到一个地方,变成了一泓静谧的水池。

3

几天前,炎热的统治十分凶猛;大地的容颜暗淡、凄惨;树叶枯萎、变黄,丧失了生的希望。

这时候,几朵闲散疯癫的乌云,突然在天边扎下营盘。

一缕血红的落日余晖,宛如一把宝剑,从剑鞘里直射出来。

夜半更深,我看到门扉在猛烈地抖动。暴风雨揪住全城的束发,把它从梦中唤醒。

我起来一看,小巷里的灯光在密雨中显得十分昏暗,就像是醉汉的眼睛。透过潇潇的细雨,庙里的钟声在空中回荡。

早晨,雨丝更密;太阳还没有升起。

4

我们邻居的那个女孩,冒着这样的风雨,扶着凉台上的栏杆,默默伫立。

她的妹妹来到她面前,说:“妈妈在叫你。”她只是使劲地摇了摇头,发辫也随着摆动起来;她的弟弟拿着纸船,来拉她的手。她却把手抽了回去。弟弟开始拉她去玩耍,可她却打了弟弟一下。

5

雨仍在下。暮色更浓。小女孩仍然呆木地立在那里。

在远古时代创造出来的口,是用雨的言词与风的音调讲出第一句话的。亿万年过去了,那被忘记的昔日话语,今天又用雨声来呼唤这个女孩呢。那呼声唤语,越过一切樊篱,在外面徐徐消逝。

有过多少伟大的时代,有过多少伟大的人世!又有多少生灵在世界的多少个时代中欢快地繁衍生息!何等久远,何等辽阔!透过云影和雨声,在这个不驯服的小姑娘的脸上,我们看到了这一切。

她合上那双大眼睛,静静地立着,宛如无限时代的楷模。

## 竹　笛

竹笛的话语,是永恒的话语;它是源于湿婆束发的恒河流水,每天都流经大地的胸田;它宛如仙界之子,在和死者灰烬的戏耍中从天而落。

我立在路旁,倾听着笛声;我不能理解当时我怀着一种什么样的心情。我本想把这种痛苦融会在那熟悉的苦乐之中,但它们都未能融会。我发现,它比那熟悉的微笑还清晰,比熟悉的眼泪还深沉。

我还发现,熟悉的东西并不是真理,而真理则是不熟悉的东西。这种奇怪的感受是怎么产生的呢?这用言语是无法回答的。

今天早晨,我一起来就听见那娶亲的人家吹响了竹笛。

平时,每天的笛声和这婚礼第一天的笛声有何相似之处呢?隐蔽的不满,深沉的失望;藐视、傲慢、疲惫;缺乏起码的信心,丑恶的无谓争吵,无法饶恕的冲撞,生活中习以为常的贫穷——所有这一切,又怎么能用竹笛的仙语表达出来呢?

歌声从人世之巅,将所有熟悉的语言帷幕突然撕破。永恒的新郎和新娘,蒙着殷红而羞涩的头巾来相会,而这头巾正是在这笛声中被徐徐地揭去。

那边,竹笛奏起了交换花环的乐曲;这边,我望了一眼这位新娘。她颈上挂着金项链,脚腕上戴着两只脚镯,她仿佛伫立在泪湖之中一朵欢乐的莲花之上。

笛声赞美她成为新家的一员,然而对她却还不了解。姑娘从那熟悉的家园来到这里,做了这陌生人家的媳妇。

竹笛说,这才是真理。

## 黄昏和黎明

这里，黄昏已经降临。太阳神哟，你那黎明现在沉落在哪个国度、哪个海滨？

这里，晚香玉在黑暗中微微颤动，宛如披着面纱的新娘，羞涩地立在新房之门；清晨之花——金香木，又在哪里争芳斗妍？

有人醒来了。黄昏点燃的灯火已经熄灭，夜里编好的白玫瑰花环也已凋落。

这里，家家的柴扉紧闭；那里，户户的窗子洞开。这里，船靠岸，渔民入睡；那里，和风扬起了篷帆。

人们离开客店，面向东方走去；晨光映在他们的脸上，他们的渡河之资至今还没有偿还。一双双黑黑的眼睛，透过路旁的一扇扇窗子，含着怜悯的渴望，正在凝视着他们的背影。大路在他们面前打开了朱红的请帖："为你们一切都准备就绪。"随着他们心潮的节奏，胜利之鼓已经擂响。

这里，所有的人都乘坐这日暮之舟向黄昏的晚霞中渡去。

在客店的院子里，他们铺下破衣烂衫，倒下来栖身；有的孤独一人，有人还带着疲惫的伴侣；在黑暗中，无法看清前面的路上是什么，现在他们只是悄声细语地谈论着所经过的路上发生的事；交谈的话语中断了，继而一片沉寂；然后，他们从院子里抬头仰望，北斗七星正悬挂在天宇。

太阳神哟，这个黄昏立在你的左侧，而那个黎明却在你的右边伸展腰肢。请你让它们联合起来吧！就让这黄昏的阴影和朝霞的光辉互相拥抱和亲吻吧！让这黄昏之曲为那黎明之歌祝福吧！

# 小　巷

我们这条用石头铺成的小巷，弯弯曲曲，一会儿向右，一会儿向左，仿佛有一天出来寻觅什么东西。但是，不论它拐向什么方向，它总会遇到一些障碍。这边楼房林立，那边楼户高矗，前面楼房鳞次栉比。

只要你抬头仰望，你就会看见，上边是一条天宇的宽带——它和小巷一样狭窄，它同小巷一样曲折。

小巷询问这狭窄的天带："请问姐姐，你是哪座蓝城里的小街？"

中午，它在短暂的时间里看见了太阳，于是它就默默地对自己讲："我一点儿都不明白，这是什么地方。"

两排楼房之间上空的雨云，渐渐变得浓重，就好像有人用铅笔涂掉了这条小巷中的一块光明。雨水在它的石路面上涓涓流淌，雨滴发出击鼓般的声响。宛如要蛇时节一样。路很滑，行人的伞时而互相碰擦；一股水流，突然从屋檐上跳到行人的伞上，致使他们十分惊讶。

小巷感叹道："要是干旱该多好哇！为什么要无缘无故地不断下雨呢？"

在帕尔衮月，南风就像一位不幸的人，突然间闯进小巷；顿时纸屑飘舞，尘土飞扬。小巷气馁地说："这一定是哪位疯癫的仙人醉得发狂！"

这条小巷的两侧，每天都堆积着各种垃圾——鱼鳞、炉灰、菜叶、死老鼠。小巷知道，这一切都是现实。即使健忘，它也从来不会这样想："这一切都是为了什么？"

然而，当秋阳映在屋顶的晒台上，当祭祀的钟声当当敲响，小巷心里立刻感到："在这条石头砌成的道路之外，也许还存在某种伟大之光！"

这里，时间在流逝；阳光宛如忙碌的主妇的一角纱丽，从楼房的肩上滑落到小巷的边缘;时钟正打九点;女仆挟着篮子从市场上回来了;厨房里的炊烟和香气,充满了小巷;那里,人们在匆匆地赶路。

小巷当时又在想:“这条石头砌成的道路上,一切都是真理。而我认为伟大的东西,只不过是一种幻想。”

## 一瞬目光

在上车的时候,她转过脸来,向我投来了她那最后一次的目光。

在这个巨大的人世间,我能把这目光藏在什么地方?

我到哪里去找这样一个地方——那里的分分秒秒永远不再飞逝。

彩云中的所有金辉,都融会在晚霞里,难道说她投来的这一目光就不会同晚霞融合?既然纳格凯绍尔花中的金粉可以被雨水冲落,那么这雨水为什么不能把这目光冲走呢?

既然这目光在人世间的无数事物中传播,那它为什么还停留在无数的废话和无数的痛苦之中呢?

她这一瞬间的礼物,穿越生活中的一切,来到我的身边。我要把它编入歌词,谱进乐曲;我要把它保存在美的天国里。

国王的权柄,富人的钱财,在人世间都是属于死人的。然而,在泪水中难道就没有可以使那一瞬间的目光成为万古长存的东西?

歌声唱道:“好吧,请给我吧!我没有去抚摸国王的权柄,也不要富人的钱财;但是那些微小的东西却成了我永恒的财宝;我要用它们来编织无限无尽的项链。”

## 一　天

我还记得那一天的中午,绵绵雨丝显得很疲惫,一阵强风吹来,它就更加狂怒。

室内阴暗,我无心工作。于是我操起琴,伴雨而歌。

她从隔壁房间里出来，默默地走到门前。然后她又折回去。她又一次来到外边，在那里伫立着。尔后又慢慢地走回屋里，坐下来。她手里拿着针线活儿，凝望着窗外那些隐约可见的树木。

雨停了，我的歌声也已沉默。她站起身来，梳理着自己的头发。

除此之外，再也没有什么。只有那一天的中午，将雨声、歌声、昏暗和闲散融为一体。

历史上的国王、皇帝和战争、起义，很容易被忘记。但是，那天中午的一小块时光，犹如难得的宝石一样，深藏在时间的宝盒里。对此，只有我们两人知悉。

## 忘恩的悲痛

早晨她告辞而去。

我的心灵向我解释道:“一切都是空虚。”

我生气地说:“我桌子上的针线盒，凉台上的花盆，床上那把署名的扇子——这一切难道不都是实实在在的么?”

心灵说:“那么，你想想看——”

“你住嘴吧!”我说，“你没看到那本故事书吗? 那书中还夹着发簪，她还没有把书读完。假如那也是虚幻，还有什么是真实?”

心灵于是沉默不语。一位朋友来了，对我讲:“凡是美好的东西都是实在的，而美好的东西永远不会消逝;整个宇宙永远保护着美好的东西，就好像把珍珠串在项链里。”

我愤然质问道:“你是怎么知道的? 难道人的身体不是美好的吗? 可是她那个身躯又在哪里?”

小孩子生气时会扑打自己的母亲，我就如同小孩子一样，开始击打着这世界上所有的樊篱。我说:“世界是背信弃义的。”

突然我大吃一惊。我仿佛感到有人在说:“真是忘恩负义!”

我凝望窗外，透过柽柳的枝杈，一轮新月正冉冉升起，好似那位离人的微笑在与我捉迷藏呢。从那散布星斗的黑暗夜空，仿佛传来了责备的话语:“我给予你的那种东西难道是空的?莫非要等到帷幕落下,你才如此地坚信不疑?”

## 十七年

我是她十七年的相识。

多少交往,多少会晤,多少畅谈!她有过多少梦想,多少暗示,多少推断;启明星的光辉有时伴着她,打破凌晨的酣睡,茉莉花的清香有时充满了六月的黄昏,有时响起了暮春时节疲惫的鼓乐声;十七年来,这一切都深深地织进了她的心里。

而且,每当我们相会,她总是呼唤我的名字。回答她呼唤的人不是造物主的独自创造,而是在对她十七年的了解过程中成长起来的;有时是在景仰中,有时是在藐视中;有时是在工作中;有时是在闲暇里;有时是在大庭广众之中,有时是在背地里;只是在对一个人的默默了解之中,我这个人才成长起来。

后来,又过了十七年。但是往昔的白昼,往昔的黑夜,在系圣线的时候却一个也碰不见了,它们都已经失散。

然而它们每天都在问我:“我们将在何处安歇?是谁把我们唤来,将我们包围着?”

我无法回答,只是默默地坐在那里思索。可是它们却乘风飞去。它们说:“我们出去探索。”

“探索什么?”

它们自己也不知道去探索什么,所以,时而飞向这边,时而飞向那边;就像傍晚不协调的行云潜入黑暗之中,我再也看不见它们的身影。

## 最初的悲痛

过去的一条林荫道,今天已长满了芳草。

在这个无人之地,有人突然从背后说道:“你认不出我了吧?”

我转过身来,望着她的脸,说道:“我还记得,不过无法确切地叫出你的名字。”

她说道:“我是你那个很久以前的、那个二十五岁时的悲痛。”

她的眼角里闪耀着晶莹的光泽,宛如平湖中的一轮明月。

我木然地立着。我说:“从前,我看你就像斯拉万月的云朵,而今天你倒像阿斯温月的金色雕像。难道说你把昔日的所有眼泪都丢弃了么?”

她什么也没有讲,只是微笑着;我明白,一切都蕴含在那微笑里。雨季的云朵学会了秋季赛福莉花的微笑。

我问道:“我那二十五年的青春,莫非至今还保存在你的身边?”

她回答说:“你看我颈子上的这挂项链,不就是么。”

我看到,那昔日春天的花环,一片花瓣也没有凋落。

于是我说:“我的一切都已衰老,可是悬挂在你颈子上的我那二十五年的青春至今都没有枯萎。”

她慢慢地摘下那个花环,把它戴在我的颈子上,说:“还记得么?那时候你说过,你不要安慰,你只要悲痛。”

我羞愧地说:“我说过。可是,后来又过了许多岁月,然后不知何时又把它忘却。”

她说道:“心灵的主宰者是不会把它忘却的。我至今仍然隐坐在树荫下。你应当崇敬我。”

我把她的手放在我的手上,说:“我难道就是你的动人的形象么?”

她回答说:“过去的悲痛,今天已经变成安乐。”

## 小　议

现在我明白了,人们用非正义之火把自己未来的所有时光都烧成了灰烬,使它变成了黑蒙蒙的颜色,一日春天降临,那里就不会再萌发新叶。

很久以来,人们就准备着一个宝座。那个宝座向人们报告说,他们的神仙将要光临寒舍,神仙已经出发上路了。

人们发狂的时候,捣毁了长期准备的宝座,那时候圣地上那个被毁坏的祭坛说:"没有一点儿希望了,谁也不会再来了。"

旷日持久的准备当时已经毁灭。那时节,从四面八方传来了喊声:"胜利了,动物胜利了!"

我当时听人们说:"今天什么样,明天也就什么样。时间就像戴着眼罩的一头公牛,永远绕着同一架榨油机转动,发出同一种悲惨的叫声。这就叫创造。创造就是盲人的哭泣。"

心灵说:"那是为什么呀!就让歌声立刻停止吧!现在只有背负重担的争吵,再也没有满怀希望的歌声。"

从童年起望着那条路,我心里就一再感触到欢迎曲的气息——看到那条路在倾听着地平线的絮语,我就明白了,战车已经从彼岸出发——今天我凝望着那同一条路;我觉得,那里既没有行人的语声,也没有任何房舍。

七弦琴说:"如果在漫长的道路上没有我乐曲的伴侣,那么就把我抛到路旁去吧。"

当时我望着路旁。我惊奇地看到,一棵带刺的树立在尘埃中;树上只开着一朵花。

我叫了起来:"哎呀!那就是足迹呀!"

当时我看到,地平线在同宇宙窃窃耳语;当时我看到,它正在注视着苍天。当时我看到,在月光下棕榈树的叶子在瑟瑟抖动;透过竹林的缝隙,月光仿佛在向湖水眨眼示意。

道路说:"不要害怕。"

我的七弦琴说:"请弹奏乐曲。"

# 迎宾曲

## 1

筹备工作如此紧张，没有一点儿空闲容我静静地考虑一下，筹备的目的何在。

然而，百忙之中，我有几回推推心灵，问道："莫非有嘉宾莅临？"

"等着看吧。"心灵说，"当务之急是占领地盘，筹措材料，建造大厦。不要打搅我。"

我不再言语，埋头做事。我估计占够了地盘，备齐了材料，建成了大厦，会有答案。

地盘日益扩大，材料备足，七幢配楼已建成。我忍不住又开了口："请回答我的问题。"

"我没工夫，你再等等。"心灵有些不耐烦。

我不计较他的态度："你要占据更大的地盘，筹措更多的材料，建造更高的大厦？"

"或许如你说的那样。"

我暗暗惊讶："你至今不满意？"

"这立锥之地能担当接纳的重任？！"心灵答非所问。

"接纳谁呀？"

"改日奉告。"

我偏偏刨根问底："来者是伟人？"

"也许是。"

如此宽阔的场所，如此雄伟的建筑，竟然容纳不下他！我只得重又废寝忘食地劳作。谁见了都啧啧称赞："这是个勤奋的人。"

我时常心生疑窦，心灵这猴子恐怕未必知道来者姓甚名谁，他故意把一项项艰巨的任务压在我头上，借此回避回答问题。我多次想停工，侧耳倾听路上的足音；我没有心思扩建大厦，只想在里面点亮华灯；我无意继续筹措材料，而欲趁花事未歇，编个芳香的花环。

然而，我身不由己。心灵是我的总管，他日夜用天平、钢尺精确测量各种物品的重量、长度和价值。他的座右铭是“多多益善”。

“为什么需要这么大的场所？”有一天我问。

“他异常宏大。”

“他是谁？”

谈话往往到此中断，接下来是沉默。

当我纠缠他说“不行！你得明确地回答”时，他勃然大怒：“放肆！谁的规矩！你总是弄些没头没脑、轮廓不明、涵义玄奥的事情来妨碍我浩大工程的落实。关注一下我的处境嘛，形形色色的诉讼案件，各种各样的斗殴；棍棒、长矛、持枪的士卒充斥街巷；瓦匠、劳工、红砖、木材、水泥之间已无插足之地。一切清清楚楚，没有疑问，没有暗示，你为何视而不见，啰啰唆唆？”

我暗暗自责：我生来愚拙，而心灵是聪慧睿智的。于是，我又提篮运砖，搅拌泥灰。

## 2

过了一段日子，我扩展的领域越过了疆界。

大厦造了五层，六层正铺地板的时际，一刹那雨云消散；乌云变成白云；从盖拉莎山峰，融合晨曲的闲暇之风徐徐吹来，以玛纳斯湖莲花的清香熏染昼夜的时辰，使之同蜜蜂一样悠然自得。我抬头遥望，无垠的天穹俯视着六层大楼的傲岸的脚手架，发出清朗的笑声。

我兴奋不已，逢人便问：“喂，请告诉我哪阵风在奏乐？”

他们爱理不理：“别缠我，我有事。”

倒是一位头上绕着玉兰花条的疯子，背靠着凸露的树根，坐在路边喃喃自语：“迎宾曲飘来了。”

我不清楚我领悟到了什么，忙问：“不久可以见面了？”

他古怪地一笑："是的，快了。"

我急忙返回账房，规劝心灵："立刻停工！"

"荒唐！人家会嘲笑你是个蠢材。"

"我不在乎。"

心灵惊觉起来："你是不是听到了什么风声？"

"是的，消息传来了。"

"什么消息？"

糟糕！我也讲不清楚。不过确有消息说，从玛纳斯湖滨，一群仙鹤正沿着阳光之路飞来。

心灵摇摇头："巨大的彩色飞车和庄严的仪仗队在哪儿？我尚未听说尚未见到哩。"

这时，不知谁把点金石投向苍穹，顿时艳阳照亮四周的景物，隐隐听见喧哗："使者到了。"

我匍匐在地，一面遥拜一面问道："他果真光临了？"

周围欢声雷动：是的，他已光临！

心灵惊慌失措："啊呀，六层地板正在浇铸，材料还未备足。"

空中传来响亮的命令：推倒你的六层大楼！

"为什么？"心灵迷惑不解。

"今日使者光临，你的大楼挡道。"

心灵瞠目结舌。

我忽又听见："快，清理你的材料！"

"为什么？"心灵不服气。

"你堆积的材料侵占了地皮。"

我只得执行命令。繁忙的日子里，我建造六层大楼。清闲的日子里，一层层拆除；繁忙的日子里，我奔走于市场，采购建筑材料，清闲的日子里，我同它们诀别。

然而，哪儿是巨大的彩色飞车？哪儿是庄严的仪仗队？

心灵环顾四周。

他看见了什么？

秋晨的启明星。

仅此而已?

还有一簇素馨花。

仅此而已?

又发现展翼起舞的一只喜鹊。

别无他物?

一个孩子嬉笑着从母亲怀里扑进外面的阳光。

“你所说的来者仅为这些?”

“是的,为此晴空日日吹奏情笛,早晨阳光明媚。”

“为此需要广阔的地域?”

“是的,你的国王需要七座金殿的王宫,你的主人需要满屋财宝。而他们需要整个世界,整个明丽的蓝天。”

“所谓的崇伟呢?”

“包含其间。”

“那个孩子给你什么恩惠?”

“他带来了天帝的恩典,带来了世界的希望、安逸和欢乐。他秘藏的箭囊装着百发百中的神箭,他心里排放着无敌的投枪。”

心灵问我:“哦,诗人,你略有所见,略有所悟?”

我答道:“我赋闲正是为这个,以前没有时间,所以不能洞察幽微,大彻大悟。”

## 生命——心灵

### 1

我的窗前是一条红土路。

路上辚辚地移行着载货的牛车;绍塔尔族姑娘头顶着一大捆稻

草去赶集，傍晚归来，身后甩下一大串银铃般的笑声。

而今我的思绪不在人走的路上驰骋。

我一生中，为各种难题愁闷的、为各种目标奋斗的年月，已经埋入往昔。如今身体欠佳，心情淡泊。

大海表面波涛汹涌；安置地球卧榻的幽深的底层，暗流把一切搅得混沌不清。当波浪平息，可见与不可见，表面与底层处于充分和谐的状态时，大海是平静的。

同样，我拼搏的心灵憩息时，我在心灵深处获得的所在，是宇宙元初的乐土。

在行路的日子里，我无暇关注路边的榕树，而今我弃路回到窗前，开始和他接触。

他凝视着我的脸，心里好像非常着急，仿佛在说："你理解我吗？"

"我理解，理解你的一切。"我宽慰他，"你不必那么焦急。"

宁静恢复了片时，等我再度打量他时，他显得越发焦灼，碧绿的叶片飒飒摇颤，灼灼闪光。

我试图让他安静下来，说："是的，是这样，我是你的游伴。千百年来，在泥土的游戏室里，我和你一样一口一口吮吸阳光，分享大地甘美的乳汁。"

我听见他中间陡然起风的声响。他开口说："你说得对。"

在我心脏血液的流动中回荡的语音，在光影中无声地旋转的音籁，化为绿叶的沙沙声，传到我的身边。这话音是宇宙的官方语言。

它的基调是：我在，我在，我们同在。

那是莫大的欢乐，那欢乐中宇宙的原子、分子瑟瑟抖颤。

今日，我和榕树操同一种语言，表达心头的喜悦之情。

他问我："你果真回来了？"

"哦，挚友，我回来了。"我即刻回答。

于是，我们有节奏地鼓掌，欢呼着"我在，我在"。

## 2

我和榕树倾心交谈的春天，他的新叶是嫩黄的，从高天遁来的阳光通过他的无数叶缝，与大地的阴影偷偷地拥抱。

六月阴雨绵绵，他的叶子变得和云霭一样沉郁。如今，他的叶丛像老人成熟的思维那样稠密，阳光再也找不到渗透的通道。以往他像贫苦的少女，如今则似富贵的少妇，心满意足。

今天上午，榕树脖子上绕着二十圈绿宝石项链，对我说："你为什么头顶砖石，坐在那里？像我一样走进充实的空间吧。"

我说："人自古拥有内外两部分。"

"我不明白你的意思。"榕树摇摇身子。

我进一步解释："我们有两个世界——内在世界与外在世界。"

榕树惊叫一声："天哪，内在世界在哪儿呢？"

"在我的模具里。"

"在里面做什么？"

"创造。"

"在模具里进行创造，这话太玄奥了。"

"如同江河被两岸夹持，"我耐心地阐述，"创造受模具的制约，一种素材注入不同的模具，或成为金刚石，或成为榕树。"

榕树把话题扯到我身上："你的模具是什么形状，请描述一番。"

"我的模具是心灵，落入其间的，变成丰繁的创造。"

"在我们的日月之侧，能够稍稍显示你那封闭的创造吗？"榕树来了兴致。

"日月不是衡量创造的尺度。"我说得十分肯定，"日月是外在物。"

"那么，用什么测量它呢？"

"用快乐，尤其是用痛苦。"

榕树说："东风在我耳畔的微语，在我心里激起共鸣。而你这番高论，我实在无法理解。"

"怎么使你明白呢……"我沉吟片刻，"如同你那东风被我们捕获，带入我们的领域，系在弦索上，它就从一种创造抵达另一种创造。这创造在蓝天，或在哪一个博大心灵的记忆的天空获得席位，我不得而知，好像有一个情感的不可测量的天空。"

"请问它年寿几何？"

"它的年寿不是事件的时间，而是情感的时间，所以不能用数字计算。"

"你是两种天空、两种时间的生灵，你太怪诞了，你内在的语言，我听不懂。"

"不懂就不懂吧。"我无可奈何。

"我外在的语言，你能正确地领会吗？"

"你外在的语言衍变为我内在的语言，要说懂的话，它意味着称之为歌便是歌，称之为想象便是想象。"

## 3

榕树伸展着他所有的枝丫对我说："停一停，你的思绪飞得太远，你的议论太无边际了。"

我觉得他言之有理，说："我来找你本是为了宁谧，但由于恶习难改，闭着嘴，话却从嘴唇间泄流出来，跟有些人睡着走路一样。"

我掷掉纸和笔，直直地望着他，他油亮青葱的叶子，犹如名演员的纤指，快速弹着光之琴弦。

我的心灵忽然问道："你目睹的和我思索的，两者的纽带何在？"

"住嘴！"我一声断喝，"不许你问这问那！"

我目不转睛地看着他。时光潺潺流逝。

"怎么样，你悟彻了么？"榕树末了问。

"悟彻了。"

## 4

一天悄然逝去。

翌日,我的心灵问我:“昨天,你凝望着榕树说悟彻了,你悟彻了什么?”

“我躯壳里的生命,在纷乱的愁思中变得混浊了。”我说,“要观瞻生命的纯洁面目,必须面对碧草,面对榕树。”

“你看见了什么?”

“我看见太初的生命包孕纯正的欢愉。他非常仔细地剔除了他的绿叶、花朵、果实里的糟粕,奉献丰富的色彩、芳香和甘浆。因而我望着榕树默默地说:‘哦,树王,地球上诞生的第一个生命发出的欢呼声,至今在你的枝叶间荡漾。元古时代质朴的笑容,在你的叶片上闪烁。在我的躯壳里,往日囚禁在忧思的牢笼里的元初的生命,此刻极其活跃,你召唤它:“来呀,走进阳光,走进柔风,跟我一道携来形象的彩笔,色泽的钵盂,甜汁的金觞。”’”

我的心灵沉默片时,略为伤感地说:“你谈论生命,口若悬河,可为什么不有条不紊地阐明我搜集的材料呢?”

“何用我阐明!它们以自己的喧嚣、吼叫震惊天宇。它们的负载、复杂性和垃圾,压痛了地球的胸脯。我思之再三,不知何时是它们的极终。它们一层层累积多少层,一圈圈打多少个死结,答案在榕树的叶子上。”

“噢——告诉我答案是什么!”

“榕树说,没有生命之前,那些材料不过是一种负担、一堆废物。由于生命的触摸,材料浑然交融,呈现为完整的美。你看,那美在树林里漫步,在榕树的凉阴里吹笛。”

## 5

渺远的一天的黎明。

生命离弃昏眠之榻，上路奔向未知，进入无感知世界的德邦塔尔平原。那时，他没有丝毫倦意和忧愁，他王子般的装束未沾染灰尘，没有腐蚀的黑斑。

细雨霏霏的上午，我在榕树中间看见不倦的、坦荡的、健旺的生命。他摇舞着枝条对我说："谨向你致敬！"

我说："王子啊，介绍一下与沙漠这恶魔激战的情况吧。"

"战斗非常顺利，请你巡视战场。"

我举目四望，北边芳草萋萋，东边是绿油油的稻田，南边堤坝两侧是一行行棕榈树，西边红松、椰子树、穆胡亚树、芒果树、黑浆果树、枣树茂密交杂，郁郁葱葱，遮蔽了地平线。

"王子啊，你功德无量。"我赞叹着，"你是娇嫩的少年，可恶魔老奸巨猾，心狠手毒。你年幼力单，你的箭囊里装的是短小的箭矢，可恶魔是庞然大物，他的盾牌坚韧，棒棍粗硬。然而，我看见处处飘扬着你的旌旗，你脚踏着恶魔的脊背，岩石对你臣服，风沙在投降书上签字。"

他显露诧异之色："在哪儿你见到如此动人的情景？"

我说："我看见你的阵营以安详的形态出现，你的繁忙身着憩息的衣服，你的胜利有一副温文尔雅的风度。所以修道士坐在你的树荫下学习轻易获胜的咒语和轻易达成权力分配的协议的方法。你在树林里开设了教授生命如何发挥作用的学校。所以倦乏的人在你的绿荫里休息，颓唐的人来寻求你的指教。"

听着我的颂赞，榕树内的生命欣喜地说："我前去同沙漠这恶魔作战，与我的胞弟失去了联系，不知他在何处进行怎样的战斗。刚才你好像提到过他。"

“是的,我称他为心灵。”

“他比我更加活跃,他不满意任何事情。你能告诉我那不安分的胞弟的近况吗?”

“可以讲一些。”我说,“你为生存而战,他为获取而战,远处进行着一场为了舍弃的战斗。你与僵死作战,他与贫乏作战,远处进行着一场为了积蓄的战斗。战斗日趋复杂,闯入战阵的寻不到出阵的路,胜败难卜。在这迷惘的彷徨之际,你的绿旗高喊‘胜利属于生命’,给战士以鼓舞。歌声越来越高亢,在乐曲的危机中,你朴实的琴弦鼓励道:‘别害怕,别害怕!我已谱写了乐曲的基调——太初的生命的乐调。一切疯狂的调子,以美的复唱形式,融合在欢乐的歌声中,所有的获取和赋予,如花儿开放,似果实成熟。’”

董友忱　白开元　译

# 再次集

## 昆虫的天地

卡弥尼树的枝丫，悬曳着露水打湿的坚韧的蛛丝。花园曲径的两旁，星散着小小的棕色蚁垤。上午，下午，我穿行其间，忽然发现素馨花枝绽开了花苞，达迦尔树缀满了洁白的花朵。

地球上，人的家庭看起来很小，其实不然。昆虫的巢穴何尝不是如此哩。它们不易看清，却处于一切创造的中心。世世代代，它们有许多的忧虑，许多的难处，许多的需求——构成了漫长的历史。日复一日，表现出不可阻止的生命力的活跃。

我在它们中间踯躅，听不到它们的饥渴、生死……永久的情感之流的流淌。我低吟诗行，斟酌字眼，以完成写了一半的歌曲。对于蜘蛛的世界，蝼蚁的社会，我这样斟字酌句是费解的、古怪的、毫无意义的。它们幽暗的天地里，是否回荡着摩挲的柔声，呼吸的妙曲，听不清的喁喁低语，无可表达的沉重的足音？

我是个凡人，我自信可以周游世界，甚至能够排除通往彗星、天狗口啖的日月的路上的障碍。然而，蜘蛛的王国对我是永远关闭的，那充满我痛苦、怨恨和喜悦的世界的尽头，蝼蚁的心灵的帘幕是永远低垂的。上午、下午，我在它们的"狭小而无限"之外的路上往返，目睹素馨花枝绽开花苞，达迦尔树缀满洁白的花朵。

# 黄　　鹂

我疑惑这只黄鹂出了什么事，否则它为何离群索居。第一次看到它，是在花园的木棉树底下，它的腿好像有点瘸。

之后每天早晨都看见它孤零零的，在树篱上逮虫；时而进入我的门廊，摇摇晃晃地踱步，一点儿也不怕我。

它何以落到这般境地？莫非鸟类的社会法则逼迫它四处流浪？莫非鸟族的不公正的仲裁使它产生了怨恨？

不远处，窃窃低语的几只黄鹂在草叶上跳跃，在希里斯树枝间飞来飞去，对那只黄鹂却是视而不见。

我猜想，它生活中的某个环节，兴许有了故障。披着朝晖，它独个儿觅食，神情是悠然的。整个上午，它在狂风刮落的树叶上蹦跳，似乎对谁都没有抱怨的情绪，举止中也没有归隐的清高，眼睛也不冒火。

傍晚，我再也没看见它的踪影。当无伴的黄昏孤星透过树隙，惊扰睡眠地俯视大地，蟋蟀在幽黑的草丛里聒噪，竹叶在风中低声微语，它也许已栖息在树上的巢里了。

# 美　　艳

如同白金戒指镶嵌的钻石，一抹阳光透过满天云霭的空隙，斜照着原野。风还在呼呼地吹着。木瓜树惊魂未定。北面的田畴上，苦楝树显出一副抗争的气派。棕榈树梢嘟嘟囔囔地发着牢骚。

时间大约是一点半钟。潮湿林木闪闪发光的晌午，跃入南墙北墙开着的窗户，在我心头涂抹一层缤纷迷离的色彩。

霎时间，不知为什么，我觉得这一天酷肖悠远的那一天。那天不承担任何责任，没有急迫的事情要做。那是扯断了现代的碇链，悠然飘动的一天。

我看见它是往昔的海市蜃楼，那昔日是什么情形，在什么地方，属于哪个时期？莫非超越永恒？

那时，我的爱侣仿佛在往世就已认识的。那时有天堂，是真实的时代，绝非其他时代能够感触。

同样的，畅饮了翡翠似的绿荫和金子般的阳光酿造的余暇的醇醪，畅饮了田野上挥舞雾纱的迷醉雨天的甘美，我也感到若有似无——像天之琴弦上低回的古代孟加拉的萨伦曲调，从一切时代的帷幕后隐约地飘来。

## 阿斯温月初一

阿斯温月初一，微风中有了一丝令人发抖的凉意。晓月的清晖融入白夹竹桃的光泽。好似顶礼的朝霞的红袍散发的香气，白素馨的气息在带露的碧草上流荡。啊，今天是阿斯温月初一。

透明的曙光在东方天空吹响了法螺，腹腔的共鸣澎湃着热血。古往今来，多少国家的征服世界的豪杰在死亡之路上策马飞奔，艰难地寻找不朽的生命。他们那胜利法螺的无声余音飘袅在露水浣洗的阳光中，他们对下属发出的抛家别妻的呼吁，又在阿斯温月初一响起来了。

财富的负担，名誉的负担，忧虑的负担，他们一股脑儿地扔进尘土，镇定地冲向错综复杂的险境。阴谋者用污黑的手朝他们的眉宇投掷诋毁的石块。他们如彗星从天降落，拔尽灼烫的艰苦的征途上隐蔽的狡猾的细小的蒺藜。他们得不到安闲憩息的机会，但他们不肯回头。他们圣洁的幡旗，在阿斯温月初一秋晨的云间飘扬。

苏醒吧，我的心！莫胆怯！莫贪婪！莫急躁！向着素锦般的芦花伏身致意的朝阳引吭高歌地行进！从流血的躯体剪去颓丧的指甲，拔掉幻想的根须，把贪婪踩成齑粉！跨越死亡之门，纵使失败的沉重和懊恼压得你低下头。今天，阿斯温月初一，纯净的秋阳下，历史上征服自身和世界的豪杰的呐喊，在无声的沉默中震响起来了。

## 人类的儿子

为感悟闻讯起来观看的人，基督在十字架上献出了不朽的生命。自那时起，许多个世纪过去了。

今日，他从天国降临人世，极目四望，只见旧日刺得人遍体鳞伤的罪恶凶器——狰狞的矛戟，狡诈的匕首、短剑，残忍狠毒的巨钺，在吊着一面乌烟熏黑的旗子的工厂里，飞快地霍霍磨砺，飞溅出炫目的火花。

而新近制造的死亡的箭矢，在刽子手的手里闪着寒光，教徒以尖利的指甲在上面镌刻着姓名。

基督手捂胸口，恍然省悟他死刑的执行期远没有结束，科学的殿堂里试制的新式矛戟一一刺进他的关节。那天站在宗教庙宇的黑影里杀害他的凶手，一群群地复活了，而今站在庙宇神坛前面，诵经似的命令行刑的士兵："斩尽杀绝！斩尽杀绝！"

人类的儿子悲怆地仰天长叹："哦，上帝，世人的上帝，你为什么把我抛弃？"

## 相　逢

雨，下了一夜。

一团团黑云像精疲力竭的逃兵，蜷缩在天际的一隅。

花园南端，曙光照临柚子树波动的新叶，惊动了树下的阴影。

时值斯拉万月，喷薄的旭日像不速之客，簌簌的笑声在枝头流荡。

于是，沐浴阳光的情思，在邈远的心空飘游。

时光仿佛凝结了。

傍晚，突然响起的隆隆雷声，似在发出信号。顷刻之间，云团离开倒卧的所在，膨胀着，呼啸着，飞驰而来。堤坝囹圄的池水变得黑黝黝的，沉重的幽暗落在榕树底下。远处的树叶奏起了下雨的前奏。

转眼间大雨滂沱，天空白茫茫的，地上一片汪洋。年老的林木甩动着蓬发似的枝梢，像是戏耍的顽童。硕大的棕榈叶，翠竹的枝条，失去了惯常的恬静。

不多久，风止雨停。青空像被擦拭了一般。一勾纤弱的弯月仿佛刚离弃病榻，脸上挂着慵倦的笑意，在天宇漫步。

心儿对我说，我见到的一切细小的东西都不愿自行消亡。无数鲜活的瞬间登上我七十岁的渡口，随即驶向了“无形”。只有几许懈怠的时日被我留住，留在了平庸的诗歌里；它们告诉后人一件不平常的事——我曾观赏过这些美妙的景象。

## 最后的赠予

孩子们的游乐场尽是干热的尘土，长不出一棵草。

游乐场边的一棵康基那树，找不到与自己相同的颜色。见了它不禁想起我们家门廊里的黑毛狗。

厨房周围，一群野狗转来转去，满怀信心地等候布施食物。它们争抢，挨揍，惨叫，却享有天性的快乐。

我们的宝贝黑毛狗戴维不时亢奋地跃起，身子剧烈地抖动，眼神焦渴地注视着南面，怀着枉然的激情，汪汪汪叫了几声，显然是想加入它们的行列。

同样，康基那树不是独自站在自己的绿色世界，而是站在人脚碾成的贫瘠的尘土上。它眺望远方，那儿草叶上画着林木的肖像。

春天来了。无从知晓春风的情感是如何渗入它的骨髓的。

不远处，顶天立地的檀树向南方海滨乍到的来者通报新叶充盈的信息。

在高涨的绿色的喧哗中，寿终之日不露面的使者叩击康基那树的心扉，在它耳边讲了哪天最后一束阳光降临，将在嫩叶的最后一场儿童活动中跳舞。

它毫不迟疑，笑脸的表情在几簇淡紫色花瓣上显露了出来。萌发的新叶全部凋落，它手中空无一物。

一个春天，它掏空了它的赠物，然后向灰褐的尘土的冷漠告别。

## 轻柔的音符

我在心里为她取名为轻柔的音符“咪”。

这名字一旦传到她耳里，她必定疑惑地坐下，笑吟吟地问：“这名字是什么意思？”

意思讲不清楚，不过是纯洁的。

世上事情复杂，有种种善恶……置身其间，她与大家基本上是相识的。

我坐在一边观察，她不晓得她周身播放着一种音乐。

在安置她心灵主宰的御座的所在，在心灵主宰的足下，痛苦的香炉袅袅升起的青烟的暗影，像遮翳明月的云雾，浮上她的眼眸，轻轻地盖住笑意。

她的语音流露若有似无的哀怨，她不知道这是她的生命之琴弹出来的。然而，她的迈步，她的端坐，她的一切举止，却配以晨曲的乐调。

我揣摸不透她怎会这样，所以称她为轻柔的音符“咪”。

我也不明白为什么抬起眼睛看她，心弦便流泻泪光的变奏。

# 分　离

今日阴雨绵绵,但不是写出千古绝唱《云使》的日子。

这一天禁锢在静止里。风不吹,云不移,细雨似绡纱直直地垂下来,罩住白昼的面孔。

时光仿佛凝固了,四周只有无涯的寰宇,呆痴的闲暇。

大诗人迦梨陀娑创作《云使》的那天,闪电耀亮青山,乌云掠过一条条地平线,疯狂的东风摇撼苍翠的山林。药叉的爱妻惊呼:“天哪,飓风卷走了大山!”

云使飞走,离愁不曾压碎贞妇的心,离别的自由战胜了悲痛。

飞泻的瀑布,湍急的江流,呼啸的林涛,那天惊醒了世界。离人的心声旋律雄浑地升腾。

团圆不受阻挠的时节,偏偏天各一方,人世怪诞的无形的壁垒围困冷清的洞房。

分离的时期,无羁的愁思飞渡江河,飞渡山冈,飞渡森林。屋隅的哭泣淹没在路途的熙攘之中。最后抵达盖拉莎山,显出缱绻的真相。

那里巍峨的宝库里,储存着等待时的坚贞不渝的情愫。

欠缺走向完满的时候,离愁的路途上竖起一块块欢乐的里程碑。团圞岿然不动地等待着。

花儿常开,圆月常临。

药叉独居谪地,满怀离情。他征服的丽人踩着蒺藜欢快地走来。

哦,可能讲错了。

团圞并非岿然不动。它在吹笛,吹盼望之笛,笛音在漆黑的路上向前飘去。贞女的脚步和心上人的呼唤,以同样的节拍渐渐接近。

这就是为何自古以来江河以行路的韵律奔流,大海一面呼唤一面翻腾。

# 回　忆

西部一座城市僻静的远郊，白日的酷暑监视着一幢屋檐倾斜的失宠的旧楼。楼内匍匐着终年不退的暗影，囚禁着陈年的气味。地上铺的黄地毯四边织有猎手举枪射虎的图案。

楼北一棵幼树下伸出的白森森的土路上，飞扬的尘土好似灼热阳光轻飘的披肩。

楼前的沙地种了小麦、葫芦，西瓜。远处，波光粼粼的恒河和时而驶过的船只，组成一幅炭笔勾勒的素描画。

戴着银手镯的女仆人巴吉亚哼着单调的小曲在门廊里碾麦子。仆人基尔达里在她身旁坐了很久，怀着秘而不宣的动机。

老楝树下有口深井，花匠借助黄牛的力量转动辘轳汲水，吱吜吱吜的声音悲凉了晌午的氛围，但甘洌的井水恢复了玉米地的生气。

热风中浮漾着芒果花淡如游丝温馨的香气，蜜蜂在高大的楝树的新叶间聚会。

下午，邻居的少女从城里归来，她瘦削的面孔被晒得憔悴、苍白，却依然饶有兴味地朗读外国诗人的名作。

于是，大洋彼岸伟人心中的忧愁，融入了与破旧蓝竹帘的阴影羼杂的黯淡的光线，溶入了潮湿的马鞭草的清香。

我记得，如同蝴蝶在英国姹紫嫣红的花园里翻飞，我初绽的青春也曾在异国语言中采集辞藻。

# 悲哀的世界

消沉的日子，我请求我的笔：别叫我感到愧疚；别让震撼不了所有人心弦的作品落进谁的眼帘；黑暗中莫蒙着脸；别把门关死。点亮五光十色的华灯，啊，你别悭吝！

世界极其辽阔,它的荣誉永不黯淡,它的性格十分温和。昂首于看不见的阳光下,它不眨的眼光安详而坚定,它的胸脯上横陈着河流、山脉、平原。它不属于我,属于无数的人。它的鼓声响彻四方,它的火焰照亮昏暗,它的旌旗在天空猎猎飘扬。在世界面前,莫让我感到愧疚,我的损失,我的苦恼,于它是尘粒之尘粒。

当我依仗自制力忘却自身的苦痛,苦痛便以世界的面目出现。我于是望见,悲伤的洪流通过密集的支流在岁月的胸上奔流;浩荡的心河在千家万户人们生活的河床里流淌;眼泪的布拉马普特拉河波涛汹涌,在各国家庭的河滨酝酿沧桑变迁。亘古如斯的人们的哀乐愁苦霎时坠落我的胸膛,像洪水使我的肋骨索索战栗,随即在大地的一片哀鸣中消逝于"无穷",其动机不得而知。

今日,我请求我的笔:别叫我感到愧疚。让你的贡献像河水漫出堤岸;让我的哀伤因你的赐予而被遮掩;让我哀伤的哭泣融进世界千万种乐曲。

## 一个人

一位已届暮年的北印度人,身材瘦高,唇髭银白,胡须剃尽的脸宛如干瘪的水果。上身是一件方格背心,下身围着围裤。脚穿土布鞋,右手拄着拐棍儿,左手撑着布伞进城去了。

时值八月,朝阳炫目地抚摸着薄云。裹着黑幔的夜早已气喘吁吁地遁去。雾湿的风漫不经心地摇晃着阿穆拉吉树的嫩枝。

飘忽着幻影的我的世界的尽头,出现一个旅人。我只知道他是一个人,没有姓氏,没有意识,没有感情,没有需求,仅仅是八月的一个上午踽踽走向集市的人。

他也望见了我,在他的世界的大漠的尽头那流荡的紫岚中,人与人毫无干系,我,仅仅是一个人。

他家有牛犊,有笼中的鹦鹉。他的妻戴着粗陋的铜手镯,推磨碾米。他有洗衣为生的邻里，与杂货店的老板熟识，欠喀布尔人的钱。

我不在他们中间，我，仅仅是一个人。

## 写　　信

你给了我一支自来水金笔和其他文具——各种印花信笺，镀银裁纸刀，剪刀，虫漆，红绸带，玻璃纸包的红色、蓝色、绿色铅笔。还有一张核桃木书桌。

你叮嘱我每天写一封信。

上午洗完澡，我坐下写信。

我一时不知该写些什么。

目前我只有一条消息——你走了。

你也知道这条消息，不过，你似乎并未深刻理解这条消息的内容。所以，我想首先告诉你——你已经走了。

我一次次提笔，一次次体会到，这条消息并不简单。

我不是诗人，我没有用语言表述我的心声和顾盼的能力。

一张张信纸让我撕了。

已经十点了，你的侄儿帕古要去上学，我得照料他吃饭。

我最后一次写“你走了”，其他的话，全写在横七竖八涂改的笔画里了。

## 找错地方

查梅利树和穆胡亚树依附同一个藤架，摩肩接背地共度了十年。每日阳光的筵宴上，初绽的绿叶快活地宣告：我们入席了。

它们交叉的枝条难免发生权力的矛盾，但喜悦的心坎上没有一块憎恨的印记。

不知哪个不吉的时辰，无忧无虑无知的查梅利，伸出柔软碧绿的新枝，一圈一圈缠住了电线，显然不晓得两者的种姓迥然不同。

八月中旬，一朵朵白云垂临娑罗树枝梢。金灿澄清的上午，查梅利开了许多花儿，得意洋洋。

哪儿也没有纷争，蜜蜂频频往返，摇颤着素馨花的倩影，斑鸠啼叫得中午的时光分外令人倦怠。

果实丰熟的秋日，夕阳西沉、云霞变幻的时刻，来了几位巡线工，一见查梅利不守本分，眼里凶光毕露。供人玩赏的等闲之物，竟向空中干枯粗皴的现代必需品伸出勾引的手！

他们用锋利的钳子夹扯缀满花儿的嫩枝。胸口受到死的打击，无知的查梅利终于省悟，电线属于别的种姓。

## 弃　　家

如同风暴中脱碇的航船漂落异域，他从德国来到一群陌生人中间。

他口袋里没有钱，但毫无怨言；每日辛勤教学，领取一份微薄的薪水，按照本地的习俗，过着极其简朴的生活。

他从不唯唯诺诺，也不妄自尊大。

他昂首阔步，毫无侘傺失意的颓丧表情。

他凭毅力征服白日的每个瞬息，弃之身后，绝不回首瞻顾。他不为自己谋一丁点儿私利。

他以普通人的身份参加体育活动，与人交谈，开怀大笑，无论哪儿都不曾遇到不习惯的障碍。

他是唯一的德国人，却不感到孤寂，心情轻松地消度侨居的岁月。

我每次遇见他，钦佩之情油然而生。在师生中间，他是那样随和，那样平易近人，矫揉造作与他的禀性无缘。

从他的国家又来了一个人。

他到处游览，画下他迷恋的景观，不管他人看不看，称赞不称赞。

他俩并肩走在石子路上，像两朵潇洒的秋云。他俩是旅人，不是根深蒂固的树木。他俩的志趣播布各国、各个时代，他俩的辛劳遍布天涯海角。

他俩的心灵像滔滔江流，滋润万物，不在一处停滞片刻。汇同其他离家别国的学者，他们在修筑通往不同肤色的人民的大道。

## 过节的准备

祭神节将临。

金色花映着朝晖，露濡的凉风习习吹拂。茉莉的幽香如纤手柔爽的摩挲。仰望悠游的白云，神思便难以集中。

老师在教室讲解褐煤的形成过程。

一个学生两腿晃悠，脑海里浮现一幅画——荷塘破败的码头附近，斑吉家墙边番荔枝树上果实累累。河边的小路七绕八弯地穿过牧牛人的村落、亚麻地，向集市延伸。

经济系的教室里，一个戴眼镜的荣获奖状的学生在练习本上写下要买的东西——一对嵌金贝壳手镯，德里出的一双红绒拖鞋，一部当代长篇小说，一本精装诗集，书名尚未确定。此外，赊购“心心相印”牌纱丽一条。

伐巴尼普尔一幢三层楼房里，粗嗓门尖嗓子在热烈地讨论：去阿布巴哈尔还是马杜拉？去达尔赫斯还是普利？或者再去一趟大吉岭……

我看见车站前张灯结彩的大街上拴着五六只预购的山羊，它们枉然的哀鸣在芦花飘飞的宁静的秋空回荡。它们是否明白献祭的时刻正在临近？

## 死

心扉上我画了死亡之像。

我遐想,极虚的弥留时刻已经到来。属于我的全部给故土和时代。

其他一切物品,一切生灵,一切理想,一切努力,一切希望和失望的冲突,依旧分布各国,分散在千家万户的人的心里。

时空之海的无边的胸中,由近及远,一条条星体运行的轨道上,未知的无尽的能量旋转着爆发,这些还在我感知的最后一条微颤的界线之内。我一只脚仍在界线这边,另一只脚跨了过去,那边,混沌的来世在等待,拨着昼夜悠长的光影的念珠。

“无限”中包盈的无数实体,向着往昔和未来铺展,那密集的群体中,一瞬间没有了我,这岂是真实?

狂放的“不存在”终归会获得位置。原子不是还有罅隙吗?死亡若是虚空,那罅隙里岂不要沉没尘世之舟?果如此,则是对宏大的整体的粗暴的抗议。

## 闲　　暇

给我闲暇,让我描绘一个去处。

那里,荡漾着希里斯花香的小径上,蜜蜂终日翩飞。无垠的青天飘移着云彩。晚星升起之前,清溪低回地吟唱。

那里,停止了一切咨询。雨夜,空寂的寓所里,往事的回忆不再咕哝着搅扰酣睡。

那里,心神像村径旁牧牛的旷野里一棵安静的榕树——有人走到树下憩息片时;令人困倦的中午,有人放下新娘的彩轿,席地而坐,吹响情笛。二十六日夜里,下弦月柔弱的清辉在蛩鸣中与树影浑然交融。

那里,往返之河日夜奔流不息。没有留存的兴致,没有被置于“邈远”的恚恨。晨光中,夜星漂放了梦灯,径自离去,不留下可循的踪迹。

## 歌的殿堂

喜结花烛的良辰，你们这两只鸟儿的歌喉为什么沉默？

好似迸出爆竹的厚胸的纷纷扬扬的火花，你们灼烫的相思之苦，已经散落在彻夜弦乐缭绕的树丛中了。

作为凡人，我们为爱建筑殿堂，用乐曲奠定永恒的基石；寻来不老的福音，砌成坚固的高墙。

属于人类的情歌，安置亿万情人的心座，播散开来，传遍万国，流传千古。

它来自泥土，超越泥土，昂首于意象的天堂。

你们欢乐的生活富于淳朴的韵律，富于羽翼高翔翩舞的节奏，温馨、微颤的胸中，你们的爱情之巢营造在飞鸟的世界——那儿处处是生命的甘浆哺育的甜美的葱绿，蜜蜂不倦的嗡嘤，光润摇颤的新叶，兴奋不已的繁花。常新的时令的魔笔涂抹新鲜的色彩；记忆，忘却，像一对蛱蝶，在幽静的所在扇动纤翼与光影嬉戏。

我们以自身痛苦的色彩、浆汁，构筑逃离尘埃的虚幻的殿堂，为了爱，又把那迢遥的场所圈围起来。

那就是我们的歌。

## 库帕伊河

我在心里望着帕德玛河流入迷蒙的地极——

帕德玛河此岸的沙滩不抱奢望，安于清贫，因而无畏。

彼岸有青翠的竹林、芒果园、苍老的榕树、粗壮的榴莲树，不和谐地混杂其间的一堵断壁。池塘畔是黄灿灿的油菜地，路旁生长一丛丛荆棘。一百五十年前靛蓝主建造的房屋已破败不堪，庭院里一株阔叶树终日沙沙地哀鸣。

拉贾种姓人的村庄那龟裂的土地上，踯躅着他们的山羊。离集市不远有一爿粮店。惧怕无情的河水的村庄总让人感到在瑟瑟战栗。

帕德玛河在印度神话中久负盛名，天界的恒河在她的脉管里流淌。她脾性古怪。她容忍她绕过的城镇、村落，但不予承认。她纯正、高雅的韵律中交织着冷寂的雪山的回忆和无伴的海浪的呼唤。

有一天，我远离市井喧嚣的小舟停泊在她幽静的沙洲码头上。入夜，我躺在甲板上，领受大熊星座晶明的目光的爱抚。拂晓醒来，望见启明星仍在尽职。淡漠的河水昼夜在我纷繁的思绪之侧流去，犹如旅人在别人的苦乐之侧走过，走向遥远的地方。

后来，在林木稀疏的平原的尽头，我抵达青春的终点。

从我的寓所，可以清楚地看见绿荫遮盖的绍塔尔族人的村子。这儿，我的芳邻是库帕伊河。她的非雅利安语姓名，与绍塔尔族姑娘清脆的笑声密切相关。

她拥抱着村舍，此岸与彼岸亲切交谈。

贴着她玉体的农田里，亚麻开花了，稻秧苏醒泛绿了。

土路在沙滩中断，在水晶般透明的流水上，她为行人让路。

河边田野上，棕榈树高高地矗立着，芒果树、黑浆果树、阿曼拉吉树手拉着手，肩挨着肩。

库帕伊河使用的农家语言，绝不可称为雅语。水土甘愿受她韵律的约束，波光和蓊郁互不嫌憎。

她亭亭玉立，拍着手掌跳着优美的舞蹈，逶迤地步入光影。

雨季给予她的肢体以激情，她像喝醉酒的绍塔尔族姑娘，但从不毁坏、淹没任何东西。她旋转着水涡的罗裙，轻拂着两岸，格格地笑着奔跑。

暮秋，她的水流细弱，透明，水底的卵石清晰可见。然而丰腴转为消瘦、苍白，并不使她羞怯。她不以财富倨傲，她不因贫困颓丧，两者均体现她的美，如同舞女钏镯琮琤地舞蹈，累了静静地休息，眼神透出疲乏,一丝笑意犹漾在嘴角。

如今,她视之为知己的诗人的韵律,已交融在诞生她语言的水土中——里面有语言写的歌曲,也有语言的家务。

伴着她有所变化的节奏,绍塔尔族少年持弓狩猎;装满一捆捆稻草的牛车涉水过河;陶工挑着陶罐前往市场,后面跟着村里的一只狗。

走在最后的,是头上撑着破伞、月薪仅三元的教书匠。

## 剧　　本

我写了个剧本。

先简单介绍一下内容:雷神因陀罗的贵宾阿周那步入天堂乐园,歌舞伎优哩婆湿上前敬献花环。阿周那手足无措地说:“女神,你是天国的名伎,享有完美的荣誉。你的风姿无可疵议。你芳香的花环应当献给神仙。”

“天国没有匮乏,”优哩婆湿感慨万端地说,“神仙无欲,素不索求。我枉有闭花羞月之色。唉,既然不存邪恶,需为谁追求真美!在神仙的颈项上,我鲜丽的花环分文不值。我向往凡世,恰如凡世盼望我。所以我来到你面前。倾吐对你的爱慕,接受我吧。凡夫俗子流下琼浆般的泪水,这在天界是一种渺茫的期望。”

我以为我写了个很好的剧本。

怎么,要我从信里删除“很好”两个字?为什么?这是自夸?不,这是从我的笔端流出的真实。

你惊异于我的不谦逊,问道:“你敢肯定很好吗?”

“我并非绝对地肯定。”我说,“一个时代的佳作在另一个时代也许算不上是佳作。我只是不假思索地称它是这个时代的好作品。我若犹疑,保持沉默,沉默难道是隽永的真实?”

几十年来我创作了数量可观的作品,窃以为是上乘之作。假若我成了我的死对头，抨击它们，我可就“兴高采烈”啦。

这个剧本某一天将落到那样的境地，所以恳求你允许我今天坦直地说，这是个好剧本。

这可能引起一些误解，情况有如大雨骤降，四处淌着一股股浊水。

然而，我的笔仍将在纸上蹒跚地前行，像喝了过量的酒，醉醺醺地狂舞。

我将写完这封信，如同航船驶入浓雾，机器并不会停止运转。

再谈谈剧本的语言。

文友们竭力主张，剧本的对白应该是韵文，而我写的是散文。

诗是大海，是文学太初时期的首创，其特点表现在格律的跌宕的波浪上。

散文姗姗来迟。

它的盛宴在刻板的格律之外。它的厅堂里，美丑、是非互相拥挤；破烂的披毡和绫罗绸缎缠裹在一起；乐音、杂音相混。

散文的号令朝天空升腾，驾着歌声，驾着咆哮，驾着轻柔的旋律，驾着惊天动地的风暴。

散文时而喷射火焰，时而倾泻瀑布，散文世界里有辽阔的平原，也有巍峨的山岭，有幽深的森林，也有苍凉的荒漠。

谁欲驾驭散文，谁必须学会多种技法，具有高屋建瓴的气概，避免笔势的凝碍。

散文没有外表的汹涌澎湃，它以轻重有致的手法，激发内在的旋律。我用这样的散文写的剧本里，既有亘古的沉静，也有今时的喧腾。

## 新时代

今天，在清晨牧场挤了第一桶牛奶，集市的商人做成第一笔生意之际，我迎着清新的晨光，挎着篮子，叫卖略黄的未成熟的果实。

我在路上徜徉了几个小时。

许多人对我的果实议论纷纷。许多人拿了又退回来,许多人品尝而不掏钱。

一天荏苒地逝去。

时光消逝不留下足印。

然而,我们为何贮存回忆的负荷?为何把一天的责任拖到另一天?欠款偿还,贷款收回,为何不坦然地面向未来。

我承认,单卖昨天的剩货,生意不会兴隆,但卖一些又何妨!

日复一日,人世的房租得用现金支付,最后一天徒劳地炫耀威力,徒劳地锁门,是何等的愚蠢!

所以,听见第一声钟声,我便出门清理债务。走到门口,一回头瞅见你立在"当代"的花苑里。

今后你的伙伴叫嚷不需要我这个人的时候,你心里将涌出一阵痛楚。

这是我的忧虑。

这是我的希望。

你不是来裁判孰是孰非的,你联结你的岁月和我的岁月,以你的心。我打量着你的大眼睛,你的眼皮上泛着含愁的期望。

于是,我重又返回,信守爱的誓言。日暮黄昏,我望着你的面孔,做新的尝试。我用你心意的首饰装扮我的立意。我想着你,把它留在你路边的旅舍,但愿今后你说,它感动了你的心,满足了你的需求。

我没有时间沽名钓誉。你由衷地信任过我,把你的信任留给后人作为川资,是我的心愿。

愿你自豪地宣布:我是你们中间的一员。怀着这种热望,我走进当代——蓦然回首,不见你的踪影。

你去的地方,我的旧日蒙着面纱早去了,旧岁之歌有了永恒的内涵。

如今,我独自在"新颖"之群中磕磕碰碰地行进,这里,只有今日,没有昨日。

# 沙丘地

西边的果园、树木、耕地延伸着，延伸着，融入远方森林的紫岚。

绍塔尔族的村庄隐没在果浆树、棕榈树、罗望子树丛里，没有树荫庇护的红土路蜿蜒绕过村庄，犹如墨绿的纱丽的殷红贴边。突兀地矗立着的一株棕榈树，仿佛在为羁旅的迷茫指示方向。

北边绵延的绿色林带被捅出一个豁口，泥土流失，凹凸的红岩透现沉默的骚动；错杂其间的锈斑似的黑土，像魔鬼变成的水牛角。

造化在自己的院落的一隅用雨水冲刷，营造了人们游玩的氛围。

在秋日的西天残阳简短的告别仪式上，簇拥着驳杂的色彩。这时，我在大地青灰的游戏之上发现了壮丽，它使我想起以前一个罕有的黄昏，在红海边杳无人烟的光秃秃的赤红峰峦上同样的景观。

在那条土路上，年初袭来的风暴好似古代骁勇的骑士，高举赭色战旗，摁下参天大树的脑袋，震颤红木、麻栗树挑起幽静的竹林里的一声声叹息，冲进香蕉园，实行暴虐的统治。

注视着啜泣的天穹下灰蒙蒙起伏的沙砾，我脑海里浮现起红海上骤起的风暴，纷纷扬扬溅落的水珠。

年幼时我曾到过那里。

汩汩流出岩洞的清泉曾诱发我神奇的遐想。寂静的中午，我独自把捡来的鹅卵石堆成各种建筑物。

岁月如水，以往的几十年像岩石上滑跃的涧水，在我身上滑过去了。住在天穹下赤裸的沙丘地的边缘，我塑造了工作的形象，如同我儿时用鹅卵石堆建城堡。

在我写作雨曲的雨天，与我一起把目光投向那红松，那孤僻的棕榈树，那成为至交的绿野和红壤的人，对我袒露胸襟的人，有的健在，有的已去了。

了结了我白昼的事情的子夜，他们在天庭对我召唤。

而后呢？北边大地拆裂的胸脯照样辉映血红的霞光，南边的农田照样生长作物，牛羊照样在东边的旷野里吃草，村民们照样沿着红土路走向集市，西天的边沿照样是一条蓝线。

## 信

我寄给你一本装满诗的书。

密密麻麻的诗挤在一个笼子里。你得到所有的诗，但得不到它们之间的罅隙。

降落在广宇般的闲暇的场所的诗，如今被冷落在身后。以高价出售。然而，具有审美情趣的人，懂得它为什么贬值。

贬值的虚茫的苍天，称不出精确的重量，但弥漫着情思。

展开你的想象：奏响轻柔的乐曲，无语的时光的胸中，是一颗蓝莹莹的宝石——何必非把它放在首饰盒里欣赏！

毗迦罗玛迪德耶的宫殿里，诗人天天吟诗作赋。那时没有印刷厂这个魔鬼抹黑诗的时空，没有水力磨盘磨出诗的浆汁，一口口在口腔里沉淀。诗味全得在饭后茶余一面聆听一面品尝。

唉，聆听的诗终于戴上了视觉的枷锁；诗流放在图书馆里；爱不释手的永恒的珍异在出版的市场上蒙受羞辱。

毫无办法！这是个文学团体丛生的时代。诗歌不得不乘公共汽车去和读者相会。

诗魂慨然长叹："唉，倘若我生在迦梨陀娑的年代，倘若你是毗迦罗玛迪德耶……"

我生在那个年代又怎么样！恐怕也是个屈服于印刷的迦梨陀娑，你们是他作品中的女主人公玛尔碧佳，买了诗集坐在转椅上阅读。不会闭着眼睛听朗诵，听了也不会给诗人戴个茉莉花环。

只要花一元两角钱买本诗集便万事大吉了。

# 池　　畔

站在二楼窗口望得见池塘的一角。

帕德拉月，池塘涨满了水，闪耀着草绿丝绸似的光泽，拖长的树荫在水中扭动。

池畔种了几畦水芹、芋头。微斜的堤坡上几株槟榔树面对面地站立着；岸边有夹竹桃，洁白的百合花，芳香的素馨花；被冷落在一边的夜来香，像穷人一样可怜。一排散沫花树形成天然的篱墙。

对岸是一片香蕉、番石榴、椰子树林；远处，绿树掩映的屋顶平台上，晾晒着一条纱丽。一个头缠湿毛布、光着膀子的壮实汉子坐在石阶上垂钓，消磨时光。

不知不觉已是下午。

雨水濯洗的空中，斜阳没精打采，一副冷淡憔悴的样子。风儿轻轻地吹皱了池水。文旦树叶闪闪发光。

我默默地注视，忽然觉得眼前是逝去的一天的虚影。穿过今时的栅栏的缝隙，许多年前的一个人的容貌在我脑际闪现。她的摩挲是温存的，言语是甜美的，一双黑眼的目光率直而迷人。她穿着素雅的纱丽，很宽的红贴边覆盖着她的双足。

她在花园里铺了一张苇席，用纱丽下摆拂去灰尘。她在芒果树、榴莲树下汲水时，喜鹊在枝头啼鸣，八哥翘着尾翎在枣树上跳跃。

我向她告别时，她未能流利地说几句话。

她立在门后，从门缝里目送路上我远去的背影，泪水渐渐模糊了她的视线。

# 做错事的孩子

你说你不乐意我溺爱迪努。

我喜欢他，只看到他顽皮，看不到他闯祸。我爱他，也生他的气，这绝不是假话。

大凡人都这样，不是特别圆滑的话，缺点容易被发现。

倒霉的迪努淘气得让人讨嫌，但他本质不坏。他的过失成堆，但不给人以重压感。有时看他不怎么顺眼，心里却无反感。

他的情绪像一叶轻舟，顺风疾驰；夸赞他也罢，申斥他也罢，他都不允许持续太久，如同此岸的货物一转眼运到了彼岸，对他不构成压力，他也不对人施加压力。

他生性爱好热闹。他言语啰唆，难免讲错话，若无错话，他言谈的绵密的织锦会断裂。谬误不在他心里，而在他的语言里，懂了他的语法，不难理解这一点。

你说他爱挑刺儿，确实如此。

不过，他是用夸大、扭曲了的真实提出责问的。被他责问的人并不真坏，喜欢听他吹毛求疵的人比比皆是。他们是受责备的星云，他是专司责备的一颗星，他的光华来自星云。

归根结底，他秉性聪慧，但不善于缜密地思考，因而他可爱的罪过每每引起哄堂大笑。

而见到擅长判断是非、探究细微的人，这样的笑声必然戛然而止。同他们在一起，精神压力太大，忍受不了多久。直到他们偶尔疏虞暴露了缺点，才能松口气，精神上轻松一些。

现在再来说明何谓考虑不周。

淘气包玛坎上梵文课前，把锅灰涂在教室门框上。先生进门背上衬衣蹭黑了。玛坎笑了，他的同学全笑了，唯独先生不笑。

愤怒的校长把玛坎赶出学校；校长态度极为严肃，是非观念极强。瞧着他这副模样，学生把笑声咽进了肚皮。

迪努不假思索地做错事，随随便便地做好事，错事好事都不放在心上。

他借东西不注意及时归还，别人借他的东西，他也从不上门催讨,事实上,他总吃亏。

记住我的话:要骂只管骂他,心里可得微笑,否则要酿成大错。

我不理会是非,我在近处看他,他是一个人。你在远处审视,把他置于解剖台上。

比起你来,我更多地数落他,更多地原谅他。我处罚他,但不流放他。我就这样留他在身边,你不要怪怨。

## 空　隙

"量力而行,不可太劳累了!"耄耋之年,是对我的心讲这句话的时候了。

我开始适量地遗忘,让时间出现一些空隙。

孩提时代,我责任的墙壁有许多孔洞。我无羁地驰骋想象,游历帕拉兹村庄,在京城摩羯陀登位,发布号令。

如今,我的心回归了那时忘事的疏懒之中。

我的朋友怕我健忘,把要做的事写在一张纸上,放在我的书案上。可我甚至忘记看这张纸,不在书案前坐下。生活是松弛的。

纸上没有注明天气已经转热,但不妨碍我意识到气候的变化。温度表喘着气暗示我关心一下扇子在哪儿,火车时刻表在哪儿,查看一下火车开往大吉岭①的时间,我却无动于衷。

中午,烈日当空,烤灼着原野。一阵阵热风卷扬着沙尘。

我视而不见。

仆人班纳马里只当此时关门符合名门望族的规矩,却受到了我的责怪。

下午四时,斜阳透过窗棂落在我的脚边。门房进屋询问有无要寄的信。我一摊手说没有,一瞬间,我有些惆怅,我应该写回信。

---

① 大吉岭:印度避暑胜地。

然而把信交给邮差的时候我的惆怅也跟随着消逝了。

花园曲径两旁的达迦尔花、玉兰花的资本尚未告罄,它们像聚在码头上的一群女人,你推我搡,互相嘲笑,气氛欢乐。

杜鹃不住地啼叫,我真想劝它不必如此固执地逼我回忆森林里的幽寂,劝它经常遗忘,把空隙嵌入生活,不要损害记忆的名誉,使之不堪忍受。

我尚有追怀几多往事、几多悲伤的许多日子。通过这些日子的空隙,新鲜的春风融合晚香玉的孤寂的幽香,习习吹来;榴莲树下的浓荫吹奏"悠远"的情笛,吹出听不见的凄婉。通过这些日子的空隙,我望见逃学的孩子在游逛,怀里抱着雏鸭,下午独自坐在池畔石阶上;我望见新嫁娘在写信,写了又撕,撕了又写。一丝笑容浮上我的面庞,随即是一声沉重的叹息。

## 新　居

马俞拉基河畔,我养的梅花鹿和小牛犊整天形影不离,情深义厚,两者的关系跟耳鬓厮磨的红松、穆胡亚树一样。红松和穆胡亚树的叶子同时落在地上,落在我的窗台上。

上午,阳光把挺拔的棕榈树的影子,悄悄地投落在我房间的墙上。

沿河踩出了一条红土路,野花落在路上。文旦花熏香了空气。查鲁尔树、火焰树、曼陀树竞相开花,争艳斗奇。小篮似的萨兹纳花在风中摇晃。青藤爬满了马俞拉基河边的篱笆。

红石阶爬进了河水。码头旁立着粗壮的金色花树。我架了座竹桥,桥头的玻璃盆内种了素馨花、茉莉花、晚香玉和白夹竹桃。桥下深水里的石块清晰可见,洁白的鹅在河里游弋。棕黄的奶牛和杂色的小牛在马俞拉基河边吃草。

屋里铺着茶色缀花篮地毯,橘黄色墙壁画了黑边线。我每日坐在游廊东侧,迎候旭日升起。

我的芳邻嗓音清脆,像舞女手镯的闪光。她家的茅屋顶爬上了牵牛花藤。我从未请她唱歌,但常常听她唱得很动情。

她丈夫忠厚、热情,爱读我的作品。同他开玩笑,他在恰当的时刻恰如其分地嘿嘿一笑。他说的话极为通俗、平易,可是有一天夜里十一点左右,在马俞拉基河边的红木林里,他说了一句意味深长的话,叫人不得不眨眨眼假意夸他是一位诗人。

屋后是几畦菜地,两亩稻田,一座树篱环围的芒果、波罗蜜果园。

拂晓,我的芳邻哼着小调从牛奶里搅制黄油。她丈夫骑着红鬃矮种马,去巡视农活。

河对岸茂密的树林里,隐隐传来绍塔尔族人吹的笛声。

冬天,耍蛇艺人在马俞拉基河畔搭起简易帐篷。

其实,马俞拉基河畔现在、将来都建不成我的新居。我从未见过马俞拉基河,从未亲耳听见它的名字。它的名字是眼皮上抹了幻觉的乌烟,用想象的目光看见的。

不过,我觉得我在这儿待不下去了。我恬淡的心灵期待着辞别这里的一切,前往马俞拉基河畔。

## 溺死的男孩

村里一个十来岁的男孩,颇像残壁下一棵野草——没有园丁照料;既领受阳光、空气、雨露的爱抚,也忍受尘埃、虫豸的骚扰;山羊啃一口,黄牛踩一脚,非但不甘心死,反而长得茎秆粗壮。

他爬树打酸枣,掉下来摔断了骨头。

他误吃了含毒的野果,头晕目眩。

祭神节他去看彩车,彩车不曾看见,自己不知道到了什么地方。他又累又饿,倒在地上,昏死了又活过来。他迷了路,衣服撕破,满面灰尘,最后回来了。

他被人打,被人骂,人家一松手,他撒腿跑得远远的。

浮萍拥挤的水泽边,单腿立着一只丹顶鹤,黑乌鸦在棘条上颤悠,白鸢凌空翱翔。渔民把竹竿插入河里,布网捕鱼。鱼鹰惊觉地蹲在竹竿顶端,鸭子潜水觅食螺蛳。

下午,粼粼碧波分外迷人。绿藻荡漾,鱼儿追逐嬉戏。更深的水下住着龙女么?听说她用金梳梳理曼长的黑发,波光映出她妖娆的身姿。

他起了潜水的念头,那透明的绿水,多像龙女柔腻的肢体!他对一切感兴趣,不管里面究竟是什么。

他纵身入水,水草缠住他的手脚。他呼救,呛水,沉入水底。

听见水边放牛的孩子惊叫,渔民急忙撑船过来营救。把他打捞上来时,他直挺挺地不动了。

此后好几年一想起他,我就恍恍惚惚,眼前金星闪烁,四周一片昏黑。心里却清楚地看见那个自幼丧母的男孩。

有趣的是,他说的话至今不死!

我听见他在怂恿他的伙伴:“下水看看,腰里结根绳子,一下水就把你拽上来。”

他极想体验跳水的滋味。

他的伙伴不敢。他鄙夷地骂:“胆小鬼!”

他像小动物似的潜入账房先生的果园。是的,他挨了几拳头,但远比不上他吃的黑浆果的数目。

这家人骂他:“不知羞耻的野猴!”

有什么可羞耻的!

账房先生的瘸腿儿子抡起拐杖打黑浆果,捡了一篮,放开肚皮吃。他打断树枝,打烂果子,他知不知羞耻!

有一天帕克拉斯家的二小子拿着万花筒对他说:“你看里面是什么。”

他看见斑驳的颜色,晃一晃,又一个花样。

“大哥,咱俩换吧。”他提议说,“我给你一个磨光的贝壳,削生芒果皮,可快了,另外再送你一个芒果核做的哨子。”

万花筒没有给他。

他不得不采取偷的办法。

他不是贪心。他不想永远占为己有,只想看看里面的缤纷世界。

枯登哥哥拧着他的耳朵审问:“你为什么偷?”

“他干吗不给我?”倒霉鬼反问,那口气分明要帕克拉斯家的二小子承担他偷万花筒的责任。

他心里没有恐惧,没有仇恨。

他嗖地捉住一只大青蛙,扔在果园埋木桩的深坑里,逮虫子喂养。

他把甲虫放在纸盒里,喂牛粪末儿,别人想扔而不敢下手。

他上学口袋里装着一只松鼠。

有一天他把一条水蛇塞进先生的抽屉,心里说看看先生见了水蛇是啥样子。

先生打开抽屉,魂飞魄散,狼狈逃窜。

值得一看的逃窜!

他养的狗不是名门出身,是纯孟加拉种,神态、举止跟主人相似,经常食不果腹,除了偷窃别无他法。头一回偷就打断一条腿。

大概是报应,打手家的黄瓜竹架同一天被打得稀里哗啦。

这只狗夜里不躺在主人的床上睡不着觉,主人不抱着它也难以入眠。

一天它伸嘴去吃邻居家摆好的饭菜,灵魂踏上了黄泉路。

他满怀悼念的悲恸,人前却不掉一滴泪。他偷偷地哭了两天,从此茶饭不香,再没有偷吃账房先生家果园里熟酸果的兴致。

他把一只破锅扣在邻居七岁外甥的头上。头顶破锅,那小孩的哭叫听上去像榨油厂的汽笛声。

他走进有钱人家总被轰出门。只有养奶牛的女人希杜招呼他进屋喝碗牛奶。她儿子已死了七年,年龄同他只差三天,和他一样皮肤黝黑,一样的塌鼻头。

他也跟希杜阿姨捣蛋——剪断牛绳,藏茶壶,把她的衣服弄得黑不溜秋。他要看各种试验的结果。旁人看不过,代她管教,她反倒为他辩解。他的顽皮激起她慈爱的波浪。

阿姆比格先生沮丧地对我说:“他是块榆木疙瘩。小学课本上您的诗,他一点也不喜欢读。淘气地把那几页撕了,还说是耗子咬掉的。真是只不可教化的野猴子!”

“责任在我。”我说,“假如有一位他的世界的诗人,这位诗人写的诗歌的旋律必定融合甲虫的鸣声,他读起来就津津有味了。我何曾写过货真价实的青蛙的故事和他那只秃顶狗的悲剧!”

## 旅　伴

世界上不缺少不美的人,比起不美的人,我的旅伴有过之而无不及。这委实是件稀奇事儿。

他的秃顶与年龄不相称,所剩无几的头发也已斑白。两只小眼睛没有睫毛。他皱着眉头东张西望,好像在稻田里拾稻穗。他的鼻子高而宽,占据了四分之三的脸盘。额头宽阔。左鬓发毛脱尽,右眼上眉毛消失。唇髭胡须剃光的脸上,裸露着造物主塑造的粗疏。

餐桌上谁粗心丢失的扣针,他拿起来别在自己的西服上。女旅客见状,转过脸去吃吃地笑。他收集落在地上的捆包裹的绳子,接起来绕成一团。别人乱扔的报纸,他叠好放在桌上。

他用餐非常谨慎。他口袋里装着一瓶开胃的药粉,坐下吃饭,先把药粉倒在水里饮服。用完餐,再服一粒助消化的丸药。

他寡言少语,说话有些结巴,一开口让人感到他是个傻瓜。别人在他面前议论政治时,他默不作声,无从知道他是否听懂了一些。

我与他在一艘客轮上共度了七天。

有些旅客无端地讨厌他，画漫画讥嘲他，把他当作一块笑料，俏皮话越说越刻薄。他们每天用新的言词塑造他的形象，以荒唐的想象丰满他这件作品，来弥补上帝创造的漏洞造成的某些部位的失真，并坚信这是纯正的真实。

有些人猜他是个经纪人，有的说他是橡胶公司的副总经理，猜测激发了打赌的兴趣。

不少旅客对他敬而远之，他已习惯了他们的冷淡。旅客在吸烟室打牌赌钱，他对他们也敬而远之。他们在心里骂他："吝啬鬼！下贱胚！"

他与船上的吉大港的水手混得很熟。水手用水手的语言说话，不知他操的什么语言，好像是荷兰语。

早晨，水手用橡皮管冲刷甲板，他也跳来跳去地帮忙，笨拙的动作招致善意的哄笑。

有个少年水手皮肤黝黑，双眼乌亮，头发曲卷，身材单薄。他送给他苹果、橘子，给他看画报。旅客们对他有损于欧洲人尊严的举动大为恼火。

客轮停靠在新加坡港。他把水手叫去，分发香烟，每人一张十美元纸币。送给少年水手一根镀金手杖。

他与船长道别后，匆匆走下码头。

这时他的真实姓名传开了，吸烟室里玩牌人的心里发出了啊呀啊呀的惊叹。

## 不同的童年

厨房是希罗娜阿姨的活动天地。

总见她夹着两只铜罐到池塘汲水。筑了石阶的池塘，离厨房不过两铜罐的距离。

她那丧母的外甥整天光着脊梁，脑袋里进不去任何忠告。这个无正经事可做的淘气包,俨然是池塘的主人。一高兴就跳进池塘,一面游泳一面朝天上喷水。他站在石阶上用瓦片打水漂;折根竹竿煞有介事地坐着钓鱼;爬树摘黑浆果,扔的比吃的还多。

人们说头秃了三分之二的胖地主才是池塘的真正主人。他十点前前胸后背抹些油下水洗澡,身子猛地往水下一缩,泡两下赶紧上岸,念叨着杜尔迦女神的圣名,穿过竹林回到家里。他正在打一场官司,忙得不可开交。池塘写在他的田契上,但尚未纳入他管辖的领地。

希罗娜的闲得难受的外甥,统管着树林、沼泽、荒地、沉船、破庙和罗望子树最高的枝梢。

他骑上在果园里吃草的洗衣人的驴,竹鞭抽得它飞奔起来。他得意地领略赛马的乐趣。不管法官怎样判决,他没有事做,就骑洗衣人的驴,一骑上去,这畜生连同四条腿就归他了。

做父母的均指望儿女读破万卷书,日后高官厚禄,光宗耀祖。

所以,教书先生派学生头领把逃学的他从驴背上揪下来,拖着穿过竹林,送进教室。

他的王国在集市、河埠、旷野。此刻,他被四壁包围,神思被粘到书页上。

我也曾经是个孩子。

天帝也为我创造了河流、田野、长空,可惜没有利用的机会,丧失了存在的价值。在儿童广阔的世界里,没有我的一席之地。

我的巢筑在旧楼的一角,不许随便走到巢外。

仆人们哼着地方戏曲做枸酱包,随手把红艳艳的液汁抹在墙上。

大理石地板擦得光滑、锃亮,百叶窗帘雅致非常。楼下是砌了石阶的池塘,靠墙有一行椰子树。发髻蓬松的老榕树把粗硕的根深深地扎入池塘东岸的地下。

上午,左邻右舍的人来沐浴。下午,闪耀着阳光的水面上,游弋的鸭子用喙抚理翅羽。

时光潺潺流逝。

苍鹰在天空盘旋。年老的布贩子敲着铜盘沿街叫卖。恒河水通过引水渠流入池塘。

在广阔世界里儿童加冕为君王，而我生下来是个穷孩子。我只能在我内心的渴望里，眼睛的远望中，池水的波光中，榕树的气根拥抱的凉阴里，椰子树摇动的枝条上，远处晒太阳的露台上做我的游戏。

悉多得到肌肤如芊芊嫩草一样细腻的罗摩的消息的那天，神猴诃努曼进入无忧树林。我的诃努曼每年雨季驾着湿润淡蓝的新云来临，搅得天昏地暗。从它黑洞洞的口腔里，传出我无法前往的远方的信息。

高楼包围的一方哀戚的云天，木然地俯视着我，胸脯隆隆地起伏。浓黑的乌云像振鬃眦目的野狮，跃过榕树的头顶。池水吓得瑟瑟战栗。飓风和林莽里，腾起儿童生活中被压制的活力。东方海岸获释的博大的神童①，飞来与我结为好友。

哗哗地下起雨来，一级级石阶沉入水中。

夜里雨越下越大。我躺在床上，闻到飘入窗口的潮湿的林木气息。庭院里积了齐膝深的水。屋檐口涌出一股股粗大的水流，滚下去与地上的积水汇合。

早晨，我跑到南窗口，只见池塘已是一片汪洋，外溢的池水汩汩地流过果园，木苹果树那头发散乱的脑袋孤零零地挺在水面上。

街坊们喧嚷着跑出去，用长毛巾和披肩逮鱼。

直到昨天，池塘和我一样是个囚徒。上午，下午，形态各异的树荫融入水面，流云用阴影之笔短促地在水面上划一下。透过榕树叶缝的阳光，像用金勺子泼到池水中。池塘泪光滢滢地仰望着高空。

今天，它自由了，如身穿赭色道袍的游方僧，周游四方。

---

① 神童：指云。

我的几个哥哥跳上池塘边的木船，解缆划桨，从池塘划进胡同，从胡同划到大街上，以后不知划到哪儿去了。

我的思绪追随着颠簸的木船。

黄昏来临。

云影与暮色交融，又与池水中榕树的黑影融为一体。

路灯亮了，朦胧的灯光罩着路面。家里玻璃罩灯的火苗畏葸地颤抖着。浓重的幽黑中隐隐望见的晃动的椰子树枝，似鬼魅的暗示。胡同两旁的房屋大门紧闭，一两扇窗户泄涌出来的微弱的光线，好似惺忪眼睛的呆滞的目光。

不知何时，一切沉入昏眠。

深夜，万籁俱寂。游廊里更夫萨罗卜隔一会儿嗷嗷地喊几声。

每年的雨天振奋我的心绪，摇荡我的歌曲。

娑罗树叶在絮语，棕榈树枝在鼓掌，翠竹在轻晃。七叶树和豆蔻树的花瓣纷纷飘落。

家家户户那些和我小时候一样的孩子，在往风筝线上抹特制的胶水。

他们的心事只有他们知道。

## 普通的姑娘

我是深闺内院里的女子。

您不会认识我的，萨拉特①先生。

我拜读过您最新的小说《枯萎的花环》。您笔下的女主人公埃鲁克茜三十五岁溘然去世。她曾与二十五岁的情敌激烈搏斗，我看得出，您非常仁慈，您让她赢得了胜利。

现在说说我自己。

---

① 萨拉特：著名的孟加拉语小说家。

我年纪尚小，但韵华的魅力已打动了一个人的心，得知这一情况，我激动得浑身哆嗦，忘记了我是个普通的姑娘。和我一样的孟加拉姑娘千千万万，她们也秀丽可爱，拥有妙龄的神咒。

我恳请您写一部关于一位普通姑娘的小说。她陷入巨大的悲痛之中。如果她心灵深处沉淀了非凡的情感，她该如何昭示？有几个男子能把它发掘出来？他们的眼睛为花容玉貌所眩惑，但他们的良知并不探寻真实。我们以蜃景的价格出卖我们自己。

容我说明一下我说此话的根由。

您可以假设看中我的那一位叫纳雷斯。他一本正经地告诉我，还没有第二个像我这样漂亮的姑娘映入他的眼帘。我既没有勇气相信也没有决心不相信他的赞辞。

后来，他去英国留学。

我偶尔收到他的来信。

我常常胡猜乱想：罗摩啊罗摩，成群的英国姑娘出入公共场所，她们个个出类拔萃、聪慧过人、神采飞扬，她们已经发现了昔日埋没在印度百姓之中的纳雷斯？

果然，上回他来信说他与丽姬一道下海游泳。丽姬像乌哩婆湿似的浮上水面时，他情不自禁地朗诵了孟加拉诗人赞美乌哩婆湿的诗句。然后，他俩并肩坐在沙滩上，面对翻涌的蓝色海浪和满天明丽的阳光。

丽姬语调徐缓地对他说："你来的那天和你回国的日子，好似贝的两张壳，让一颗浑圆的泪珠充填其间吧！"

她委婉地表达爱慕的手法何等高超！

纳雷斯还在信中写道：即便她胡诌，那又何妨！说得实在太感人了。嵌玉的金花难道是真花？但何尝不给人以美的享受！

您明白了吧。他信中比喻的隐义，像无形的钢针刺入了我的胸膛，并且提醒我，我是个普通的姑娘。

我没有回报门第高贵的情人的足够资本，唉，我无力改变现状，终身是个债务人。

萨拉特先生，求求您，写一部关于普通姑娘的小说吧！这个不幸的姑娘必须同六、七位才貌出众的女性竞争，如同俱卢战场上阿周那之子阿维马努单枪匹马与七位凶悍的骑士厮杀。

我知道厄运已落到我头上，我已经输了。但请您允许您笔下的女主人公代替我获胜，使我读了扬眉吐气。

让您的生花妙笔传递檀香般芬芳馥郁的喜讯吧！

为您的女主人公起名马拉蒂，这也是我的名字。不必担心被读者发现，孟加拉平原上有无数个马拉蒂，都是可以信赖的心地淳朴的姑娘。她们不懂法语、德语，只懂得委屈落泪。

您准备如何让她获胜？

您的灵魂高尚，您的笔触神圣。也许您打算导引她走上自我牺牲的道路，忍受不堪忍受的痛苦，和沙恭达罗一样。

原谅我吧，萨拉特先生，让她下来站在我的位置上。我得不到长夜的黑暗中向天帝祈求的不现实的恩典，但您的女主人公可以得到。

写纳雷斯在伦敦混了七年，处在水性杨花的女人的包围之中，一次次考试不及格。

然后，您的笔锋一转，写马拉蒂在加尔各答大学数学考试中独占鳌头，获得硕士学位。但您如果在这儿收笔，您小说之王的桂冠会被玷污。

不要管我处境如何艰难，不要收缩您的想象力。你和天帝一样是不吝啬的，送马拉蒂去欧洲。写那儿的一群学者、圣哲、英雄、诗人、艺术家和君主簇拥着她，像天文学家发现星球那样，发现她不单才华横溢，而且性情温柔。

不是在愚昧的国度，而是在有圣人、慈善家，有英国人、德国人、法国人的地方，揭示她征服世界的魔力的奥秘；举行举世瞩目的盛大集会，对她表示热烈欢迎！

描写她头上落下赞颂的甘霖，她落落大方地穿过人群，像海面上滑行的一艘帆船。人们看了她的眼睛，交头接耳地说印度的雨云和阳光交融在她的眼神里。（顺便说一句，造物主的爱怜确实溶化在我的眼神里，不过我必须承认，我尚未遇到欧洲的有识之士。）

纳雷斯和那些出类拔萃的女士尴尬地站在会场的一角。

以后呢？

我的故事到此结束。

我的梦幻破灭，可怜啊，普通的姑娘！

唉，白白浪费了天帝的创造力！

# 名　声

尼斯兄：

我十九岁那年，你二十五岁左右，已出版了两部长篇小说：《康达姑妈》和《潘珠的怪癖》。此外，《时代的车轮》月刊上正连载你的小说《血痕》。

你的成就轰动了全国。

我在学院的文学研讨会上赞扬你比般金·钱德拉·查特吉①更伟大，引起了一场打破脑瓜的混战。

我哥哥揶揄我是你盲目的崇拜者。

大学毕业之后，我搞到了县长助理的差使。不久，全国掀起如火如荼的反殖民爱国运动，我毅然辞职。

之后，我交了好运，成为你的挚友。过从甚密的那段日子里，我不曾说过你一句坏话。我甚至假笑着袒护你大大小小的缺点，把它们化入你的崇伟之中。

我深知你最擅长塑造瑕不掩瑜的风云人物。你一再地督促我："提笔写小说吧，在作家的舞台上，你本应有尊贵的席位，是你的自卑

---

① 般金·钱德拉·查特吉（1838—1894）：孟加拉语近代文学创始人。

感,使你屈辱地坐在读者的长凳上。”

于是,我犹犹豫豫地拿起了笔。

我第一部小说以我们这个时代为背景。主人公是邦迪加达地区被追捕的政治犯。他潜伏了七个月,有天深夜冒着生命危险回家看望母亲。他的亲叔叔向警察告密。他在一个渔家女的草房里躲了几天。他叔叔提供了可靠的情报,致使他落入敌人之手。渔家女做了伪证,也被捕入狱。他叔叔爬到了副县长的位置上。

你读了我的小说,赞不绝口,亲自把稿件送到编辑萨姆普·桑德尔家里,要他马上在《时代的车轮》上发表。

果然,小说第二个月开始连载。

如同干芦苇塘着火迅速蔓延的火势,我很快蜚声文坛。《短笛》杂志上一篇评论文章中写道:“在这位文坛新星面前,著名小说家阿苏先生黯然失色了。”

你读完开心地一笑。

《番查加那》杂志上发表的拉地甘达·迦斯的文章说:“孟加拉文苑终于诞生了真正的传世之作。”

你看了这篇文章没有笑。

之后,你我之间蔓生了名声的荆棘。

此刻,请听我一句话,我的名声是在“现代疯狂”的薄土中滋生的,根子扎得不深,不结果实,只有叶子的茂密,原因是不懂得虚怀若谷。

你塑造的主人公是孟加拉的堂吉诃德,他的怪癖将千秋万代遗传给不同肤色的狂人。

我小说中的主人公贡杰拉尔像一个爆竹,在空中一闪便熄灭了,只能迷惑傻瓜的眼睛。

我知道你是多么崇高。我岂能为窃取虚假的荣誉的资本而出卖你的友谊。

打开纸包看吧,里面是我作品的灰烬。

我的作品明天必是一撮尘土,干脆今天就付之一炬!

# 短　笛

卖牛奶的吉努居住的小巷边有一幢二层楼房，一楼窗户钉着铁条。湿漉漉的墙壁泥灰驳落，到处是褐色的斑痕。用美国布做的门帘上画着财神迦奈斯。除了我，租用一楼房间的还有一个生灵——蜥蜴，它与我的区别在于它不缺少食品。

我是商业厅最年轻的文书，月薪二十五卢比。下班后辅导“达特”种姓人的孩子复习功课，报酬是一顿便饭。然后到瑟亚尔达车站消磨黄昏，省下点灯的花销。听着哐当哐当的车轮声，汽笛声，旅客的喧嚷声，苦力的叫喊声……挨到十点半钟，才返回黑糊糊凄冷的住所。

我姑母的村庄坐落在达勒斯瓦利河畔，她的侄女曾与我这个命途多舛的人缔结姻缘。成亲的吉期在迩，我“犯上作乱”的罪行败露，只得仓皇出逃。新娘摆脱了“灾难”，我亦如此。

新娘未能步入洞房，但每日在我的心房进进出出。她身裹达卡绸纱丽，眉宇间是一颗硕大的吉祥痣。

近来，阴雨绵绵，电车票价又涨了，薪水却被克扣。小巷角落里，榴莲和芒果的皮核、鱼鳍、小猫的尸体、炉灰……堆积着，腐烂着。

我使用的多孔的旧伞的现状，颇似七扣八扣的薪金。办公室沉闷的氛围的唯一装饰品，是膜拜保护大神毗湿努的乐天派库比康特的俏皮话。

淫雨的黑影潜入潮湿的斗室，像坠落陷阱的困兽，昏迷不动。白天黑夜，我感到与半死不活的世界死死捆在一起。

住在巷口的甘达先生，有一头细心梳理的波浪形黑发和一双大眼，性格豪爽，自小爱吹笛。岑寂的午夜，夜色阑珊的拂晓，光影交叠的下午，小巷恶浊的空气中，常萦绕他的笛音。有天黄昏，他吹起沉郁的“兴都”、“巴鲁亚”曲调，暮空弥漫着万古不变的离愁。顷刻之间，小巷恍如哀绝的醉鬼呓语般的虚幻。我陡地感到，我——穷文书哈里帕特，与莫卧儿的皇帝阿格巴尔无甚区别，破伞与华盖循着凄婉的笛音一齐飞向天国。

这笛音听来尤为真切动人的地方，流淌着达勒斯瓦利河。无尽的黄昏，河畔黑棕榈的浓荫里，菜园里，她在等待，身裹达卡绸纱丽，眉宇间是一颗硕大的吉祥痣。

## 步步高升

楼梯口右面的走廊里，我每天上午跟尼勒穆尼学习英语。

破墙旁边有棵高大的罗望子树，结果的季节，猴子在树上蹦来蹿去。

我的目光不由自主地离开英语课本，追踪猴子摇动的尾巴。先生立刻拧我的耳朵，以证实我与红眼猴在理性上的差异。

放了学，我在植物家族里执教。

园子里有黑浆果树、酸果树、一排槟榔树。沿墙自生的一棵幼枣树是我的学生。

我用板尺一面揍枣树一面训斥："瞧你这笨蛋，参天的黑浆果树都结果了，可你又矮又小，不求上进！"

我恭听父亲的教诲，常听见"上进"两个字。听他一再地讲拾破烂的卖一篮篮碎玻璃，最后成为百万富翁的故事，"上进"的概念在我眼前变得具体而清晰。

人无不想成为富翁，起码也得像巴吉德普尔镇放高利贷的帕珠·马雷克那么富裕，连同黑浆果累累的园子，我家这幢楼房已经典押给他了。

我天天教育枣树，要以帕珠·马雷克为楷模，快快长高。

我一天两次用棍子测量枣树的高度。

我的火气越来越旺，它却视而不见，不长高，也不结果。盛怒之下，我挥舞木棍噼里啪啦狠狠揍了它一顿。

这时,我当税务员的父亲调到了巴尔达曼县,我转入加尔各答一所高级英语学校,起步向高官显爵的顶峰攀登。

父亲谢世不久,我在秘书处奠定了步步高升的基石。

可是妹妹已到了出嫁的年龄,我不得不托人求情,借了一大笔债,好歹操办了她的婚事。

我的婚事也有了眉目,明年二月九日,新春的暖风体内体外吹拂的时光,就……

不料,我被人从我的职位上撸了下来。

我的境况恰似害虫啃噬的、外表光亮的生果子,狂风袭来,咚地坠地。

春天的花事出了问题,只怨我时乖命蹇。

公事房的财神别转脸不再垂青于我,家里的财神早已另觅新筑的金莲台了。

我拿着文凭四处寻找工作,奔波了数日下来,我形容枯槁,眼光呆滞,肚子瘪了下去,鞋跟断裂,肤色和旧床单相近。

我登门向达官贵人求助,几乎跑断了腿。这时我突然收到一封信,因借款到期无力偿还,放高利贷的帕珠·马雷克依法没收了我家典押的房产。

我匆匆赶回老家,上楼推开窗户,碰到一根树枝。我心里恼火,用力一推,一看,原来是我的“学生”。

枣树枝繁叶茂,向我表明它已“高升”了,同上门占房的帕珠·马雷克一模一样。

## 朝觐者[①]

我们冒着严寒启程。

---

① 本篇为译诗,原诗作者为T. S. 艾略特。

这是时机最糟糕的极其漫长的旅程，道路迂曲，朔风刀一般锋利，寒冷不可抵御。

驼峰磨伤、脚痛难忍、脾性暴烈的骆驼，不时趴卧在融化的冰雪上。

想起春天山底下的宫苑，衣着华丽、手擎盛满芳醴的杯盏的名媛淑女，心里好不沮丧。

牵骆驼的脚夫骂骂咧咧，怨声不绝，一个个溜之大吉，寻找烈酒、女人去了。

火炬已经熄灭，找不到打尖的旅舍，城市满布敌意、猜疑；村落肮脏，且漫天要价。

困难重重！最后我们决定通宵赶路，累了打个盹儿。听见谁在唱歌，准是疯子！

黎明时分，我们进入凉爽宜人的山谷，雪线下是潮湿的沃土，空气中弥漫着浓郁的林木的气息，山涧淙淙流淌，水车的叶片拍击着幽暗。

天边屹立着三棵树。浑身雪白的老马在山坳奔驰。我们走到门上挂着葡萄藤的酒肆前，只见两个人脚踏着空酒坛，在洞开的大门口掷骰子赌钱。

打听不到任何消息，我们继续前进。时光飞逝，傍晚，我们到了目的地，应该说，这段经历是令人满意的。

这一切仿佛发生在邈远的往昔，又仿佛是有意发生在现在，写下，请写下这句话——如此迢遥的地方牵引我们来寻死还是觅生？

“生”已有过一回，我们有不容置疑的证据。

在这以前，我见过“生”也见过“死”，自忖两者不是一码事。

然而，这“生”是非常冷酷的，它的折磨是惨毒的，像死，像我们的死。

我们返回自己的国家，返回自己的王国。但在陈规陋习中，没有丝毫的安宁，周遭不可亲近的人抱着各自的神像。

我死了反倒轻松。

# 儿童圣地

## 1

几更天了？没有回答。

蒙昧的光阴在亘古的迷津里徘徊，望不见陌生的路的终端。

山底下的暝暗像倒毙的恶魔的眼珠，叆叇的浓云压迫苍穹的胸脯，洞穴里一团团黑雾犹如剁碎的夜阑的肢体。

天边刺目的火光，忽明忽灭，那是无名煞星红眼的窥视？抑或是原始的饥渴伸抖着的滴血的舌头？

“蜕变”的泪滴般的狼藉的杂物，是生灵未完的游戏的残骸？还是恣意挥霍的权势的破损的牌楼？湮没的河道上被遗忘的腐朽的桥梁？神明离弃的天祠里蛇洞迂曲的祭坛？未做成便腐蚀了的隐入虚无的阶梯？

蓦地，传来石破天惊的巨响，那是禁锢的山洪冲出隘口的轰鸣？还是疯狂旋舞的苦修者高诵的骇人的经咒？大火包围的森林自毁的惨叫？

可怕的喧嚣下面，流动着轻微的音流，好似火山喷发的熔岩，里面熔合着嫉贤妒能的窃窃私语、卑鄙的飞短流长、愚蠢的尖利的傻笑。

那里，游荡的人像历史的纸屑，火炬的光影中，他们满面是恐惧。

一天，无端的猜疑驱使一个狂人一刀砍死他的邻居。不公正的裁决立即激起广泛愤怒的争吵。

一个妇人绝望哀号：“唉，唉，我们迷失方向的儿子堕落了。”

一个美女裸露着洋溢青春美酒的醇香的芳躯，格格地笑道：“区区小事！”

## 2

虔诚者坐在山巅皎洁的宁静中,不眠的目光寻觅星光的暗示。

云团凝聚,夜鸟哀鸣飞翔的时刻,他说:“别害怕,兄弟,记住人是伟大的。”

他们不以为然地说:“太初的力量是兽性,兽性是恒久的。诚实实际上是自欺欺人。”

蒙受打击时,他们惶恐地打听:“兄弟,你在哪里?”

听到的回答是:我在你身边。

黑暗中不见他的身影。他们议论纷纷:那话音是陷入恐惧产生的幻觉。是虚妄的自慰。

在暴虐的荆棘丛生的大漠里,为占有海市蜃楼,人们累世经代地互相残杀。

## 3

云散天晴,东方地平线上跃出了启明星。大地的胸膛徐徐呼出一声惬意的长叹。林径上荡漾着绿叶簌簌的絮语,鸟儿在枝头唱歌。

“时辰到了。”虔诚者肯定地说。

“什么时辰?”

“启程的时辰。”

他们不解其意,坐着胡猜乱想。

晨曦的爱抚渗透泥土深处,世界的根须里泛起生命的活力。一种轻微的声音传入大家的耳朵:向“完美”的圣地进发吧!

这激动人心的崇高的声音迅速在人群中传播。男人仰望天际,女人合掌覆额,孩子拍巴掌嬉笑。

红日在虔诚者的眉宇描了个金色吉祥痣。

人们齐声欢呼:啊,兄弟,我们赞颂你。

## 4

旅人从各个角落出发——

从尼罗河流域,从恒河之滨,从西藏冰冷的河谷,他们漂洋过海,翻山越岭,穿过无路的沙漠,在葛藤如网的密林里开辟道路,朝城墙环护的都市大门前走来了。

他们有的徒步,有的骑马,骑象,骑骆驼。

有的战车上飘扬着中国的绸旗。

皈依不同宗教的教徒诵念着不同的经文焚香前行。

护卫帝王的军卒的刀戟寒光闪闪,擂响的鼓声如同雷鸣。

托钵僧披着破烂的袈裟,王公贵族身着耀眼的缀金缎带绸袍。

健步如飞的求学的年轻人推着为学识的荣誉和高龄的重荷压得步履蹒跚的老学究。

无数母亲、处女、新娘说说笑笑,托着盛放白檀香膏的圆盘,提着灌满香水的铜壶。

行列里还有跛子,瞎子,娇声娇气、香水味儿刺鼻的妓女,出售神灵、衣冠楚楚的宗教商贾。

何谓"完美"?!

无人讲得清楚。以往所做的阐释,不过是在私刑上粘贴高尚的标签,赋予无上的价值,为有恃无恐的盗窃带来无穷的机会,以龌龊肉体的不倦的贪欲构筑臆想的天堂。

## 5

乱石横卧的山路崎岖、艰险。

虔诚者在前面带路，身后是强者、弱者、年轻人、老年人、统治者、半饥半饱的农夫……有的脚底起泡，筋疲力尽，有的满腔愤懑，有的产生怀疑。

他们计算迈出的步伐，不时询问：还有多远？

虔诚者以歌声作为回答。

他们听他唱歌，皱起眉头，但不敢走回头路。

人流的惯性和朦胧的希望驱策他们向前。

他们减少睡眠，缩短休息时间，展开互相超越的激烈竞赛，唯恐落后蒙受欺骗。

一个个黄昏尾随白昼来临，未知的邀请以看不见的信号向他们招手。

他们的表情变得冷峻，抱怨越来越刺耳。

## 6

入夜。

跋涉了一天的人们在榕树底下铺席坐下。

一阵风吹灭了灯，稠粘的幽黑宛如昏眠。

人群中呼地站起一个人，指着带路人吼道："骗子，你骗了我们。"

一个个喉咙迸发出严厉的责问，女人们咬牙切齿，男人们破口大骂。末了，一个胆大的以迅雷不及掩耳之势猛击他一拳。一个个人站起来，拳脚相加，他失去生命的躯体倒在地上。

死寂的夜，远处隐隐传来涧水声，空气中浮荡着淡淡的茉莉花香。

## 7

旅人们惊慌失措。

女人嘤嘤啜泣，男人厉声呵斥："别哭！"

挨了鞭子的狗惨叫一声，停止狂吠。

长夜漫漫。

男男女女激烈地辩论，谁应承担责任？

他们吼叫，咆哮，行将拔刀动武的时候，夜色稀薄了，霞光掠过山峰，布满天空。

他们慢慢平静下来。

太阳伸手痛惜地抚摸血迹斑斑的死者的安详的额头。

女人们放声大哭，男人们双手捂脸。有人想溜之大吉，但脚挪不动，罪责的锁链把他与无辜的牺牲品拴在一起。

他们痛楚地互相问道："谁为我们指路？"

"我们打死的人为我们指路。"东方的一位老人说。

大家默默地垂下头。

"怀疑使我们抛弃了他，"老人继续说："暴怒使我们杀害了他，现在爱使我们又接受了他，他的死使他在我们的生活中复活，他是伟大的死亡的战胜者。"

他们全站了起来，齐声高呼："胜利属于死亡的战胜者！"

## 8

年轻人呼吁："向爱和力量的圣地前进！"

千万个喉咙迸发誓言："我们要战胜今世和来世！"

他们看不清楚目标，但怀有一致的热情。他们共同的炽热愿望藐视着死亡的危险。他们不再问路有多远，他们心里没有疑虑，走路不感到疲劳。

死去的引路人的灵魂在他们心里，在他们的前方。他超越死亡，跨越生命的界限。

他们走过播下种子的农田，经过装满谷物的粮仓，穿过消瘦的身躯企望重新充盈生命力的贫瘠的土地，沿着人口密集的城市的通衢大道前行，越过渺无人烟的沉寂的荒原，那里既往的岁月静默地将破碎的功绩抱在怀里。他们目睹的破落户的颓垣后面，卧榻曾嘲讽食客。

途中熬过了烈日烤灼的漫长的晌午，夕照黯淡下去的时光，他们问预言家："前方是不是我们至高希望的阙顶？"

"不，那是暮云的峰峦上的落日的余晖。"预言家说。

年轻人鼓励道："不要停步，朋友，踏尽夜的黑暗，我们将抵达光的国度。"

他们摸黑前进，路意识到了使命，脚下的尘土以无声的触抚指示方向。

通往仙界的天衢上，星斗以无声的歌词鼓舞他们：旅伴，勇往直前！

引路人凌空传递信息：快到了。

## 9

第一抹朝晖在沾露的树叶上闪烁。

星相家说："朋友，我们到了。"

路边，一望无际的成熟的稻穗在柔风中摇荡。大地的欢声响应着云霓色彩的变幻。从山麓到河湄。一座座村庄里，每日平静地流动着人流。陶工制罐的轮子欢快地转动，樵夫担柴前往集市，牧童在旷野放牛犊，少妇头顶水罐，沿着河边的绿径往家走去。

然而，哪儿是帝王的城堡？哪儿是金矿？哪儿是辑录杀人惑人的咒语的古圣梵典？

"星斗的示意是不会错的。他们的信号陨落在这里。"星相家说罢，神情虔恭地走到路畔的泉水边。

泉眼里涌翻的泉水似液态的光华，黎明在融合笑泪的乐曲的大潮中轻漾，一箭之遥的棕榈树林里，一间茅舍沉浸在无可言喻的静谧之中。

来自海滨的一位陌生的诗人在门口吟唱:“母亲,开门!”

## 10

一束阳光斜照着柴扉。

聚集的人仿佛在血管里听见洪荒年代创造的偈语:母亲,开门!

门开了。

母亲怀抱着婴儿坐在草榻上。

等待的阳光照临朝霞怀抱的启明星似的婴儿的脸。

诗人弹琴,歌声在天空飘绕——胜利属于人类,属于新生儿,属于永生的人。

君主、乞丐、雅士、罪人、才子、愚氓……一齐双膝跪地,齐声欢呼:“胜利属于人类!属于新生儿!属于永生的人!”

# 最后一封信

由于我的过错,空荡荡的寓所愤懑地扭过脸不看我。

我从一间屋子走到另一间屋子,没有一块属于我的地方。我闷闷不乐地走到外面。

我决计出租房子,搬到特拉登去。

由于过分悲怆,我许久不敢进阿姆丽的房间。可是房客快来了,房间得打扫一下,我只得开了她上锁的房门。

房间里有她一双阿格拉[①]绣花拖鞋、梳子,装着洗发液、护肤液的几个瓶子。书架上陈放着她的课本,一架小手风琴,一本剪贴簿贴满她收集的照片。衣架上挂着长毛巾、上衣、机织布纱丽。小玻璃柜

① 阿格拉:印度泰姬陵所在地,因制鞋业而闻名。

里是各种玩具、空粉盒。

我坐在桌后的床板上，从她的红皮书包里取出一本算术练习本，一封未封的信掉了下来。信封上写着我的地址，是阿姆丽稚嫩的字体。

我听说，人溺死的那一刻，眼前闪现浓缩的一生。我仿佛是个淹死的人，拿信的一瞬间，许多往事纷至沓来。

阿姆丽妈妈去世那年，她刚七岁。

我莫名其妙地担心她也活不了很久。

因为，她神情忧郁，过早诀别的阴影从未来倏忽飞来，笼罩着她一双乌黑的大眼睛。

我生怕发生不测，每天上班，不敢让她离开我一步。

她姨妈从班基普尔来度假，忧虑地说："外甥女学习要耽误了。如今谁乐意娶个目不识丁的女孩，当作包袱顶在头上？"

我好生愧疚，说："明天我带她到贝都恩学校报名。"

第二天，她上学了，不过放假的日子大大超过上课的日子。她父亲经常参与让送她上学的汽车倒开回来的阴谋。

第二年，她姨妈又来度假，见此情形，大为不满："这样念书不行！我得把她带走，送她上贝那勒斯的寄宿学校。我无论如何要把她从父亲的溺爱中解救出来。"

她跟她姨妈走了，因为我应允，她是怀着一腔无泪的怨恼走的。

我出门游览巴特里那塔圣地，从自己烦闷的心境里逃了出来。四个月没有得到她的消息，以为老师的关怀已消解她心头的块垒。

我心上的一块石头落了地，我暗暗庆幸把她托付给了"大神"。四个月后回来，我径直前往贝那勒斯看望阿姆丽。途中收到一封信——还说什么，大神已收下她了！

一切都过去了。

我坐在阿姆丽的房间里展开信纸，只见上面写着：我很想见您。

没有别的话。

# 废纸篓

“你在干什么，苏妮[1]？”父亲吃惊地问，“干吗把衣服装在皮箱里？你要去哪儿？”

苏娜丽达的卧室在三楼，有两扇南窗。窗户前床上铺着考究的拉克恼床单，对面靠墙的书桌上，摆着亡母的遗像，一串芳香的花条挂在墙上父亲照片的镜框的两端，粉红色地毯上杂乱地堆着纱丽、衬衣、紧身上衣、袜子、手帕……

身边，摇着尾巴的小狗举起前爪往女主人怀里伸过去，它不明白女主人为什么收拾衣服，生怕女主人扔下它不管。

妹妹莎米达抱膝而坐，侧脸望着窗外，她没有梳头，眼圈红红的，显然刚才哭过。

苏娜丽达不答话，只管低头整理衣服，手微微发颤。

“你要出门？”父亲又问。

苏娜丽达口气生硬地说：“您讲过，我不能在家里成亲，我到阿努[2]家去。”

“啊呀！”莎米达叫起来，“姐姐，你胡说什么呀！”

父亲露出恼怒而又无可奈何的神色：“他家里人不同意我们的观点。”

“但他们的意见，我得一辈子听从。”女儿语气坚定，表情肃穆，决心不可动摇，说罢把一枚别针装入信封。

父亲忧心忡忡：“阿尼尔的父亲鼓吹种姓制度，会同意你俩的婚事？”

“您不了解阿尼尔，”女儿自豪地说，“他是个有主见、胸怀坦荡

---

① 苏妮：苏娜丽达的昵称。

② 阿努：阿尼尔的昵称。

的青年。”

父亲长叹一声，莎米达挽着父亲的胳膊走了。

钟敲了十二下。

苏娜丽达一上午没有吃饭。莎米达来叫过一回，可她非要到朋友家吃不可。

失去母爱的苏娜丽达是父亲的掌上明珠。他也要进屋劝女儿吃饭，莎米达拉住他说：“别去了，爸爸，她说不吃是决不会吃的。”

苏娜丽达把头伸到窗外，朝大街上张望。终于，阿尼尔家的汽车开来了。她急忙梳妆，一枚精巧的胸针插在胸前。

“拿去，阿尼尔家的信。”莎米达把一封信丢在姐姐怀里。

苏娜丽达读完信，面如死灰，颓然坐在大木箱上。

阿尼尔的信中写道：我原以为有百分之百的把握改变父亲的观点，岂料磨破嘴唇，他仍固执己见，所以……

下午一点。

苏娜丽达呆坐着，眼里没有泪水。

仆人罗摩查里塔进屋低声说：“他家的汽车还在楼下呢。”

“叫他们滚！”苏娜丽达一声怒吼。

她养的狗默默地趴在她脚边。

父亲得知事情发生突变，没有细问，抚摸着女儿的柔软的头发说：“苏妮，走，到赫桑巴特你舅舅家散散心。”

明天举行阿尼尔的婚礼。

阿尼尔执拗地叫嚷：“不，我不结婚。”

母亲心疼地叹气：“唉，依了他吧。”

“你疯啦！”父亲勃然大怒。

家里张灯结彩，唢呐从早晨吹到晚上。

阿尼尔失魂落魄。

傍晚七点左右，苏娜丽达家的一楼里点着煤油灯，污渍斑斑的地毯上摞着一叠报纸。管家卡伊拉斯·萨尔加尔左手托着水烟筒抽烟。右手呱嗒呱嗒扇着蒲扇，他正等听差来为他按摩酸痛的大腿。

阿尼尔突然来临。

管家慌忙起身，抻抻衣服。

“忙乱之中忘了给喜钱，想起了特地来一趟。”阿尼尔犹豫一下说，“我想顺便再看一眼你家苏娜丽达小姐的卧室。”

阿尼尔慢步走进卧室，坐在床上，双手抱着脑袋。床具上，门框上，窗帘上，漾散着人昏迷呻唤般的幽微的气味，是柔发的？残花的？抑或是空寂的卧室里珍藏的回忆的？不得而知。

阿尼尔抽了会儿烟，把烟蒂往窗外一掷，从书桌底下取出废纸篓，捧在胸前。他的心猛地抽搐一下。他看见满篓是撕碎的信纸。淡蓝的信纸上是他的笔迹。此外还有一张照片的碎片，四年前用红绸带系在硬纸板上的两朵花——枯萎了的三色堇和紫罗兰。

## 山茶花

她名叫卡梅腊。

我是在她的练习本上看见她的芳名的。

那天她带着弟弟乘电车前往学院。我坐在她后面的凳子上，欣赏她的披肩秀发和柔美的面部线条。她胸前抱着教科书和练习本。

我在该下车的车站没有下车。

此后，我制定了出门的时刻表。这与我上班的时间毫不相关，而与她上学的时间相吻合。所以经常相遇。

我想，虽然我与她互不相识，但至少是彼此的旅伴了。

她周身放射着智慧之光，黑发从秀额往后拢着，眼里闪着淳朴的光泽。

我暗暗抱怨，为什么不发生事故，使我在救助中显示我的人生价值呢？例如街上发生骚乱。或者哪个恶棍为非作歹。这种事如今不是经常发生吗？

我的命运像一潭浊水，收纳不到可歌可泣的壮举。平淡的日子似聒噪的青蛙，既请不到凶残的鲨鱼、鳄鱼，也请不来雍容的天鹅。

有一天电车上特别拥挤。

卡梅腊身旁坐着一位讲一句孟加拉语夹杂半句英语的年轻人。我恨不得猛地揭掉他的帽子，抓住他的肩膀往车下扔。可一时找不到借口，手痒痒得要命。

这时他抽起了一支很粗的雪茄烟。

我勇敢地走到他面前，命令道："扔掉雪茄烟！"

他装作没听见，照样吞云吐雾。

我一把抢过他口衔的雪茄，掷到窗外，紧握双拳怒视着他。他一声不吭，一步跳下了车。

他也许认识我。我在足球场上因进攻凶猛而小有名气。

姑娘的脸煞地红了。她低头佯装看书，手索索发抖，对我这位疾恶如仇的英雄竟不屑一顾。

同车有正义感的职员齐声称赞："先生，您做得对！"

不一会儿，姑娘提前下车，改乘出租汽车走了。

以后接连两天我没有遇见她。

第三天我看见她乘黄包车上学，立刻省悟我鲁莽地做了件错事。姑娘自己会履行自己的职责，用不着我插手。我暗自悲叹我的命运确是一潭浊水，英雄行为的回忆像牛蛙呱叫，在头颅里对我尖酸地嘲讽。

我决意纠正我的错误。

不久，我获悉她一家去大吉岭避暑。

今年，我也迫切需要换换空气。

她家的别墅名为"摩迪亚"，坐落在距山道不远的茂密的树林里。皑皑雪峰遥遥在望。

我赶到那里才知道她一家人不来了。

我正打算踏上归途时，与崇拜我的球迷摩汉拉尔不期邂逅。他是个瘦高个儿，鼻梁上架一副斯文的眼镜，孱弱的消化器官在大吉岭的新鲜空气中得到了些许慰藉。他对我说:“我妹妹泰努卡祈望见您一面。”

泰努卡像个影子,身材单薄到了无法再单薄的程度,对我这位足球名将怀有不可思议的敬慕。她以为我同意和她聊天体现了我对她别有意味的关切。

唉,命运的捉弄!

在我下山前两天,泰努卡含蓄地对我说:“我要送你一样东西——一盆使你时时想念我们的花。”

胡闹!我以沉默表示厌烦。

“这是珍贵的植物,”泰努卡说,“在恒河平原上精心培育才能成活。”

“什么名字?”

“山茶花。”

我心头一震,与山茶花语音相近的一个名字,闪电般掠过我昏暗的心空。我含笑喃喃自语:“山茶花,不容易获得她的心。”

我不晓得泰努卡明白了此话是什么含义。她突然两颊绯红,兴奋得全身微微发颤。

我携带这盆花上路了。

上了火车,我发觉安顿这位“旅伴”不是件容易事,我把它藏在双人包厢的盥洗间里。

这趟旅行到此结束。

以后几个月的琐事恕不赘述。

在祭神节的假期里,闹剧的帷幕在绍塔尔族聚居区重新拉开。这是偏僻的山区,我不想说出地名。换空气的阔佬从不光顾此地。

卡梅腊的舅舅是铁路工程师,家安在娑罗树影遮护的“松鼠的村庄”里,从那儿望得见天边的青山。附近的沙砾地里淙淙流淌清泉,帕拉斯树枝上结了野蚕茧,赤裸的绍塔尔族牧童骑在水牛背上。

这里没有旅馆。我在河边搭了顶帐篷。除了那盆山茶花,没有别的旅伴。

卡梅腊是和母亲一起来的。

太阳升起之前,她撑着花伞,沐浴着凉爽的晨风,在娑罗树林里散步,野花竞相吻她的纤足,竟未引起她的注意。她有时涉过浅清的小河,到对岸树底下看书。

她不理睬我,由此我断定她认出我了。

有一天我看见他们在小河边野餐,我多么想走过去说:“需要我为你们做事吗？我会汲水、打柴,附近树林里兴许有温和的狗熊哩。”

我发现一个年轻人穿着英国绸衬衫,坐在卡梅腊身旁,伸直腿抽哈瓦那雪茄。卡梅腊心不在焉地揉碎了一朵蔷薇。旁边放着一本英国文学月刊。

我如梦初醒,在这巴尔格那幽静的河谷,没有我的立足之地,我是不堪容忍的多余的人。我应该知趣地离开,然而,暂时不能走。我得耐心地住几天,等山茶花开了,派人送过去,才算了却一桩心事。

我白天打猎,傍晚回来给山茶花浇水,静观花苞的变化。

这一时刻终于到了。我大声叫为我弄柴火的绍塔尔族姑娘进帐篷,我要借她的手,送去用娑罗树叶包的山茶花。

我在帐篷里读一本侦探小说。等待着。

外面传来甜蜜的声音:“先生,叫我干什么?”

我走出帐篷,一眼看见山茶花夹在她的耳朵上,她黝黑的脸闪着欣喜的光彩。

“叫我干什么?”她又问。

“只想看你一眼戴花的模样。”说罢我动身返回加尔各答。

## 玩具的自由

穆尼小姐卧房里的日本木偶名叫哈娜桑,穿一条豆绿色绣金花日本长裙,她的新郎来自英国商场,是没落王朝的王子,腰间佩带宝剑,王冠上插一根长长的羽翎。

黄昏,电灯亮了,哈娜桑躺在床上。

不知哪儿来的一只黑蝙蝠在房里飞来飞去,它的影子在地上旋转。

哈娜桑忽然来口说:“蝙蝠,我的好兄弟,带我前往云的国度。我生为木偶,愿意在游戏的天国做度假的游戏。”

穆尼小姐进屋找不到哈娜桑,急得大叫起来:“哈娜桑,你在哪儿?”

庭院外面榕树上的神鸟邦迦摩说:“蝙蝠兄弟带着她飞走了。”

“哦,神鸟哥哥,”穆尼央求道,“请带我去把哈娜桑接回来。”

神鸟展翅翱翔,带着穆尼飞了一夜,早晨到达云彩的村寨所在的罗摩山。

穆尼大声呼喊:“哈娜桑,你在哪儿?我接你回去做游戏。”

蓝云上前说:“人知道什么游戏?人只会束缚他用来做游戏的器具。”

“你们的游戏是怎样的呢?”穆尼小姐问。

黑云隆隆地吼叫着灼灼地朗笑着飘过来说:“你看,她化整为零,在缤纷的色彩中,在罡风和霞光中,在各个方向各种形态中度假。”

穆尼万分焦急:“神鸟哥哥,家里婚礼已准备就绪,新郎进门不见新娘会发怒的。”

神鸟笑嘻嘻地说:“索性请蝙蝠把新郎也接来,在暮云上举行婚礼。”

“那人间只剩下哭泣的游戏了。”穆尼一阵心酸,泪如雨下。

“穆尼小姐,”神鸟说,“残夜消逝,明天早晨,雨水清洗的素馨花瓣上也是有游戏的,可惜你们谁也看不见。”

## 怯　弱

高中一年级学生巴特克里斯达说话尖酸刻薄,是胆小的同学心目中的恶魔。

他无缘无故地为苏尼塔起了一个绰号“白鹤”。

绰号后来变为“小鸭”，最后成为“纯种鸭”。绰号本身并无特殊的意思，不过是恶作剧罢了。

憨厚的人惧怕奚落，但常常成为奚落的对象。残酷者的队伍日益扩大，到处乱射怪笑的毒箭。

巴特克里斯达的喽啰也怀着莫名的厌恶，用目的不明的嘲弄之针，刺伤苏尼塔。

可怜的苏尼塔为了解脱只好转学。

然而他的血管里仍流着往日人前局促不安的拘谨，蛮横黧黑的恶煞巴特克里斯达把生活的不公正和无情的冷嘲热讽深深地烙在了他的心扉。

巴特克里斯达摸透了苏尼塔的脾性，路上遇见他，总提醒他心中昏昏欲睡的恐惧，以此取乐，炫示他拥有暴虐的手段的骄傲。他仍叫苏尼塔的绰号，仍然对他怪笑。

大学毕业后，苏尼塔试图跻身于律师的行列，但律师的行列没有空隙容他挤入。

他缺少挣钱的机会，但不缺少时间，他弹琴，唱歌，填补生活的空虚。后来索性拜艺术家尼亚玛德为师，悉心钻研音乐。

他的妹妹苏妲在英国人创办的达耶森学院已获得学士学位，并发誓要戴上数学硕士的礼帽。她身材苗条，步履轻盈，一副近视眼镜后面闪着好奇的光芒，身心充满欢乐和甜笑。

钦慕他的女友乌玛拉妮说话柔声细气，睫毛下微漾着摄魂的暗影，纤圆的手腕上戴两只精致的镯子。她攻读哲学，讨论问题口未开脸先红。

苏妲并非不曾窥见哥哥的隐秘，但在他面前竭力按捺着笑声，免得他难堪。

星期天，苏妲请乌玛拉妮来喝茶。

天下着暴雨，街道沉入水中。苏尼塔独坐窗前弹着雨曲。他知道乌玛拉妮在隔壁房间，这喜讯融合他的心律，在弦索上战栗。

苏妲突然来到哥哥的房间，夺下他的琴说："乌玛拉妮特意要我转告你，请你为她唱歌，不唱她决不饶你。"

乌玛拉妮羞得满面通红，一时却想不出合适的言词抗议苏妲姐姐编造假话。

黄昏之前，幽暗就浓稠了，房门在风中急躁地晃动，斜雨拍打着窗玻璃，门廊里茉莉花散发着清香。街上积了齐膝的雨水，汽车在水中行驶。

没有点灯的房间里，苏尼塔动情地边弹边唱：细雨霏霏，哦，来吧，我的心上人……

他的心飞往乐曲的天国，尘寰的一切喧杂融入了完美的乐音，无际的流年的碧水里，绽开了一朵"美"的百瓣莲花，他坐在莲花中间，脱胎换骨……

蓦地，楼梯口传来狞笑和吼叫："喂，纯种鸭在吗？"

肥胖的巴特克里斯达闯进屋子，惊愕地看见苏尼塔立在门口，两眼喷射着坦然冷静的愤恨，像是雷神因陀罗朝粗野的嘲讽投掷过去的霹雳。

巴特克里斯达窘迫地笑着要说什么，苏尼塔大喝一声："闭嘴！"

有如一脚踩扁的癞蛤蟆的聒叫，巴特克里斯达的干笑戛然而止。

## 不朽形象的福音

好似天狗啖食丽日的漆黑巨口，黄昏的阴影提前吞没了院落。

外面响起了怒吼："开门！"

屋里的生命惊恐万状，哆哆嗦嗦地顶着门，插上门闩，嗓音发颤地问："你是谁？"

又是雷鸣般的怒吼："我是土壤王国的使者，时候到了，特来索债。”

门上的铁链咣啷咣啷响，四壁剧烈地摇晃。屋里的空气唉声叹气。空中飞禽飞翼的扑扇，像夜阑的心跳。

咚咚咚一阵擂击，门闩断了，门板倒地毁坏。

生命颤抖着问：“哦，土壤，哦，残酷者，你要什么？”

“躯壳。”使者说。

生命长叹一声：“这些年我的娱乐活动在躯壳里进行，我在原子里跳舞，在血管里演奏音乐。难道一瞬之间我的庆典要遭到破坏，笛箫折断，手鼓破裂，欢乐的日子沉入无底的黑夜？”

使者不为所动：“你的躯壳欠了债，是还债的时候了，你躯壳的泥土必须返回泥土的宝库。”

“你要讨回泥土的借款，只管讨回。”生命不服地说，“你凭什么索取更多的东西呢？”

使者含讽带讥地说：“你贫瘠的躯壳似疲惫瘦弱的一勾弯月，里面有什么值钱的东西！”

“泥土是你的，但形象不属于你。”生命争辩道。

使者哈哈大笑：“你从躯壳上剥得下形象，只管剥去好了。”

“我定能剥下。”生命发誓。

生命的知音灵魂星夜赶往举行庆典的光的圣地，合掌祈求：“啊，伟大的光华！伟大的辉煌！啊，形象的源泉！不要在粗糙的泥土身边否定你的真理，不要辱没你的创造！他有什么权利摧毁你拥有的形象？他念了哪条咒语令我潸然泪下？”

灵魂入定苦修。

一千年过去了，一万年过去了，生命悲啼不止。

路上一刻不停地运送盗窃的形象。

生物界昼夜回荡着祈祷：“啊，形象塑造者！啊，形象钟爱者！‘僵固’这妖魔攫住你的赐予，收回你的财宝吧！”

一个个时代逝灭了。

隐隐传来天庭的懿旨：属于泥土的回归泥土，冥思的形象留在我的冥思里，我许诺，泯灭了的形象再度显露，无形体的影子抓住光的胳膊将出席你目光的盛会。

法螺呜呜吹响，形象重返抽象的画中，从四面八方奔来了形象的爱慕者。

一天天过去了，一年年过去了。生命依旧痛哭。

生命期冀什么？

生命双手合十说道："泥土的使者用残忍的手扼掐我的喉咙，说：'喉咙是我的。'我反驳说：'泥土的笛子是你的，但笛音不属于你。'他听了冷笑一声。上苍的旨意啊，板结的泥土的傲慢将成为胜利者？他眼瞎耳聋，他的哑聋将永远闷压你的妙音？承载'不朽'的懿旨的胸脯上岂能允许建造'僵固'的凯旋柱？"

天庭又传来圣旨：不必担忧，云气之海上听不见的福音的波涛不会敛息，灵魂苦修终成正果，这是我的祝福，萎缩的喉咙融入泥土，永生的喉咙载负旨意。

灵魂的彩舆将泥土的妖魔驾车抢劫的迷茫的福音送回无声的歌曲里，凡世响彻胜利的欢呼。

无形体的形象和无形体的福音，在生命的海滨躯壳的乐园里结合。

## 染衣女

桑格尔通古博今，能言善辩，名扬四海。

他敏捷的思维如山鹰的尖喙，屡次闪电般啄断对方论据的翅膀，使之垂落尘埃。

南印度的雄辩家奈亚伊克慕名前来，提议御前辩论。

辩论的胜者将获得国王的奖赏。

桑格尔接受挑战后，发现缠头巾脏了，急忙前往染衣房。

穆斯林查希姆的染衣房在树篱围绕的菜地旁边。他女儿叫阿米娜，芳龄十七，唱着歌儿，碾细颜料，正调颜色。她的发辫系着红缨子，披着棕色披肩，身穿天蓝色纱丽。

她把颜料碗递给染布的父亲时，桑格尔走进染衣房，说："查希姆，国王命我上殿辩论，请把我的缠头巾洗净染成金黄色。"

清澈的渠水汩汩流入菜地。阿米娜在渠边桑树荫影下洗缠头巾。

春天和煦的阳光映亮了渠水，斑鸠在远处芒果树上欢啼。阿米娜洗净了缠头巾，摊在青草上晒，忽然看见上面有一行诗：你的妙足垂临我的额头。她凝神沉思起来，听不见芒果树上斑鸠的啼叫。

末了，她从染衣房取来丝线，绣了一行诗：但内心感受不到爱抚。

两天后，桑格尔来到染衣房问道："谁在我的缠头巾上绣的字？"

查希姆慌忙施礼道："先生，是我不懂事的女儿。请原谅她的冒失行为，上殿辩论吧，没人看得见弄得懂那句话的。"

桑格尔转向阿米娜，说："染衣女，你使妙足的爱抚落在高傲缠绕的额头，沿着你的花丝线走进我心里，我通往王宫的道路消失了，今后也不会找到。"

## 解　脱

马拉提国王储巴基拉奥的灌顶大礼定于明天上午隆重举行。

民间艺人格尔达尼未被准许进入御庙，他坐在庭院角落一株菩提树下，弹罢单弦琴，喃喃自语："神啊，是谁让你端坐在坚硬的金椅上的呢？"

午夜，上弦月冉冉下坠。

远处宫门前灯光辉煌，鼓乐喧天，格尔达尼唱了起来：

我沿着林径走来，

听见碧草在啜泣。

它们耳贴着尘土，
期待胸脯上落下无忧的足迹。

献灯仪式完毕，庙堂大门关闭。人群涌向王宫，格尔达尼继续唱道：

生命之神啊，
石龛中幽禁你是他们的目的？
预见你我的摩挲交融，
你从天国降临人世。

漆黑的菩提树下，格尔达尼独自弹唱，巴基拉奥在近处谛听着：

你呼唤我冲出锁闭的深宅，
共游山川镜湖，
你消除流浪的孤寂，
在心里获得自由。
傲岸的铁丝网围绕的石牢，
任他们昼夜守护！

早晨，启明星淡漠地立在霞光中。宫门前鼓乐齐鸣，祭司送来了圣水，灌顶大礼即将开始。

冷清的御庙里，烛光困惑、黯淡，神像前凌乱地供放着祭品。

巴基拉奥悄然出走，踏上了漫游的道路。

## 圣　洁

长老罗摩难陀白天拨弄念珠诵经。

黄昏，他供奉祭品；内心服用了神的赏赐，他的饥饿即刻消除。

举行庙会的一天，国王和王后驾到。

此外，从各地来了一批满腹经纶的学者和佩戴标记的各个教派的信徒。

晚浴完毕，罗摩难陀照例在神足前上供，但心中得不到神的恩赐，他咽不下食物。

停食两天以后，罗摩难陀虚弱不堪，稽首说道："神啊，莫非我犯了罪愆？"

"你当我住在婆伊昆塔①仙境吗？"神气忿地说，"那天未能进入我庙宇的庶民全身也领受了我的抚摸，融合我足触的圣水的生命之泉，在他们的血管里奔流。对他们的轻慢使我愤慨，今日你的供品是不纯洁的。"

"主啊，礼法必须维持呀。"罗摩难陀忐忑不安地注望着神的面孔。

神双目喷出怒火："我亲手创造的大千世界的花苑里，请来了芸芸众生。你竟然企图在这儿建造礼法的壁垒，限制我的权力，真是胆大包天！"

罗摩难陀惶愧地说："明朝我走出礼法的界限，从你创造的世界清除我的狂妄。"

深夜，繁星好似在沉思默想。罗摩难陀突然惊醒，听见神在催促："时候到了，履行你的诺言。"

罗摩难陀双手合十："这会儿夜深路黑，栖禽不啼，我正等待黎明。"

"黎明总是在夜尽之时升起吗？"神申斥道，"你的心苏醒听见我发话的时刻，黎明业已来临，去吧，履行你的诺言！"

罗摩难陀诺诺连声，出庙上路，头顶着璀璨的北斗星。

他出了城，穿过村庄，来到河边的焚尸场。一个昌达尔种姓人正忙着焚烧尸体。

罗摩难陀伸手把他搂在胸前。

那人神色惶遽："师傅，我叫那瓦，是昌达尔种姓。我的行当受人鄙视，您不要这样让我成为玷污您的罪人。"

---

① 婆伊昆塔：保护大神毗湿努的居住地。

“我在心里已经猝死。”罗摩难陀痛心地说，“所以我一直看不见你。现在我特别需要你，没有你，我心中死者的葬礼无法举行。”

说罢，罗摩难陀继续前行。

晨鸟啁啾，启明星在朝晖里隐没。

卡毗尔坐在院子里哼着小调织布，罗摩难陀在他身旁坐下。搂着他的颈项。

卡毗尔慌忙自我介绍：“师傅，我是穆斯林，职业低下。”

罗摩难陀语气温和地说：“朋友，不和你在一起，我在心里赤身裸体，我的心沾染了灰尘。今日，穿上你织的纯洁的布衣，我的羞耻荡然无存。”

几个徒弟在院子里找到罗摩难陀，责怪道：“师傅，这成何体统！”

“我在失去神的地方又找到了神。”罗摩难陀坦然说道。

太阳冉冉升起，金色的阳光照亮罗摩难陀欢悦的面庞。

## 爱的金子

鞣皮匠罗比达斯正在扫地。

路是他的亲人，孤独是他的伙伴。

行人远远地躲着他走路。

长老罗摩难陀晨浴完毕，走回寺院，距他一丈之遥，罗比达斯匍匐在地，行叩拜大礼。

罗摩难陀惊诧地问：“朋友，你是何人？”

“我是路上干燥的尘粒，师傅，您是天上的云彩，您如果降落爱的甘霖，哑默的尘埃放声高歌，遍地鲜花怒放。”

罗摩难陀把他搂在胸口，给了他爱。

罗比达斯生命的花丛里吹进了歌声悠扬的春天的和风。歌声传入吉托尔国王后佳莉的耳中，她不禁黯然神伤，支派宫女做事，眼泪簌簌滚落。

抛弃王后的尊贵，佳莉找到罗比达斯，皈依了毗湿努教派。

王族年高德劭的祭司闻知此事,悲愤地对王后说:“可耻呀,王后,罗比达斯种姓低贱,你竟称他师傅,丢尽了你王国婆罗门的脸面。”

王后庄重地说:“听我一言,尊敬的祭司,你日日夜夜专打清规戒律的死结,不知道爱的金子已经丢失,是我手沾灰尘的师傅从尘土里把它捡了起来。你可以骄傲地抱住那些毫无意义的打结的绳索,可我是爱的金子的乞丐,宁可头顶着尘土的赠予。”

## 圣　浴

罗摩难陀面对东方,肃立在恒河里。晨风吹拂,流水潺潺,似被点金棒点触了的河水闪耀着金光。他遥望蔷薇般的朝阳,在心中喃喃自语:“啊,大神,您慈祥的容貌怎不在我心头闪现,揭去您的面具吧。”

朝阳升上娑罗树梢。渔民们扬帆起航。一群白鹤飞出沼泽,飞往阳光明媚的晴空。

大师的圣浴迟迟不结束,弟子焦急地说:“师尊,耽搁不得了,祭神的时辰到了。”

大师说:“我的肉身未净,恒河至今远离我的心田。”

弟子坐下思忖:这话是什么意思?

阳光洒满芥菜地。卖花女在路边卖花。养奶牛的女人头顶奶罐前往集市。

大师若有所思地出水上岸,穿过黄鹂歌唱的灌木丛。

弟子疑惑地问:“师傅,您去哪儿?前面不是上等人的村落。”

罗摩难陀说:“我正走在完成圣浴的路上。”

河滩尽头是一座村庄。大师走进桑树浓荫夹裹的小巷,猴子在枝头跳跃。

小巷深处是制革人维强的房子,从那儿飘出牲畜的生皮的臭味,兀鹰在空中盘旋,骨瘦如柴的野狗在啃骨头。

弟子双眉紧蹙,站在村外,默念“罗摩,罗摩”。

维强敬畏地向罗摩难陀叩头施礼。

罗摩难陀扶他起来，与他拥抱。

维强惊慌地说："师傅，不可这样，贱民屋里的污秽会损毁您圣洁的身体。"

"远离你的村子下河沐浴，我的心不能与涤净万物的恒河相通。"罗摩难陀欣慰地说，"这会儿，净化万象的圣水贯通了你我的躯体。今天，我未能顺利地膜拜太阳神，我说太阳神啊，我体内那类似你拥有的灵光为什么不闪现呢？此刻，它在你我的额际闪耀，从此我不必进庙堂了。"

## 第一次膜拜

传说天界神匠毗舍迦罗莫在元古时候为三界神王的庙宇奠基，巨猴诃努曼运来建庙的大量岩石。

据历史学家考证：栖息在森林里的基拉特族人造了这座神庙，神明原本属于他们。

舍帝利[1]国王曾占领这个国家，杀戮信徒，神庙里血流成河。

神明改名换姓，藏在新的教规后面，幸免于难。

数千年古老的虔诚之河改变了流向，而今，基拉特族人沦为不可接触者，他们通往神庙的路被堵塞。

被排斥在社会之外的基拉特族的村舍分布在恒河东岸，他们虔信天神，唱颂神歌，但没有寺院。他们的手灵巧，目光的判断从不出错，他们擅长砌石墙，擅长在黄铜器皿上镶嵌银花，精晓大理石神像的内在韵律。

刀剑掠夺了他们昔日的御座，砍去了他们的服饰和举止的尊严的标记，剥夺了他们享有知识的权利。

他们只能遥望屹立在西边地平线上的神庙的金顶，只能遥拜神庙，但想象中的神庙依旧那么熟稔。

---

① 舍帝利：印度四大种姓之一。

十月十五日是祭神节。

临时搭的高台上击鼓敲钹，弹琴吹箫，遍野帐篷，幡幢猎猎飘扬。路边摆满商品——铜器，银首饰，神像画，绸布，孩子玩的拨浪鼓、泥娃娃、叶笛、供品、花环、香烛、一罐罐圣水……

魔术师尖声怪气地要魔术。

民间艺人绘声绘色地在讲《罗摩衍那》。

身着耀眼的制服的卫兵骑马巡逻。

大臣歪坐在大象背上的软榻上，士兵在前面吹号开道。

高门贵族的太太小姐坐在绣帘彩轿里，仆人家丁前呼后拥。

五个树干支撑的榕树底下坐着长发蓬乱、面色青灰、一丝不挂的游方僧，脚边是信女们布施的水果、牛奶、甜食、奶酪、大米、土豆……

一阵阵“胜利属于神王”的欢呼声响遏行云。

明天是国王首次祭神的黄道吉日。

国王乘大象驾临，必经之路两边的香蕉树挂上了花环。绘有吉祥图案的铜罐口盖着芒果树叶，隔一会儿洒一遍香水，驱压浮尘。

十三日深夜，庙里钟声缓缓隐逝。

明月像蒙着黑纱，朦胧的月光犹如剧烈的眩晕，夜风凝滞，空中聚集着雾霭，林木受了惊吓似的呆立不动，狗莫名其妙地狺吠。马望着无形物竖起耳朵嘶鸣。

突然，地底下响起沉闷骇人的声音，地狱的妖魔仿佛一齐擂响了战鼓。

庙里的挂钟急促地摇响，象群挣脱绳索，如云狂奔。

地下的风暴快速地升腾，骆驼，水牛，黄牛，山羊，绵羊，喘气蹦窜。成千上万的善男信女满目惶惑，分不清亲属、陌生人，辨不清东南西北，互相踩踏，惊叫着逃命。

地面裂开，冒出一股股热水，一缕缕烟尘。池沼的清水漏入下面的沙层。

飞檐上的钟当当地摇摆，随着一声訇然巨响，钟声寂灭了。大地沉寂的一瞬间，将圆的月亮从西天下垂。

一顶顶帐篷着火，冲天的浓烟如同蟒蛇缠绕月光。

第二天，到处听见失去亲人的哭嚎，为防不测，御林军包围了神庙，大臣、星相家、骚人墨客相继赶到，只见山墙倒塌，庙顶塌落在神坛上。

星相家启奏：“陛下，下个月十五之前，庙宇务必修缮完毕，否则，神明将离去。”

国王传旨：立即修缮。

大臣上前奏道：“只有基拉特族人会雕塑神像，但决不能让他们的目光玷污神像，神明的圣洁被亵渎，修缮是枉费财物。”

国王下令召见基拉特族头领玛达卜。

玛达卜年逾花甲，白发银髯，头缠干净的白色缠头巾，紫铜般的上身裸露着，下身围一条黄色土布，两眼透出忧悒的恭敬，小心翼翼地在国王脚前献上一束素馨花，退倒几步，伏地礼拜。

国王启口道：“朕闻修缮庙宇非汝等不可。”

“这是神灵对小民的恩宠。”说罢，玛达卜朝着神庙跪拜。

“蒙上眼睛，汝能雕塑神像否？”

“心灵的主宰指示小民劳作，雕琢时不用睁开眼睛。”

数百名基拉特族人在庙外砌石墙。

玛达卜双目缠了几层黑布，在庙里雕神像，昼夜不许外出，他冥想着神的慈颜，哼着歌儿雕镌。

“快干，快干，时间过得很快，吉期快到了。”大臣常来催促。

玛达卜合掌说道：“是谁①的事，谁自会拼命干，我不过是他的工具。”

朔日过去，望日将临。

蒙眼的玛达卜用手指的触摸和石头说话，石头有问必答。

卫兵在旁边监工，防止他解开布条。

星相家也来询问：“十一日之夜，是陛下首次祭神的吉日，能否如

---

① 此指心灵的主宰。

期竣工?”

玛达卜合掌答道:“我没有资格回答,心灵的主宰哪天降恩,我哪天禀报。在这之前,任何人来打听只会延误工期。”

初六、初七过去了,凄冷的月光透过庙门,落在玛达卜的银发上。

夕阳西坠,十一的月亮升上灰暗的天空。

玛达卜长长地叹口气,说:“喂,卫兵,去送个信儿,神像雕好了,莫错过吉日良辰。”

卫兵急忙跑出庙堂。

玛达卜解掉蒙眼的黑布,只见十一的月光照临庄严慈悲的神像,他跪在地上,双手合十,凝视着神王,两行热泪夺眶而出。

今天实现了几千年来基拉特族信徒瞻仰神王的夙愿。

国王进入庙堂,看见玛达卜头贴着神坛底座,恼怒地拔剑砍去,玛达卜登时首身分离。

这是玛达卜第一次也是最后一次在神王的足下膜拜。

## 禳解诅咒

贡达卜是天宫的名伶。

他的情人玛杜斯丽前往北极山脉朝拜太阳那天,他神不守舍,伴唱走调,致使舞女优哩婆湿舞步紊乱,扫了嘉宾的兴致。

萨吉[1]满面羞红,神色尴尬。

由于众神的诅咒,英俊的贡达卜变得相貌丑陋。他被谪下凡,投生坎达尔王族,取名奥鲁内夏尔。

玛杜斯丽归来,向萨吉稽首施礼,哀求道:“不要拆散我俩,让我俩谪落人世,同甘共苦。”

萨吉愁苦地望着雷神因陀罗。

因陀罗动了恻隐之心:“我成全你,下凡去吧。你为他受苦,也给

---

① 萨吉:雷神因陀罗的妻子。

他痛苦。痛苦中消除他搅乱娱乐的罪孽。”

玛杜斯丽投生马特罗王族,取名卡姆莉佳。

一天,坎达尔国王奥鲁内夏尔见了马特罗国公主卡姆莉佳的肖像,朝思暮想,夜不成寐,于是派钦差前往马特罗国求亲。

马特罗国国王大喜过望,启口道:“此乃公主的洪福。”

二月十五日吉祥的时辰,国王奥鲁内夏尔的一把七弦琴搁在象背上嵌珠镶玉的御座上,送到了马特罗国王宫,鼓乐齐奏,公主与奥鲁内夏尔的象征七弦琴举行婚礼,随后日夜兼程赶往坎达尔国。

先后进入不点灯的暗室,国王和王后鸾倒凤颠,几天后,卡姆莉佳说:“我渴望瞻仰陛下的尊容。”

国王说:“你在歌里看得见我。”

黑暗中,国王边弹七弦琴边围绕王后跳天国的舞蹈,好似子夜扑打沙滩的海潮,舞中洋溢的情爱,使王后心潮激荡,泪水涟涟。

一天四更时分,东方天空闪烁着启明星。卡姆莉佳把柔润的发丝覆盖住国王的双足,请求道:“请允许我在第一抹霞光中第一次看见陛下。”

国王婉言拒绝:“王后,不可损害不见面的甜蜜结合。”

“我观瞻陛下的愉快难道永远要被剥夺?这是比眼瞎更可怕的诅咒!”王后怨愤地转过脸去。

国王让了步:“明天是我与诸位爱卿在纳克格斯树林里共舞的日子,你站在王宫顶上观看吧。”

王后长叹一声:“如何认出陛下?”

“你可以自由地想象,想象即真实。”

第二天夜里王后又在暗室恭迎国王。

王后说:“我看见的舞蹈,如同吹拂萌发新叶的娑罗树的骀荡的春风。跳舞的个个像月中人一样清秀,唯独一个人丑得要死,极像天狗的帮凶,令人呕心。他凭什么赢得进入树林的权利?”

国王沉默半晌说:“丑陋里至上的感情是对美的呼唤,阳光宽慰羞惭的乌云,在乌云的额际描绘彩虹。天堂怜悯被诅咒的人世的漫漫荒漠，荒漠出现葱郁的美景。心上人啊，那怜悯未使你的心充满柔情蜜意吗？”

“没有，陛下，没有哇！”王后双手捂脸。

国王用带着哭音的声调说：“你同情那个人，你的心可以变得充实。你为何硬着心肠厌憎他呢？”

“我无法容忍糟蹋艺术趣味的不和谐。”王后说着从椅子上站了起来。

国王摁着她的手：“奉献真诚情感的那天，你就能忍受了。丑陋所做的自我牺牲中孕育着‘美’的胜利。”

王后秀眉微蹙：“我不明白陛下袒护‘不美’的用意。薄暗中感受到光明，杜鹃才啼叫欢迎朝霞，我期望今日太阳初升的时刻，陛下出现在我的日光里。”

“你会如愿以偿的。”国王下定决心，“让胆怯远离我吧。”

王后在阳光下见到了国王的真面目。

恩爱的支柱崩坍了。

“残酷的虚伪！残酷的欺骗！”卡姆莉佳尖叫着跑出王宫。

她居住的王家森林猎场里的幽静的行宫，像羞涩地藏在云雾中的启明星。

夜半时分，她隐约地听见七弦琴弹奏的悲苦的曲调，这曲调是那么熟悉，像梦境中远方的暗示。

日复一日，漆黑的树底下影子般跳舞的人，她肉眼看不见，心幕上却看得清清楚楚，犹如望见空阔的雪松林里摇动的枝叶间南海飓风哀号的神态。王后为何会产生这种感觉？绝望的离别唤醒了她的眷恋？泥灯的火苗引燃了金灯？清醒的夜鸟飞越冷凄的巢，振翅的声响激奋了宿鸟的翅翼？

七弦琴弹着哀婉的乐曲。

繁星有如苦修的黑夜的无声的咒语。

王后在卧榻上坐起，披头散发，失魂落魄。琴声在夜空铺了条没有尽头的重逢之路，她的思绪在这溟蒙的路上逡巡。她找谁？找未见面早相识的人？

一天，苦楝树的清香把妙不可言的邀请送入王后的寝室。王后走到窗前，再次目睹那熟稔的影子的舞姿，那离恨的洪涛！

王后瑟瑟颤抖了起来。

蛩吟凄切的夜里，下弦月徘徊在地平线上。

寂静的青林把无声的天籁传入王后的肢体，使她不由自主地翩翩起舞，这是今生今世的舞蹈，也是往生往世的舞蹈！

又过了两夜，琴弦上跳荡着激越的乐音。

卡姆莉佳在心里说："哦，哀绝的人儿，别召唤了，我不再迟延。"

然而，她到谁的身边去？肉眼看不见的那个人？怎么可能？心幕上见到的人把肉眼看不见的人裹胁到了海边神话的国度？哪儿是连接神话国度的路？

到了月亮隐逝的朔日之夜，"幽暗"的呼唤越发急切，在王后脑际无路的洞穴里，激荡起雄浑的回声。

七弦琴以渐渐明朗的乐调模糊地叙述天界的往事。

"今天我非去不可了，我不怕我的眼睛。"王后自语着出了行宫，踩着枯叶走到老菩提树下。

琴声消失，王后停下脚步。

"别害怕，亲爱的王后。"国王的话语如雨云的轰鸣。

"我不害怕，陛下胜利了。"王后取出纱丽遮掩的灯，举到国王面前。

王后目不转睛地望着国王，半晌才说："我的主，我的陛下无比俊美。"

白开元　译

# 最后的星期集

## 我完整地得到了你

我深知你已经属于我,我从未想到应该确定你赠予的价值。

你也不提这样的要求。

日复一日,夜复一夜,你倒空你的花篮,我瞟一眼,随手扔进库房,次日没有一点儿印象。

你的赠予融合着新春枝叶的嫩绿和秋夜圆月的清辉。

你以黑发的水浪淹没我的双足,你说:“我的赠予不足以纳你王国的赋税,贫女子我再无可赠的东西。”

说话间,泪水模糊了你的明眸。

你匆匆离去,日复一日,夜复一夜,不见你返回。

数年后开启库房,胸前捧着你宝石项链般的赠予,我冷漠的高傲颓然跌倒在印着你足迹的地上。

忆恋中显示你爱情的价值,失去了你我才完整地得到了你。

## 你甘露般的甜笑

你秀美的脸上闪现一丝甘露般的甜笑,倏地穿过闲谈的缝隙,不可思议地摇醒了我昏眠的青春。

那是亿万事件的海滩上，游玩的大潮的波涛从海底卷翻上来的一颗罕见的珍珠，此后欲见总无缘。

一瞬之间，陌生时刻的情感唱着行路之歌，从迢遥的林莽步入我半掩的窗口。

奇妙无形的手指在心弦上弹着相思曲，细雨蒙蒙的幽静的住处，一方滑落的看不见的纱巾的拂触，遗留在黄昏素馨花凄郁的幽香里。

于是想起一天无端惊疑的瞬间；想起远望着草枯的牧场消度的冬日的黄昏；想起无伴的暮色中，落日的彼岸，情琴弹奏的无声的慕恋。

## 你走进了朦胧

冬天即将过去，好奇的曙光揭去雾幔。

我忽然看见文旦树枝萌发了沾露的新叶，这是生意盎然的奇迹。

我感到惊喜，就像蚁垤仙人在达玛萨河畔，惊喜地吟哦第一行诗句。

这几片新叶，在长久无声的鄙薄中，把隐匿的坦荡的音讯送入播布的朝晖，犹如你该吐露的心语，而你默默离去。

春天已经不远，你我之间似熟还生的幕帘，不时飘动，边角卷翻。

调皮的南风也吹不倒隔阂。

无忌的时刻尚未来到，傍晚，你走进无可描述的朦胧。

## 创造之海——死亡之海

青春的边陲，残存黯淡的殷红。

消融吧，它的迷恋！“明晰”之中，苏醒吧，我浑浊的眼睛！记忆和遗忘的颜料涂抹的悲欢的浓雾，消散吧，像自轻的暮云！

我沉湎于落花残香的心灵四周，梦魂的蜜蜂嗡嗡翩飞，寻找无踪的芬芳。

从阴影锁闭的日子里，出来吧，我的心！走进阳光明洁的淳朴！

不瞬的目光漂向无语、无痛、无愁的创造的大海！

我要踏上无目标的路程，在流年的喧哗中，平静地观赏万象，聆听乐曲；我要隐身于作物收割完毕的辽阔平原的空廓。我要融入我冥想的娑罗树里，埋葬千百年静默的生命。

乌鸦在罗望子树上聒噪，鹰隼溶入烈日烤化的高天的苍碧，渔夫在沼泽围堤捕鱼。

沼泽对面古老的村落若隐若现，天穹淡蓝的极边，飘荡着璎珞似的紫岚。兀鹰在渔网上空盘旋，鸬鹚默坐在竹顶，无浪的水中倒映出纹丝不动的影子。

湿风中弥散水藻的清香。

四周的生存之河，日夜流入众多的支流。

这天然的河水融合千代生灵的丰繁的物品，在人类历史兴衰之上奔腾不息。

在生机勃勃的春天的终端，我今日倦乏地沉入生存之河的深处，波浪以我血液平缓的节律潺潺地奏鸣。

让我的知觉在它的光影之上，漂向没有典籍没有争执没有烦恼的死亡的大海。

## 夏　雨

没有收到请柬的夏雨降落原野，遮暗一行行棕榈树梢，将躁动注入堤内的碧水。

我渴望雨霖降落我的心田。

我出访了一些日子，异域的语言，与我心灵的语言难以沟通，心宫里无法举行灌顶大礼。

缺少雨云灰暗的流动，生活是孱弱的。

恰似树木赐果的时间一年年增加，在圆形车轮上留下印迹，每年降雨的欢乐在我的骨髓里，加添情趣的财富；在生活的画布上挥涂浓重的色彩；艺术家手指的示意，刻在我心灵的年轮上。

当我坐在寂静的窗口，无所事事的时辰蹑足逝去，些许赐予留在我的祭坛上。

生活的秘财的仓廪里，聚集已被遗忘了的岁月的财富。

多种神笔勾画的我的躯壳，充盈全部才智的积蓄，在哪个时代洞察细微的目光下完全裸露？

它望着"洞悉"苦修，像黯淡的黄昏和晨曦那样呼唤："来呀，展露你自己！"

它露出真相的一天，我在我的光辉中看清我自己，如同心里苏醒爱恋的时候，把离愁编成项链的时候，赋予贫苦以荣光的时候，死亡不意味着终结的时候，情女真实地认识自己，真实地展示自己。

## 我已经抵达白日的末端

我已经抵达白日末端的黄昏的码头。

途中，我的杯盏盛满作品。

我以为这些是永久的路资，以不堪的苦痛换取它的价值。

在人的语言的市场上我广收博采，部分积蓄献给爱的事业。

最终我忘记已有的建树，无端地采集成为盲目的习惯。

为填满多孔的空袋，牺牲片时的休息。

今日我发现路已经走完，路资消耗殆尽，手擎着在团圆的榻侧点燃的灯烛，今日熄灭，抛入流水，任其漂游。

孤独的暮星在天幕闪光，迎着曙光，踏着暮色，我吹奏的最后一缕笛音在残夜消隐。

以后会怎样？华灯熄灭，奏乐停止的生活，一度也像如今的万物，充满真实，我晓得，这，你会彻底忘怀，忘了是件好事。

不过在这以前的一天，你在这“空虚”的面前，献上一朵我爱过的春花吧！

我昔日往返的路上，枝叶飘零，光影交织，芒果树和波罗蜜树的枝叶间，苏醒了雨声的抖颤，也许会幸运地遇见腰里夹着水罐、脚步惊觉地离去的妇人。

愿你从万象择选这一普通的情景，在暮色苍茫的黄昏，画在你追念的画布上。

不必做更多的事。我是光的情人，在生命的舞台上吹笛；不会抛下一个长叹缠绕的孤影。

走上落日余晖之路的旅客，把一切企求交到尘土的手中。尘土冷淡的祭坛前，不要敬献你的供品。

食品篮你带回吧，你那儿饥饿在窥望，来客坐在门口，时辰的钟声应和着生活之流与岁月之流交汇的歌韵。

## 创造的祭火

扯去万年沙漠的厚幕，露出日期失落的古人类遗址的宏大骨架——它的生活场所在历史无形的屏障后面。

它喧杂的世纪，把骚人墨客和其作品，埋入幽冷的深处。

萌芽的歌，蓓蕾欲绽的歌，前途无量的事物，那天堕入暝暗，从隐秘滑向更深的隐秘——浓烟之幔下的火星，出售的，未出售的，贴着一种价格的标记，一齐离开人世的市场，未造成丝毫损失，未留下一块疮痂。

洁净、静寂的天宇，回旋着兆年。

扯断墨黑的脐带诞生于阳光下的一个个新世界，纵入泛着沤沫的翻腾的星河漂流，像雨季的闲云，像短寿的蛾蚋，最终到达年寿的终点。

浩渺的岁月，你是游方僧，创造从你深邃的冥想的波峰腾跃，跃入你冥想的波谷。

“阐释”和“不可阐释”轮番地狂舞，你在狂舞的平静的中央坐禅，享受恒久的欢乐。

啊，冷酷者，让我皈依你的教门。生与死，获取与舍弃之间是超然的安宁，创造的熊熊祭火的心底，幽僻，稳定，容我造一座修道院。

## 我期望的苦修

我在心里望见，远古无声的苦修从坐禅的蒲团伸出手去阻截历史的喧嚣。

我望见峰峦叠嶂的山区。

惊叫好奇的目光射不进的、太阳照不到的幽谷里，隐士在石窟岩壁上作画，如同造物主在漆黑的背景上描绘宇宙的肖像。

他们在画中倾注由衷的喜悦，而漠视自己的地位。

他们抹去自己的姓氏，不向外伸手乞求价值。

啊，无名氏，啊，形象的苦修者，我向你们顶礼！

你们划时代的业绩使我尝到从空幻的名声中解脱的滋味。

沉入揩掉姓名的神圣的黑暗中，你们纯洁了你们的修行。我颂赞那“黑暗”的崇高。

你们无声的话语，在石窟里庄严地宣告：姓名前供奉的祭品和未来的名声，是鬼魂的食品；献给无消化功能的“虚形”享受。

迷途者，不要追逐“虚形”，不要不接受当今的“阿诺普娜”恩赐的食物。

我门口萨吉纳树的枯叶已经凋落，枝头洋溢着新叶的激情；仲春的码头筑在杰特拉月中旬的河边。

中午的煦风摇弄着枝梢；飞扬的尘土使碧空略显黯淡，百鸟的啁啾在风中做和声的抽象画。

永流的瞬息之河中，翻腾着忘情活泼的生命的波浪；我的心在那波浪起伏中放射光彩，像火焰树的叶片。

我手掬着此刻的赐予，这真实中没有疑虑，没有矛盾。

我创作歌曲的时候，心里充溢秀林的绿涛，清风的激动，霞光的延展，花开的欢情。

心里走来无名的贵宾、没有地址的旅客。

它包含的真实顷刻之间臻于完满，不会爬到姓名的背上自吹自擂。

今时的地平线的另一边，我望不到的时光那儿，互不认识、互不亲近的千百万个姓名互相拥挤推搡的时候，我无忧无虑影子般的名字，如不幸与它们一起蠕动，那是该咒骂的贪婪蜃景。

我神往的黑暗中，静坐着宇宙之画的作者，没有姓名，在欢乐中露面。

## 创造的幼稚

痴情的心儿说：“我整个王国送给你。”

这话幼稚，不切实际！那王国如何赠送？我如何接受？

它是七大洋分隔的一个洲，辽阔、无声，不可跨越。昂首于云遮的山巅，脚伸入幽黑的地洞。

我的躯体仿佛是不可登陆的星球，借助望远镜只发现气环的一些孔隙。

我所说的整体，其实没有姓名，它的剖析图何时画好？

谁与它保持直接交往的关系？

从处女地收集的碎片，拼凑成的形体，才有了个名字。

四周的天空布满失败和成功的愿望的光影，复杂感情的缤纷的影子，降落心田；风中并存着冬天、春天；看不见的生动的游艺，谁讲得清楚？谁用语言的手将它抓住？

生活的地域的一条界线，因工作繁复得以固定，另一条界线上，受挫的探索化为空中的云雾——绘画的海市蜃楼。

个人世界出现在人间生死狭小的交汇处。

在无光的地区，广泛的蒙昧中积聚着陶醉的力量和未赢得价值的光荣。

未萌芽的成功的种子在泥土里。

那儿有胆怯的羞赧，隐蔽的自轻自贱，平淡无奇的经历中，戴着自怨自艾的面具的各种素材——浓重的幽黑鄙视着死亡手中的宽宥。

这是未成熟的未绽放的我，这是为谁？有何用处？携来如许肇始，如许隐喻。

情感中束缚的语言，无法倾吐，无法忍受的创造的幼稚，在庸碌的深处毁于一旦。

哲人拽着奥秘的面幕工作，花儿藏在蓓蕾的面纱下，艺术家未竟的事业放在暗处，已有一些迹象表明，幽禁的整体已在“发现”的路上。

他在我中间的参禅没有完结，所以凝重的沉寂环围着我，我不可得，不可识；他在未知的圈子里进行创造，还没有到对人昭示的时候。

大家站在远处——说“了解”的人并不了解。

## 福音的塑像

四周仿佛麇集着恶咒招来的煞星，从心底撒开一张无形的网，牵动血管，疼痛难禁。

痛苦仿佛漫无边际，绝望中仿佛找不到出路，只得在幽冥中摸索。

厄运的重压下，高楼往下塌陷。

这时，目光越过现时的城堡，飞往悠悠往昔的地平线——女神在举行宴乐会。

王朝的废墟的黑影里，影影绰绰的乐师操湿婆的神琴，弹唱往世流传的骇人听闻的神话故事。

用对难忍的悲痛的回忆之线，织成了那个故事。

那天轰响着惨烈的灾祸的霹雳，死亡疯狂地吼叫，艺术女神最柔韧的弦索弹出恐惧的战栗。

我望见创造的殿堂里，从心底喷发的哀伤、羞惭、苦恼的烈焰冷却下来，凝成不燃的福音的塑像。殿堂外面，山一般熄灭了的痛楚的灰烬，无光、无语、无义。

# 美好的早晨

熹微的晨光中，布谷鸟断续地啼叫，听似一声声爆竹。

泛彩流金的云朵，在空中缓缓飘移。

今天是集日，田野的土路上，牛车载着米袋和盛满新榨的甘蔗汁的陶罐。

村姑的背篓里，装着芋头、生芒果、萨吉纳树的嫩茎。

学校里的钟敲了六下。

钟声和霞光明艳的色彩在我心间交融。

我搬张椅子，坐在墙边夹竹桃树下。

东方天空射来的阳光，除扫着草叶上斑驳的暗影。

凉风习习，两株并立的椰子树的枝叶沙沙地摇曳，好似双胞胎婴儿甜蜜的啼哭。

石榴树光润的绿叶后面，露出了几个可爱的小石榴。

杰特拉月跨入了最后一个星期。

天海里春风的风帆，松乏地垂落下来。

营养不足的苇草形容枯槁；碎石路两旁，欧洲的季节花，色泽消退，萎靡不振。

异国的西风吹入杰特拉月的庭院。

不情愿也得披条薄毯。

花池里水在轻漾，芳草在摇晃，金鱼敏捷地游泳。

孩子们游玩的山坡上，茂密的奈蒲草丛簇拥着一座四脸石像。

它仿佛立在流淌着时光的遥远的岸边，表情冷漠。

节气的抚摸渗不进它的石躯。

它的艺术语言，与林木的言词毫无共同之处。

从地府升起的精气，日夜传遍每棵树的枝叶，石雕独居在广博的亲谊之外。

很久以前，艺术家在它体内注入的奥义，像财神药叉的死了的财宝，与自然之音素不往来。

七点，流云消逝。朝阳爬上墙头，树荫萎缩。

从花园后门进来个小姑娘，两条辫子在背上摆动。

她手扶竹竿，放牧两只白鹅和一群雏鹅。

这对白鹅夫妻神态肃穆地尽着保护儿女的职责，小姑娘肩负重任，她手中一只雏鹅的心跳，激起幼小的母亲心里甘露般的爱怜。

我很想挽留这美好的早晨。

可它轻闲地走来，轻闲地离去。

它的送别者，已在自己欢乐的宝库里，偿还了它的债务。

## 一个人是一个谜

一个人是一个谜，人是不可知的。

人独自在自己的奥秘中流连，没有旅伴。

在烙上家庭印记的框架内，我划定人的界限。

定义的围墙内的寓所里，他做着工资固定的工作，额上写着“平凡”。

不知从哪儿，吹来爱的春风，界限的篱栅飘逝。“永久的不可知”走了出来。

我发现他特殊、神奇、不凡，无与伦比。

与他亲近需架设歌的桥梁，用花的语言致欢迎词。

眼睛说：“你超越我看见的东西。”

心儿说:“视觉、听觉的彼岸布满奥秘——你是来自彼岸的使者,好像夜阑降临,地球的面前显露的星斗。”

于是,我蓦然看清我中间的“不可知”,我未找到的感觉,“时时在更新”。

## 不可知的鸟儿

街上走来一位游方僧,站在你的门口唱道:“不可知的鸟儿飞进竹笼。”于是愚痴的心儿说,我捉住了捉不住的东西。

你沐浴完毕披散着湿发,站在窗前。

“捉不住的东西”本在你远望的眼睑上,“捉不住的东西”本在你戴镯的手腕的柔嫩里。

你派它去乞施,它一去不归;你不知道游方僧在唱你的故事。

你像乐调,在单弦上往返。

单弦琴是你容颜的笼子,在春风中摇晃。

我胸口捧着琴漫游,为它上色,折花,溶它在心里。

我弹奏时忘记它的形状,弦儿跳荡着消失。

“不可知”出走进入宇宙,在树林的葱郁里嬉戏,在金色花的芳菲里隐居。

你啊,不可知的鸟儿,栖息在团圆的笼子,装饰一新的笼子里吧。

别绪盈满翅翼、飞行延迟的所在,不知鸟巢在哪儿,它的幽会在地极的彼岸,一切景观的隐逝里。

## 那一瞬间

林鸟最后一首歌,沉入漆黑的夜色。

空气凝滞,树叶不晃,透明的星星仿佛降落在老楝树蝉鸣骤息的奥秘上。

这时你突然异常激动地抓住我的手说:“我永世不忘你。”
未点灯的窗前,我的身子模糊不清。
在阴影的掩护下,你打消了倾吐隐衷的踌躇。
那一瞬间你爱情的宫殿,屹立在我无边的回忆的地基上。
那一瞬间的悲欢,由光阴的琴弦弹响,飘向无尽的来世。
那一瞬间我的小我,在你真挚的感情中获得了无限。
你发颤的嗓音使我生命的苦修,得以品尝成功的琼浆。
较之你世界的无数事物,我更充实,活得更有朝气。

那一时刻之外的万物,微不足道。
那一时刻的外面有死亡,某一天我将退出形象辉煌的舞台。
在可感的悲欢的天地里,我回忆的影子,向有形的无量认输。
门前的火焰树底下,你每天亲手浇水,这至关重要。
今后你把我推往枝叶外面宇宙无际的混沌里,那无关紧要,我等待着。

## 给拉妮·黛维的信

### 1

最近我搬家了。
两间小屋构成我的新居。
小屋很合我的心意。
现在我把原因告诉你。

高堂吹嘘自己“很大”,将真正的“很大”轻慢地拒之门外。

我的小屋不自夸“很大”，不学愚笨的纨绔弟子，狂妄地参加“无限”的比赛。

我无意在屋里满足天空的欲望；我要在它的原位得到它，要在外面完整地得到它。

环境幽静。

“遥远”来到我的身边。

坐在窗口我浮想联翩——所谓“遥远”其实是美。“遥远”在美的中间。

美局限于定义，又超越各种界限；同需求在一起，可又独居，在每一天里，又属于永久。

记得以前有一天下午，我乘的轿子穿过田野；一共有八位轿夫。

我看见一位轿夫，像黑色大理石神像；他每一步都跨越职业的低贱，似脚带断绳高翔的大鹏。

神因着他的美赐予他恢弘的荣誉。

远空与人最亲；如若关闭窗棂就无从看见。

世俗的家庭，贪欲是壁垒，将眼馋的东西囚禁在近处的樊笼里。

忘记贪欲会伤害爱情，如忘记野草压挤农作物。

我写诗，作画。

围绕“遥远”做我的游戏；我用各种服装为它打扮，就像苍天的诗人，用黄昏、拂晓打扮地平线。

我做的事情中没有贪婪，没有私利，也没有我自己。

富有“遥远”的工作中，每时每刻有我的广宇。

与此同时我望见死的甜美形象、静寂的悠远、生活四周无浪的大海。

丰繁的美中有它的席位，它的解脱。

## 2

别的事情以后再说。

首先需告知的是：我已收到你寄的茶叶。

迟迟不复信是我的性格特点。

我写信极像我作画。

它不通报事件。

它本身是消息。

形象在世上漫游，我作的画也是形象，走出“未知”，走到“熟知”的门口。

它不是映象。

心中繁复的破立，繁复的组合，或凝成理念，或显示于意象，言语的罗网最终活捉那些天鸟。

心儿在风中侧耳静听，寻觅那寻觅语音的理性。

今日它圆睁双目，踏上线条的世界的大路。

它寻望，它说：“我看到了。”人世是“形态”的旅程。

在永世的清醒者面前走过，他也无声地说：“我看到了。”

太初的舞台前传来号令：“拉开帷幕！”

雾气的帷幕徐徐升起，形象的舞女登台；千眼雷神因陀罗看得一清二楚。

他的看见即创造，他看见的盛大节日千古绵延。

## 3

无垠的天宇，“线条”的旅客乘时光的轻舟，在幽暗的背景前跳

“形体”之舞；无声的“无限”的心声，用无句的“有限”的语言和暗示来表达，有量之美用花篮装“无量”的欢乐的财富——它不是内容，不是思想，不是语句；仅是形象，用光线塑造。

太初创造的第一刻的音籁，今日传入我心中——揭去无始之夜的面幕说：“请看！”

这些年我在幽僻处自言自听。

从那儿转移到另一个幽暗处。

我自画自看。

宇宙布满天神观赏的座位，我在他旁边，制造观赏的对象。

## 致苏汀特罗纳德·达塔的信

### 1

近来我迷上了线条。

辞藻是豪门女子，私囊丰殷，尖嘴利舌，安抚她颇费神思。

线条出身贫贱，性情温顺，我与她交往分文不花。

指挥树枝开花、结果，是快活地履行责任。率领树底下的光影起舞，是饶有趣味的职业。

枯叶飘落，纷纷扬扬，彩蝶舒翼飞舞，入夜，流萤点点，忽明忽灭。

丛林的宴会厅里他们是风流倜傥的贵宾，不受任何人的质询。

辞藻管教严厉，对我毫不客气。

线条从不责备我纵声大笑。

许多事情我撂下不管，信件丢失，有空闲就奔入培植形象的内宅。因而心里潜藏多年的放荡不羁者，勇气陡增。

他挥毫作画，不考虑凡世的是非，不理睬人们的褒贬。

## 2

我心情舒畅。

我的画笔没有套上“闻名”的笼嘴。

名气不来制约我的意志。

一开始就未允许原有的交椅搁在作画的胸脯上，它没有规劝我维护荣誉。那名气拖着臃肿的身体，已经无所作为了。

为了保护大部分成果，它派看守站在门口；在正经事情的面前筑了个祭坛，上面一层层置放千百个主人提出的要求。

然而高傲的名气今日不在。和时令之王的彩笔一样，我的画笔是自由的。

# 致杜尔察迪普拉萨特的信

你要我谈创作歌曲的体会，我惧怕谈体会，可又非谈不可。

人凭智慧成功地创造了语言。

人的感知是哑默的，不可捉摸的，很像幽寂的宇宙。

那博大的哑巴用手势表达心意，不做解释。

幽寂的宇宙拥有韵律，拥有表现手法，天宇舞姿密集。

原子分子在无限时空里，规定了舞蹈的轨道，在“有限”中翩舞，塑造无数形象。

它心里炽热的情感，从花草到繁星，寻找自己的隐喻。

人的感情强烈到控制不住的时候，必然寻找话语——静默下来的话语，寻找技法，寻找暗示，寻找舞蹈，寻找音乐。推翻原来的含义，扭曲规则。

人在诗里写静默的心声。

人的感知选择音乐作为载体的时候，把闪电般活跃的原子群似的乐章拘禁在“有限”里，教它动作，引它奇妙地旋转，跳舞，“有限”内就擒的舞蹈，获得以歌塑成的形象。无语的形象群，汇集在创作的厅堂。系足镯的“激情”参加酒红节，形象的舞女协调来宾的节奏。

借助文字、音符、线条表达理解的，是学者。

歌曲是为这样一些人写的——他们的心儿说：“我体味，感受哀痛，观看形象。”他们在理论上很贫乏，血管里却荡漾着乐音。

有机会你可以请教纳罗特隐士；当然不是为掌握煽风点火的伎俩，而是为抵达不受定义束缚的理论的新岸。

## 致查鲁昌德拉·瓦达贾萨的信

我们果真期望伤逝的完结？

其实，我们也为伤逝自豪。

我们最强烈的情感，也难承负恒久的真实——这句话里没有慰藉，痛苦的骄傲受到打击。

生活把全部积蓄散布在光阴行进的路上；在它不停转动的轮子下，深挚感情的印迹也会湮灭。

我们亲人的故世，对我们唯一的期求是：“记住我。”

然而生命有无数期求，它的呼吁从四面八方向心儿汇集；现时的丛集之中，昔日的唯一祈愿必然逝灭。

死者的痛苦解除，遗言犹在。

伤逝执拗地继续欺弄生活，蛮横对生命的使者说：“我不开门。”

生命的沃土生长各种作物，任性的伤逝在其间占据一块庙堂的公地，任其荒芜成为意愿的沙漠，不向生活纳税；就死亡的遗产一事，控告流年，虽一天天败诉，不承认失败；甚至要把心儿埋入它的坟墓。

大凡傲岸是羁勒，牢固的羁勒是伤逝的傲岸。

财产，名誉，一切欲望包含梦幻，浓重的梦幻贯透伤逝的欲望。

## 未知的味觉死去了

孩提时我常在心扉上画自己的肖像——我骑着一匹野马，没有马镫，没有笼嘴，黄昏在盗贼出没的荒原上奔驰，马蹄扬起尘土，大地在后面挥动纱巾呼喊。

第一颗黄昏星在天边闪烁。

一间等待的无眠的草房里，泄出焦灼、孤凄的灯光。

犹如曙光的征兆，在杜鹃第一声啼叫时的残夜出现，将走入我生活的人影，在我的心田徜徉。

对我来说，世界起码一半是陌生的。

它奇妙的色彩，缤纷了我心原的地平线；正走来的爱情，使我沉湎在发生着正常、反常的事情的梦中。

爱情的意象与史诗时代冒险的愉快浑然交融。

而今我对世界有了大体的了解，但获得的许多消息摘自剪报。

心灵的舌头上，未知的味觉死去了，再也尝不到爱情的圣殿里——可能中的不可能、熟稔中的陌生、已知中的未知、闲谈中的神话。

情人中间，那个住在七大海洋沙滩上的佼佼者已被我遗忘，她中了魔，昏睡着，叫醒她需找一根点金棒。

## 我要写无情的歌

那天我们在蓝天下的红土路边聚会，大家坐在绿茵茵的草坪上。

南边一行行娑罗树，苍老、高大、挺拔。

它默默地矗立着，视而不见妖娆的弯月。

远处一棵参天大树，像是湿婆神静修林的卫兵，眼神坚毅、冷峻，厌恶杜鹃的倦鸣。

几个人邀请道："夜深了，诗人，朗诵诗歌吧。"

我打开古诗集，读了几首，心里十分懊丧。

这些珍藏的璧玉，是那么柔弱，那么怯场，嗓音是那么细微，那么犹豫。

她们是深宅的闺秀，戴着金线缀花面纱，走不惯土路，步履鹅一般地蹒跚。

古诗里称她们是胆小的玉女。

她们受到赞美，享有盛誉，她们的足镯在高墙内卧室的床榻上叮当作响。

她们幽禁于技巧精熟的樊篱里。

参加路边聚会的这些人，打碎了家庭的桎梏，脱掉了手镯，抹去了额上的吉祥痣。

他们是朝觐者，不会回到卧房的诱惑之中，他们的步伐坚定有力，不知倦乏；他们身穿土灰色衣服，望着天上的星儿寻找道路。

他们没有愉悦他人的责任；多少个赤日炎炎的正午，多少个漆黑的子夜，在幽深的岩洞里，在杳无人影的旷野里，在无路可循的密林里，他们的呐喊激起宏浑的回声。

我从哪儿将他们推上褒贬的评判席？

我弃座起立。

他们忙问:“您去哪儿? 诗人。”

我答道:“我要走进艰险,走进冷酷,带回坚强、无情的歌。”

## 劫

新的一劫。

创造之初,在茫茫太空,以光划定时间的界限。

从最大的亿万年的圈子里,飞出星辰的蛾蚋,数不胜数。

它们迎着第一抹晨光,一群群钻出洞穴,循环地展翅飞翔,从一重天飞向另一重天。

起先它们潜伏在混沌里,进入光明,便做死亡的飞行——它们不知道为什么产生赴死的难抑的冲动;不知道哪个中心燃烧的火焰,使它们渴望疯子般地朝它扑去。

他们在无边无虑的奥秘中找寻年寿的耗竭。

直至劫的黄昏,火焰黯淡,飞行艰难,翅翼脱落,它们湮灭在永恒无形的光明里。

在星系远伸的视线之外,地球的版图上,光影以极小的时间单位,确定人类时代的范围。

星系的一瞬间,完成了创造和毁灭。

阔大的界限内,短促的时间轨迹,画了又擦,擦了又画。

水泡般浮起的穆罕陀贾罗无声地消逝于沙海。

撒玛利亚、亚西利亚、巴比伦、古埃及,伟丽地登上时光围墙内的历史舞台,像淡墨写的作品,留下淡淡的痕迹,随后一一消失。

它们的愿望像昆虫，飞往无际的迷蒙。

英雄们起誓：让那愿望衍变的功业的塑像，万古不朽！

他们建造了壮丽的凯旋门。

诗人表示要把实现那愿望的苦痛，写成隽永的诗篇。

太空无涯的纸上，正用灼热闪光的字母，书写渺远的星体上祭火的咒语，念一句咒语的工夫，时代的凯旋门倾塌，诗人写的史诗无声无息，剽悍民族的历史在傲慢中逝灭。

今夜，面对不瞬的星光，我在藤架下向伟大的时空膜拜。

让向往的不朽，像儿童小手里的玩具，落入尘埃飘逝吧！

我不断获得充溢甜浆的时刻，谁来核定它的界限？

它无量的真实，不会纳入生存亿万年的星系；劫数之末，它的灯烛熄灭，创造的舞台陷入黑暗，在毁灭的后台，它静等下一个劫数。

## 与他分开

他在我降生之日便与我形影不离。

他已经年迈，与我浑然一体。

今日我对他说："我要和你分开。"

他在千万辈先人的血流上漂来；他怀着一代代的饥渴。

远古的乞丐——他，在悠远的往昔之河，用情感搅翻出昼夜，从而获得新生命的载体。

他的吼叫搅浑了从太虚传来的天籁。他伸手掠走祭坛上我摆的供品。

欲望之火烤得他一天比一天枯瘦，在他"衰朽"的庇护下，我永不衰朽。

他每时每刻赢得我的怜悯，所以死亡抓住他时，我愁闷，我是不死的。

今日我要分开，让这饥饿的老叟待在门外，食用乞食；缀补破烂的披毯；在生死之间，在阡陌纵横的田野，捡起遗落的稻穗。

我坐在窗前，望着他——远方的旅客。

他来自众多身心的众多道路的交叉处，来自大大小小的死亡的渡口。

我坐在高处俯视，他处在混乱的梦境中，处在希望、失望的沉浮和哀乐的光影中。

我像看木偶戏，心里暗笑。

我自由，我透明，我独立。

我是恒久的光辉。

我是创造之源的欢乐的流水。

我贫苦，骄傲之墙包围着我，我一无所有。

## 远　　眺

我在秋阳下远眺，仿佛第一次睁开眼睛，我看见了新颖。

平日劳瘁的双目，已丧失视力。

恍惚中我觉得我是香客，听着诵咒从未来飘然而至。

泛舟上游的梦流，我到达本世纪的码头。

我惊异地四望，我看见我在自身的外面——熟悉的身份的彼岸，我是其他时代的陌生的我。

我对他产生浓厚的兴致，我盯着他，像蜜蜂俯贴花瓣。

我赤裸的心，沉浸于万象之中。被喧哗的污手弄脏，容貌毁损，身穿受欺的道袍，此刻，他的破旧纱巾飘落了，以存在的完满价值，和不可描述的姿态显现。

在世上受到极端的鄙夷，至今说不出话的哑巴，在我面前打破了滞涩的沉默，有如将晓的残夜，第一声动人的鸡啼。

我——长途跋涉的旅人，游历了我近处的世界。

它的“现代”的裂缝里，露出万世的奥秘。

焚身殉夫的烈女莫非也是这样——透过死亡的破帘，以新的目光，发现永生的辉煌的本相？

## 我庭园里的鲜花

我今日不把花园的鲜花扎成花束，收起金丝、银丝，收起五颜六色的绸带吧！

亲人们诧异地问：“鲜花不加编扎，如何高高举起？如何插入花瓶？”

我回答说：“今日她们是获得假日的美女，春日斜阳里，容她们在花丛中开怀大笑，自由地追逐雀跃。

“请观赏她们随意举行的游戏，谛听她们纯正的歌声，并为此感到满意。”

同仁们抱怨着：“到尊府做客，是为达到一醉方休的目的。你却信口胡说，今日摔破了韵律的老式玉。你为何故意怠慢来客？”

我劝慰他们：“去吧，到瀑布后面去，观望瀑布飞泻，奔驰，时而粗犷，时而纤细，时而从崖顶落入深谷，时而躲在幽深的溶洞。岩陡壁在她的路上野蛮地阻拦，错结的树根像乞丐伸着嶙峋的手，想在波光粼粼的水中抓住什么。”

诗歌爱好者叫嚷起来:“这是您不梳发辫的艺术女神,那位被幽禁的艺术女神在哪儿?”

我淡然地回答:“如今你们认不出她啰,她颈上绕七圈的项链消退了光泽,镶着红宝石的手镯不再叮当作响。”

他们气恼地诘问:“那不成了废物?能跟她索取到什么?”

我坚定地答道:“果实里可以获得的遁入了枝条,绿叶里她的色彩随处可见,空气中闻得到她的气息,她付与周遭的清风微醉的芳香。她端坐在自己的座位上,不是伸手可以把握住的。她不加修饰的容貌清新无华,难免暂时不被人喜爱。”

## 移植花盆里的诗歌

花园里,一只只雕花白瓷花盆摆得秩序井然。紫色树篱修剪得极为平整。院墙上禁锢着青藤,听不见开怀大笑。她们只能抿嘴嫣笑,轻轻晃动婀娜的身姿。园内没有她们跳舞的空地,她们处于高雅的统治之下,像莫卧儿王朝珠围翠绕的妃子,深得皇上的宠爱,可是一举一动,被太监严密地监视。

往外望去,一棵魁伟的桉树昂首入云,两侧几株金篮树神气地舒展着繁枝密叶,头上是寥廓的蓝天。

我平日对他们不太注意,今天忽然发觉他们享有恢弘的独立,他们的美的价值在于自由。他们是质朴的,不受法规、教仪的限制。表面上他们不戴枷披锁,但骨髓里交融着克制。他们的柯枝节奏明快地摆动,绿叶丰富的想象沙沙地乘风驰骋,给我的心深刻的启示。

我不禁喃喃自语:“我要把花盆里的诗歌移植到田野上,让它的枝条伸向无拘无束的韵律的森林。”

# 我　爱

我纵目远望，啊，苍天也没有永久的休憩，悠悠时空荫庇的星星在无声地絮语。它们迅射的光的暗示，惊扰着参禅的"静谧"的冥想。

我的心承载着无数重荷；四周一群急事的乞丐，将无限的暇日剁碎，抛入焦恼的喧声中。狭窄的生活中，我的喉音是惶惑的。缺乏真情实意的语言黯淡无光，说惯了的套话枯燥乏味，价值下跌。

我的话语好似浓雾欺凌的秋日的乐音，憋在胸中。心儿不能像明净的霞光坦然地昂起头说："我爱。"言谈的悭吝中羼入了疑虑。

仁慈的林野啊，我为此整天坐在你面前，我要借用你的绿荫顺畅我的喉咙。

我望见你的叶簇轻易地跨过枝干的鹿砦，战胜四周沉闷的空隙。你无声的亢奋穿过宽广的天衢，进入旭日东升的庄严景象。太初生命的咒语，在天衢上南风的水流中漂来，漂入你新叶的心底——立时迸发宇宙之心的欢呼："我爱。"

无穷的好奇携我飞往远方，当今的瞬息消逝于"无时"。一双超越世界的眼睛从他世凝望着我的脸庞，把我充溢奇异情感的意识，送往一切界限的另一侧，高空传来创造的亘古福音：我爱。

时代之夜过去的一天，阳光的灿烂的使者在天幕上镌刻元初的偈语。创造的第一个时辰，生命之海的洪涛巨浪中飘荡的神咒，在落日空寂的海滨我幽静的天穹，创作我渴求的金像。

在今日的暮霭里，让我今生的愁思、情愫升华为深沉的认识，凝成黄昏星似的晶莹的遗言：我爱。

## 遐　想

我把小巧的陶罐放在一股涧水下面，纱丽边缘掖在腰里，脚踩着长满苔藓的岩石，坐在涧水边。

我想这样坐着消度一个上午。

转眼工夫陶罐盛满了水。涧水泛着白沫漫过罐口，往下流淌。

阳光下陶罐里溢淌的涧水，犹如我心底喷涌的绵绵情思。

幽谷好似蓝天的一只水晶杯，那一排绿色树林是杯把儿。涧水从杯沿般的岩崖上落下来，山村的姑娘常在晓梦中听见它呼唤。

从涧水声越过的林野边沿，赶集的山里人离开平坦的村径，走上迂回上升的山道。他耕牛的背上绑着几捆干柴，颈上的铜铃儿响叮当。

两个时辰松快地过去了。鲜嫩绛红的阳光已经变得白洁。鸿雁掠过峰峦，飞向沼泽。老鹰在蓝天盘旋，好像高山欲腾的心中默念的一句经文。

家里人叫喊着找到我，生气地说："为什么这么磨蹭！"他们知道汲水是不需要很久的。

但消度遐思喷溢的时光是何等愉快，谁能对他们解释清楚？

## 启明星

启明星，天文学家说你常改换相貌，有时，你出现于黄昏的屋檐下。红日衔地，相会的天边响起萨哈那晚曲，绛红的面幕下，你点亮晶莹目光的明灯。别离的晨空,空落的新房门口,你把孤凄的音符填入苍凉的维伊拉毕乐谱。睡眠之海的此岸彼岸,交织欢乐苦楚的光影里,永恒生命在心扉铭刻光点的印记。当心灵深处腾涌无可名状的激动,你暗中给予天庭的默许。晨昏的宠儿,我们认定你是神王爱妻的花环的一个花瓣。

学者称你为“金星”,漫长的轨道上,说你体积宏大,运行迅速。你是非常尊贵的,颂赞太阳的长途跋涉中,你是地球的旅伴。阳光串编的白日的花环摇曳在你的颈脖。悠远岁月的广阔领域里,你的经历神秘莫测,那儿,你非同寻常,远不可及;那儿,亿万年你蒙着杳无人迹的奥妙的面纱。暮色乍降,你在诗人心中唤起无声怡然的情思的时刻,我们不经意的季节循环在你的陆地、水域、大气层累积创造的丰繁。然而你祭神的圣坛上我们不曾收到请柬——我们的入口是关闭的。

啊,学者的金星,我们承认你是星系的一个实体,数学已提供佐证。但更为真实的是,你是我们亲密的晨星亲密的晚星。这儿,你娇小,你俏丽,是雾季一颗晶亮的露珠,是秋季一朵洁白的素馨。千秋万代,拂晓,你默默指引旅人踏上生活的旅程;傍晚,召唤他们归家,坦然地憩息。

## 那一天

流逝的岁月中,只有一天遗留在奇妙的歌韵和奇妙的画里。流光的使者把它抛弃在路边。时代做漂流的游戏,万千事物漂过了码头,唯独那一天卡在河汊口,且无人知道。

二月的果园里,芒果树花开花落;三月火焰树底下,落红遍地。四月的煦光照着油菜田,晴空和田野是诗人的战场。

时令之笔不曾在我那受阻的一天身上勾画一笔。我曾在那一天中间蹀躞,那一天化整为零,分散在众多的事物之中;它们在我的周围,我一个个见过它们。但它们的整体未进入我的视野。我不清楚我爱它们爱得多深,它们多数已经遗失。迷惘者的心杯里还剩多少迷恋的甘浆?

今日我见我心里的那一天,已是另一种情态。平淡纷乱的印象交叠在一起。从中走出一个人,在悠远的背景上,她酷似那一天的一位新娘,身段藤蔓般袅娜,淡青色纱丽披在头上,盖着发髻。

我没有获得吐露心迹的足够时间,语无伦次地说了些无用的话,白白浪费了时间。

她静静地立在光影之中,欲言又止,转身想走,但身后没有路。

## 为了见一面

我遇见她,与她四目相对的时候,还是个少年。

她问我:“你找谁?”

“世界诗人心血来潮,”我答非所问地说,“从他浩如烟海的作品摘下一行,抛进地球的气流中。它在融合着花香、笛音的气流中流浪,相信能找到与之谐韵的另一行;它蜜蜂的纤翼奏鸣着它寻觅的沉寂的嗡营。”

她听了默不作声,转脸望着别处。

我伤感地问:“你在想什么?”

她一面撕揉花瓣一面反问:“你怎么知道能否寻到另一行？那一行在你浩瀚的诗篇里。”

我说:“我在寻找我破碎生活中藏得最深的秘密。它会带着自己的感情向我自首的;我知道我奇特的谐韵在它的里面。”

她没有再说话。我见她肤色浅黄,颈项上精致的金项链,闪烁着秋云辉映的那种柔和的光。她眼里含着迷茫的惶恐,像怕谁与她不辞而别,远走高飞。她踌躇的双腿没有发现哪儿是她的院墙。

在倥偬的人生旅途中,我期望的仅仅是与她见一面。

不久她去了。

## 旧　屋

街道的年轻人成立了俱乐部。

我一楼的房间借给他们使用,他们开会给我戴绚丽的花环;我赢得了纸上的赞扬。

下班回来,我看见闲置了八年的屋里异常热闹。他们有的脚跷在桌上看报,有的打扑克,有的争吵得面红耳赤。屋里烟雾腾腾,空气污浊。烟缸里积满烟灰、火柴、烟蒂。

我每天靠他们海阔天空地胡聊充填我黄昏的空虚,十点以后,人去屋空,地板上卧趴着残余的话题。外面传来有轨电车嘎当嘎当行驶的单调的声响。我偶尔听听几张翻来覆去听腻了的唱片。

今晚没有人来。他们聚集在哈奥拉车站，欢迎一位名字与海滨的掌声胶合在一起的贵宾。

我熄了灯。这些所谓现代派，所谓时代的尖兵，几个月来首次没有光临我的一楼。

八年前，漾散在空气中的摩挲和隐约的青丝的气息所勾起的遐想，融合在一楼屋里每一件杂物中。

我侧耳静听，那张花床罩盖着的旧空床仿佛在诉说往事。祖父在世时栽的那棵古苍的穆仲甘特树，伫立在无月之夜的幽黑中。街道对面的楼房与这棵树之间的天空中，闪耀着一颗星。我凝望着这颗星，一阵痛楚涌上心头，这颗星多少个夜晚曾在伉俪生活的潮水中闪光啊。

如烟往事的一幕，至今历历在目……

一天上午我杂事缠身，无暇看报。傍晚拿着报纸，坐在这间屋子的窗前的这张椅子上阅读。她蹑手蹑脚走到我身后，一把抢走报纸。嬉笑声中展开了争夺。我夺回报纸得意地坐下阅读时，她突然揿灭电灯。那天迫使我认输的幽暗，今天笼罩我的全身，好像那天灯灭的寂静中，她用充满嗔怪的无声微笑的双臂，紧紧地搂抱着我。

蓦地，一阵夜风吹得树叶萧萧作响，窗棂瑟瑟抖颤，门帘惊慌地翻卷。

我镇定地说："是你穿着橘黄色纱丽，从冥府回到你的屋里来了么？"

熟悉的气息扑面而来。我听见无声的低语："我回到谁的身边？"

"难道你没有看见我？"我问。

我又听见:“我来到人世,认识了我永远年轻的情人。”

“他在什么地方?”

她柔声地说:“他在我在的地方,而不是别处。”

这时,门外响起了喧嚷声,他们从哈奥拉车站回来了。

## 管家讲的故事

烛台上的铜油灯,隔一会儿拔高灯芯,以增加光亮。和象牙一样光洁的地板上铺着几张草席。小孩们围坐一圈。墙隅里光线黯淡。

管家穆罕年老体弱,染黑的披肩长发梳得平顺熨帖。皮肉松弛,眼珠几乎凸了出来。四肢的骨骼颀长。沙哑的嗓门时而粗浑,时而尖细。他的经历富于传奇色彩。他坐在我们中间讲大盗罗库的故事。我们被精彩的情节所吸引,激动的心像风中飘动的树叶。

开启的窗外是胡同,昏黄的煤气灯的灯杆似呆立着的独眼妖怪。马路左边树影斑驳。胡同口的大街上走过卖茉莉花的花匠。邻居的狗无端地狂吠。门厅里挂钟敲了九下。

我们出神地听着罗库如何劫富济贫。

穷婆罗门达得拉塔要为儿子举行受戒仪式,罗库捎口信儿给达得拉塔:先生,不能光膜拜神像,不要为仪式的开销犯愁。他写信给鱼肉乡民的村长,叫他拿出五千块钱,立刻给达得拉塔送去。一位寡妇交不起官税,要卖掉她的房屋。罗库闻讯夜里“拜访”税收官,一张空纸替她交了田赋。临走时说:“你欺骗了许多穷人,让你罪孽的负担轻一些吧。”

有一天半夜里,罗库提着抢劫的财物回去。他轻便的小船系在榕树阴影里。途中他听见办喜事的一家人在哭泣。新郎吵完架扬长而去。新娘的父亲抱着迎亲队头领的脚不松手。

路边浓密的竹林里,突然响起“杀呀,杀呀”的呐喊。天上的星星吓得哆嗦不止。村民们听出这是罗库令人胆战心惊的怒吼。彩轿连同新郎撂在路上,轿夫们抱头鼠逃。新娘的母亲跌跌撞撞地跑出屋,黑暗中传来她的哀求:“求求你,姑爷,保全俺闺女的脸面呀!”罗库像阎王的使者,从彩轿里揪出吓破了胆的新郎,又狠狠地给了迎亲队头领一巴掌,打得他眼冒金星,摔倒在地。

女方院落里吹响唢呐,又是一片欢声笑语。罗库同他的伙计们站在四周,像湿婆神成婚之夜来庆贺的鬼神,个个光着胳膊,全身抹油,脸上抹着锅灰。

婚礼完毕,午夜离去的时候,罗库对新娘说:“你也是我的闺女,往后有什么急难,别忘了罗库。”

时过境迁,现在的孩子在明亮的电灯下看报,获悉某地某时发生抢劫事件。听神话传说的宁静的黄昏,已告别了现代家庭。

我们的回忆也已经和铜油灯一起熄灭。

## 纳哈尔·辛格

遵奉莫卧儿皇帝的命令,阿夫拉沙尔·汗、慕加法尔·汗、穆罕默德·阿明·汗率兵出征。藩王郭帕勒·辛格·瓦多利亚、乌特伊托·辛格·本德拉率领本邦人马配合作战。

莫卧儿军队包围了库卢达普尔。出路切断,粮草断绝,潘德·辛格率领锡克教徒坚守城堡。

一发发炮弹飞过城墙,落在城内爆炸。城外数不清的火把映红四野,映红夜空。

锡克人的粮仓里,已经没有一粒小麦、玉米、谷子。柴薪已经烧光。他们饥饿难忍,撕嚼生肉。有的甚至割自己小腿的肉充饥。树皮、树枝磨成粉,烙成饼,分给守城的将士。

像在地狱里熬了八个月,库卢达普尔终于陷落。死亡的宴筵上血流成河。战俘们虚弱地呻吟:“啊,师尊。”锡克人一个个被杀害。

锡克族青年纳哈尔·辛格清秀的面庞闪耀着心灵淳朴的光彩,双眸像两支凝结的颂神曲,光洁细腻的身体,仿佛天国的艺术家用闪电的刻刀镌刻而成。他十八、九岁光景,像一株娑罗树苗,刚劲地向上生长,但南风吹来,仍轻轻摇动。他的身心洋溢着不竭的生气。

他被押进刑场。人们惊讶而可怜地望着他的脸。刽子手的大刀迟疑的当儿,钦差赶到,宣读萨亚德·阿卜杜拉·汗赦免的手谕。

替纳哈尔·辛格松绑的时候,他问道:“为何单单免我一死?”

回答是:他守寡的母亲为他叫冤,说他不是锡克教徒,他是被强征入伍的。

纳哈尔羞愤交加,满面通红地说:“我不需要虚伪的怜悯,我是锡克教徒,我说真话赢得永久的自由。”

## 旅　客

我是旅客。

一路走来,我看见典籍中歌颂的许多国家的伟业,已经荡然无存。我看见不可一世的嚣张气焰已成为遭人唾弃的灰烬;它胜利的幢幡已像霹雳轰哑的狞笑一样飘逝。无比的傲慢蜷伏的尘土上,乞丐铺着破褥睡觉,倦怠的旅客留下的足印,被万世的每一天的脚掌抹掉。

我看见漫长的岁月埋在沙层里，像遇上意外的风暴顷刻间沉入昏暗海底的航船，载着希冀，载着情歌，载着忆恋。

在“无始无终”中慢步，我感到我的心律里有“无限”的岑寂。

## 沉　思

肢体的樊笼里幽禁的我的生命，在省醒中陡然活跃起来，躯壳无从知晓它急于要倾诉什么。

笼中鸟的啼叫，不独属于竹笼。啼叫中蕴含远方的树籁，蕴含辛酸的回忆。

我举目四望，这不是织视线之网。原野定睛注望国界外的国家，地极的示意，隐入想象之国的无形的征兆。

漫漫路途布满善恶，昼夜在哀乐的崎岖的路上行进，支托旅程是路的唯一宗旨？

歌的呼吁飞出嘈杂的人声，哪儿能找到它的真谛？

冬日寒冷，夏雨倾盆，春天的湿暖抚摸泥土下蛰眠的种子，暝黑中它做着离奇的梦，梦中有它的终极？

花儿在朝霞中绽放，今日不开，难道永不开放？

## 我　在

冬阳下麻栗树树林里，静息着熔金的绿涛。紫岚氤氲、垂挂着气根之篮的老榕树，把枝条伸展到路径上。果浆树的枯叶与尘土结为好友，随风飘荡。

懒怠的日子，像南归的白鹤，飞进无限的碧蓝。一句话像绿叶的飒飒声在心中响起：我在。

井台旁那棵普通的芒果树，不动声色地站了一年，披着常见的绿纱。早春二月，激情浮上它的根须，花枝上缀满雪白的词汇：我在。——收辑在日月光华的辞书里。

心灵的主宰在倦困的心儿之侧窃笑，旋即用情人的秋波和诗人的歌曲铸成的点金棒，猛地点触。于是，失却于飞尘蔽暗的日子里的我，霎时间重现在不凡的阳光里。

我不知道那无价的时刻是否收藏于宝库，我只知道它来自自我意识麻痹时的我，在我的心底唤醒宇宙之心的永恒真理：我在。

## 吉祥女神

啊，吉祥女神，新年伊始，你坐在湿婆神的脚下，进行罕见的苦修。

你不思饮食，瘦骨嶙峋，乌发变得灰褐。你每日以愁思之火焚烧你的痛苦；用功果的火焰将旱魃烧成灰烬。

你变黑暗为光明，赋予萎靡以朝气；牺牲的祭火中，奢侈的垃圾化为青烟。

天边的云吼宣布湿婆神的愉悦，恩典的雨云垂临焦灼的大地，沙漠的绿茵上立着“美”的慈足。

## 药　　叉

啊，药叉①，你俩的爱情一度像莲花的蓓蕾，是闭合着的。在狭小的家庭里，夫妻生活的节日冷冷清清。她隐藏在你的身影里，像雨季浓云的怀里失踪的明月。

后来，财神的诅咒像恩典一样降临你的头上，朝夕相处的罗网撕碎。爱情羞闭的花瓣舒张，在人世显露丰满的娇艳。

黄昏雨洗的素馨花献给它清香，播散花粉的南风，传递花苑对它的倾慕。

那天你懂了什么是泪濡的高洁的思恋，在心宫塑造爱情的活生生的塑像，罩着天国荣誉的光环。你吹响情韵的法螺，在万代欢乐的殿堂里，给予你心爱的美好形象以恒久的席位。

如今你的爱情获得生动的语言，你成了诗人。你思念的爱妻离开你的暖胸，坐在你的心房弹唱着离愁别绪。

她是你献给世界的珍品。

## 死　　亡

他们跑来对我说：诗人，愿听您对死亡的高见。

我欣然说道：死亡与我亲密无间，他附在我每一条肌肉上。我的

---

① 药叉：财神的侍从，因玩忽职守遭贬谪，远离妻子一年。

心跳应和着他的音律，他的欢乐之河在我的血管里奔流。

死亡号召我："甩掉包袱，向前，向前！在我的引力下，以我的速度，每时每刻死着向前进。"

死亡警告我："你如默坐着抱着你拥有的财物，看吧，在你的世界，花儿凋枯，星光黯淡，江河干得只有泥浆。"

死亡鼓励我："不要停步，不要瞻前顾后，前进！越过困乏，越过僵硬，越过陈腐，越过衰亡！"

死亡继续说："我是牧童，我放牧创造物，从一个时代走向另一个时代的牧场。我跟随生活的活水，防止它跌入洞穴。我排除海滨的障碍，呼唤它导引它注入大海。那大海就是我。"

"'今时'，想止步，想推诿，把负担加在你头上。'今时'要把你的一切吞进肚里，然后原地不动，像饱饮的魔鬼昏睡不醒。那样它便是毁灭。

"我要从终年呆木的'今时'之手救出创造，携往崭新的无穷的未来。"

## 最初的长生者

吠陀诗人吟道：我周游人间天界，最后遇见最初的长生者。

谁是最初的长生者？他叫什么名字？

他属于万代，我称他为"新颖"。腐朽，死亡，无休止地纠缠他。

他一再冲破迷雾，每日在曙光中宣告：我是最初的长生者。

岁月朝前迈进。凉风变成热风，沙尘蔽暗明朗的天空。衰朽的世界的刺耳噪音，旋转着越飘越远。白日抵达自己的末端，温度下降，飞尘垂落；喑哑嗓门的激烈争吵平静下来。光幕坠入地极的另一边。无数星体的微光中响起那句话：我是最初的长生者。

一个个世纪，人苦修着证实自身的存在；慵倦腐蚀着修行，祭火熄灭，咒语毫无意义。千疮百孔的修行的脏袍，覆盖着奄奄一息的世纪。夕阳的彩门口，悄悄走来旧时代之夜，像尸体之座上的苦行僧，在阴晦中吟诵安静的经咒。

光阴迅捷地流逝。新时代的黎明高擎洁白的海螺，挺立在旭日喷薄的金峰上。于是一眼看清谁用黑水冲刷地上堆积的世纪的垃圾；罪孽的污秽上洒落无量的宽恕。最初的长生者在安置静光的座位。

少年时期，我惊喜的眼睛曾注望绿原和碧空的新颖。一年年过去，人生之车驰过一条条道路，心中腾起的愤怒灼热的旋风，把枯叶卷到天地之交处。车轮扬起的尘埃浑浊了空气，凌空的想象在云路上飞骋，正午烈日下的渴望在田野上徘徊，不管花园和农田肯不肯接待。天上，凡世，诞生的旅程在正道或邪路上到达终点。

今日我欣遇最初的长生者。

## 年轻的朋友

我飘逸的性灵，不像流云，至少像山涧，淙淙的笑声昼夜不绝。

我走下神坛，凭借向天帝预支的灵感，登上生活舞台吟诗作赋。

我写的诗行里,激荡着青春的旋律。借用吉基德调、康巴希调的奔放,我至今不犹豫。

我是梵天神秘的挚友。

梵天忘了向年轻人炫示他的齐天长寿。年轻人豪放的笑声融合着他鲜活的幽默。他急速地拍击长鼓,为他们狂舞伴奏。温湿的云天,轰响着他威严的春雷。白絮飘飞的苇丛里,他层出不穷的戏谑,与秋天奇异的笑波一同荡漾。他不向权势乞求尊荣,从不惊慌地搬来褐黑的石块,堵塞豪情的溪口。他残缺的海岸线,不对大海提出抗议。

梵天为拉我加入他同龄朋友的行列,猛地扯下我年老的桂冠,扔在地上。出家人身着补裰的五色道袍,踩着我的桂冠跳舞。他望着为我穿华服,以提高我身价的人,哈哈大笑。不关心衣着者的华服没几天便遗失。

梵天期望我参加他的盛宴。我已经考虑摒弃我的名望,令人诧异地抹去额上的吉祥痣,该动身的时刻决不迟疑。

来吧,我毫无名望的朋友,敲着镲铙来吧。即令你们系足铃的小腿上沾着泥巴,我也不感到羞耻。

## 致贾洛昌德拉·达塔的信

贾洛昌德拉·达塔先生:

你擅长讲故事。来吧,坐在你的椅子上,慢慢地抽水烟,引人入胜的故事,就会从你融合情趣的心泉,汩汩地涌流出来。

国内,国外,你到过许多地方,做过各种行业的工作。你总是睁大你的眼睛,张开你的心灵。自然的表情反映一个人的性格,汇集于不显眼的事情之河里的东西,尽管细小,却打上真情的印记;虽然平凡,却有其特点。这些躲不过你的眼睛,做到这一点很不容易,对于学者,那或许是轻而易举的事。

听说你最初攻读自然科学,后来又钻研梵语典籍,通晓波斯语。有一年庆祝杜尔迦大祭节,你“嗨哟,嗨哟”喊着号子,拽着长绳,与其他教徒一起,把帝国政府造的载着女神像的彩车拉入海中。

你脑子里有经济学、政治学知识,有古典文学知识,有平民百姓的生命的旅程。

然而,写小说,讲故事,是你的特长。所以,我常看见你屋里挤满人,他们有的比你年轻,有的比你年长。

你讲故事,但不传授讲故事的技巧,这是你的怪脾气。你洞悉各种人,展示各种人的生活游戏。我称之为文学——荟集生活的文学。你在心里储存了与三教九流打交道的体会,并能有条不紊地表达出来。学者的仆人是不会给它粘贴科学的标签,让文明人感到惊愕的。

在合适的地点,你知识的宝库里堆满珠宝,五光十色。它不使典雅的客厅感到难堪。你故事的宴会厅里,不允许图书馆、实验室抢占饥饿者的席位。

唯一的原因,是你对听众的同情。他们自觉不自觉地戴着桎梏,在甘苦的路上走得精疲力竭。

在命运的迷宫里,人出生,人故世。不管是帝王还是乞丐,听众对他们的趣事逸闻抱有同样浓厚的兴致。

你讲述他们的悲欢离合,绘声绘色,别人望尘莫及。尤其是现在,某些人用间接知识将感性知识从头到脚地包裹起来;受到一些批评,就大摆其困难,滔滔不绝地辩解。人们生活的底蕴,无人发掘。

如今问题成山,奇谈怪论不绝于耳,疑惑无从消除。所以,我四处寻找朋友，寻找擅长讲故事的大众的知心朋友。在这多事之秋，迫切需要教书先生，乡村的小学、初中等待他去上课，经常为学生讲故事。

大洋的彼岸，欧洲人喜欢组织故事会，给孩子们讲《鲁滨逊漂流记》，为不同年龄的听众讲《堂吉诃德》。

而我们四周笼罩着沉重的忧虑的黑暗，演讲的洪流喧腾着搅扰着水乡。教授们莫无奈何，只得承认那些演讲也是故事。

朋友，我今日登门向你倾吐我心中的悲哀。如今的学生热衷于标榜自己是现代派，毫不动摇地信任现代的喧嚣。唉，多少人抱着贴着昂贵价格的商标的货物，沉没于时光的洪水之中。

凡是永恒的，纵使今日被埋没，总有一天重放异彩，那时人们会高兴地说，讲讲那个故事吧。

## 致阿米亚昌德拉·查克巴迪[①]的信

阿米亚昌德拉·查克巴迪先生：

维沙克月二十五日[②]泛舟生辰之川流，向死日漂浮而去。生死的微茫界线上，是哪个艺人坐在移行的座位上，以参差不齐的罗宾德拉纳特·泰戈尔编着一个神奇的花环？岁月乘车飞逝。徒步的旅人取出容器，乞施些许饮水。饮毕，落伍在黑暗中，车轮压破的容器落在尘土里。他身后又来了个旅人，用新杯臼饮新酿的酒浆，他与前者姓氏相同，却分明是另一个人。

我曾是个孩童。寥寥几个生辰的模具铸造的那个孩童的偶像，

① 阿米亚昌德拉·查克巴迪：诗人，曾担任泰戈尔的私人秘书。
② 泰戈尔生日。

你们谁也不认识。熟稔他形体真实的俱已作古。他不复存在于现在的外壳和他人的记忆里。他与他的小小的世界远去了。清风徐来，不闻他当年的嬉笑和啼哭的回声。尘埃中，我不曾发现他玩具的碎片。坐在昔年生活的窄小的窗前，他向外凝望。他的天地局限于有孔隙的宅院，他稚嫩的视线被花园高墙和一行行椰子树挡回。童话的甘汁调稠的黄昏，相信和怀疑之间，并无太高的墙壁，遐思轻易地从这边飞到那边。朦朦胧胧的暮色里，暗影拥抱着物体，两者归属了同一种姓。区区几个生辰是一座孤岛，一度浴着阳光，不久便沉入流年的海底。潮落的时候，有时望得见岛上的山巅，望得见珊瑚的红色轮廓。

此后的维沙克月二十五日，出现于一个阶段之末的春晓红霞的淡雅里。少年这个游方僧，调试好年华的单弦琴，云游着呼喊着迷茫的心中的人儿，弹奏无可言传的感情狂想曲。静听的吉祥天女的宝座摇晃起来，在一个忘却工作的日子，她遣差女使者下凡，在被石棉花的色彩陶醉的阴径上款款而行。我倾听她们的柔声细语，似懂非懂；我瞧见她们黛黑的眼睫挂着泪花，微颤的朱唇沁出郁结的怅愁；我听见她们华贵的金银首饰发出热烈、焦灼、惶惑的呼声。维沙克月二十五日睡眠中方醒的黎明，她们不让我知道，暗自留下新绽的白素馨串联的花环，幽香迷醉了我的晓梦。

少年时代生辰的世界与神话的疆域毗邻，充斥着颖悟与无知引发的狐疑。那里，光临的公主披着柔润的乱发，时而困睡，时而因点金棒的碰触而猝然苏醒。光阴荏苒，春光明媚、姹紫嫣红的维沙克月二十五日的墙垣坍塌了。那绿草如茵的小径——昔日，素馨花叶摇影移，风儿低声细语，杜鹃相思的哀鸣中正午凄清苍凉，花香的无形诱惑下，蜜蜂嘤嗡翩飞——如今延伸到了通衢大道。当初少年练习的单弦琴，系上了一条条新弦。

以后，维沙克月二十五日召唤我沿着坎坷的道路，行至波涛轰响的人海边。合适、不合适的时刻，将乐音织成的网撒向人海，有的心灵甘愿投网，有的从破网中逃遁。

有的日子疲惫不堪，沮丧闯入开拓之中，诗思被沉重的苦恼压弯。疏懒的下午，独辟的蹊径上，时常出人意料地驾临天国的乐师。他们使我的服务臻于完美；为倦乏的探求送来满斟琼浆的金杯；以笑声的豪放爽朗制服忧惧；用灰烬覆盖的焦炭重新点燃胆略的火焰；把天籁揉入探索中的表达方式；点亮我熄灭了的路灯；使松弛的弦索再奏新曲；亲手给维沙克月二十五日戴上热烈欢迎的花环——他们的点金石的点触迄今留在我的歌声、我的诗章里。

然而生活的战场雷声隆隆，处处进行着殊死的搏斗。我有时只得放下诗琴举起号角，头顶正午的炎炎烈日四处奔走，经受交替的胜利和失败。脚掌扎满蒺藜，受伤的胸膛血流如注。狂暴凶猛的恶浪冲击我人生的船舷，企图将我生活的用品沉入诽谤的泥海。我领略了憎恨、嫉妒、刺耳的喧嚣，也领略了情爱、友谊、悦耳的歌唱，通过滚动的热泪和嗟叹，我人生的星球进入了轨道。在历尽曲折、艰辛、冲突，已届暮年的维沙克月二十五日，你们簇拥在我身边，可是你们是否知道，我作品中有许多题材是不完整的、零乱的、被忽略的。内外的是非曲直、清晰模糊、荣誉恶名，成功挫折的庞杂混合塑造的我的形象，今日在你们的敬慕、爱戴、宽和中栩栩呈现。你们奉献的花环，我欣然承认它是我生辰的最后面相。同时，我为你们祝福。临行的时候，愿此心灵的形象长存你们心间，而不因遗留在时代之手而感到骄傲。

尔后，人生的光影织成的一切旅历的尽头，让我怡然歇息。那无名的幽寂的去处，让各种乐器的各种曲调汇成深沉的“终极”的交响曲。

# 泥 屋

我要造一间晚年住的泥屋,起名“墨绿斋”。日后它坍塌,似同躺下睡觉。泥土回归土壤的怀抱;旧柱昂着头悲叹,但不会和大地发生对抗;残壁裸露着骨架,但绝不允许死去的日子的幽灵在其间栖息。

我这最后一间泥屋的地基里,羼杂着我对全部情感的忘怀,羼杂着对一切过错的原谅;泥墙上杜尔巴草丛清新的馈赠,掩盖一切讽刺和言行的过激;千百个世纪嗜血的凶狠的嗥叫归于静寂。

我每天坐在屋檐下面,怀念年幼时把现在身披的这种薄毯四角结紧,盛放采撷的一把把金色花、茉莉花。二月中旬,它装的芒果花的芳香,乘南风前往看不见的远方,传递我忧伤的青春的邀请。

我爱孟加拉姑娘。在我的面前露面的姑娘,个个迷醉我的双目。她们的皮肤和褐土一样浅黑,闪耀着稻秧叶片那样的光泽。在天边淡紫色林莽上眼睑将合的夕照中,我看见她们黑眼眸里含怨的柔情的生动比喻。

早晨的点金棒的第一次点触,使我的泥屋惬意地苏醒。她黛黑的双眼的微笑,温柔地扩向春夜友好不眠的圆月。

帕德玛河决堤之后,在陡峭堤岸的荆棘丛里,在千百个犀鸟的巢里,在油菜花、亚麻子花争艳的农田里,在乡间曲曲折折窄路的两边,在池沼的斜坡上,泥土一直在对我招手。

通过我的眼睛,泥土向我转达斑鸠啼唱的晌午彩路两侧的呼唤。

那儿野草泛黄的原野上，三四头牛懒洋洋地踱步，甩动尾巴驱赶背上的苍蝇，一棵孤单的棕榈树上，鹰隼筑了个凄寂的巢。

年已古稀的我今日响应你的召唤，扑进你宽容温馨的胸怀。当年就是在你的怀里，青苔的柔足庇护的奥哈拉①，在新生活的美妙的黎明，清醒地等待完全自由。

## 致波拉马特纳德·乔德里的信

波拉马特纳德·乔德里：

我年龄的轻舟早驰过青春的码头。我做着适合老年人做的事情，巩固着银丝的尊严。

你把我叫回到《绿叶》的栏目里，对我的心儿提出回顾的要求。你说青年人的游乐宫里，我的假日尚未度完。我半信半疑地转过脸，瞭望我跨越的昔年。大批丰满的“年轻”的塑像，在我眼前浮现。我青春成熟的日子里，青春的消息也不像现在这样潮水般地流出我的笔端。我于是省悟，不离开青春，是得不到青春的。

我已经抵达人生最后的码头，东风也呼吁我回顾。我驻足回首，悠悠往事向我涌来。

以前舍弃的，我一一细心认辨。我退得远远的，察看充斥我如许苦乐的世界和一些失落的东西。

① 奥哈拉：仙人乔达摩之妻，因受诅咒化为石头，后来得到罗摩的触摩，才恢复人形。

吠陀诗人对心儿说:“你以你的一半创造世界,你的另一半,无人知晓。”另一半如今在我人生终点的另一侧。我望见终点两侧是两种辽远的静谧,两个宏大的一半。我站在中间,留下遗言——我曾经经受许多痛苦,我感到欣慰的是,我爱过人,也被人爱过。

## 走向永新

我七岁的时候,每天拂晓透过窗口,望着黑幕拉开,柔和的金光,像迦波昙花乍开,慢慢地在天上扩散。

乌鸦聒叫之前,我起床跑进花园,我不愿放弃观赏椰子树抖颤的枝叶间红日东升的吉祥情景的机会。

那时天天是新奇的。曙光中沐浴的黎明走上东方金灿灿的码头,额上点一颗血红的吉祥痣,作为新的客人,走进我的生活,含笑注视着我的面孔。她的披纱上没有旧日的痕迹。

长大以后,我头顶工作的重负。许多日子拥挤在一起,丧失各自的价值。一天的忧愁蔓延到另一天,一天的工作把自己的坐椅扔到另一天,混杂的时间向前翻滚,毫无新意。增长的年龄听着一成不变的复唱,寻不到独特的个性。

如今更新我旧岁的时候到了。我将招来鬼魅的克星,每天坐在花园苏醒的窗口,等候仙人的新信。黎明将来打听我的新身份,在空中目不转睛地问我:“你是谁?”今天的姓名明天就不用。

司令检阅士兵的队伍,不细看每个士兵的脸。检阅是工作需要,不是为了观察真实——天帝创造的每个士兵特殊的面容。

同样,我看待创造,如同看待需要之锁链捆绑的一群囚徒,其中一个就是我。

今日,我将解脱。我渡海望见了新岸。我的航船不载货物,此岸的负担不带往彼岸。全新的我独自走向永新。

白开元　译

# 叶盘集

## 地　　球

夕阳西坠，黄昏的祭坛下，地球，接受我双手合十最后的顶礼！

女中俊杰，你历来受到英雄的尊崇。

你温柔而刚烈，秉性中糅合着男性、女性的迥异气质；以不堪忍受的冲突摇撼人们的生活。

你右手擎着斟满琼浆的金钟，左手将其击碎。

你的游乐场响彻尖刻的讥嘲。你剥夺英雄们享受高尚生活的权力。你赋予"至善"以无上价值，你不怜悯可怜虫。

你在繁茂的枝叶间隐藏了无休无止的拼搏，果实里准备胜利花环。

海洋，陆地，是你惨烈的战场——面对死亡宣布战胜者的胜利消息。

在你"冷酷"的地基上，建起文明的凯旋门，稍有纰漏，付出的最高代价是倾覆。

你历史上鸿蒙初碎的时期，颟顸、野蛮、酷虐的恶魔，拥有不可抵御的权势。

恶魔的手指粗硕，不加修饰；挥舞铁杵捣弄沧海、群山。它的烈焰毒雾，噩梦般地混沌了青天。

它是无生命世界的太上皇，对生灵怀有盲目的嫉恨。

此后出现了天神，喃喃诵念降伏恶魔的咒文——无感觉物的气焰大为收敛；孕育生物者危坐在铺展的绿茵上，朝霞伫立在东方的山巅；西方海滨降临的黄昏，头顶着安静的金罍。

太初的戴镣的野蛮的恶魔，变得略为驯顺，但兀自死死抓住你的历史；出其不备地把“骚乱”，塞进太平盛世；它盘纡地从你本性的、黝黑的洞穴里钻出来。你的脉管里残留着它的癫狂。

白天，黑夜，天神以高亢、雄浑的声音诵念，诵念的经文传遍苍穹、空气、丛林。

从你胸膛的深处，恶性未绝的蛇妖不时吐舞信子——逼迫你鞭打你的物象，破坏你自己的创造。

为着你生气勃勃的美好名声，在你善恶皆有的足前，我献上伤痕累累、备受凌辱的生命的敬意；以全部的身心，我感觉了、接触了你沃土下，隐秘的博大的生与死。

千秋万代，无数人的骨殖腐化在泥土里，我也将遗留几掬黄土，把我一切悲欢的总和，羼入吞噬姓氏、形态、身世的无语的泥土里。

禁锢于不可撼动的樊笼里的地球，从星云团中逃遁的地球，在山岳的神圣的冥想中入定的地球，海涛不眠的喧豗的地球，饱饮，你妩媚丰腴，饥馑，你瘦骨嶙峋。

有的地方，是稻穗垂首的丰饶的田野，喜悦的旭日，每天以金色的罗绡拂拭晶莹的露珠。

绿浪起伏的稼穑上，夕阳无声地说：“我非常欣慰。”

有的地方，是无水无果、可怖、阴惨的荒漠，幽灵在禽兽的骷髅上乱舞。

初夏,我看见你的风暴像黑鹰,争夺电光之鸟啄住的地极,天空像雄狮振鬃嘶叫,尾巴扫过片片林野,树神呻吟着跌落尘埃;破屋的茅草随风飞扬,像一群敲碎铁链越狱的囚犯。

春天,我看见温煦的南风,把离合时的歔欷散布于芒果花香;天宫醍醐的泡沫溢出月亮的玉觞;一阵聒噪的夜风搅扰得飒飒的秀木丧失心境的宁静。

地球,你温存而凶狠,古老而年轻,你诞生于无从推算的往昔的早晨太古创造的祭火中。

你驾舆前去朝觐,沿途撒下陈旧历史的无谓的残骸;毫不痛惜地把过时的创造物掷弃于无数遗忘的渊薮。

万物的滋育者,你养育我们在短暂时光的小笼里。

里面,限制着一切的游戏,湮灭着一切的功业。

今日我站在你面前,不抱任何的奢望;虽说我平常日夜编织花环,却无意向你提出升天的要求。

你亿万年围绕太阳运行的轨道上,无量的瞬息忽闭忽合,它的一个微小的瞬息里,假若我提供了一个席位的真实价值,在一生的某个富有成果的阶段中,假若我战胜了巨大悲痛,那么,愿你在我的额头点个吉祥如意的泥痣。

它将隐逝在所有遗迹化为谜团的夜里。

啊,冷峻的地球,被你彻底忘却之前,此刻,让我匍匐在你冷淡的足下,稽首施礼。

## 非　　洲

太古的混沌时期,自轻的造物主一回回砸毁自己塑造的物象。

他烦躁不安、频频摇头的时刻，凶猛的大海伸手从东方的怀里攫走了你——非洲，把你幽禁在阳光射不进的密林里。

你孤苦地收集莫测的奥秘，识读水、土、太空的不可理解的符号。

造化的看不见的魔术，在你意识寡少的脑际激发诵经的欲念。

你装成丑陋的模样冷嘲“恐怖”，急骤地擂击鼓鼙，以磅礴的气势为自己壮胆，借此抑制心头惶惑。

唉，以浓荫遮面的女人，浑浊的鄙夷的日光下，你那黑色面纱后的容貌鲜为人知。

他们来了，拎着铁链手铐，指甲的锋利甚于豹齿，他们是来逮人的。

他们的骄横比不见天日的丛林还要昏黑。

文明人野蛮的贪婪，暴裸了无耻的灭绝人性。

惨雾笼罩的林径上荡着你无声的涕泣，你的血泪浸浊了尘土。

强盗们的钉靴蹂躏的荒凉的土地，在你受辱的历史上留下永久的痕迹。

可是大海的彼岸，他们村落的教堂里，早晚响着礼拜的钟声，对慈悲的上帝祈福。

婴孩在母亲的怀中嬉笑，诗人的歌声抒发对美的追求。

当席卷西方地平线的风尘窒息了黄昏，当野兽爬出秘窟，用不祥的怪叫宣告一天的死期，脱颖而出吧，划时代的诗人！

披一身夕阳的余晖，站在失却贞操的女人的门口，恳求说：“请你宽恕。”

让此话在充满杀气的叫嚣声中，成为你文明的最后的祝福。

# 登　　山

我处于生活中错杂地聚集的苦乐里，身边忽然跑来了一小段美好的时光，像在山道上的乱石堆里，意外地捡到一颗宝石。

我多次起过为婆婆蒂①编一串项链的念头；可是鼓不起动手的勇气，我是担心语言的贫乏，担心匆忙草率，必然置质朴自然而不顾。

那时我住在大吉岭公路下面一幢幽静的别墅里，游伴兴致勃勃地提议登临兴吉尔峰，在那儿过夜。

可我对进入雪山之王肃静的宫殿信心不足——脚夫背起我们的行囊和消闲的物品。

我只带一把琴、一盒点心。朝气蓬勃嬉笑不绝的年轻人簇拥着我。

骑术不精的那格古帕尔骑在马上，年轻人一路上拿他取乐。羊肠小道上，飘绕着豪爽的笑声。

我们自信：我们几个人能以生活的乐趣填补丘壑之室的空寂。

黄昏将临，山路断绝，我以为将出现激动人心的场面，大家情不自禁地雀跃欢呼，使苍茫暮色似泛沫的美酒。

登上支撑寥廓青空的高峰，骋目远望，河川似线，夕阳坠入迢遥的西山峡谷。

西方的极乐宫里，仙童不慎打翻斟满金色琼浆的玉觞，汪洋的霞光陶然着大地。

说笑的游伴们静了下来。

我默然伫立。七弦琴静卧地上，世界仿佛停止喧哗，专注地仰首

① 婆婆蒂：艺术女神。

观察。

我们没有出生在写经咒的时代，无人闭目诵咒，不管是高亢的还是低沉的。

蓦然回首。但见前方一轮圆月，好似友人爆发的朗笑，又像天宫诗人一挥而就的一首颇耐咀嚼的朦胧诗。

通晓古乐的乐师日日弹唱。有一天四下里无人，金弦、银弦同时弹出旷古未闻的相同的乐章。

那天他与乐音一道沉入无限的静寂，琴弦也许已经毁坏。

弹奏那妙乐的日子，我降生人间，得以发出赞叹：美哉，大千世界。

## 假　期

卡里达斯·那加①先生台鉴：

而今我悠闲的情状，如同水稻割完的空荡荡的稻田。

阿斯温月②人们回家过节；他们假日的远遁的江河，在漫长的赭色土路的尽头与我闲暇的广阔的海滨汇合。

我的闲情散布于漫无边际的孤凄的离别；那里的德邦达尔平原③上，虚构的王子骑飞马风驰电掣地奔向死海紫雾缥绕的回忆之岛。

岛上幻影之宫的凄清的寝室里，公主终年受苦恋的折磨。

从一个世界到另一个世界，我不停地移位。

---

① 卡里达斯·那加：孟加拉教育家，学者。
② 阿斯温月：印历六月，公历九月至十月，印度教徒这月欢度杜尔迦大祭节。
③ 德邦达尔平原：印度神话中的平原。

降临我心田的憩息，好似荷花上暮秋的静谧。外面风平浪静，变化尽在里面。与两岸一起酝酿，荣枯的热情消失殆尽。恬淡的心潮中，漂浮的不连贯的思绪，形成极小的漩涡，漆黑的夜里，它胸前的衣襟兜满繁星的暗影。

我依然记得儿时的情况：换空气意味着从卧室爬上屋顶；偷越苦读的铁栅的休息，在无垠的蓝天铺设离愁的浓密的空虚。

强大的引力在血管里气势磅礴地演奏着不可得、不可懂的愁恼和回避失败的音乐。

青翠的美感有时倏地摒弃扫视未露的心迹，沿着离歌荡漾的小径远去，像春林里牝鹿喘息着，茫然地朝天边奔跑。

需要换换空气——这想法今日突然喘着气，在家家户户无数人心头升起。

仔细查阅火车时刻表，打点行装，腰里钱袋瘪了。

为欲望套笼头的，在高空望着他们微笑。

我发现了他，所以搬张椅子，静坐在庭院里。

我看见雨季扛着卷捆的黑毯归去。北风迟疑地撞击九月瓷实的闷热。绍塔尔族少年卖完了一束束露兜花。旷野里游荡的黄牛，在斯拉万月、帕德拉月饱餐芳草，行动迟缓，不知它们的满足，是在没脸的丰茂的碧草里，还是在脊背上暖阳酿造的松快里。

我没有接受换空气的责任；承担此任的是雷罗耶车站外面，司方向的八位神仙。

他们是创造人世度假乐趣的技师。他们的新笔饱蘸奇妙的色彩，涂抹夕阳坠落的西天。

阳光照耀的缀满花朵的达迦尔枝丫上，他们遣差的一群蝴蝶，纤翼翩翩跳着缤纷的舞蹈，引起枝叶一阵阵喝彩。

最近的光阴伴着花园里几株玉兰花开放、凋落的节奏，迹象表明它们将隐退幕后；素馨花急于上台；茉莉花尚未告辞。

初七的月光照临雪白的芦花。拜神的吉期，明月蒙一方雨水新涤的绡纱。

今日河流陆地上不花钱可换空气，顾客躲避它，走进商店市场。

天帝珍贵的赐予藏在不标价的景观里，易得的面幕下面，是难得的珍宝。

今天他把许多清贫的假日，从人群撤回到几位固执的野夫的茅屋。

亲自为他们安排的娱乐的价值在天庭，数量无法确定。

他俯视着他们，从无数个年代之前，早已派来节日的乐师。

我的双目加入了轻云的行列，飘向“隐逝”的渡口。

我的神魂弃家前往安置了席位的宁馨的幽会之地，一切的实有踏上了“超脱”的旅程。

假期度完时，我清静的旅行结束了。

换空气的人成群地归返，又会来催我完成剩余的工作。

我的回程票已经到期，离开此地回到彼地，中间是无边的海洋。

## 时令之环

雨季的一天。

修竹飒飒颤动的柔枝上，降下雨丝软化的紫云的浓影。

禾苗光洁的嫩叶上，拉开了田野生命力孕育的序幕。

雨季是那样丰富，那样充实，那样欢乐，天界，人间，空气，阳光里，它的形象无比广大，岁月狭小的范围难以将它限制；它不可胜数的青藤充盈着波涛汹涌的大海那种“无限”的恒久的亢奋。

一个月之后。

落下斯拉万月外表肆虐的慈爱，胜利的征途艰险而无尽头，碧绿的新叶肩负渐萌的稻穗，一刻不停地行进。

在它青春的豪放之上，太阳普洒含笑、灿亮的好奇，夜星倾注恬静的惊异。

一个月之后。

风中停息了疯狂的骚动，从宁静澄明的秋空，传来法螺吹出的无声号召——做好准备！

露水沐浴的仪式宣告结束。

一个月之后。

从喜马拉雅山吹来的凛冽的秋风，在“葱绿”身上镌刻“枯黄”的预兆，光照赐予的颜色中变幻着大地赐予的色泽。

一群鸿雁飞落河岸，沙滩泥路上飘散着芦苇的花絮。

一个月之后。

黄昏将斜阳推入暮霭，金色的稼穑陷入黑暗的包围。

之后，空旷的田野里，往日的痕迹抓住死根苟延数日，末了被火舌舔成黑灰。

又过了一个月。

田塍上走过赶牛的牧童——没有任何损失，没有丝毫悲哀。

地边一棵孤独的菩提树，沉浸在自己的凉阴中，像面对朝阳拨珠诵咒的隐士。

晌午，牧童在树下吹笛，古老的乡曲，在青铜般温和的晴空萦绕。

浩荡的长风，是旧岁的落潮中漂游的悠悠时空的一声长叹。

流年，旅人，一日也不会踅回身后过夜的驿馆。

## 还原本相

好客的主人哟，招呼羁旅的行客，进入你的厅堂，打消他的顾虑！

他徘徊在“昏暗”的贫民窟，自己的黑影与他相随，时而在前，时而在后，误认为黑影是真实，他满心悲苦、忧悒。

站在门口高举你的明灯，驱散他的暗影，止住他的惊悸。

年复一年，他在你楼宇外面逡巡，没有勇气进去，是怕丢失外面的财物。

在你的神庙，展现属于他的天地，那儿廓清了“过于熟识”的暝黑，清除了“陋习”的残骸，绽放着隽永的美色。

他住在旅舍，胸前抱着他的座位他的卧榻，唯恐随时失去为之付出租金借以度日的东西，他建造物质的屏障。

让他在樊笼外面，品尝一回家庭安恬的趣味！

他不曾赢得认识自己的时间，他被厚韧的泥幔覆盖；揭开泥幔，展示阳光、欢乐，展示他与你形象有相同之处。

召唤他生活的甘苦跃入你祭坛的圣火，点燃勇敢的火焰，让该成为灰烬的成为灰烬！

哦，好客的主人，招呼他进入你的厅堂，让以旁人面貌出现的他，还原他的本相！

## 今　昔

西海里沐浴完毕，黄昏披散着湿发来临。

痴梦的一缕轻烟，升向神秘的星空。

迷离、沉寂的时刻——我不提她的姓名。

她刚刚梳妆，身着天蓝色纱丽，独坐在凄冷的露台上，可能知道也可能不知道，我立在她身后。

她唱的兴库调的歌词是：你若颖悟你将归去，我不会、决不会挽留你，一似我不挽留启明星。

聆听间，世俗的帷幔不翼而飞，好似异卉奇葩的看不清的美妙的舒展；淡淡的芳香弥漫天际；不可获取之物的慨叹，是历经磨难的未赍之愿的微语。

超度亡灵的吠陀经咒，曾揭开世界的幕布说：人世的尘土是甜蜜的。

我的心用同一种声音说：人世的尘土是乐曲。死亡，哦，甜美的死亡，展开你歌的翅膀，携我飞往来世！

我眼里的她，像是坐在幽暗石阶上的仙女，绯红的纤足浸在黝黑的水里，无岸的湖里荡起乐音的漪澜，我起伏的胸膛震颤的微风，抚摸着她的周身。

我眼里的她，像花烛熄灭的洞房里的新娘，企盼的缱绻在即，脉管里热血沸腾。

北斗星凌空不瞬地俯视，柔风送来婉转动听的情曲。

我眼里的她，仿佛已返回前世似曾相识的迷惑之中。

她撒开一张歌曲之网，捕捉遁逸今时的信息，以乐音探触，反复搜寻失落已久的交往的细节。

超过露台的胡桃树梢上面，升起了下弦月。

我叫了她一声，她霍地站起，转身瞅着我，皱着蛾眉说："讨厌，干吗偷偷摸摸？"

我一言不发。

我不曾说"不要无谓地责怪"，不曾说"你可以亲昵地说声'来呀，见了你我特别高兴'"。甜情蜜意蒙上了灰尘。

第二天有集市。

我坐在窗口眺望。烈日烤灼着毗邻的空阳台，以澄清的光荡涤昔年春夜的痴醉。

阳光贵贱不分地照耀平畴，照耀高利贷者的铁皮屋顶，照耀一摞摞竹篮、一捆捆稻草、一堆堆铁锅，照耀样式新颖的陶罐。

太阳的点金棒触点着树冠圆大的苦楝树的花蕾。

路边的菩提树枝缠绕棕榈树干，失明的托钵僧在树荫下击钵吟唱：今日归去，明朝复来，

我瞻望未来的岁月。

贸易的杂乱有趣的背景上。民间谣曲绣上了凡世热切的心语：瞻望未来。

两只水牛眼神阴郁地拉着货车，脖上的铜铃当当响。

今日天光仿佛展布着牧童吹的笛音。一切令人心旷神怡。

我的心又以吠陀经文的韵律唱道：甜蜜呀，人世的尘土。

煤油店门口当今的一位行脚僧，映入我的眼帘。他穿着缀补的道袍，腰间系一只手鼓。

四周聚了不少人。

望着形态古怪的僧人唱歌，我哑然失笑，他也来完美集市的景观。

我把他叫到窗前，他继续唱道："我赶集寻觅不可把握的东西，众人将我硬拽到这里。"

## 世界在我中间

眼眶里盈满睡意，却一再地苏醒。

好像洇湿泥土的第一阵新雨，渗入林木的根须，雾季新鲜的光束贯透睡意，直抵我朦胧的心底。

下午三时。

阳光映照的洁白的云片，缓缓移动，有如幼神的纸船。从西方吹来的疾风，摇晃罗望子树的枝条。

北面牧牛人村落的路上，一辆牛车扬起的灰黄的尘土，在淡蓝的天空扩散。

正午宁静的时刻，我的心魂驾着无虑的扁舟，在清闲之河里漂流。

人世的码头这扯断缆绳的日子，不受任何琐事的束缚，渡过彩色之河，黄昏消失在微波不起的睡眠的黑海。

在光阴之叶上，用淡墨写的日子的笔迹，渐渐漫漶。

人的命运之书上的日子，用粗重的字母记载，两者之间有巨大的空隙。

树木的枯叶落地，偿还泥土的债务。

我疏懒的时日的落叶，未将任何东西归还人群之林。

然而我的心儿说：受纳是偿还的一种形式。

我的身心承受空中降落的创造之霖，一似稻田，一似林莽，一似漂泊的秋云，我的生活，被彩色雨丝染得五彩缤纷。

它们共同丰满了今日的世界肖像。

我的心里交射着多种光束，雾季暖融融的烟雾触动我恒河、朱木那河交汇般的半睡半醒。这难道不曾融入世界肖像的背景？水、土、天的“情味”的祭坛上，与菩提树鲜灵的新叶一道闪光的我的莫名的欢愉，在世界历史上不留下印记，但世界的表演包含它的艺术。

这充盈“情味”的时刻，是我心湖的红莲的果实。

在时令的殿堂，莲子编成我欢乐的永恒生活的一串项链。

平凡的默默无闻的今日，并未造成莲子项链的缝隙——相反，它是新缀的一颗。

昨夜窗前独度。

下弦月挂在青林的额际。

同样的人世，通晓古典音乐的艺术家，以朦胧月色的韵律，改换它的曲调。

途中奔波的世界，此刻呈现为花苑里铺裙安卧的沉静。不理会近处的家庭，它在倾听星光中讲的神话，回忆鸿蒙时代的童年。

林木肃立，全身仿佛凝聚夜的静寂。

斑驳的树荫落在草丛的暗绿上。

白日的生活之路旁边，树荫是殷勤的侍者，炎炎的晌午送来安谧，为牧童提供憩息的场所。

月夜他们无事可做，兄弟姐妹一齐在月色的身上，随心所欲地挥毫作画。

我白昼的魂魄，改变自身的弦乐。

我仿佛飞至与地球相邻的行里，用望远镜方能看见。

我将充实心灵的深沉的情愫，注入万物创造的中心。

在我的感知里，那明月，那繁星，那黑黝黝的树林，浑然一体，完整，阔大。

世界获得了我，在我的中间发现了它自己，这是倦怠的诗人莫大的欣慰。

## 杯形花

赠给我的一种花，叶子是草绿色，紫花似精巧的盈光杯。

我询问花名，得不到答复。

它是容涵无名星星等无量数未知的宇宙家族的成员。

我在幽秘的私人知识库内，为它起名为“杯形花”。

应邀在花园就座的还有天竺牡丹、晚樱花、金盏草。

它享有不被考证、围观的自由，未戴上种姓的枷锁，是脱离社会的游方僧。

“杯形花”眼看着凋谢了，风儿不曾把凋谢的声音送进耳朵。

分子般密集的瞬息，组成它的星相，它胸中的蜜凝成微粒。

短暂的时光里有它完整的旅程，它单一的意象中现映太阳舒张火焰的花瓣的历史。

司节令的神明用极细的笔触，在纤小的叶片的一角记述它的身世。

与此同时揭示宏伟的历程，目光却不从一页移向另一页。世纪的流水，像一个拖长的音节之波。

汪洋中沉浮一座座丘岗。大海沙漠发生沧桑变化，岁月的长河中，创造的冲突锤炼这小花的初始的信念。

亿万年来走在盛开、凋残的路上，“杯形花”古朴的信念，变得新颖、鲜活、生动，它最终的形象尚未显露。

它无形的信念，不用线条勾画的肖像，存在于哪种不可目睹的冥想之中？看不见的情景，富于无穷想象，融合了我，也记录了一切人的过去和将来的历史。

# 暴风雨

暴风呼啸着寻衅滋事，乌黑的云团翻越落日的彩墙，须臾间冲到外面。

仿佛天宫的象厩着火，那头因陀罗①的坐骑生的黧黑的幼象，甩着象鼻嘶叫着奔驰。

黑云映射的红光，像它伤口涌流的鲜血。

闪电在云间跳跃，挥动寒光闪闪的巨钺；地平线喷发着雷鸣。

西北边的芒果园里传来粗重的喘息。

接踵而来的是昏暗和呛人的尘土，枯枝败叶满天飞舞。

坚硬的沙粒打得脸生疼。

天空像着了魔。

行人趴在地上，浓密的暝暗中失散的黄牛在哀哞，远处河埠上人声鼎沸。

弄不清哪个方向遭到怎样的灾祸。

心里怦怦直跳，猜想着出了什么事。

乌鸦匍匐在地，喙咬住青草，双翼扑扇，拼命地挣扎着。

翠竹被暴风摁在水面上，竹梢左右摇晃，似在愤恨地咒骂。

凌厉的暴风磨刀霍霍，刀刺透"幽暗"的胸膛。

天空、水中、田野上旋转着恐怖。

突然，平原发出泥土味的叹息，随即大雨倾注，斜风把雨滴劈碎，轻薄的雨雾覆盖树林，遮掩神庙的尖顶，捂住铜铃当当的声音之口。

后半夜风敛雨止。夜色像黑糊糊的试金石；只有蛙噪与蛩鸣遥

---

① 因陀罗：雷神。

相呼应，点点流萤忽明忽灭，从梦中惊醒的夜风中，树上的水滴淅淅沥沥地垂落。

## 我是太阳的真实

肉体长期载负几许卑微时刻的气恼、忧虑和欲望的垃圾。

污染的表皮遮盖心灵自由的面貌。

戴着真实的面幕掩盖着真实；用死的泥团塑模自身的偶像，从中发现死的征兆，立即惶悚地央告。

它为诓骗自己而做游戏，又竭力忘却游戏。

贬褒的泡沫浮荡，啼笑的漩涡急转。

它把哀号的火焰喷出胸腔，从虚空回收灰烬——一天天累积成堆。

每日清晓，地球以元古初创时不倦、纯洁的神的面目出现，循着它睁眼射出的阳光，我寻觅我的内心世界。

心灵是无数瞬息的错杂的脏网缠裹的躯体放逐的所在，那儿已麇集黑夜各种徒劳、多余的愁闷和遗忘的日子不经意攒积的拙作——它们的邀请是无声的，但已做出答复。

那时浮想联翩，哦，太阳神，隐居的骚人曾对你祈祷："啊，太阳，你的金觞里隐藏着真实，揭去罩盖吧！"

我每日也从东方地极放射的霞光中播布我的苏醒；啊，太阳神，摒弃我的肉身和躯壳，在你光体的火的微粒里制造的我那肢体看不见的原子里，有你吉祥的容貌，让它显露吧，显露在我明净的视野里。

我最深邃的真实，与太初时代未成形的地球一起融化在你的恢弘里，那真实是你的。

世世代代，时而在碧波荡漾的河畔，时而在波斯海湾，时而在喜马拉雅山麓，在你光华的稳定的中心，人们目睹自己高尚的形象。快慰地说："我们明白了我们是'不朽'的后裔，看见了黑暗的彼岸出现的太阳般灿烂的伟人。"

## 如今你是冷月

如同帕尔衮月①林野缤纷的旖旎一天天退化为维沙克月②贫困的干枯，啊，娇柔的丽人，你毫不怜惜地舍弃了荡人魂魄的魅力。

你曾亲手把痴迷注入我的双目，把奋跳注入我的血液。

啊，殷勤的侍女，你曾把醺醉斟满我的心杯。

而今，你神奇的甘浆倾倒在地上。

你漠视我的赞扬，忘记呼出我瞳仁里的惊诧，你的服饰不泄露激情，听不见钏镯文静的琮琤——它曾赋予我的姓名以韵律。

我听说云雾曾环绕月亮，那时它有五彩的艺术、乐音的神秘和崭新的丰采，此后渐渐失意落寞，自身的娱乐之流趋于干涸。

她的倩姿为何慵倦？她身上爆发丧失友谊的光影的矛盾——从此花儿不再开放，清涧不再流动。

对于我，如今你就是默默无言的冷月，心里没有烦恼，没有忧愁。你曾用我爱的色彩，将你装饰成令人销魂的新奇的女性，可你今日蒙上亘古的黑幕，无色也无语。

你越是忘怀你的赠品，你越是显得奇妙。

你欺哄我，等于剥夺你的成功。

你鲜妍的时日的碎片，一层层堆积我的心头——昔日的牌楼、楼宇的基石，成了杂草丛生的荒径。

---

① 帕尔衮月：印历十一月，公历二月至三月。

② 维沙克月：印历一月，公历四月至五月。

我居住在你倾圮的富丽之厦的废墟里，在泥土下的黑暗中寻觅，聚集手触到的一切，你住在吝啬的灰暗的沙漠，那里没有解渴的水，也没有诱惑干渴的海市蜃楼。

## 大地的震颤溶入我的心律

下午我坐在码头最后一级石阶上，碧澄的河水漫过我的赤足，潺湲地流去。

多年生活的残羹剩饭狼藉的餐厅远远落在后面。

记得消费安排常常欠妥。手头有钱的时光，市场上生意萧条，货船泊在河边，散集的钟声可恶地敲响。

早到的春晓唤醒了杜鹃；那天调理好弦索，我弹起一支歌曲。

我的听众已梳妆停当，橘黄的纱丽边缘掖在胸前。

那是炎热的下午，乐曲分外倦乏、凄婉。

灰白的光照出现了黑色锈斑。停奏的歌曲像熄灯的小舟，沉没在一个人的心底，勾起一声叹息。

灯再没点亮。

为此我并不悔恨。

饥饿的离愁的黑洞里，日夜流出激越的乐曲之泉。阳光下它舞蹈的广袖里，嬉戏着七色光带。

淙淙流淌的碧清的泉水，融合子夜诵咒的音律。

从我灼热的正午的虚空，传来古曲的低语。

今日我说被播弄的生活富有成果——盛放死亡的供品的器皿里，凝积的痛楚已经挥发，它的奖赏置于光阴的祭坛上。

人在生活旅途上跋涉，是为寻找自己。

歌手在我心里闪现，奉献心灵的尚未露面。

我望见绿荫中，我隐藏的形象，似山脚下微波不漾的一泓碧水。

暮春池畔的鲜花凋败，孩童漂放纸船，少女用陶罐汩汩地汲水。

新雨滋润的绿原庄重、广袤、荣耀，胸前簇拥活泼的游伴。

年初的飓风猛扇巨翅，如镜的水面不安地翻腾，烦躁地撞击环围的宁谧——兴许它蓦然省悟：从山巅疯狂飞落的瀑布已在山底哑默的水中屈服——囚徒忘掉了以往的豪放——跃过巉岩，冲出自身的界限，在歧路被未知轰击得懵头懵脑，不再倾吐压抑的心声，不再急旋甩抛隐私。

我衰弱、憔悴，对从死亡的捆绑中夺回生命的叱咤风云的人物一无所知，头顶着糊涂的坏名声踽踽独行。

在险象环生的彼岸，知识的赐予者在黑暗中等待；太阳升起的路上，耸入云际的人的牢狱，高昂着黑石砌成的暴虐的尖顶；一个个世纪用受伤的剧痛的拳头，在牢门上留下血红的叛逆的印记；历史的主宰拥有的珍奇，被盗藏在魔鬼的钢铁城堡里。

长空回荡着神王的呼吁："起来，战胜死亡者！"

擂响了鼓鼙，但安分的无所作为的生活中，未苏醒搏杀的犷悍；协助天神的战斗中，我未能突破鹿砦占领阵地。

在梦中听见战鼓咚咚，奋进的战士的脚下火把的震颤，从外面传来，溶入我的心律。

世世代代的毁灭的战场上，在焚尸场巡回进行创造的人的光环，在我的心幕上黯淡了下来；我谨向征服人心、以牺牲的代价和痛苦的光华建造人间天堂的英雄躬身施礼！

## 心的绿叶

心的无数无形的绿叶，千年万代一簇簇在我的周围舒展。

我隐附于林木，它们是渴饮阳光的执着的化缘僧，每日从青天舀来光的甘汁，把贮存的看不见的不燃的火焰，注入生命最深的骨髓；从繁花，从百鸟歌唱，从情人的摩挲，从深爱的承诺，从噙泪献身的急切，提炼醇香的美的结晶。

被遗忘的或被铭记的美质的众多形态，在我的条条血管里留下"不朽"的真味。

各种冲突促发的苦乐的暴风，摇撼散发我情愫的叶片，加添密集的喜颤，带来羞辱的呵斥、忐忑不安的窘迫、污染的苦恼和承受生活重压的抗议。

是非对抗的奇特的运动，澎湃了心灵的情趣的波澜，激情把一切贪婪的意念，送往奉献的祭殿。

这千古可感而不可见的绿叶的絮语，使我清醒的痴梦幻灭，在苍鹰盘旋的天边那杳无人烟、蜜蜂嗡鸣的正午的闲暇里，在泪花晶莹、握手并坐的恋人无言的缠绵上，落下它们绿荫的同情，它们轻拂着卧眠床榻的情女起伏的柔胸上的纱丽边缘。

它们的摇曳把激动的抖颤带往情侣期待的心慌的吉日良辰。

由于心之胸上追求旨趣的绿叶的关怀，我与世界所有的财富连在一起。

它们捕捉到细枝末节，捕捉到事物的往昔；把节奏赋予听不见的歌韵。

它们从女性的心里给我的心送来元古时代心灵最初奇妙的娱乐，送来一对对新人的表情中亘古如斯的甜蜜的欢愉。

它们在男子胜利的螺号中搏动；男子临凡具有一往无前的气概，以死的光辉扩展自己的不朽，在水域、陆地、天空，勇猛而坚毅地战胜艰难险阻。

我晓得今天是我的叶簇凋枯的日子。

我仰天发问："何处是创造的乐园的主宰？生活的幽茫的深处，日日夜夜我绿叶的使者所携的不可估量的至珍的积蓄完整精细地凝成我的形象，我将古往今来大千世界上这独一无二的形象，置于哪位高超的乐师哪位鉴赏家的眼前?”

谁的右手的妙影下,它被认为是不可详析的?

## 你往世的挚友

妙龄女郎啊,悠远的古代与当今的新时代相仿。

南风习习的时节,曾有我这样一个人。

是林花的清芬引导我沿着烟雾迷蒙的路径跨入你的新时代。

可能的话,把我当作你的良朋。

我别无他长,只能在你与心上人幽会的夜里奉献几首恋歌——杳远的无眠之夜写下的歌曲。

你会从中得到你喜爱的新奇的东西,发现自己处于躯壳之外的昔时的河边。

今日,我携来了那时春天的竹笛,吹奏思念恋人的古曲。

将它收藏在你微闭的媚眼和细绵的呼吸里吧!

我的情义的印迹将被遗忘,如落花的一缕残香溶入你新春的和风里。

古时的幽怨将奇怪地在你的心胸骚动,于是你便省悟,那时并非没有你,你躲在广阔的青春舞台的帷幔后面。

啊,永生的女郎,我的竹笛今日特来相告——你告别人世之后将永远生活在我的歌里。

我此行的目的,是用寻觅到的新名字呼唤我那逝去了的过去。

啊,美貌的女郎,视我为你的知音——你往世的挚友。

## 我的礼拜今日结束

他们是秘咒驱逐的下等人,被经营礼拜的商贾拒之于神殿之外。

他们在神住的地方——一切樊篱外面质朴的虔诚的阳光下,繁星闪烁的夜空,鲜花怒放的林野,亲人离别、团圆的深沉的情感里,寻找着神。

建造高墙重门,因袭的模具浇铸的瞻仰神明的仪程不容他们掌握。

多少年我望见他们的苦修者,独自披着晨光立在莲河畔。

莲河毫不犹豫地冲毁坚固的神庙的墙基。

我望着他弹单弦琴,泛舟民谣之河,行进在寻觅心中人的幽静的路上。

我是他们中间的诗人——我不懂经咒,不遵守种姓法规,我的祭品送不进神的监狱。

拜神的信徒出庙含笑问我:"你见到了你的神?"我说:"没有。"他觉得奇怪:"你不认识路?""是的。"他又问:"你没有种姓?""是这样。"我答道。

一年年过去;今日我扪心自问:"谁是我的神?我膜拜了谁?"

我在别人的口中听见他的名字,我在各种语言的经典中读他的故事,我想象我皈依了他。

我之所以一直膜拜他,是因为我将证实他可以为我接受。

可我发现生活中无法证实。因为我不懂经咒,不遵守种姓法规。

行至关闭的庙门口,我的礼拜飘向地极——一切樊篱之外,繁星闪烁的夜空,鲜花怒放的林野,亲人离别、团圆的情感的崎岖道路。

孩提时我在欣喜的心中,获得地球诞生的原始经咒——光咒。

我独坐在苔藓斑斑的残垣上,抚弄椰子树枝的璎珞。

从太初生命的火泉溅起的荧荧浪花,给予我的脉管无可言喻的搏跳。

元古模糊不清的信息,暗暗撼动我的知觉,太阳古老的浩大的气体中包含我躯体放射的难以描绘的光线。

注望庄稼割尽的田野，我在我血液的流动中，听见光的无声的足音，在前世旧岁的旅途中随我而来。

当我想到在光的创造的圣地，那亿万年前我曾酣睡过的光焰中，我如今清醒地生存着，我的心惊喜地扩向无限时空，在那苏醒的喜悦中日日自行完成我的祭拜。

我不懂经咒，我不遵守种姓法规，我不晓得礼仪之外，自然而然遗忘的祭拜对着哪个方向。

童年时我没有游伴，我出神地遥望远方消度时日。

我出生在悖违习俗、不受称道的家庭，抹掉了陈规的标志，推倒了陈规的壁垒。

街坊的房屋有重重围墙，我是外面一个姓名无人知道的孩子。

他们造了稠密的房子——我从远处观望他们的路上人来人往，我不接受种姓，种姓的行列里没有我的立足之地。

囿于礼教的人不承认我是人，所以我无友的游戏在数条路的交叉处进行。

他们撩起长袍的下摆，小心翼翼地在旁边走过。

他们按照教典的规定，采集拜神的鲜花——把同一轮太阳的照耀下，世代繁衍的万国的花卉，留给了我的神。

我在团体中受到怠慢，在无墙无人守卫的客房里，我怀着万民欢聚的渴望日夜徘徊。

住宅区外面我结识的恬静的友人，来自伟大的历史时代，带着光华、武器和崇高的信条。

他们是苦修者，是战胜死亡的英雄，与我同姓，与我同族，与我亲密无间，在他们的圣洁中我得以圣洁。

他们是真理之路的旅人，光明的探索者，他们拥有不朽。

我在人的窄圈里消失，越过所有的国界遇见了他。

我合掌对他说："啊，永生的人，万民的人，从烙上差别的印记的狭隘的狂妄中，拯救我吧！”

“啊，伟人，你无比光荣，从黑暗的彼岸望着你，我没有种姓，不遵守种姓的法规。”

春天，娇美的情人般的女性，走进我无伴的花林，为我的歌配曲，给我的韵律以舞姿，把琼浆注满我的梦。

心海涌腾起的洪波漫过沙滩，淹没一切情话，口中说不出她的名字。

她站在树底下，回眸看见我惶惑、愁楚的面孔，快步走到我身旁，双手捧着我的手说：“你不认识我，我不认识你，我琢磨着今日为何相遇。”

我说：“两个不认识之间，你我共筑永恒的桥梁，这个谜底在茫茫宇宙的心中。”

我爱她，温存地围绕她的爱情之流，颇像乡间常见的浅清的小河，极慢地流向情人每日藏身的平坦岸边的树荫。悭吝的旱季使它瘦弱，慷慨的雨季使它丰韵。在谦卑的幕布下，它像不甚夺目的普通的妻室，时而受到嘲弄，时而得到宠爱，时而受到打击。

我的爱情的支流，融合沧海博大的暗示。

高贵的佳人沐浴完毕，从海底升起，作为无量的遐想，进入我的身心，完美了我和我的心志；在我理性的幽秘的深处，点明永别的华灯。

借助灯光，我看见她在无限的美中，在春天花丛的波澜中，在幼树摇颤的嫩叶的闪光中，我听见她快捷弹拨的弦乐，在时令的舞台上的光影中，我看见她挥动变幻的彩色纱巾正在跳舞。

我看见她端坐在天帝左面历史创造的御座上；当“美”受到亵渎，受到酷虐的秽物的浸染，她的第三只神眼里，喷出毁灭的烈火，焚毁瘟疫的温床。

我的歌曲里一天天储存创造最初的奥秘——光的四射，和创造最后的奥秘——爱的甘露。

我不懂经咒，不遵守种姓法则，在各种庙宇的外面，从天界到人间，对空中头罩光环的人和心里的人，我充满喜悦的礼拜今日结束。

## 射向中国的武力之箭

我读过的一份日本报纸，描写日本士兵在佛教寺庙举行祭祀，祈祷战斗胜利。他们对着中国射武力之箭，而对佛陀射出的是虔诚之矢。

战鼓擂响。

日本士兵梗着脖子，眼睛血红，牙齿咬得咯咯响。

为给阎王的筵宴呈送鲜嫩的人肉，他们列队出征，首先进入慈悲的佛祖的庙宇，祈求神圣的祝福。

战鼓咚咚，军号阵阵，世界瑟瑟战栗。

鸣钟击磬，香烟缭绕，祈祷声袅袅升天："大慈大悲的佛祖，保佑我们旗开得胜。"

他们将用刺刀挑起惊天骇地、撕心裂胆的惨叫，斫断千家万户爱情的纽带，把太阳旗插在夷平的村庄的废墟上。

他们将摧毁知识的宫殿，粉碎"美"的圣坛。

为此他们特来接受仁慈的佛祖的祝福。

战鼓咚咚，军号阵阵，世界瑟瑟战栗。

他们将计算他们的枪口下死伤的人数；听着屠杀成千上万平民的报告，敲打胜利的锣鼓；用遍地儿童、妇女血肉模糊的尸体，招引鬼魅的狞笑。

他们唯一的愿望，是把虚伪的诵经，灌满世人的耳朵，在他们的呼吸中羼入毒气。

他们怀着这种心愿进入仁慈的佛祖的寺院，接受他善口的祝福。

战鼓咚咚，军号阵阵，世界瑟瑟战栗。

## 最后的沉默

你日夜用文稿砌墙，这会儿该休息了。

诗的宫殿增高一尺，你垒砌的疯狂劲儿增加一分，创作的热情总不肯低落。

你忘了适时的辍笔是作品的解脱，忘了无语的艺术女神一朝登上高坛，诗作的殿堂的沉寂中会响起绝妙的佳音。

为了高尚的沉默，放弃剩余的机会吧，不要在素材堆里制造摩天的赝品，困扰甘露的琼阁。

染上粗制滥造的习气，创作便是没有乐趣的负担。

该辍笔的时候不辍笔，固执地继续营巢，长空翱翔的翅翼必然萎缩。

你休息吧，日光洒脱的展放中已出现黄昏安谧的预示。

在无影之光的聚会上，白昼言词的亏空，由静夜的温馨充填。

这些年你无暇休整的百根琴弦，弹奏旋律激越的舞曲，容它对听众说声再见，在绕梁余音中，步入令人怀想的清静的后台；让可以描述的音流，汇入无从描绘的无边的音海。

白开元　译

# 墨绿斋集

## 重　塑

原先你伫立在光影中间，而后从天帝的心境出发，跨越天地的界线，进入人间的形象之宫。

如同拂晓朦胧的征兆、红木轻微的簌簌声、残夜时分令人惊喜的曙光的窥视；如同尚无自我意识的朝霞——在鸟啼和峰峦上飘荡的云的书简中尚未得到自己的乳名，缓慢地降临大地，无限的暗影的面纱垂落在东海殷红的边沿，世界用墨绿、金黄的乳罩和微飔的纱丽为它装扮，你把你柔体的肖像投映在我广袤的心幕上。

我是你画师的助手，得以挥动心笔勾勒你的轮廓，完美你的风姿；一天天以情愫的颜料缤纷你的形象。

我的灵性之风在你的周遭回旋，时而徐缓，时而罡风般急骤。

早先你在静秘之处，不可接触，属于天帝，独居于“单一”的幽宫。

我以“双重”的绸带维系你，而今你的创造同在你我中间，同在你我的情爱之中。

你凭借我对你的认识，认识了你自己。

我惊奇的注视似点金棒点触在你的心扉，唤醒快乐的意象。

## 最后的时辰

那些微薄的赠物，含有哄蒙、鄙夷的意味，是怜悯而不是爱的体现。

路人也能把它送给乞丐，叫他一时忘记穿过十字路口。那天我不抱更多的奢望。

你是夜里最后一个时辰走的。

我以为你会来辞行，说一声“再见”。你以前讲的缠绵的情话，往后是无缘听到了。

今后取而代之的只会是辞别的套话。

你为什么不允许彬彬有礼的细密的织锦出现一个破绽！

乍一苏醒，胸口怦怦直跳。我是担心错过送别的时刻，下了床奔了过来。

远处教堂的挂钟当当敲了十二下。我软乏地坐在门槛上，头贴着门框——在你要经过的门廊前面。

厄运竟攫夺了薄命女子可怜而可贵的机会。

在你离去的几分钟之前，我又坠入睡梦。

你也许斜视了一眼我歪倒的身体——像拖上沙滩的一只破船。

你也许怕惊醒我，便轻手轻脚地离去。

我猛地醒来，明白是枉然地熬了夜。该逝灭的一瞬间已经逝灭，该留下的代代相传。

阒寂的氛围如歌鸣停歇的柯枝间，鸟儿离弃的空巢。

下弦月孱弱的幽辉与熹微的晨光浑然交融，散布于我苍白、空虚的生活。

我莫名其妙地缓缓走向你歇宿过的房间。门外依然亮着熏黑了的煤油灯，门廊里弥散着萎靡的火焰的气味。

空床的蚊帐在风中飘动，窗外孤寂的启明星黯淡无光。蓦地，我发现，你疏忽了留下的嵌金象牙手杖。

倘若时间允许，你也许会从车站回来寻找——但你不会返回，因为你不辞而别。

## 我

我感觉的颜色染绿了翡翠染红了红宝石。

我朝晴空睁开眼睛，东边，西边，阳光灿灿燃烧。

我望着玫瑰赞叹“真美”，玫瑰分外艳丽。

你会说，这是一种哲学观点，不是诗人的灵感。

我说，这是真实，因而是诗篇。这是我的骄傲，所有人的骄傲。

是人的骄傲的背景衬托着宇宙神匠的艺术创造。

理论家气急败坏地否认：不，不，不——不是翡翠，不是红宝石，不是阳光，不是玫瑰，不是我，不是你。

然而，无处不在的天帝在人的界限内虔诚地苦修，可称他为“我”。

这“我”的深处，光影融合，韵味苏醒，形象构成。线条、色彩、甘苦中，“不”，从不在“是”的神奇咒语中显露。

莫要称之为哲学理论；在宇宙之我的创造盛会上，手擎画笔、调色板，我激动不已。

学者断言——古老月亮的笑容冷酷而狡黠，它像阎罗的使者爬近地球的胸膛，有朝一日狂野地吸引海洋、山脉；人世年月的新本的每页上落下一个空白，它吞噬白天黑夜的积蓄；人失却业绩的虚伪的不朽伪装，在他的历史上涂抹无尽的夜的漆黑。

人回归时的眼光揩掉宇宙的色彩，人回归时的心灵摄尽甘露。

力量在茫茫天宇战栗，阳光不再燃烧。

没有乐器的宴席上仙师的手指抖动，弹不响乐曲。

诗兴索然的天帝独坐在青碧隐失的天际，研究个性绝灭的生存的数学。

宇宙浩渺，绵绵不绝的世世代代，听不见福音——“你美”，“我爱你”。

那么，天帝又得累世经代地在毁灭的黄昏苦修？祈祷，“说话，说话！说‘你美’，说‘我爱你’”？

## 称　　呼

我每天叫你“姹露”①，不管我心血来潮叫你什么，都是时代真实爱情的称谓。最简明的称谓是“亲爱的”。

我在心里喃喃呼唤，听见你的回音是一阵大笑。

于是我省悟，娴笑不属于当代，这儿不是马拉提国，不是优禅尼城②。

你问你的名字有无毛病。回答前让我先叙述一件往事——那天事情不多，早早回到家里，拿着报纸坐在门廊里，脚跷在栏杆上，意外地观察到你下午在隔壁梳妆的过程。

你在圆镜前梳头发，编辫子，插银钗。

我许久没有这样专注地打量你，许久没有观赏你略微侧着梳头的情态、双手完美的配合、手镯叮当的节奏。末了，稻谷般金黄的纱丽，该松的地方扯松，该紧的部位煞紧，下摆往下拽齐，一似诗人增删字句，调整韵脚。

---

① 姹露：孟加拉语中“姹露”意谓娇美。
② 优禅尼城：古代马拉提国的京城，迦梨陀娑在此写成名诗《云使》。

今日我首次发现为了一个薪金不多、生活水准不高的人,我们家来自旧时代的媳妇也在打扮,展现反映日新月异的价值观的姿色。

这不是我心目中的"姹露"。我的印象中,优禅尼城绝色佳人才身着华丽的服饰,频频传递迷人的秋波。

一百首每节四行的梵文《嘉言集》中,无论采用希迦里尼还是湿罗拉那格律——浓艳的辞藻方能描绘闭月羞花的美貌。

瞧,如今会见男友的女郎,从梳妆室步入客厅的神态,仿佛是从悠远的古代传至今日的一则爱情故事。

我走进花园,决计把精致的奖状授予我的爱情,以显示它的地位。

叫你进屋的时候,它是一篇无声的赞辞。

眼前的青藤开满白花——英国花名记不清了,且称它为"陨星";夜间它的香气如花园的絮语。

今年它等不及冬天消遁,提前怒放了。

我撷了一束,我的馈赠上有它的签名。

今日黄昏,你是古代的美光,我是古代的平民阿吉德吉玛尔。

我要说一句深思熟虑的话——可笑只管笑。我酝酿这句话的过程,有如你细致地盘发髻。

我要说:"亲爱的,这异域的花卉仰望天空寻找春夜,我爱惜地采来,簪在你的乌发上。"

## 梦

黑糊糊的夜里,湿风放肆地四处骚扰,隆隆的云吼震得房门瑟瑟发抖,窗户哐哐直响。

往外张望,一排槟榔树、椰子树怨愤地摇晃着头颅。

茂密的榴莲树枝上,浮动的一团团黑影像麇集的妖鬼。

池塘里倒映的路灯光芒似蜿游的水蛇。

一行诗浮上脑际——斯拉万月的黑夜,雷声隆隆,伴我入梦……

那天在拉达①的倩影后面,诗人②看见的一位少女的芳心幻化为爱情的花蕾。

她的容貌荡人魂魄,眼睑抹了黛黑的乌烟。从河里走上码头,拧挤着湿淋淋的天蓝色纱丽。

风雨交加之夜,我欲引她进入我的心境——她有她的朝暮、语言、愁思、秀目的顾盼——是三百年前诗人熟悉的孟加拉姑娘。

她,我看不真切。现代女性用自己的身影将她遮没,纱丽边缘撩披在肩头,盘绕的发髻往下倾斜,目不转睛地看人,这是三百年前诗人无法想象的神态。

然而——斯拉万月的黑夜,雷声隆隆伴我入梦……那时夏夜的湿风也是这样吹拂,相同的心愿在那时的梦中和此时的梦中。

## 生命的琼浆

我侧耳屏息,聆听时光静静地流逝。

日暮时分,鸟儿播放着歌喉里积蓄的乐曲,把我的心引向正在进行丰富多彩的游戏、歌声缭绕、五彩缤纷的生命的王国。

它们不再回顾历史,只说一句话——在这奇妙的时刻,我们活着,我们同在。这句话透入我的心底。像村姑们下午到河埠汲水似的,我从空中采集精灵的啼鸣,浸泡我的心魂。

---

① 拉达:印度神话爱情故事中的女主人翁。

② 指印度中古时期诗人毗达帕迪。

给我一些时间！我的思绪即将飞骋。

退潮的时际，碧草上普洒的夕辉融合芳树幽静的欢乐，骨髓里隐藏的欢乐、叶簇间流动的欢乐。

我的生命在风中张开，汲取用情感过滤的宇宙生命的琼浆。

你们来这儿展开辩论。今日我从夕照赢得的一些安逸的时光里没有是非曲直，没有指谪，没有赞誉，没有矛盾，没有疑虑——只有林木的葱绿、潋滟的波光——生活之河的表层轻漾着超然的细浪。

我这飞翔的闲暇如寿命很短的飞蛾，在夕阳下坠的西天，结束彩翼最后的游乐——不要徒劳地提问题，你们的要求得不到答复！

我坐在“此刻”的后面滚向昔日的陡坡。在复杂的情感世界逡巡的心灵，有一天将中止林径上光影的嬉戏。

秋日的正午，在摇曳的草叶上，在绿原的芦苇塘里，清风的细语已充实我生活的弦乐的空隙。

从四面八方，一层层覆盖人世的问题之网的死结已经松解。归途中的旅人不在身后遗留任何任务，任何忧伤，任何欲望；只在树叶的摇颤中留下一个讯息——他们曾活在人世，这比他们的死灭更为真实。

如今只能隐约地感觉到他们服装的颜色、擦身而过卷起的轻风、眼神流露的心声、爱情的旋律——生命的东行的恒河中汇入生命的西行的朱木那河。

## 远飞的心绪

你立在暗处，考虑着是否进屋。

我隐隐听见你的手镯声。你粉红的纱丽的一角在门外风中飘拂。

我看不见你的面容，但看见西天的斜阳把窃得的你的倩影投落在我房间的地板上。

我看见门槛上纱丽黑贴边下你白皙纤足的游移的迟疑。

我不会喊你的。

今日我飘逸的心绪像九月下旬深邃天穹的星云和雨后湛蓝的秋空隐逝的白云。

我的爱情，像一块农夫遗弃多年、田埂毁坏的稻田，元初的自然漫不经心地在上面扩展了自己的权限。荒草和不知名的树木蔓生，与周围的丛林连成一片。

我的爱情也像残夜的启明星，在晨光中沉没自身的光环。

今日我的灵魂不受限制，为此你可能对我误解。

先前的痕迹已经抹尽，任何地方的任何樊笼里无法将我囚禁。

## 万世的旅人

他们成群结队走出混沌的往昔；他们是苦修者，他们是探索者，从洪荒时代的午门出来，用倾塌的语言、未知的字母，极淡地划了几道重门的痕迹。

他们是旅人，是征夫，他们的征途通向无穷的未来。鏖战未停，日日鼓声震天，千万个时代的脚步下大地索索颤抖，夜半时分，胸口怦怦跳动，心里却坦然，财产名誉是过眼烟云，死亡可亲。

骨髓里涌溢着豪气，踏上征途的，跨越死亡，奋勇向前；搂抱灯红酒绿的是行尸走肉，他们的住所在死海的沙滩上。他们的鬼蜮世界的腥风淫雨中，谁建筑房屋？谁惊愕地瞪大眼珠？谁清除垃圾？

太初的哪一年人站在宇宙的十字路口？盘缠化在血液里，化在梦幻里，撒在前行的路上。

他绘制图纸，建造耸入云际的牢固的大厦——次日，泥土下的墙基出现一条条裂缝。

他用石块修筑的大坝沉入滔滔洪水。通宵核算不动产，拂晓，钱财罄空。

囤积从集市购买的消费品着了火，烧成令人哀绝的黑炭。

他的习性，他的信条，他的锁链，他的羁绊，埋入泥土下另一个时代的坟茔里。

有时在熄了灯的楼宇里，他参加麻痹精神的集会，在舒适的软垫上昏睡。

从漆黑的树丛窜出无头的梦魇，像疯狂的野兽嗥叫着掐他的喉咙。

他的肋骨嘎嘎作响，死亡的剧痛中他呻吟着醒来，暴怒地砸碎酒盅，撕烂花环；一再地踏上血染的泥泞道路，朝千疮百孔的世纪外面目标不清、无路可循的天边奔去。

他心脏里涌出的一股股碧血擂响的鼓声是“前进！前进！”

哦，弃家的人之子，永恒的旅人，莫要贪图虚幻的名声，莫要丧失会结果的希望。

日月之车疾驰的路上，一次次举起的胜利的旗子，在人的功勋湮灭的凡世一次次化为尘埃。他在叠错的地段，加固战斗中夺取的王国的城墙。

从远古的年代，冲破防线的人群，冲破阻遏，越过崇山峻岭飞奔而来，天空回荡着他们恒久的鼓声：“前进！前进！”

## 送别词

夜雨淋湿的凝重的风中，清晓僵立不动，熬夜的疲惫的天穹闭合着灰暗的眼皮。

雨季的泥泞的路上，时辰提心吊胆地迈步。影影绰绰的思绪在心儿四周聚合、飘荡，闪射着淡淡的情感的光泽。

我欲将心儿几乎能抓获的思绪拘禁在作品中；词语在它旁边盘桓。

这不是哀泣，不是欢笑，不是思想，不是理论，而是模糊的形态，变淡的香气，失去言词的歌曲，交织着遗忘和记忆的冷清的烟影——汇集成转脸回归的梦的画像，似蒙着面纱的怨女。

心儿说，召唤，召唤呀，召唤那漂向彼岸渡口的怨女归来；在她的面前高擎黄昏的华灯，致一篇送别词："你是真实的，甜美的，如今你的情愫，在盛开和凋败的春花中间隐匿。蓝色，绿色，金色；和血液的鲜红里，到处是勾画你形象的词汇。"

所以今日我的心儿，在火焰花闪亮的波澜和云彩的边沿倏地透射的霞光中飘游。

## 罗望子树①

我不曾获得生活中许多难得的财富，我素不爱伸手，结果丧失得

① 罗望子树：夏季开花，花黄或橙色，略带红色，木材坚硬致密。果实可为药，有清热缓泻之效。果汁加糖和水，为最佳的清凉饮品。

更多。

在这熟悉的人世间，罗望子树开的花，像蒙着面纱从不打扮的秀丽的乡村姑娘，高傲地鄙视对她的鄙视。

墙边吝啬的泥土里，长出的一株矮树缺少空间，贴着地面横生密枝。

无从确定它是否年迈。

不远处，柠檬树花儿盛开，瞻昙伽[①]树枝缀满碎花，金香木初绽花蕾，野茉莉洁白如雪。

它们口齿清晰，它们在召唤我与它们交谈。

那一方面纱下的微语，今日突然传到我的耳中。

循声望去，路边的罗望子树的一朵羞涩的黄花，散发着清香，花瓣上有闪光的字迹。

在加尔各答城里的祖宅里，一棵儿时就熟识的罗望子树，似司掌方向的神明，立在西北角落，年龄与曾祖父相仿，像一位忠实的老仆人。

家里许多人降生和谢世的时辰，它肃穆地站立着，仿佛是聋哑的历史学家。

有资格享用树上果实的几个人的姓名，比它的落叶飘逝得更早，对他们的回忆比它的阴影还要缥缈。

罗望子树底下，瓦顶的马厩里，马尥蹶子令人心烦。

马夫的呵斥声不知是哪天停息的。

马车载人的年月，已经抵达历史的彼岸。

时代已面目全非，马嘶归于静寂，马车夫修剪整齐的胡须和扬鞭的神气劲儿，连同时髦的气派，走进了急速变化的时尚的后台。

---

① 瞻昙伽：印度圣树，开金黄碎花，木兰花属植物。

当年每天上午十时的阳光下，罗望子树底下驶出严守家规的马车，拉着无可奈何的厌学的少年，消失在街道的人流之中。

如今，这少年的形体、思想、境况，与那时迥然不同了。但罗望子树依旧原地矗立，对人世的荣辱沉浮不屑一顾。

有一天的情景历历在目——下了一夜滂沱大雨；早晨阴空的颜色，跟疯子的眼珠一样。

迷失方向的飓风横冲直撞，宇宙无形的笼子里，一只巨鸟振翼扑击着四野。

街上积满雨水，庭院在水中漂浮。

我在游廊里望见，昂首天际的罗望子树像发怒的修道士，树叶飒飒地呵斥。

低垂的云天的压迫下，街道两旁惊惶的房屋不敢抗争，唯有罗望子树摇晃着簇叶，发出叛逆的呐喊和毫无顾忌的诅咒。

在密密麻麻瞠目结舌的砖木中间，它俨然是大森林正气凛然的代表。

那天我有幸目睹雨水冲得灰白的天边它抗暴的雄姿。

然而，秋去春来，无忧树、帕古尔树赢得赞誉的时际，我发觉它像时令之宫的门卫，冷漠，暴躁。

谁了解它不雅阔大的外形的里面，有淳厚的性格？

谁了解春天的家族中它有高尚的情操？

今天，我视它为花族的真正成员，它像神界的歌手基陀罗拉特——战胜阿周那①的勇士，在仙苑的绿荫下专心地练歌。

---

① 典出印度史诗《摩诃婆罗多》，阿周那是般度国王的第三个儿子。

那时少年诗人的眼睛,在吉祥的时辰假如窥见它粗硕的躯干秘储的青春的激情,那么他会在蜜蜂的纤翼欢乐抖动的早晨,偷折一串香花,手指哆嗦地把它挂在兴奋得满面羞红的她的耳朵上。

她如果问是什么花,我兴许会说——你要是说出照拂你下巴的一抹阳光的名字,我才告诉你花名。

## 倦　眠

我是不速之客。

心里盘算着开个玩笑——出其不备地抓住纱丽掖在腰里的家庭主妇的双手。

脚跨进门槛,只见她躺在地板上睡得很香。

远处,唢呐吹奏着成亲的喜乐。

上午十点左右,夏日的骄阳把一切烤得灰白。

她双手并拢支托着脸颊,柔软的身子充满节日之夜的劳累,未做完的家务活儿撂在一边。

她肢体是浪息的劳作之流,像旱季恒河平原奥吉亚河疲乏的浅水。

微张的朱唇衔着将闭的花朵般的甜蜜的冷淡。

两只睡眼的黑睫毛的暗影倒落在细嫩的额头上。

伴着她平缓的呼吸的节奏,疲惫的世界蹑手蹑脚,在她开启的窗前走过。

耳聋的房间里,座钟嘀嗒嘀嗒地做出某种暗示。

挂历在风中晃动。

她幽寂的脑际一串疾行的瞬息突然失速,滞留在一个不眨眼的时刻。

流光的无形的羽翼遮覆着她的酣眠。

好似黎明空旷的平原尽头失眠懒怠的圆月，她孤单的倦体把柔美印在地上。

她养的猫在她耳边喵喵地提醒她已到了喂奶的时候，她醒了，一眼望见我，慌忙整理一下胸前的衣襟，怪怨道："哎呀，干吗不早点叫我。"

干吗？我回答不出。

偶然的机会使我颖悟——我未必彻底了解我亲近的人。

停止嬉笑、交谈，灵气之风在心田敛息的时际，无可言传的情感的深处闪现什么？

生存的无底的悒郁？

血液中捉迷藏的沉默的询问？

历史上不记载的离情？

循着未曾听过的笛音的召唤，在陌生的路上的梦游？

在甜睡的透明的天宇，那个无言的奥秘之前我无声地问道："你是谁？哪一世祖露你的真实身份？"

那天上午街道对面的学校里，学生大声背诵算术口诀；拉黄麻的牛车的难听的车轮声折磨着空气；有户人家在夯实新建的屋顶；窗下花园里酸果树下一只乌鸦在啄烂芒果。

对远逝岁月追念的光芒照耀着今日的万物。

历史上消亡的一个微不足道的中午令人困乏的阳光下，玩味不尽的回忆簇拥着一幅倦眠图。

## 佳　妮

我和佳妮是邻居。

她任何时候都可以跨越两家的界线，自由自在地玩耍。

她光着脚丫子，穿着短裙，两只淘气的眼睛仿佛喷射着黑色的火花。

她身材苗条，蓬乱的头发不接受梳子的统治，她妈为她编辫子好不心疼！

她养的卷毛狗整天和她一起蹦跳，好似两行押韵的诗句。

我是优秀学生，全班的楷模，我出类拔萃对她来说分文不值。

有一年我连跳两级，兴高采烈地去向她报喜。她说："真棒，对不对，德米?"她的狗同意似的叫一声，"汪"。

她爱奇袭我的清高，制服我的傲气，如同她喜欢"叭"地踩瘪一个鱼鳔。

教训她的行动像丢进溪水的小石子，阻挡不了她笑声的湍流。

我摇头晃脑，大声背诵高雅的梵文单词；她采用与土语合拍的行为方式，偷偷溜到背后，在我背上猛击一拳。

不等我念错的梵文单词吐出口，她甩着辫子逃之夭夭。

欣赏欺侮我的女孩的笑声——那种涵养，离我还有好几年。

所以我立即追击，但没有一回擒获对手。

远远地听着她伤害梵语的逐渐消失的笑声，我一无所获——不管是有责任感的心灵，还是富有情感的躯体。

小女孩的捣乱使我俩最初相处的年月"战火"连绵不断，大丈夫不可侮的气魄，激发我教训她的勇气，但我的行动每每以失败而告终，我听到她刺耳而舒心的评论是"书呆子，草包！"

表面上我失败的次数增多的时候，内心已经开辟了胜利的道路。

那胜利的无线电讯号尚未传到耳中，尽管收集到了它确实存在的证据。

不知不觉，我们生活的戏剧，改换了服装道具。

她穿了纱丽，胸前别上胸针，长辫子盘成时髦的发髻。

我模仿足球明星，身着运动服、灰色短裤。种种迹象表明，内心世界的情感之风开始转向。

有一天佳妮父亲坐在书房浏览英文周刊。

我对上面的彩图产生了深厚兴趣，偷偷站在他身后，看一架客机。

他察觉了，笑了。

他一向认为我恃才骄傲。

其实他有这种缺点，才忌讳别人犯同样的毛病。

他举着周刊说："孩子，这几句给我解释一下，看看你的英语水平。"

我盯着残酷的英文字母，急得大汗淋漓，脸涨得通红。

坐在旁边抛接钱币游戏的佳妮是我被羞辱的证人。地面没有裂开让我脱身，四周是无动于衷的冷酷的世界。

第二天早晨我起床发现，希勃罗摩先生的那本周刊在我桌子上。

可惜愚蠢的男孩未能明了她冒那么大风险的涵义的源头在哪儿，其价值几何，还以为她在炫耀她胆大包天。

我们不曾意识到年纪一天天增大，对此自然不负责任。

我没有看到年纪增大包含着罪过，可希勃罗摩先生看到了。

佳妮的母亲很喜欢我，她丈夫对她提出愤怒的抗议。

他当着妻子的面贬低我长相的话传到耳朵里——"那小子像只坏芒果，里面生了蛀虫，过几天要烂的。"

见他看不起我，我父亲气愤地说："没志气，到他家干什么！"

我懊丧不已，咬着牙狠狠地说:“从此不登她家的门。”

可是两天以后，我又悄悄地从枣树下溜到她家里。

佳妮嘴巴撅得老高，我两天不找她似乎犯了弥天大罪。

她突然说:“从此一刀两断。”“好吧。”我扭转脸呆呆地望着天空。

后来，我们两家都起了变化，工程师希勃罗摩决定前往西部城市的发电厂工作。我父亲不满意这座农村小学，全家搬到了加尔各答。

搬家前两天，佳妮来找我:“走，去我家果园。”

“什么事?”

佳妮说:“一块儿偷东西吃，往后可没有机会啦。”

我迟疑着:“可你爸——”

“胆小鬼!”

我昂起头:“我才不是哩。”

希勃罗摩侍弄的果园里果实累累。

佳妮问我:“你最喜欢吃什么水果?”

“玛查法尔普尔荔枝。”

佳妮说:“你上树打，我在下面用篮子接。”

篮子快满时，只听一声怒吼:“谁在那儿——”

希勃罗摩见了我挖苦道:“嗬，老爷，不学无术，偷荔枝倒精明。”

他一把夺走篮子，以防止我滑入罪孽的泥坑。

佳妮两眼默默地滚落大颗大颗的泪珠。此后我再没有见到她背靠树干垂泪的模样。

光阴荏苒。我从英国学成归来，获悉佳妮已经嫁人。

她头上披着红贴边纱丽，眉心点一颗殷红的吉祥痣，目光安详、深沉，说话彬彬有礼。

我成为加尔各答制药厂的工程师，在令人烦躁的噪音中打发时日。

有一天我收到佳妮一封信，邀请我同她见面。

她在乡间的外甥女出嫁，丈夫请假未被批准，她一个人回到了娘家。父亲反对这门亲事，一怒之下去了胡斯亚尔普尔。

故地重游，我心情复杂地走进芳邻家里。

码头斜坡上的希查尔树枝，俯贴着水面，从池塘飘来久违的水藻的清新气味，斯苏树桠上依旧系着那个秋千。佳妮对我行摸足大礼，说："奥马罗大哥，我住在很远的地方，印历七月初二①是没有希望见到您的，今天请您来，为的是了却一桩心愿。"

我坐在花园菩提树下的毯子上，仪式完毕，佳妮在我脚边放了一篮荔枝，说："这是那篮荔枝。""恐怕不是吧。"我意味深长地说。

"天晓得！"佳妮说着快步走开了。

## 笛　手

"笛手，吹响你的长笛，让我听到我崭新的名字！"——你可记得写给你的第一封信，我是这样开头的？

我是你孟加拉的少女。造物主未获得充裕时间将我塑成个完人，我只是个半成品——外表与内心极不和谐，昔日与今日，痛苦与理智，才干与梦幻，总无法统一起来。

他不送我登上此世的渡船，而将我囚禁在时代之流的彼岸的沙滩上，从那儿纵目远眺，人世在炎日下熊熊燃烧。

---

① 印历七月初二：印度风俗，这天印度妇女在其兄弟的额上描吉祥痣。

我的心无端地焦躁起来，不由自主地伸出双臂，四周，却什么也抓不到。

光阴是凝滞了——我颓然坐下，呆望着高涨的河水，啊，飘逝了，解脱之岸的轻舟，飘逝了，富翁们的商船，飘逝了，变幻不定的时代的目光与树荫。

这时，突然从你的笛孔流泻出实实在在的生活的乐音。

死亡的年岁的血管里重有了生命的搏动。

你吹的什么曲子？你知道你的笛声勾起谁心里的辛酸？你是用第五调式吹奏南风中行进的纤夫的民谣？

听着听着，我觉得我是山脚下涓涓奔流的山涧上大雨滂沱的幽黑的夏夜。翌日清晨，放眼看去，堤岸已被淹没，漩涡疯转的山洪势不可当地冲击着顽固的山岩。

我的血液里，你的笛音掺入了飓风的呼啸，洪水的咆哮，野火的嘶鸣，死海之水倾注胸上的訇然巨响，和牢房的凄风中镣铐的哗啷。

你的笛音里，仿佛听见暴涨的山洪盗贼似的呐喊着冲进峡谷，洗劫了一切。

从莽处处飘绕着对风暴袭击的怨言。

上苍没有赐我翅翼，是你吹的歌曲付与我梦魂和飞上乌云滚滚的天空的疯狂。

众人称道我昔日安于操持家务。

他们看透我缺少实现心愿的力量。

我的呼吁得不到反响。脑袋挨了重重的一击，一头栽倒在地，胸中没有勇猛反击、摧垮森严警备的勇气。

我不懂得执着的爱，只会趴在别人脚下呜咽。

笛手，你的演奏受到天界的欢迎。

我的思绪欣然飞去，那里我的人生是顶破雾幔的朝日，我鄙视羁绊的热情，张开火焰的翅膀像初感饥饿的大鹏在无法描述的太空翱翔。

苏醒的叛逆的女子，以锐利睥睨的目光，向四处聚集的胆小鬼——猥琐、诡谲的懦夫表示着憎恨。

笛手，你也许想与我见面。

我不知道何处是理想的场合，何时是合适的时间，彼此如何认出对方。

雨季那无伴的蟋蟀欢啼的夜晚，我这个心神不定的少女，曾经像影子一样，走过避人眼光的阴径，前去与你幽会。

一年年春天，你把笛音的花冠，给素昧平生的女性戴上，花儿是永不褪色的。

笛手，深宅里长大的娇弱的我，有天偶然听见你吹笛，毅然扯掉面纱，走出昏暗的绣阁，像蚁蛭仙人①突然吟唱的歌韵，叫你着实吃了一惊。

我决不走下恋歌的莲花座，我将在音调的绿荫下给你写信。你不可能弄到我的地址。

啊，笛手，我住在听得到你笛音的远处。

---

① 蚁蛭仙人：印度史诗《罗摩衍那》的作者。

## 天各一方

你送来新鲜生活的美好形象，送给我心房第一阵惊喜和血液中第一阵激浪。

朦胧的爱情的甘甜，好像黎明缀有金饰的黑色面纱，排斥着纯洁目光的交换。

那时心林的鸟啼还不大胆，绿叶的飒飒声时而响起，时而平息。

人丁兴旺的家庭里，神不知鬼不觉建造了我们俩幽秘的世界。

有如燕子营巢用的是草屑，我们世界的建筑材料也很普通，不过是流动的时辰，飘浮的怀念。

但它的价值在于共建，而不在于材料。

后来我从我们俩的航船上不慎落入水中，一个人凄凉地漂流；你怔怔地坐在对岸的沙滩上。

写作，娱乐，你我的双手，从此没有机会配合。

我们生活的纽带断为两截。如同潮汐身后袭来的强大台风一刹间抹去平如明镜的大海的背景上绿岛的肖像，你我苦乐的新芽萌发的稚嫩的世界，轰隆一声塌为一片废墟。

数十年弹指间逝去。

暴雨将临的黄昏，我在心里见你全身依然洋溢着青春的活力。你依然拥有灵秀的韵华。

你春天的芒果花，依然散发沁人心脾的芳香，如今正午的杜鹃，和你那时一样凄婉地啼鸣。

我对你的回忆融合在年年岁岁的自然景色里。

你纤柔的身姿，深深地印在不可撼动的土地上。

我的生活之河没有停止流动。

在崎岖的山路上，在险恶的深谷里，在善恶、矛盾、对抗之中，我照样憧憬、思考、求索，有成就，也有挫折，走到了远离你熟稔的疆域的地方；在你眼里是异乡人。

今日云吼的黄昏，你若坐在我跟前，会发现我迷离的目光滑过青翠的林径，飞往高渺天海的岸边。

你会坐在我身边悄声倾吐你那天未倾吐的心里话？

但此时巨浪在咆哮，兀鹰在怪叫，乌云在轰鸣，娑罗树浓密的枝梢剧烈摇摆。

有关你的信息，仍在漩涡急转的疯狂的海面上漂荡的纸船里。

那时你我的心息息相通，谱写一支支新歌，分享最初创作成功的喜悦。

我感到你我的关系，实现了几个时代的夙愿，每天新鲜的阳光，似太初睁开眼睛的星星。

我乐器的弦丝，已增加了几百倍，没有一根是你熟悉的，你练习的乐曲，在这弦上会感到羞愧。当年抒发感情的乐谱，终究要被揩尽。

而我的眼眶仍不禁噙满泪水。

我弦琴的魔力来自你纤指最早的抚摸。

是你首先从绿岸将少年的轻舟推入人世之河，轻舟才扬帆远航。如今我在河中央一唱起渔歌，你的名字便和歌声一起荡漾。

## 邂　　逅

我做梦也想不到在火车上与她邂逅相遇。

以往几次见她穿的红纱丽，跟石榴花一样鲜艳；今日她穿的是黑纱丽，边缘从头上垂下来，围着花儿般白皙光润的面孔。

黑色使她与别人之间，有了沉闷的距离，就像金黄的油菜地与蓊郁的婆罗树林那样不和谐。

我心里愣了一下，这位熟人是一副我不熟悉的严肃的表情。

她突然放下报纸，对我施礼。

交谈的路打通了，我喋喋不休——问她生活如何，家境如何，等等，等等。

她用一种脱离现实的目光定定地望着窗外。答话极为短促，有时索性不搭理。她手的烦躁的动作仿佛在说："为什么这么啰唆？沉默比东拉西扯好得多！"

我本来坐在她伙伴的长凳上。她忽然用手指暗示我坐在她身边。看来她胆子不小；我不动声色转移到她的长凳上。

在车轮声的掩护下，她轻声说："请别介意，我没有耽搁的时间，下一站下车。你前往远方，今后不可能再碰见。有一个问题至今不曾解决，我要你回答，能说真话吗？"

"当然。"我毫不迟疑。

她望着外面的蓝天问道："我们的日子，难道永远地消逝了，未留下一丝痕迹？"

我沉吟一下说："夜里的繁星，此刻在日光的深处。"

我自己也茫然，我是否在胡诌。

她漠然地说："既然如此，你朝你的方向走吧。"

车上的旅客在下一站全下了车，唯独我继续朝前走。

## 昨　　夜

昨夜，恶魔作祟的幽暗中，阵雨哗哗地哀泣，淹没苦修的午夜的诵经声。

我被窒闷击败，感到精神上的饥饿；我全身的力气瘫倒在地上，胸前压着满天的孤独。

心灵像夜游的鸟儿，啜泣着啼叫“我要，我要”。

求施打着各种幌子，不吉利的哭泣的根，迂曲地透入昏蒙的心田。

耳闻“我要，我要”，失明的黑夜摸抓着虚茫，寻找不认识的东西，末了暴怒地吼道：“没有，什么也没有。”

从失却真实的空虚洞穴，爬出乌黑欲望的一条条蟒蛇，缠绕着乞儿——“虚无”的铁链捆缚的奴仆，无意义的重荷，落在他头上，压弯他的背。

夜尽天明。晨风吹倒了浓云的城墙，从里面冲出挣脱桎梏的霞光，欢欣的自由的宣言以火的语言响彻青霄。

鸟儿灵巧柔软的身体里，激荡起生命热烈的旋律。从枝条到枝条，从歌喉到歌喉，开展射乐音之箭的比赛。

琴弦急骤的弹奏，似绿叶上光的闪烁。心儿站起来说：“我是充实的。”

在它自己的激浪中，举行它的灌顶礼。它自己与自己结交，却似山涧腾越陡崖，飞溅开来，与四周的一切融合。

觉悟与阳光无甚差别。

在旭日的心里，我看见我是辉煌的人；跨越躯壳的围墙，跨越年寿的界限，如粉红的莲花、沧海的万顷波涛，似宁静的晚星、静谧的山林，我唱道：“不，我决不索取！”

# 甘　露

辞别之时我对她说:“印度一位贞女说过——她不需要妆奁,需要甘露。这是贞女的海誓,对此你有何看法?”

阿米娅苦笑一声:“你要我仿效?”我抓住她的手说:“爱情即甘露,妆奁在她微不足道,你会明白这个道理的。”

阿米娅气恼地说:“你为什么不带我走出虚伪?为什么缺乏勇气?”

我嗫嚅着:“这,这,自尊心作怪呗,不成为富翁,我无颜再来见你。”

阿米娅摇摇头站起来往屋外走去。

我大声说:“记住,我决不为了爱情,让你的名誉受到丝毫损害,这是我的誓言。”

没日没夜,我酒鬼似的做着黄金梦,敛财的步伐不断加快,我收不住脚,遏止不住它的惯性。

名财双收,我挺起胸脯,得意之情溢于言表,最后医生告诫我,我的身体器官发生故障,需要静养。

我去了幽美的疗养胜地。

这里,大海狭长的蓝色触角,伸进山脚下的丛林,树林里栖息着无数食鱼的海鸟。

小溪滑下山坡,透明的溪水曲曲弯弯吻着鹅卵石,淙淙地唱着“幽静”的颂曲。

日日沐浴的海风,飒飒地掠过空阔的树林。

成排的椰子树,或矗立,或斜卧,倒垂的枝叶摇荡不息。

任性的海浪喷着白沫，一次次扑向巨大黝黑的礁石，沙滩上到处是贝壳、海藻。

我疲累的肢体和绷紧的神经，重返血液平静流动的安闲之中，经商的狂热完全冷却。

这些年的忙碌是一场梦，心灵向生活的真金伸出双手。

一天风平浪静，阿斯温月的阳光，在绸缎般的碧海上熠熠闪耀，一阵无羁的海风，吹得旅馆前的树叶沙沙作响。

胸脯洁白、羽毛绛紫的一只小鸟，蹲在电线上摇舞着尾翎，甜蜜地轻声啼唤。

纯净蔚蓝的秋空，布满着沉郁的千古离情。

一个念头涌上脑海——"动身回家"，心幕上不时闪现那天她揩去泪水的眼眸里，放射的期冀之光。

当天我乘船踏上归途。

在港口下了船径直往她家奔去。立在十字路口望着她家冷清的楼房，里面似乎无人居住，走到大门口，看清楚大门锁着。

我的心咯噔一下，从楼里飘出来的"空寂"的长叹，震颤我的心扉。

几经波折，终于打听到她的下落。

她落户的村庄建于莫卧儿王朝时期十二位大地主管辖孟加拉的某一天，经历了三个朝代，坐落在"明眸"湖畔。

神庙破败不堪，建庙的日期已沉入遗忘的深渊。没有留下先前兴旺的佐证，被胸脯疮伤累累的一棵古老的菩提树搂抱着。

一株苍老的榕树下，新建的八面顶茅屋，是村里的女子学校。

我看见阿米娅穿着灰褐的粗布纱丽，戴两只贝壳手镯，脚不穿鞋。

未梳的发髻松垂着。脸像乡下姑娘那么黑。手执喷壶在菜园里浇菜。

我百感交集,一时说不出话。初次见面,她竟不同我寒暄,提什么问题。

她睨视着我昂贵的皮鞋,口气自然地说:“雨水多,疯长的野草,挤压英国茄子苗,来,帮我除草。”

玩笑?真话?不得而知。

我挽起领子,盖住珍珠纽扣。口袋里有一枚准备送给阿米娅的镶宝石胸针,掏出来,宝石难免受到冷嘲热讽。我咳嗽一声:“哪儿是你的卧室?”

她放下喷壶:“想看?”

她把我带到学校,用方格粗布隔开的办公室东侧是她的卧室,木板床上卷放着卧具。

长凳上有一架手摇缝纫机,靠墙七弦琴罩着一块布,南窗前草席上堆着布头、五颜六色的带子、绸包。北墙角三脚桌上是小圆镜、梳子、雪花膏瓶,藤篮里是零碎杂物。靠南墙的书桌上放着她的文具,涂色的瓦盆里栽一株百合花。

阿米娅说:“这是我的卧室,请坐,我去去就来。”

杜鹃在外面气根飘荡的榕树上欢啼,芋头地边几只黄鹂在叽叽喳喳地争吵。斜堤下是菰叶葱绿的一汪碧水。

我看见书桌上贝雕镜框里镶着一位陌生的英俊青年的素描画。他天庭丰满,头发蓬乱,双目瞻望着未来,抿闭的嘴唇流露出坚定的信念。

阿米娅回来了。

托盘里有香蕉、椰子米糕、米花、一杯椰子汁、一碗牛奶。

她把托盘放在地上，铺了一张坐毯。

若说不饿绝非假话，若说没有胃口是真话，但无论如何得吃下去。

阿米娅叙述了与我分别后的情况。

在我从事进口贸易，银行里存了大笔存款，不必为资金伤脑筋的时候，阿米娅的父亲贡察吉苏尔先生常常把屈指可数的百万富翁的公子带到家里来一起用茶点。但他固执的女儿一次次使欲见她的公子悻悻离去。

当他擂击脑门极为沮丧的时刻，家庭的地平线上，蓦地升起一颗脱离轨道的疯癫的星座——玛陀村拉耶巴哈杜尔的独生子玛希布桑。

拉耶巴哈杜尔素以家产丰殷、老谋深算而闻名全邦。

他自信不管他儿子何等放荡不羁，没有一个父亲敢藐视他。

玛希布桑在欧洲侨居八年后回国，他父亲吩咐："你来经管地产。""我没有兴趣。"

风传大煞风景的俄国蝙蝠，啄了一口他思想的嫩果。

阿米娅的父亲不以为然："不怕，孟加拉湿润的空气能够软化他。"

阿米娅两天之内成了他的信徒。玛希布桑常与女信徒见面，不理会旁人指手画脚、说三道四。

几个月过去了。

阿米娅的父亲忍不住提起了婚事。

玛希布桑脱口说道："荒唐。"

贡察吉苏尔先生勃然变色："你想干什么！"

"鼓励阿米娅去做她应该做的工作。"

阿米娅最后说:"我来这儿接替他的工作,他把我从妆奁的城堡里救了出来。"

"他现在在哪儿?"我问。

"监牢里。"

## 晦　　涩

教授剖析剧本的寓意,听者如堕五里雾中。

容我简略地介绍我的剧本——

剧名是《情书》。男主角库萨尔森告别娜芭妮,启程前往英国留学,四年后回国与她结婚。

娜芭妮趴在床上失声痛哭,她觉得这是四年死刑。

库萨尔森在爱情的道路上不需要娜芭妮,但需要通过她开辟通往英国的道路。

娜芭妮看透他的意图,决心千方百计征服他的心。

库萨尔森时常粗鲁地责备她言谈举止不得体。她默默地忍受着,她怨她自己,心里承认文化教养同他不般配,可又相信浅薄的她终究会征服他,就像野草蔓延最后覆盖冷凛的山冈。

她投身于爱情的艺术创作——以内心的痛楚坚韧地雕琢无情的石头,使之成为爱情的塑像。

如今她渴求的"珍品"即将远走天涯。

她幽怨的心盘盛满泪湿的供养,此后陷入离愁,不必献祭了。他俩关系的道路,只好由鱼雁之桥联结了。

然而娜芭妮的语言水平,不足以条理分明地抒写心意。她只会把一盆兰花放在他看得见的角落里,让他感到心舒神爽;只会悄悄地把她编的小毯子铺在他搁脚的地板上,在侍奉中让他品尝温存的滋味。

四年后库萨尔森返回印度。

成婚的佳期已定，他前去给娜芭妮戴一只在英国买的戒指，到丈人家才得知她飘然不知去向。

娜芭妮的一篇日记这样写道："我所爱的是另一个人，而不是信中写的那种人。"

可是库萨尔森坚信，他的书信是散文体《云使》——离人的永恒的财富。他失去了他的恋人，但他不愿意鸿书失传。

他的"慕玛泰姬玛哈尔"出走了，可"泰姬陵"永存。他以《迷惘的情人》为题，发表了无落款的情书。

许多评论文章中，深刻地分析了娜芭妮的性格。有的评论家称道剧作家把孟加拉姑娘引向易卜生提倡的妇女解放；有的则指责他把她们引向地狱。

好心人来请我发表意见。我说："无可奉告，圣典云：女人之心，神灵莫测。"

一位友好的读者问道："我们可以像泥菩萨似的对女主角保持沉默，但对男主角能不表示义愤？他为何也藏在不可探知的迷宫里？他有何理由突然改变对女主角的态度？"

我答道："女人也罢，男人也罢，其特性无从剖示，可以讲清楚的，是他们彼此给予的几许苦乐。别再问我了，听库萨尔森自己解释吧。"

库萨尔森自白：四年不见的娜芭妮，流落在创造的外面。她的温情充满我的心胸，其他的一切不值一提。我坦直地用流利的笔调写信给她，请她弥补我的匮乏。我对她爱情的无比信赖，滋润了我的心田，使我感到自豪。每封信里我用自己的语言抚慰我的心灵，我用辞藻的火热熔铸的首饰，将记忆中的她打扮得跟女神一样。她变成新奇的艺术珍品。正如基督教教典里所说的那样：福音源自创造之初。

读者又问:“他说的是真心话?抑或纯粹是男主角的自白?”

我说:“我也不知道。”

# 误　　会

## 女　方

从普利特家归来,看见镜子前有张明信片,不知是几时送来的。

时间紧迫,恐怕赶不上火车。开箱取钱,手忙脚乱,硬币撒了一地,捡起几个塞进口袋。

换了身衣服。蓝色绸纱巾披在头上,用发卡卡住。拢了拢头发,从花盆摘一朵素馨花,插在鬓角。

进站后发现要乘的一趟车未到,等了五分钟,不,可能是二十五分钟。

上车见一群人簇拥着缠裹大红纱丽的新娘,看不清面容,眼前是一片红雾、一张模糊的画。

汽笛长鸣,火车咯噔咯噔飞奔,煤屑扑面,用手帕擦了又擦。

下一个车站上了几位挑乳酪的乘客,可恶!强迫火车减速。

汽笛拉响,车轮呼应,火车又奔驶。

树木、房屋、浮萍青绿的池沼,快速往后倒退。

世界仿佛遗失了什么,丢失的收不回来,火车隆隆地飞驶。

途中火车莫名其妙地停了很久,就像吃饭噎了喉咙。

汽笛终于响了,火车急促地奔跑,一口气跑到哈奥拉车站。

不用朝窗外张望,胸有成竹——一个人一节一节车厢寻找,然后,两个人一起微笑。

新娘和捧着新娘冠冕的亲戚鱼贯下车,苦力朝车内窥探,除了我没有别人。

迎接新娘的人已经走远,涌向车厢的人流朝车站门口回流,警官噔噔噔跑过来,扫了我一眼,揣测姑娘为什么不下车,姑娘必须下车。

下车的乘客中间,只有我失魂落魄。从这一头到那一头,月台仿佛在问我为何忧愁。

无声的回答:真不如不来。

再看看明信片——时间没搞错吧!

想回,又没有可乘的列车,有的话,那……

无数个"也许"在心头翻腾,个个是可怕的。

出站望着站前的大桥,不知街上的人在想什么。

上了公共汽车,鬓角的素馨花扔在车下。

## 男　方

来不及了。

棕色灯芯绒鞋子哪里去了?活见鬼,躲在床底下!扣着脖子前最后一个纽扣走到门口,父亲突然回来了,慢条斯理地同我谈妹妹米妮的婚事,眼下有两个对象可供选择,他一会儿倾向这个,一会儿倾向那个。

一看手表,急得全身冒汗。

走上大街,火车还有十二分钟进站。胸中的热血流得比时间快。

出租汽车不顾违章地急驰,哈里逊街、吉卜普尔街,快到哈奥拉大桥,还剩下九分钟。

糟糕!碰上满载黄麻的一队牛车,把街道堵了个水泄不通。

警官吼叫,斥骂,推搡车夫,捅不开坚实的路障。

无奈,只得下车,急匆匆走到哈奥拉车站。

说不定腕上的手表快了十五分钟,说不定这趟列车进站的时间今天推迟。

冲进车站,铁轨上停着一列空车——好似古代巨大的爬行动物的骨骼,好似梵文字典里释义的枯燥的长句。

呆呆地朝女乘客车厢里窥望,叫她的名字,说不定……发了疯似的赶到,接到一串猜疑,破碎的希望跌倒在空荡荡的月台上。

出了车站——迷迷怔怔,方向不辨。

没有被压在车底下全仗神明护佑,对神明的仁慈,却没有产生感激的愿望。

## 墨绿斋[①]

哦,墨绿斋,雨季你黛青的顾盼,似默坐的孟加拉姑娘那湿润的秀目流露的心绪。

你以芳草碧绿的字汇写成的歌谣,与雨天唱和。

你的紫浆果树披着雾纱,显得越发丰腴,扬手对奔云喊道:"停一下,东方的骑士。"

墨绿斋,道旁树下是你的住所,你是仙界耍蛇艺人的女儿。

你的屋子多次塌毁,你空手走到外面的路上,霎时间你一贫如洗,依然无忧无虑。

不要用丝绦联结你和情人的衣裙,曙晓开启洞房的门,他去了不再回顾。

在嫩绿篱栅的院内,我建造这间泥屋,为的是与你朝夕相对而坐。

---

① 墨绿斋:泰戈尔居住的一间泥屋的名称。

那天欢唱的鸟儿，未被关进坚固的囚笼；它们的巢筑了又毁掉，春天飞来此岸，冬天回归彼岸的青林。

那天上午，绿叶以清风的节律击掌。

此刻它们在旋舞，明朝跌落尘土——为此它们不怨恨、哭泣。

它们是春天的王国的殿令官；今日传旨，他日方有奉旨行事的奏本。

这几天我与你悄声交谈；今天你俯耳说道："莫延迟，建房吧。"

我不曾铺设永固的基石，未用方石砌你的拱门；我建房采用的松软泥土，在河水中漂来，在夏雨中溶落。

我将远行。

在你毫无哀痛的送别的日子，喜鹊在断壁上摇舞着尾翎歌吟。

哦，墨绿斋，你的竹笛又吹起萨哈那乐调，我聆听片刻启程归去。

白开元　译

**图书在版编目(CIP)数据**

泰戈尔散文诗全集/(印)泰戈尔著;冰心等译.
-北京:北京燕山出版社,2016.1(2019.7 重印)
ISBN 978-7-5402-4016-5

Ⅰ.①泰… Ⅱ.①泰… ②冰… Ⅲ.①散文诗-诗集-印度-现代
Ⅳ.①I351.25

中国版本图书馆 CIP 数据核字(2015)第 298738 号

**泰戈尔散文诗全集**

[印度]泰戈尔 著
冰心 郑振铎 等译
泰戈尔 图
责任编辑/师艳茹 王 然
装帧设计/小 贾 张 佳

北京燕山出版社出版发行
北京市丰台区东铁营苇子坑路 138 号嘉城商务中心 C 座 邮编 100079
全国新华书店经销
北京市松源印刷有限公司印刷

开本 850×1168 1/32 印张 16.5 插页 16 字数 440,000
2016 年 7 月第 1 版 2019 年 7 月第 2 次印刷

定价:48.00 元